KB236805

한국 현대 서정시의 세계

국립중앙도서관 출판시도서목록(CIP)

한국 현대 서정시의 세계 / 조영식 著. -- 서울 : 새미, 2004
    p. ;   cm

ISBN 89-5628-096-7 93800 : ₩26000

811.609-KDC4
895.7109-DDC21   CIP2004000034

한국 현대 서정시의 세계

조 영 식 저

새미

한국시문학사에서 1930년대는 우리 시가 근대시에서 현대시로 전환되고, 서구시의 모방과 추종에서 벗어나 한국적인 시에 대한 자각과 한국어의 미적 감수성을 찾아내기 시작했다는 점에서 중요한 전환기로 볼 수 있다.

1930년대 시문학의 다양한 흐름들은 시문학파의 순수시 운동 전개에서 비롯되었다. 1930년대 벽두에 《시문학》을 창간하여 당시의 한국시에서 중심을 이루던 내용편향주의, 이념우선주의의 시세계에서 벗어나서 서정시 본래의 순수성을 회복하고자 하였던 시문학파 동인들은 해외문학파 동인들과 문학적 지향을 함께하여 자연과 내면의 세계를 음악적이고 서정적인 언어로 조탁하여 순수서정시를 창작하면서 새로운 서정시의 출발을 주도하였다.

이들은 카프 동인들 중심의 목적문학에 반발하여 문학의 순수성을 제창하였지만, 그들도 또한 1920년대 후반부터 활동을 시작한 해외문학파 동인들의 문학활동에 영향을 받으면서 동인들 중 일부를 합류시켜 활동하는 등 그 영역에 있어서 서로 유사성을 가지고 있었다.

본 저서는 해외문학파와 시문학파의 문학적 활동과 그들의 시세계에 대한 관심을 바탕으로 그 유사성과 차이성에 대해 고찰한 내용으로 전체 2부로 이루어져 있다.

그 내용은 1부에 해외문학파의 대표적 시인인 연포 이하윤의 시와 번역시에 대한 논문을, 2부에는 해외문학파와 시문학파의 비교 연구를 두었다.

외국문학을 번역 소개하면서 문학활동을 전개한 해외문학파는 그 번역 소개의 대상이 주로 순수서정시 중심이었으며, 그들이 시나 평론 분야에서 창작활동을 이어나가면서 순수문학을 지향하였으므로 그들보다 조금 뒤에 활동을 시작한 시문학파 동인들과 문학적 지향성이 비슷하여 함께 순수문학 운동을 전개할 수 있었다.

1부에서는 그러한 해외문학파 동인 중에서 순수서정시를 번역하기도 하고 시문학파에 합류하여 창작하기도 한 이하윤의 시세계와 번역시에 대해 관찰하였다.

2부에서는 1920년대 후기에서 1930년대 초기에 등장하여 한국현대시의 발전과 순수서정시의 형성에 큰 역할을 한 해외문학파와 시문학파의 문학활동 전개과정과 이 문학유파들 사이의 공통점과 차이점에 대해 종합적으로 고찰하였다.

두 유파의 동인들은 순수문학과 서정시의 추구라는 점에서 비슷한 문학적 방향성을 가지고 있었으며, 또한 해외문학 특히 서구의 근대적 자유시에 대한 관심과 번역을 통한 수입소개에 나섰다는 점에서 공통점을 보였다. 해외문학파의 외국 서정시 번역 소개와 시문학파의 현대적 서정시의 추구라는 면에서 각각 뚜렷한 문학적 방향성을 지니고 있었으며 이를 통한 한국문학의 건설과 발전이라는 궁극적 목적을 위해 노력하였다.

본 연구는 해외문학파와 시문학파를 서로 대등하면서도 상호 교류를 통해 영향을 끼친 시문학사상 독립적인 유파로 인정하고 이들 각 유파의 형성 과정과 문학적 전개과정, 대표적 동인들의 문학 활동에 대한 분석과 정리, 양 유파의 동인지간의 비교와 대조, 대표동인에 대한 비교와 대조를 통해 1930년대 전반기 한국 시사에서 중요한 위치를 차지하면서 현대적 순수서정시를 형상화했던 두 유파에 대한 종합적인 정리를 꾀하였다.

　그 결과 해외문학파는 《해외문학》과 《극예술》을 중심무대로 하였
고, 시문학파는 《시문학》을 시작으로 《문예월간》과 《문학》에서 해
외문학파 동인들과 함께 참여하여 현대시를 창작하였으며, 《시원》도 양
유파의 공동무대로 활용되었음을 확인하였다. 이처럼 비슷한 발표무대와
문학적 지향점을 지녔던 양 유파는 순수시의 정립과 창작에 함께 노력하여
한국현대시의 발전에 크게 기여하였다.

　우리들의 정서를 풍요롭게 가꾸어주는 시문학에 관심을 가지고 공부해
나가는 동안 뒷받침해준 사랑하는 가족들과, 따스한 관심으로 지도해 주신
교수님들, 이 책이 나오기까지 여러 가지로 도와준 주변의 모든 이들에게
고마운 마음을 전해드리면서 앞으로도 꾸준히 현대시의 세계를 탐색해 나
갈 것을 다짐해 본다.

2003년 5월에
조 영 식

차 례

1 부 한국 현대시의 한 양상

1 장 연포 이하윤의 시세계

2 장 연포 이하윤의 번역시 고찰

－『실향의 화원(失鄕의 花園)』을 중심으로 －

2 부 해외문학파와 시문학파의 비교 연구

1 장 들어가면서

2 장 해외문학파와 시문학파의 형성과 전개

3 장 해외문학파의 문학세계

4 장 시문학파의 문학세계

1 한국 현대시의 한 양상

1 장 연포 이하윤의 시세계

1. 연포의 생애와 활동

연포 이하윤은 한국 현대시의 초기 단계에서 외국문학연구회의 동인으로 해외시를 받아들여 소개하고 시문학파 동인으로 활동하면서 한국 현대시의 전개에 앞장섰던 선구적 시인의 한 사람이다.

한국 현대시가 출발단계에 있을 무렵 이하윤을 비롯한 외국문학연구회 동인들은 프랑스를 중심으로 서구 유럽의 시를 번역하여 이 땅에 소개하고 그 시론을 받아들여 시를 창작하였다. 이들의 활동은 직·간접적으로 다른 많은 시인들에게 영향을 끼쳐서 한국 현대시의 출발과 전개에 큰 역할을 하였다. 그렇지만 이제까지 연포의 시에 대한 종합적이고 깊이 있는 연구는 별로 이루어지지 않았는데 이는 그의 시가 정지용이나 김영랑 등의 시인들에 비해 큰 주목을 끌지 못했다는 점과 그로 인한 무관심 때문으로 보인다. 이러한 이하윤과 해외 문학파의 시적 활동에 대한 연구는 우리 현대시의 초기 전개과정을 더욱 다양하게 밝힌다는 점에서 의미가 있다 할 것이다.

해외문학파의 동인으로 활동한 시인들 전체에 대한 조명이 아직 본격적으로 이루어지지 않았지만 개별적으로 이하윤 등의 대표적 동인에 대한 단편적인 연구와 검토는 이루어져 왔다.

김재홍은『이하윤선집』의 창작시 해설인「회상의 미학 또는 귀향의지」에서 이하윤의 시 세계를 상실(喪失)의 비애, 비관적 현실인식, 회상의 미학 또는 귀향의지, 4행시와 고전정감, 가족주의와 종교적 갈망이라는 다섯 가지의 요소로 정리하여 해설하였다. 그리고 이하윤의 시집『물레방아』의 시사적 의미를 서구 서정시를 한국적 서정에 접목시키는데 선구적인 업적을 남긴 시집이라고 파악했으며, 가요시의 밑바탕에 낮게 깔린 향토적 정감의 구수함과 그 진솔함은 1930년대 시사에서 독자성을 지닌 것이었다고 평가하였다.[1]

유승우는 연포 이하윤도 시문학파의 중요한 일원이라고 확인하면서 이제까지 문학사에서 소홀히 취급되어 왔다고 지적하였다.[2] 연포의 시는 "가요체에 가까운 형식"[3]이나 "민요풍"[4]이라는 지적을 받을 만큼 전통적인 형식성을 시에 도입하고 있다고 보았다.

연포의 시집『물레방아』에서 '가요시초' 42편을 제외한 69편을 분석하면서 영랑의 시와 비슷하게 4행시 또는 4행이 1연을 이루는 시가 많으며 3음보와 4음보가 기본율격을 이루고 있다고 하였다.

연포 이하윤은 1906년 강원도 이천읍에서 부 이종석(異宗錫)과 모 이정순(李貞順)의 장남으로 출생하였다. 유아 세례를 받고 대벽(大闢)으로 명명 입적하였다가 뒤에 항렬(行列)에 따라 하윤(河潤)으로 개명하였다.

1918년 이천 공립 보통학교를 졸업하고 1년간 사숙(私塾)에서 한문을 수학한 뒤 1923년 경성제일고보 4학년을 수료하였다. 이후 일본으로 유학 가서 1926년 동경 법정대학 예과 제1부를 졸업하고 1929년 법정대학 법문학부 문학과를 영어영문학 전공으로 졸업하였으며 그동안 프랑스어, 이탈리아어, 독일어 등을 함께 수학하였다. 1928년 4월에 강화군 길상면 온수

---

1) 김재홍, 「회상의 미학 또는 귀향의지」,『이하윤 선집 I』(도서출판 한샘, 1982) 311쪽
2) 유승우, 「연포 이하윤론」,『한국 현대 시인 연구』(국학자료원, 1998) 197쪽
3) 백철,『신문학 사조사』(신구문화사, 1980) 442쪽
4) 서정주,『현대 조선 명시인』(온문사,1950) 119쪽

리 성공회(聖公會)에서 김영선 신부의 2녀(二女) 김건숙과 결혼하였다.

1929년 이후 1945년 해방까지 학교 교사, 중앙일보, 동아일보의 신문사 기자 등으로 활동하였다. 그리고 1945년 혜화 전문에서 시작하여 동국대, 성균관대를 거쳐 1949년부터 1971년까지 서울대 사범대학에서 현대문학을 강의하다가 정년퇴임을 하였다. 이후 덕성여대에서 교수 생활을 하다가 1974년 3월 12일에 별세하였다.

연포 이하윤은 1926년 외국문학연구회에 동인으로 참여하여 1927년부터 《해외 문학》을 간행하여 외국문학의 수용과 소개에 앞장섰다. 그리고 1930년 《시문학》 동인으로 참가하여 1930년대에 새로운 시세계를 전개한 시문학파의 한 사람으로 활동하였으며 이후 《시문학》의 후신인 1932년의 《문학》에도 편집 겸 동인으로 참가하여 시세계를 펼쳐 나갔다. 또한 1931년에는 극예술연구회의 《극예술》 동인으로 참가하기도 하는 등 여러 방면에서 문학활동을 하였다.

1945년 해방 이후에는 신문사 논설위원, 유네스코 한국위원회 위원, 국제 펜클럽 한국대표, 국제 비교문학협회 한국대표, 국제 시인대회 한국대표 등 여러 방면에서 다양한 사회활동, 문학활동, 교육활동을 전개하였다.

저서로는 번역시집 『실향의 화원』을 1933년 시문학사에서, 시가집 『물레방아』를 1939년 청색지사에서 간행하였으며 해방 이후 『불란서 시선』, 『근대 영국 시인전』, 『영국 애란 시선』 등의 번역시집을 간행하여 초기의 외국문학 번역사업을 이어나갔다.

이 글에서는 연포 이하윤의 시집 『물레방아』를 중심으로 하여 1920, 30년대에 발표된 그의 시의 형식적 특성과 내용적 특성을 찾아보고 이를 통해 이하윤의 시세계를 조망하고 문학사적 의의와 한계를 정리해 보기로 한다.

2. 연포의 시세계

박용철과 김영랑이 중심이 되어 1930년 《시문학》을 창간하면서 시문학파로 활동을 시작할 무렵 그들의 중요한 영입 대상이 정지용과 이하윤이었다.

1920년대 후반 이래로 카프 계열의 작가들이 문학과 시의 계급성과 목적성을 부르짖으며 현실고발과 사회비판에 앞장서 왔고, 이에 대응하는 입장에서 국민문학파 작가들이 시조 부흥이나 한국학이라는 이름의 고전지향으로 문학과 시를 전개시켜 왔다.

이에 대한 비판과 종합이라는 의지를 가지고 새로운 현대시를 창조해나가고자 하는 의욕을 가졌던 박용철과 김영랑 등이 그들의 순수시라는 문학관을 펼치기 위해서는 시의 이론과 실제 작품이라는 그들 둘의 능력 외에도 이미 당시 문단에 자리잡고 이름을 날리고 있는 정지용과 해외문학파의 한사람으로 문학활동을 시작하여 번역과 창작을 함께 하면서 또한 신문사 기자로서 편집과 홍보에도 도움이 되는 이하윤이 꼭 필요하였던 것이다.[5]

연포 이하윤은 1926년부터 해외문학파의 일원으로 활동하면서 번역과 창작을 시작하여 1930년부터는 시문학파의 동인의 한 사람으로 활동하는데 이 시기의 약 10여 년간이 그의 생애에서 가장 활발한 문학활동 기간이었다. 이 시기에 그는 해외문학의 번역소개, 시창작, 문학론 발표 등을 통해 우리 문학사에서 일정한 역할을 하였다.

해외문학파 동인들이 《해외문학》 이후로 하나같이 창작 쪽으로 관심

---

5) 김용직은 "이하윤이 창작, 번역 그 어느 쪽이 불가능했다고 해도 《시문학》
동인이 되지 못했을지도 모른다는 이야기가 가능하다"고 지적한 바 있다.
김용직, 『한국현대시연구』(일지사,1974) 84쪽

을 돌리고 있는데 이는 연포의 회고에 따르면 "해외 문학의 이식에는 적지 아니한 애로가 가로 놓여 있었음으로" 취하게 된 방향전환의 하나였다고 보여진다.6)

해외문학의 번역과 소개작업으로 그는 『실향의 화원』이라는 번역 시집을 1933년에 시문학사에서 간행하고, 그에 이어지는 시창작 작업의 결과로 1939년에 청색지사에서 『물레방아』라는 창작시집을 간행하였다. 이러한 두 권의 저서를 그의 문학의 대표적 성과물로 볼 수 있다.

연포의 시집 『물레방아』를 읽어보면 그가 즐겨 사용하는 시어가 몇 개 두드러지게 눈에 띄는 것을 볼 수 있다. 눈, 비, 낙엽, 밤, 겨울 등의 자연현상과 관계되는 것들 중에서도 하강과 비관의 정조를 지닌 시어들이 많이 등장하고 있다. 또 눈물, 근심, 주름살, 우울, 무덤 등의 사람과 관계되는 것들 중에서도 어두움과 괴로움의 정조를 지닌 시어들이 자주 나오고 있다. 한편으로는 고향, 꿈, 마음, 나그네, 임, 구세주 등의 추상적이고 관념적이면서도 그리움과 희망의 정조를 지닌 시어들도 상당히 자주 나타나고 있다.

1) 비관적 현실의식

연포의 시에서 가장 먼저 찾아볼 수 있는 시세계는 당대 현실의 비극적인 모습을 보고 절망하고 괴로워하는 비관적 현실인식의 세계이다.

天地도 밤이요
마음도 밤이다

---

6) 이하윤, 「한국 신시발달의 경로」《백민》 21호 (1950.3) 15쪽

캄캄한 밤중에 별 하나 없는데
내 가슴 어두워 괴롭습니다

이리도 깊은 밤 이리도 흐린 밤
답답한 내 가슴 애태웁니다

— 「밤」에서

눈 오는 밤
고요히 눈이
天地위에 쌓이는 밤

이내 눈엔 까닭도 모를 더운 눈물이 솟아요

— 「눈물 2」에서

그리운 하룻밤 덧없는 꿈이
사라진 오늘엔 애달픔 심하여
하염도 없사온 눈물 짓노라

— 「사라진 꿈」에서

첫째 시 「밤」은 시의 제목부터 내용 곳곳에 '밤'이라는 어두움과 괴로움의 표상을 담고 있으며 그 가운데에서 괴로워하고 애태우는 시적 화자의 모습을 드러내고 있다. 내가 몸담고 살아가는 천지가 밤이니 그 속에서 나의 마음도 어두운 밤이 되는 것이다.

둘째 시 「눈물 2」에서는 겨울의 차가운 날씨 아래 눈이 내리는 밤에 누군가를 기다리며 눈물흘리는 정경을 노래하고 있다. 겨울의 차갑고 하얀 눈(雪)과 내 눈(眼)에 흐르는 더운 눈물(淚)을 대비시킴으로써 언어의 음성적 유사성과 촉각적 대립성을 살려 시적 화자의 비극적 현실인식을 더욱 두드러지게 표현하고 있다.

셋째 시 「사라진 꿈」에서 하룻밤에 사라진 덧없는 꿈 때문에 애달파

하면서 하염없는 눈물을 짓는 시인의 모습을 노래하고 있다. 덧없는 꿈이
나마 간직하면서 살아가려 하지만 그 꿈마저 사라져 버린 현실에 마음아
파서 눈물 흘리는 시인의 모습은 식민지 시대의 전형적인 지식인의 모습
으로 볼 수 있을 것이다.

　　길 잃은 외로운 배 두둥실 호수에 떠
　　밤새도록 끊임없이 구슬픈 피리 소리

　　자욱한 밤 안개에 두둥실 실은 마음
　　처량하게 들려 오는 그 소리 애달파라

　　집 잃은 나그네야 두둥실 배를 타고
　　가는 곳이 어디 길래 피리만 불고 있나

-「애닳은 피리 소리 1」 전문

　　아 이 나무에 원한이 사무쳤나니
　　이 개 가슴도 터질 듯 부었나니
　　이 무겁고 흐린 하늘 밑에 눈만 쌓인 황무한 들
　　한 구석 조그만 마음에 어찌 근심인들 없으랴

- 「근심 1」에서

　　앞의 시는 외로운 배 위의 나그네가 피리를 불고 있는 상황을 노래하고
있다. 그 배는 길을 잃고 어디로 갈 줄 모르고 밤 안개에 둘러싸여 떠 있으
며 그곳의 나그네는 집을 잃고서 갈 곳 몰라 하면서 피리만 애달프게 불러
대고 있다. '갈곳 없는 나그네와 길 잃은 외로운 배'에서 현실의 모습에
절망하고 비극적으로 인식하는 모습을 찾을 수 있으며 이는 나아가서 나
라 잃은 지식인의 허무한 몸짓으로도 확산시켜 볼 수 있다.

　　뒤의 시 「근심 1」에서는 겨울날 흐린 저녁에 동구 밖의 눈 쌓인 나무를

바라보며 짖어대는 개의 모습에서 답답하고 근심에 찬 마음을 드러내고 있다. 주변의 사물 하나 하나에서 원한과 근심을 느낄 만큼 시적 화자에게 있어 현실은 절망적이고 비극적인 것으로 다가오고 있다. 3·1운동의 열기에도 독립을 이루지 못한 당대의 식민지 사회 지식인들의 좌절감에 찬 눈으로 바라본 현실이 그대로 제시되고 있는 것이다. 해외문학파의 동인으로 활동하면서 서구문학을 소개하고 번역하는 일을 통해 문화적 사명을 다하고자 했던 연포의 눈에도 현실은 참기 힘든 절망과 고난의 모습으로 닥쳐왔을 것이다. 그래서 자연스럽게 현실의 비극적인 모습을 간절한 시 형태로 표현한 것이다.

2) 현실의 고발

현실의 괴로움과 절망적 상황에 대한 인식이 깊어지면서 당대 식민지 현실에 대한 직접적이고 적극적인 고발의 성격을 띤 작품들이 이어졌다. 1920년대 중반 이후의 경향파의 목적문학에 대해 비판하면서 순수문학의 이념을 해외문학파 동인에서 시문학파 동인까지 이어갔던 연포이지만 당대 현실의 비참하고 절망적인 모습을 외면할 수는 없었다. 그래서 그의 일부 시에는 비판적인 현실인식이 상당히 강렬하게 표현되기도 하였다.

> 버린 집 쓰러진 지 몇 해이던고
> 주인이 떠난 것을 원망하는 양
>
> 산천엔 변한 것이 별로 없건만
> 신작로 넓은 길로 가는 자동차
>
> — 「세상은 변하여」에서
>
> 異國의 빈 들을 헤매노라니

쌀쌀한 벌바람이 몰아쳐 와서
넘어가는 붉은 햇발 엷어 갈수록
외로운 이내 몸은 추워 떱니다

아무리 춥다고 떨어 보아도
주림을 찬 밤에 외쳐 보아도
끝없는 광야의 애처로운 그림자
불쌍한 아내 몸은 서러워 웁니다

부르고 부르짖어 목이 쉬었고
거닐고 헤매어서 기가 다하여
絶望으로 暗黑으로 끌리어 가는
분함을 못 이기어 이를 갑니다

쓰라린 運命 속에 허덕이면서
光明의 천지로 나가 보려는
외로운 젊은이의 피는 끓어서
希望의 行進曲에 부르쥡니다

그러나 추운 것은 異國의 광야
그러나 괴로움은 더해 갑니다

―「彷徨曲」 전문

잘 나보려고 벼르던 이 겨울이었지만
저 등잔 심지엔 웬 근심이 그리 많아서
불빛이 저리도 흐리고 무거워졌나
앞뒷산에 쌓인 눈만 여전히 깊은 이 겨울
다 해진 고담책 한가히 흥얼거리는 글줄도 원수라

이 겨울만은 일없이 나보려고 했으나
곳간에 쌓아둔 것 하나도 없으니
홧김에 나무만 아궁지에 딜어 지르고

근심 겨운 한 집안 팔짱끼고 둘러 앉아서
넋없는 이 한밤을 세워야만 하누나

아침에 눈 쌓인 지붕을 울면서 가던
듣기 싫은 까마귀 소리 귀에 더욱 새로워지는 때
말없이 개 한 마리 문 앞을 지나 멀리 멀리 가노니
네 주인도 가는가 보이지 않고
동릿개 짖는 소리만 산을 울린다

– 「근심 2」 전문

첫째 시 「세상은 변하여」에서는 당시의 우리 농촌 사회의 모습을 보여 주고 있다. 조상 대대로 내려오면서 농사짓고 살던 우리 농촌 마을이 식민 지배를 받으면서 착취에 시달리다 못해 많은 농민들이 고향을 버리고 집을 버리고 타향으로 또는 타국 만주나 연해주로 떠나갔던 현실이 나타나 있는 것이다. 주인이 버리고 떠난 집은 돌보아 줄 이가 없어 쓰러져 가고 그 옆으로 난 신작로 넓은 길로는 자동차가 지나가고 있다. 그러나 이 자동차나 신작로는 우리 농민들을 위해서가 아니고 식민지배와 수탈을 위해 일제가 만들어 낸 것이기에 희망이나 발전이 아닌 억압과 원망의 의미를 가져다 준다. 그래서 변치 않은 산천과 변한 세상 사이에서 시인은 차라리 변치 않은 산천에 대한 그리움을 간직하고 있는 것이다. 연포의 시에서 신작로와 자동차는 변화된 세상과 식민지배의 상징적 존재로 제시되고 있다.

"원수의 신작로가 / 생긴 이후로 / 패여간 무덤 자취 / 간곳 없노라 (「잃어진 무덤」 3연)"라는 표현에서 신작로는 우리 민족을 지배하고 괴롭히는 일제 세력의 상징적 대상으로서 원수 취급을 받고 있다.

둘째 시 「彷徨曲」은 고향과 고국을 떠나 이국의 빈들에서 방황하는 시적 화자의 독백을 표현하고 있다. 쌀쌀한 대륙의 바람에 추워 떨면서 외로움을 느끼고, 굶주림을 참으면서 서러워 울기도 하지만 이 모든 절망과 암흑에 대하여 이를 갈만큼 분노를 느낀다. 이러한 한계에까지 내몰리게 된 일제 식민지배 현실에 대한 분노를 드러내는 것이다. 그러한 슬픈 운명을 뚫고 밝은 광명을 찾기 위해 희망의 행진곡을 부르는 데서는 단순히 절망하고 분노하는 데서 그치지 않는다는 의지를 보여주고 있다. 그러나 그 의지는 구체적인 행동이나 신념으로 발전하지 못하고 관념적이고 추상적인 선언에 머물면서 추위와 괴로움을 극복하지 못하는 한계를 드러내고 있다. 그리고 각 연의 마무리를 '-떱니다, -웁니다, -갑니다, -부르칩니다, -갑니다' 라고 경어로 처리하여 부드러운 표현과 각운의 효과를 함께 살려 내고 있는 것도 대조적 표현의 효과를 거두기 위해서라고 볼 수 있다. 이 시에서는 이국의 빈들을 헤매면서 느끼는 절망과 분노를 드러내는데 그치고 있지만, 그 10여 년 뒤에 육사는 광야에서 절망과 분노를 뛰어넘는 신념과 행동을 「광야」로 형상화하여 우리 시에 하나의 전범을 보여주기도 하였다,

셋째 시 「근심 2」에서는 겨울을 보내는 근심과 절망을 형상화하고 있다. 한해를 보내기 위해서는 겨울을 무사히 나야 한다는 것은 식량이 넉넉지 못하던 당시에는 아주 중요한 일이었다. 식량이나 땔감 등을 충분히 비축할 수 있다면 겨울나기는 그리 어렵지 않았지만 그렇지 못할 경우에 겨울은 아주 혹독한 시련이었던 것이다. 1연에서는 살아가는 걱정 때문에 기나긴 겨울 밤 동안에 등잔불 아래서 고담책 흥얼거리는 여유도 누릴 수 없는 현실을 표현하고 있다. 2연에서는 곳간에 쌓아둔 양식이 없어서 근심스레 밤을 세우는 현실을 나타내고 있는데 산에서 땔감을 마련하여 아궁이에 불이라도 피울 수 있어서 그나마 다행인 상황이다. 3연에서는 마

침내 굶주림 때문에 견디지 못하고 정든 집과 고향을 버리고 떠나는 사람들의 뒷모습을 개 한 마리가 따라 지나가는 것으로 우회적으로 표현하고 있다. 고향집에서 포근하게 겨울을 나지 못하고 굶어 죽지 않기 위해 먹고 살 길을 찾아서 타향으로 타국으로 떠도는 당시 우리 농민들의 비참한 현실을 차분한 시각으로 표현해 내고 있다.

3) 회상과 귀향의식

현실에 대한 비관적인 인식을 드러낸 시들이 중심을 이루는 연포의 시에서 식민지 현실의 직접적 비판의식을 담은 시들은 상당히 진전된 시의식을 보여주고 있다. 그러나 그러한 비판의식이 구체적으로 형상화되거나 시적 진실성을 뚜렷이 드러내지 못하고 관념적이고 추상적인 단계에 머무르는 한계를 보이면서 그의 시는 과거에 대한 회상과 고향으로 향하는 귀향의식 또는 그리움이 담긴 세계로 향하게 된다.

고향이라 내 동리 우리 집에선
그전에 할아버지 책을 보시면
할머니 어머니들 둘려 앉아서
그 얘기 재미있다 웃었습니다

고향이라 내 동리 우리 집에선
그전에 어렸을 때 누나와 나는
할머니 이야기를 듣고 또 듣고
자꾸만 하시라고 졸랐습니다

배추 뿌리 뒷곁에서 주워다 놓고
큰애기 작은 놈들 모여 앉아서
밥 짓고 솟 가시고 나무해 오며

할머니 이야기를 옮겼습니다

잃었어요 그 옛날 이야기 시절
책 읽던 할아버진 눈 어두시고
동무들 흩어진 후 간 곳 모르며
할머니 이야기도 잊었습니다

─「이야기 시절」전문

임이여 멀리 떠나가 있는 당신의 아들이
오늘 그대 품속에 다시 와 안기었습니다

그렇게 부드럽고 그렇게 정다웁던 그대 가슴이
어찌해 이리도 거칠고 쓸쓸해졌나이까

오늘 예나 다름없이 조용히 비가 나립니다만
아 답답한 가슴은 말없이 눈물만 자아냅니다

임이여 당신은 멀리 떠나 있던 아들이
오늘 그리운 그대 품속에 와서 안기었사오나

꿈은 깨어지고 갈 곳조차 잃었습니다.
떠나지나 않았다면 돌아올 길도 없는 것을 ……

─「歸鄕曲」전문

현실이 어렵고 힘들수록 미래가 암담하고 절망적일수록 인간은 과거를
회상하고 지향하게 되는데 시인의 시적 표현도 그렇기 마련이다. 과거에
대한 회상과 지향은 현실의 괴로움과 미래의 어두움에서 오는 아픔을 순
간적이나마 잊게 해주는 진통제의 구실을 해주는 것이기 때문이다. 연포
의 시에서도 이처럼 과거를 회상하고 지나온 시절의 고향을 그리워하는
내용이 여러 편 표현되어 있다.

앞의 시 「이야기 시절」은 어른이 된 뒤 어린 시절의 고향과 가족에 관한 회상을 하고 있는 작품이다. 할아버지가 책을 읽어 주시면 할머니 어머니들 온 가족이 함께 웃었고, 할머니의 옛이야기를 누나와 내가 듣고 또 들으면서 자꾸 졸랐던 기억을 그리고 있다. 그렇게 집안에서 들은 이야기를 밖에 나가 함께 어울리면서 다른 아이들에게 해주며 놀았으나 이제는 할아버지는 늙으셔서 눈이 어두워지고 할머니 이야기는 잊었으며 함께 놀던 동무들은 흩어져서 간 곳 모르게 된 것이 지금의 실정이다. 누구나 간직하고 있을 법한 어린 시절의 추억을 각 4행의 4연으로 배치하고 거의 규칙적으로 7·5조의 음수율을 살렸으며 각 연을 '-읍니다'로 끝내서 각운의 효과까지 살리면서 형상화하고 있다. 여기에서 연포의 시에서 행과 연의 배치, 음수율의 조화, 각운의 효과 등의 형식적 특성을 다시 확인해 볼 수 있다.

뒤의 시 「歸鄕曲」에서는 '고향으로 돌아가는 노래'라는 제목 그대로 고향을 그리워하면서도 고향의 모습이 예전과 같지 않다는 현실에 가슴아파 하고 있다. 임이나 당신 또는 그대로 표상되고 있는 고향을 떠나 있던 시적 화자인 아들이 그 품에 다시 안기면서 부드럽고 정답던 고향이 이제는 거칠고 쓸쓸해져서 눈물만 흘리는 모습을 보여주고 있다. 어릴 적에 느꼈던 그 정답고 따스하던 고향이 예전과 같지 않게 변해있는 모습에서 "꿈은 깨어지고 갈곳조차 잃었다"는 탄식을 하는 것이다.

"백리 길 빈터 위에 雜草만이 우거졌네 / 무너진 돌 틈으로 애처롭다 저 꽃송이 / 네 얼굴 보고지워 이곳 온건 아니건만 (「옛터」에서)"이라는 표현처럼 내내 그리워하다가 애써서 찾아간 고향은 예전의 그 모습이 아니라 처참하게 변해서 실망만을 주고 있기 때문이기도 할 것이다. 마치 정지용이 「향수」에서 어릴 적 고향의 아름다운 모습과 따스한 정경이 "꿈

엔들 잊힐리야"하고 노래했으면서도 또한 "고향에 고향에 돌아와도 그리던 고향은 아니러뇨(「고향」에서)"라고 현실의 서글픔을 다시 보여준 것과 통한다고 할 것이다.

고향으로 돌아가고자 하나 그 고향의 모습이 바라던 그대로가 아니었을 때의 절망감은 또다른 세계에 대한 지향을 불러오게 된다.

아 하이얀 모래밭에 소나무 늙은
바닷가 내 고향이 그립습니다

아 달밤에 물새들이 파도에 우는
내 고향 바닷가로 가려 합니다

이 시에서는 평화롭고 정겨운 고향으로 돌아가고자 하는 마음을 7·5조 음수율을 살려서 나타내고 있다. 현실의 어려움도, 슬픔과 비극도 돌아보지 않은 채 아름다운 과거로 향하는 마음에서 시문학파의 전원시인 신석정의 시정신과 통하고 있다.

시어미 못 만나
쪽박을 원망턴
애달픈 고혼이
새 하나 되어서

쪽박 박구지구

이 산서 외치고
저 산서 또우네
원한의 고혼이
새 하나 되어서

쪽박 박구지구

시살이 어려워
시달린 며느리
이 소리 들으며
한숨만 키우네

— 「쪽박 박구지구」전문

계모를 원망하며 죽은 접둥이
깊은 산 밤이 되면 섧게 웁니다

불붙는 비단 속에 타죽은 계모
새까만 까마귀가 되었습니다

까마귀 접동새만 보게 되며는
한사코 좇아가서 트더줍니다

까마귀 오지 않는 깊은 산골에
처녀새 구슬프게 울며 샙니다

오래비 아홉이라 못 잊는 정에
깊은 산 밤이 되면 울며 샙니다

— 「접동새」전문

고향에 대한 그리움은 고향의 가족들에 대한 그리움뿐만 아니라 어릴
적의 추억과 그때 들었던 옛이야기들과 함께 놀던 동무들에 대한 기억들
을 모두 포함하게 된다. 위의 시들은 우리의 설화에 뿌리를 둔 옛이야기에
서 소재를 취한 작품들이다.

앞의 시 「쪽박 박구지구」는 시어미 잘못 만나 억울하고 원통하게 죽은
며느리가 변했다는 쪽박새의 전설을 3·3조의 음수율에 담아 형상화하고

있다.

뒤의 「접동새」는 우리의 설화와 김소월의 시 「접동」에서 소재를 취해 이야기체로 형상화하고 있다. "접동 / 접동 / 아우래비 접동"이라 표현되는 김소월의 시가 민요적 형식과 전통의 한을 잘 살렸다고 한다면 연포의 이 시는 우리 옛 설화의 이야기를 서사적 구성으로 형상화하여 잘 보여주고 있다. 이 시에서 특히 민요시인 김소월과의 영향 또는 소재적 관련성을 찾아볼 수 있다.

내
몇 번이나 붓대를 꺾고
호미를 잡으려 뜻하였으랴
내 몇 번이나 책장을 덮고
밭으로 나가려 뜻하였으랴

그러나 나는
붓대를 꺽지 못하였나니
밭으로 나가지 못하였나니
내 生命은 이 붓 끝에 붙었으매
이 눈은 책장을 떠날 날이 없으리

書齋는 이 罪囚의 終身監
붓과 종이를 주며
이 몸을 매질하누나

— 「悲運」전문

나는 들에 핀 국회를 사랑합니다.
빛과 향기 어느 것이 못하지 않으나
너른 들에 가엾게 피고 지는 꽃이길래
나는 그 꽃을 무한히 사랑합니다

나는 이 땅의 시인을 사랑합니다
외로우나 마음대로 피고 지는 꽃같이
빛과 향기 조금도 거짓 없길래
나는 그들이 읊은 시를 사랑합니다

— 「나는 들에 핀 국화를 사랑합니다」 전문

고향으로 돌아가고자 하거나 전원으로 돌아가 생활하고자 하는 시인의 뜻은 시도는 되었으나 이루어지지는 못하였다. 앞의 시에서 붓대를 꺾고 호미를 잡으려 하거나 책장을 덮고 밭으로 나가려 뜻하였으나 시인은 그 뜻을 이루지 못하였다. 그는 시인 자신을 서재라는 종신 감옥에 들어앉은 죄수로 비유하면서 시인의 운명 특히 식민지 시대에 시인의 운명을 비극의 주인공으로 받아들이고 있다.

뒤의 시에서는 시인은 들에 핀 국화처럼 외롭게 피면서도 모두에게 좋은 향기를 보내주는 운명이나 사명감을 지녔기에 사랑한다는 자신의 시인관(詩人觀)을 형상화하였다. 그리고 시인으로서의 자부심이나 긍지를 드러내기도 하는 것이다.

4) 가족과 종교의 세계

아버지라 아버지고 부르며 우는 소리
먼 곳에 두고 온 애 어이 그리 그리 방불한가
떠날 제 못내 오니 가슴 더욱 아프구나

— 「아이」 전문

듣는가 저 소리 들려오는가
이제 구세주 오셨다 하는
저 찬미 소리를 그대여 들었는가

깰지어다 세속에 물들은
옛믿음을 버리고 새믿음을 찾아
깊이 든 잠 속에서 깨어날지어다

주 나신 지 천이요 또 구백 서른 해
오늘 다시 그가 오신 것을 깨우쳐 주누나
우리 죄를 대속해 십자가에 못 박힌 그

이 세상 만민이 입을 같이 해
그 오심을 찬양하는 저 소리
맑은 새벽에 하늘에 찼도다 거룩한 노래

- 「크리스마스 1」 전문

앞의 시 「아이」는 아버지와 자식간의 끈끈한 정을 담아 헤어져 있는 아이에 대한 그리움과 안타까움을 간단한 삼행의 시속에 절실하게 나타내고 있다. 가족간의 사랑이 가장 간절하고 끈끈한 정이라고 한다면 신을 향한 믿음인 종교는 온 세상 사람을 향한 넓고도 깊은 사랑을 바탕으로 한다. 뒤의 시 「크리스마스 1」은 1930년의 크리스마스를 맞아 구세주를 찬양하면서 세속에 물든 옛 믿음이 아니라 이 세상을 구원할 새 믿음을 가질 것을 바라고, 우리의 힘으로 이루지 못하는 좋은 세상에 대한 희망이 종교를 통해 이루어지기를 기원하고 있다. 이러한 가족과 종교에 대한 그의 관심은 뒤로도 계속 이어져서 연포시의 주요 부분을 이루게 된다.

3. 연포시의 의의와 한계

이상의 논의에서 시를 형식과 내용의 측면으로 나누어 그 특성과 변화를 살펴보았다. 그의 시는 일정한 형식성을 갖추고자 하는 의도에 따라 대개 4행이나 3행의 연시로 쓰여진 경우가 많았으며 상당수의 작품은 음수율의 조정, 3음보 또는 4음보 율격의 배치, 각운의 효과 등을 통해 음악성을 살려내고 있다. 이러한 형식성에서 영랑으로 대표되는 시문학파 시인들의 시와 형식적 유사성을 찾을 수 있는데 연포 자신도 시문학파의 중요한 일원이라는 사실에서 이는 자연스러운 일이라고 볼 수 있다.

그의 시집『물레방아』는 그 자신의 표현에 따르면 "까닭도 모를 그리움에 한숨짓고 귀여운 근심에 조바심치던 애닲은 자취"와 "지나온 꿈길의 어렴풋한 자취"를 엮어 놓은 "눈물을 眞珠 삼아 원한을 잊으려고 애쓰던 시점의 나의 온갖 心絃의 波紋"이라서 연포 자신의 당시 삶의 모든 과정이 녹아 있는 시집이다. 그 가운데에서도 눈물과 원한으로 세상을 바라보던 비극적 인식의 세계가 대부분을 차지하지만 그보다 더 직접적이고 비판적으로 현실을 바라본 작품도 있음을 확인하였다. 그리고 여기에서 벗어나 과거와 고향에 대한 추억과 그리움을 담은 회상과 귀향의식의 시들에 대해 살펴보았으며 다음으로 가족과 종교의 세계를 그린 시편들을 정리해 보았다.

그의 전체적인 시세계를 한눈에 볼 수 있는 대표시는 「물레방아」라고 할 것이다.

끝없이 돌아가는 물레방아 바퀴에
한 잎씩 한 잎씩 이내 추억을 걸면
물 속에 잠겼다 나왔다 돌 때
한 없는 뭇 기억이 잎잎이 나붙네

바퀴는 끝없이 돌며 소리치는데
맘 속은 지나간 옛날을 찾아가
눈물과 한숨만을 지어서 줍니다

나이 많은 방아지기 머리는 흰데
힘없는 視線은 무엇을 찾는지
확속이다 공이 소리 찧을 적마다
요란히 소리내며 물은 흐른다

- 「물레방아」전문

시집의 표제작이자 맨 앞에 나오는 이 작품은 물레방아 돌아가는 모습에서 옛추억을 되새기면서 눈물과 한숨뿐인 현실을 잊고자 하는 나이 많은 방아지기의 체념과 달관의 시선을 형상화하고 있다. 물을 받으면서 빙글빙글 돌아가는 물레방아 바퀴에서 인생의 유전(流轉)을 생각하는 방아지기 노인의 시선은 현실의 어려움을 견디면서 받아들이는 인생에 대한 달관의 경지를 보여주고 있다.

연포의 시는 형식면에서 지나치게 단조롭다는 점이나, 내용면에서 현실을 정면으로 맞서거나 적극적으로 수용하지 못하고 비관적 인식으로만 받아들이는 무기력한 면모 등의 몇 가지 한계를 보이는 것도 사실이다.

또한 서구시 번역에서 시작하여 시창작으로 한편의 시집을 내고 다시 해방 이후에 시번역으로 돌아서는 과정에서 보듯이 시창작을 꾸준히 이어가지 못한 문제점을 찾아볼 수 있을 것이다.

그러나 연포 이하윤은 이러한 몇 가지 한계에도 불구하고 시문학파의 핵심 동인인 시인이자 잡지 편집자로서 또 외국문학 번역가이자 시 이론가로서 일정한 문학사적 의의를 인정받아야 할 것이며『물레방아』이후의 시나 번역 시집들에 대해서도 앞으로 여러 측면에서 고찰해야 할 것이다.

2 장 연포 이하윤의 번역시 고찰

- 『실향의 화원(失鄕의 花園)』을 중심으로

1. 연포의 문학 활동

연포 이하윤은 한국 현대시의 개척기에 해외문학파의 동인으로 해외시를 번역하여 소개하고, 또 시문학파 동인으로도 참여하여 시작 활동을 하면서 한국현대시의 출발에 상당한 역할을 한 시인이다.

안서 김억이 프랑스 상징주의 시를 받아들이면서 해외시의 흐름이 국내로 이어진 이래, 이하윤으로 대표되는 외국문학연구회 동인들이 다양한 해외시를 받아 들여서 현대시의 전개에 영향을 끼쳤다. 연포 이하윤은 1926년 외국문학연구회의 동인으로 참가하여 1927년부터 《해외문학》을 간행하면서 외국시의 소개와 수용에 나섰다. 그리고 1930년 《시문학》 동인으로 참가하여 《문학》에 이르기까지 시문학파 동인의 한 사람으로 1930년대 순수시 운동을 이끌기도 하였다. 그 이후로 해방 이후까지 여러 방면의 사회활동과 문학활동을 함께 하였는데 그 대표적인 분야가 해외시의 번역사업이었다. 연포는 1933년 시문학사에서 번역시집『失鄕의 花園』을 간행한 이후, 1939년 청색지사에서 창작 시가집『물레방아』를 간행하였고 해방 이후에는『佛蘭西 詩選』,『近代 英國 詩人選』,『英國 愛蘭 詩選』등의 번역시집을 간행하였다. 저서 5권 가운데 창작시집이 1권이고 번역시집이 4권인 것으로 보아 그의 문학활동에서 번역시의 비중이 매우 크고 중요한 것을 알 수 있다.

이 글에서는 첫 번역시집『失鄕의 花園』을 중심으로 연포의 번역시의 여러 모습을 살펴보고 창작시와의 상관관계를 찾아보기로 한다.

2. 연포의 번역시

연포의 첫 번역시집이 간행된 것은 1933년 시문학사에 의해서였다. 이 시기는 연포의 시작 활동이 가장 활발한 시기였는데 그 중에서도 번역시집이 먼저 나온 것은 그의 문학 활동의 앞 시기에 이루어진 활동이 외국문학연구회의 동인으로서 해외시를 번역하는 것이었기 때문이다. 그가 10년 가까운 번역시를 모아 첫 번역시집을 내면서 내세운 것은 "원의(原意)를 존중하여 우리 시로서의 율격(律格)을 갖추려 하는 것"이었다.[1]

연포의 외국문학 번역은 영미 문학을 필두로 불란서, 인도, 러시아, 서반아, 일본 문학에 이르기까지 광범위하게 이루어졌으며 시가뿐만 아니라 소설, 희곡, 평론 등에도 관심을 가졌다. 그 가운데서도 그의 주된 번역 대상은 2권의 번역시집을 낸 영미 문학과 1권의 번역시집을 낸 불란서 문학이었으며 갈래에 있어서도 소설, 희곡 등보다는 시가 번역에 주력하였다.

그가 스스로 밝혔듯이 첫 번역시집에 실린 6개국 63작가의 번역시 110편은 영어와 불어 두 가지로 한정되었으며 어떤 엄밀한 기준에 따라 선택하거나 시대와 분파, 연대순이나 대표작을 골라 번역한 것은 아니었다.[2]

그가 번역문학에 관심을 기울이게 된 계기는 일본 유학 시절 동경 법정대학 법문학부 문학과를 영어 영문학 전공으로 다닌 것에서부터였다. 그는 이 시절 예과에서 영어와 일어를 공부하면서도 아테네 프랑세에서 2년간 프랑스어를 공부하고 동경 외국어학교 야간부에서 반년간 이탈리아어

---

1) 이하윤, 『실향의 화원』서, 『이하윤 선집 Ⅰ』(도서출판 한샘. 1982) 171쪽
2) ______, 위의 글

를 배웠으며, 동경제일 외국어학원에서 반년간 독일어를 공부하였다. 이렇게 외국어를 공부하면서 문학에 눈뜨기 시작하여 당시 시작된 외국문학 연구회에 동인으로 참가하게 되었다.

1927년 《해외문학》 창간호에 폴 베를레느의 시 5편과 모리스 메테르링크의 노래 3편, 아나톨 프랑스의 소설 3편과 필리예 드 릴라당의 소설을 번역하여 싣는 등 처음에는 주로 불란서 문학을 소개하였다.

《해외문학》 2호에는 애란 시인 스티븐슨과 영국 시인인 테니슨, 드라메어, 골즈워디 등과 미국 시인 셔라 디스데일의 시와 불란서 시인 콜비에르, 제랄디 등의 시를 번역하여 불란서 시와 영미 시가들을 함께 소개하였다. 1929년부터 1939년에 이르기까지 10여년 동안 연포의 문학 활동은 매우 활발하였다. 1930년부터 《시문학》 동인으로 참가한 연포는 창작시를 발표하는 한편으로 외국시들을 번역하여 소개하는 작업을 계속하였다.

김병철에 의하면[3] 1930년대에 해외시를 5편 이상 번역한 이들로 이하윤 95편, 변영로 14편, 김상용 12편, 박용철 10편, 김광섭 9편으로 나타나 있다. 이것을 보면 나머지 네 시인의 번역작품을 모두 합해도 연포의 활동에 이르지 못할 만큼 그의 외국시 번역이 활발하게 이루어졌음을 알 수 있다.

또 하나 이들 모두가 일본 유학을 거친 문학인들이라는 점에서 공통점을 찾을 수 있으며 이하윤과 김광섭은 해외문학파 동인, 변영로와 박용철 등은 모두 시문학파 동인으로 활동하고 있었다는 점이 특기할 만하다. 《시문학》에 이들은 자신의 창작시뿐만 아니라 해외의 번역시를 수록하기도 하였다. 물론 대개의 번역시들은 시문학파의 시적 특징이자 지향점

---

3) 김병철, 『한국근대 번역문학사 연구』(을유문화사, 1975)

인 아름다운 서정과 음악성을 살린 작품들이었다. 시문학파가 해외문학파의 문학적 성과를 어느 정도 계승 발전시킨 유파라고 볼 수 있는 하나의 근거라고도 볼 수 있다.

1) 『실향의 화원』고찰

연포의 첫 번역시집 『失鄕의 花園』은 1927년 이후로 《海外文學》, 《詩文學》, 《大衆公論》, 《新小說》, 《新生》, 《新女性》, 《어린이》, 《文藝月刊》, 《東亞日報》, 《朝鮮日報》, 《中外日報》, 《東方評論》, 《女論》, 《三千里》, 《東光》, 《新東亞》, 《新朝鮮》, 《新家庭》, 《高麗時報》, 《카톨릭 靑年》 등의 여러 잡지와 신문에 발표된 번역시들과 미발표 번역시 원고를 모아 1933년 12월에 시문학사에서 간행되었다.

이 시집에는 6개국 63시인의 110편 시들이 번역 수록되어 있다. 안서 김억이 편찬한 최초의 번역시집 『懊惱의 舞蹈』에 84편이 수록된 것에 비하면 양적으로 26편이 더 많이 수록되었을 뿐만 아니라 질적인 면에서도 원전(原典)에서 직접 번역하였으며, 풍부하고 다양한 어학 실력을 바탕으로 직접 시를 쓰는 시인으로서 시를 잘 알면서 번역하였다는 등의 여러 가지 이유에서 수준높은 번역시집이라고 볼 수 있다. 연포의 그 이후에 이어지는 번역시집 『불란서 시선』, 『근대 영국 시인선』, 『영국 애란 시선』 등은 이 『실향의 화원』을 기본으로 하여 편찬되었는데, 여기에 재수록된 시들은 맞춤법이나 띄어쓰기, 어미의 수정 외에는 거의 달라지지 않은 것으로 보아 번역자의 자부심이 상당했던 것으로 보여진다.

이 『실향의 화원』의 또 다른 특징으로 그동안 소개되지 않았던 애란(아일랜드) 시인들의 작품이 번역된 점을 들 수 있다. 그 때까지 주로 소개된 애란 시인들은 예이츠가 가장 대표적이었으며 그 외에 토마스 무어, 제임스 조이스, 컬럼 등의 시가 조금씩 번역 소개되었는데, 이 번역시집에는 이들 외에도 죠지 다알리, 캠벨, 오설리번, 피어스, 제임스 스티븐스 등의 시들이 소개되고 있다. 이들의 작품은 다른 번역자들에 의해서는 별로 번역되지 않은 편이었다. 애란 시인들에 대한 연포의 이러한 관심은 1954년 간행된『영국 애란 시선』으로 이어져서 더 많은 애란 시편들이 번역 소개되었다.[4]

그의 애란시 번역은 영미시나 불란서시와는 다른 문화적 환경의 시를 소개하여 다양한 외국시의 소개에 일조하였다는 점에서 주목된다. 특히 당시 우리나라의 식민지 상황이 영국의 지배를 받는 애란의 상황과 일맥상통한다는 점을 생각한 것으로 보여진다.

2)『실향의 화원』번역시의 특징

1933년 시문학사에서 간행된 연포의 역시집『실향의 화원』은 안서의 『오뇌의 무도』에 이은 본격적인 번역시집이다. 6개국 63작가의 시 110편을 번역하여 한 권으로 엮은 이 시집은 한국 번역시의 개척자 역할을 하였다. 연포는 이 역시집에 상당한 자부심을 가졌던 것으로 보인다.

> 이미 七八年前 飜譯文學을僞主하야 나왓든 雜誌『海外文學』創刊辭와 그 餘言에서 말한바도 잇거니와 建設期에處하야 將來를期할쑌이오 現狀이 그 지업시 貧弱한 우리로서는 이러케 벤벤치못한 出版이나마 좀더뜻잇게 생각해주실必要가 잇지나안흘까합니다. 그러타고 나는 이것이 조흔 飜譯品이라고는 決코 하고십지안습니다
> 試鍊을加해야할 한 過程을밟는데 지나지안는것이라고는 생각합니다만 그

---

4) 전영태,「연포의 외국시 번역 활동」,『이하윤 선집 Ⅰ』(한샘, 1982) 314쪽

사다리의 조고마한 못이라도 될 수잇어서 將次 이런 일의 조흔收穫이 잇게
된다면 이쪼한 世界文學과 脈을 通하게되는 時代的必 須事業의하나가 되는
것이 아닐수업스니 우리 文學建設期에 끼치는 貢獻과 아울너 重大한일됨에
틀님업는것이라 하겟읍니다.5)

역시집의 서문에 나온 이 글에서 연포는 좋은 번역집이 되지 못하며,
사다리의 조그마한 꽃이라도 되어 세계문학과 통하게 되기를 바란다고 겸
손하게 표현하였다. 그러면서도 건설기의 우리 문단에 이러한 출판이 뜻
있는 일이며 세계문학과 맥을 통하게 되는 시대적 필수사업의 하나가 될
것이라는 인식을 하고 있었다.

당시는 우리 현대시가 갓 출발하여 아직 다양하고 활발하게 전개되기
전의 상황이었으므로 이처럼 해외 시를 번역하여 소개하는 것도 의미 있
는 일이라는 그의 자부심은 글의 첫머리에 제시된다.

여기서 섯불리 내 譯詩論을 벌려노코자 하지안습니다 오로지 原意를 尊
重하야 우리 詩로서의 律格을 내짠에는 힘껏 가초아보려고 애쓴 것이 事實
인 것만을 알아주시면 할짜름이외다 잘되엿건 못되엿건 옴겨노앗다는것만
으로 무신 대견스런일이나 하나 해논양한 생각이 부질업시 이러나 남몰래
깃버하고잇습니다6)

잘잘못을 떠나 일단 내놓은 이 역시집을 대견스럽고 기쁘게 생각하는
마음이 나타나 있는 이 글에서 첫 저서를 내놓는 저자의 마음과 함께 그의
번역 태도를 찾아볼 수 있다. 체계적이고 이론적인 번역시론은 없지만 그
의 번역 원칙은 첫째 원의(原意)를 존중하여 외국 시인의 정서를 제대로

---

5) 이하윤, 「실향의 화원 서」, 앞의 책 172쪽
6) 위의 글

전달하며, 둘째 우리 시로서의 율격(律格)을 갖추어 외국시를 우리시의 형식과 정서에 어울리게 전달해 보려는 두 가지로 제시되어 있다.

그의 해외 문학에 대한 자세가 비교적 상세히 제시된 것은 《해외문학》 창간호의 권두사이다.

> 무릇 新文學의 創設은 外國文學 輸入으로 그 기록을 비롯한다. 우리가 外國文學을 연구하는 것은 결코 외국문학연구 그것만이 목적이 아니요, 첫째 우리 문학의 건설, 둘째로 세계문학의 相互範圍를 넓히는데 있다. 즉, 우리는 가장 경건한 태도로 먼저 위대한 외국 작가를 대하며 작품을 연구하여 우리 문학을 위대히 충실히 세워 놓으며 그 光彩를 돋구어 보자는 것이다. 이에 우리는 우리 신문학 건설에 앞서 우리의 荒蕪한 文壇에 外國文學을 받아드리는 바이다.[7]

우리의 신문학을 건설하기 위해 아직 황량한 우리 문단에 외국문학을 수입하여 받아들이고 여기서 그치는 것이 아니라 이를 토대로 우리 한국문학을 발전시키자는 이 주장은 당시의 상황에서는 당연하면서도 가치 있는 방향제시였다.

외국문학의 무조건적 수입이나 외국문학 이식론의 기저에 깔린 문화적 사대주의를 배척하고 주체성 있는 신문학 건설을 꾀한 연포의 문학적 입장이 해외문학파 전체의 차원에서 제시된 것이었다. 이른바 '해외문학파'가 이러한 기치를 내걸고 1920년대 후반에 문단에 등장하자 당시 문단의 주류를 이루며 대립하고 있던 좌익 문학진영과 민족주의 문학 진영은 건설적 비판이나 제안으로 받아들이는 것이 아니라 견제와 공격으로 나왔다. 특히 좌익 문학 진영은 해외문학파를 무시하면서 아마추어들의 집단,

---

7) 이하윤, 「권두사」, 《해외문학》 창간호 (1926. 1)

딜레땅트의 무리로 몰아세웠다.8)

文壇의 兩大陣營(민족주의문학과 좌익문학)의 틈바구니에 끼어든 것이 세
칭「海外文學派」, 異色的인 灰色分子로, 또 文壇의 庶子格으로 白眼視 당하
는데 도리어 알지 못할 自尊과 自信을 가지고 우리들의 標榜을 運動에서
實踐으로 옮겨 혼란한 文壇을 정리하여 低調한 文壇의 수준을 높이는데 전
력을 기우려 보기로 했다9)

위 글은 연포 자신의 삶과 문학적 경력이나 체험을 회고한 글인 「문단
과 교단에서」의 일부이다. 서로 대립하면서 견제하고 공방을 주고 받던
좌우 문학 진영에서 제3의 세력으로 나타난 해외문학파를 회색 분자로,
서자격으로 백안시하였지만 이들은 오히려 이를 겪으면서 당시 문단에 새
로운 방향을 제시하고 자극을 주었다.

특히 무애 양주동은 1924년 안서 김억과의 번역 문제 논쟁 이후 연포에
게 「외국문학파」의 존재이유를 묻는 근본적인 문제를 제기하여 연포와 논
쟁을 전개하는데 그 주요내용은

첫째, 번역자의 태도 - 직역과 중역의 문제

둘째, 문체(文體)에 관한 것 - 경문(硬文)이냐 연문(軟文)이냐의 문제

셋째, 역어(譯語)에 관한 것 - 역어의 한계성 등의 세 가지 문제이다.

이에 대한 연포의 답변은 번역은 직역이나 축자역보다는 의역(意譯)이
합당하며, 시의 경우에는 시행에 맞게 번역되어야 하며, 경문(硬文)이냐
연문(軟文)이냐에 상관없이 난해한 어구라 하더라도 번역상 합당하면 사
용하여야 한다는 것이다. 이러한 연포의 번역 태도는 그 이후의 번역에서

---

8) 전영태, 「연포의 외국시 번역활동」, 『이하윤 선집 I 』315쪽
9) 이하윤, 「문단과 교단에서」, 『이하윤 선집 II 』167쪽

도 지속적으로 전개되었다.[10]

이들 해외문학파 동인들은 뒤에 극예술연구회를 조직하여 연극과 희곡 방면으로 영역을 넓히기도 하고, 그 중에서도 연포는 시문학파에 합류하여 순수시의 세계를 펼쳐 보이기도 하면서 문학활동을 지속하였다.

『실향의 화원』에 실린 번역시를 먼저 국가와 작가별로 분석해 보기로 한다.

가장 앞에 위치하면서 많은 작가와 작품을 차지한 것은 영길리(英吉利:영국)편이다. 윌리엄 블레이크의 6수를 비롯하여 바이린 1, 셸리 2, 스윈번 3, 스티븐슨 1, 월터스코트 1, 윌리암 바안즈 1, 로제티 2, 시몬즈 3, 윌리암 위즈워드 1, 부라우닝1, 테니슨 1, 다우슨 1, 하디 2, 브리지스 1, 하우스만 1, 홋즈슨 2, 메이스필드 2, 빈욘 1, 노이스 1, 이비스 4, 더라메어 4, 로렌스 1, 블렌덴 1, 부르크 1, 토머스 1, 새스운 1, 골즈워디 1, 부에딜로 1, 애논 1, 히긴스 1 수로 31명의 시인에 51편의 시가 번역되었다. 다음에는 애란(愛蘭:아일랜드)시로 다알레 1, 에이츠 3, 죠지러셀 1, 씽그 1, 캠벨 1, 커즌스 1, 오설리반 1, 조이스 1, 스티븐스 2, 콜럼 2, 피어스 1 수로 11명의 시인에 15편의 역시가 실려 있다.

동양권에서는 유일하게 인도(印度)의 시로 사로지니 나이두라는 1명의 시인의 5편의 시가 번역 소개되었으며, 아미리가(亞美利加:미국)의 시는 킬메 1, 티즈데일 3, 샌드버그 2 로 3명의 시인에 6편의 시가 번역되었다. 비영어권인 불란서(佛蘭西) 시는 베를레느 5, 보들레르 2, 랭보 1, 샤맹 5, 콜비에르 1, 폴 포르 3, 구르몽 1, 쟘 3, 발레리 1, 노아이 백작부인 2, 제랄디 2, 콕토 1, 라디게 1 로 14명 29편의 시가 번역 제시 되어 영국시 다음의

---

10) 전태영. 위의 글

비중을 차지하였다.

끝으로 백이의(白耳義:벨기에)의 시는 모리스 메테를링크 3, 베르아덩 1 등 2명 4편으로 가장 적게 나와 있다. 이상의 내용을 표로 정리해 보면 다음과 같다.

국 가	영국	애란	인도	미국	불란서	벨기에	계
작가 수	31	11	1	3	14	2	63
작가비율	49%	17%	2%	5%	22%	3%	100%
작품 수	51	15	5	6	29	4	110
작품비율	46%	14%	5%	5%	26%	4%	100%

〈표1〉 작가별, 작품별 분포

우선 영어권 작가와 작품이 대부분을 차지하고 있으며 불어권 시인이 약 1/4 정도를 차지하고 있음을 알 수 있다. 역시 그 가운데 가장 큰 비중을 차지한 것은 영국의 시로서 작가는 31명으로 전체의 49%, 작품 수는 51편으로 전체의 46%로 두 가지 모두 약 절반을 차지하고 있다. 불란서 편의 시인은 14명으로 전체의 22%, 작품은 29편으로 전체의 26%를 차지하여 번역대상 언어의 단조로움을 피하고 있다.

그 다음으로는 애란(아일랜드)이 시인 11명으로 17%, 작품은 15편으로 14%를 차지하고 있으며 미국, 인도, 벨기에가 작은 비중으로 그 나머지를 이루고 있다. 독일이나 이탈리아, 러시아 등이 빠져 있어서 다양한 세계시의 번역이 이루어졌다고 보기는 어렵지만 6개국으로 대상을 넓히고자 하는 의도를 읽을 수 있으며 특히 애란이나 인도는 당시 우리 한국과 비슷하게 식민지배의 상황에 있었으므로 정서적으로 공통되는 점을 찾을 수 있다.

다음으로는 번역시의 내용에 있어서 주제나 경향을 사랑이나 행복, 희망을 노래한 낭만적 경향, 절망이나 불행을 노래한 비극적 경향, 자연의 세계를 노래한 전원적 경향, 인생과 철학·종교를 노래한 관념적 경향, 기타 경향의 다섯 가지로 크게 나누어 그 비율을 정리해 보기로 한다.

국가 / 경향	영국	비율	애란	비율	인도	비율	미국	비율	불란서	비율	벨기에	비율	계	비율
낭만적 경향	29	57%	3	20%	3	60%	·		9	31%	1	25%	45	44%
비극적 경향	12	24%	8	53%	1	20%	1	17%	5	17%	·		27	25%
전원적 경향	4	8%	2	13%	1	20%	5	83%	10	34%	·		22	20%
관념적 경향	3	6%	·	·	·		·		1	3%	1	25%	5	4%
기 타 경 향	3	6%	2	13%	·		·		4	14%	2	50%	11	7%
계	51	100%	15	100%	5	100%	6	100%	29	100%	4	100%	110	100%

<표2> 주제·경향별 작품 분포

전체적으로 보아 이 번역시집의 대상 작가나 작품들이 낭만주의나 상징주의 경향의 시인·작품들이기 때문에 낭만적 경향이 44%로 가장 큰 비중을 차지하고 있으며 그 뒤를 비극적 경향이 25%, 전원적 경향 22%, 가타 경향이 7%, 관념적 경향 4% 등이 이어지고 있다. 가장 많은 작품이 실린 영국의 시들은 낭만적 경향이 29편 57%로 높게 나타났고, 불란서

시들은 전원적 경향이 10편 34%로 높게 나타났으며, 애란 시들은 비극적 경향이 8편 53%로 가장 큰 비중을 차지한 것으로 나타나 있다.

불란서 시인들의 경우 대개 상징주의 사조의 작품을 많이 썼으므로 자연과 전원의 경향이 많은 것으로 보이지만 비슷한 낭만주의 사조의 시인들인 영국과 애란의 시적 경향이 낭만적 경향과 비극적 경향으로 대립적인 특색을 보인 것은 식민 종주국인 영국의 화려하고 활발한 풍조와 식민지인 애란의 우울하고 절망적인 풍조가 드러난 것으로 볼 수 있어 주목된다. 연포는 그러한 상황이나 경향을 어느 정도 생각하면서 번역 작품을 골랐을 것으로 보이며 이는 인도나 다른 나라의 시들 중에서 비극적 경향의 몇 작품들에서도 찾아볼 수 있다.

3) 번역시와 연포시의 영향 관계

연포가 『실향의 화원』이후로 여러 권의 번역시집을 펴낸 것에 대해 이미 언급하였지만, 이 번역시집과 시간상 가장 가까운 것은 그의 유일한 창작 시집 『물레방아』(청색지사 1939)이다.

그의 해외시 번역 활동이 1920년대 후반부터 10여 년 정도 지속적으로 이루어지고 있었고 그 결과를 처음 모아 펴낸 것이 『실향의 화원』이며, 그 과정에서 또한 그의 창작시가 발표되고 나중에 시집으로 편찬된 것이므로 이 둘 사이에는 직·간접적인 관계가 있을 것으로 보인다. 연포의 시집 『물레방아』는 자신의 삶의 과정이 녹아 들어간 시집이며 그 가운데는 눈물과 원한으로 세상을 바라보던 비극적 인식의 세계가 대부분을 차지하지만 그보다 더 직접적이고 비판적으로 현실을 바라본 작품도 있었다.11)

또한 그의 시는 상실의 비애, 비관적 현실인식, 회상의 미학 또는 귀향의지, 4행시와 고전정감, 가족주의와 종교적 갈망이란 다섯 가지의 요소로 정리되기도 한다.12) 이러한 그의 창작시의 세계와 직접·간접적으로 관계가 있어 보이는 번역시 몇 편을 살펴보기로 하자.

自由없는 삶에서 오 ! 뉘 날아감을 원치 않았더뇨?
하루의 自由를 위하여 오 ! 뉘 죽기를 원치 않았더뇨?
들으라 ! 들으라 ! 저 나팔 소리 ! 勇者의 부르짖음이다.
暴君들 죽음의 노래, 그리고 奴隷의 輓歌다.
우리 나라는 피를 흘리고 있나니 오 ! 날아가 그를 구하라.
防護하는 팔 하나가 侵犯하는 數萬 大軍에 匹敵한다.
自由없는 삶에서 오 ! 뉘 날아감을 원치 않았더뇨?
하루의 自由를 위하여 오 ! 뉘 죽기를 원치 않았더뇨?

죽음의 부드러운 가슴속에 우리 마지막 希望이 남아 있나니 —
죽은 者 暴君이 두렵지 않고 무덤엔 사슬이 없다 !
나서라 싸움에 나서라 ! 正義와 人類를 위하여
피 흘리는 英雄이야말로 참 英雄이다.
그래서 오 ! 만일 自由는 이 세상에서 쫓긴다 해도
絶望치 마라 — 반드시 우리는 天國에서 그(自由)를 얻으리라.
죽음의 부드러운 가슴속에 우리 마지막 希望이 남아 있나니—
죽은 者 暴君이 두렵지 않고 무덤엔 사슬이 없다.
　　　　　　　　　　　　　－「自由 없는 삶에서」, 토마스 무어13)

그가 처음 번역한 이 시는 일본 법정대학에 유학하며 일본인에게 영어를 배우면서 일본 시인의 역해를 다시 우리말로 옮긴 것이다. 그러나 이

---

11) 졸고, 「연포 이하윤의 시세계」《인문학 연구》 3호 (경희대 인문학 연구소,
　　1999. 12) 267쪽
12) 김재홍, 「회상의 미학 또는 귀향의지」, 『이하윤 선집Ⅰ』311쪽
13) 이하윤, 「문단과 교단에서」, 『이하윤 선집 Ⅱ』155쪽

역시는 동인시지 《금성》에 기고하였으나 실리지 못하였고, 『실향의 화원』 애란편 처음에 넣었으나 전문 삭제당하였다. 그래서 해방 이후 역시집 『영국애란시선』에 수록해 넣게 되었다.

혈기 왕성하던 젊은 유학생 시절에 처음 대하면서 그런 시가 쓰고 싶다고 느낄 정도로 크게 감명 받은 이 시는 자유 잃은 애란의 처지에서 자유를 되찾으려는 의지와 적을 쫓으려는 용기, 끝까지 잃지 않는 희망을 처절하게 노래하고 있으며 이러한 경향은 여러 가지 내외적 요인으로 직접 시로 번역되거나 표현되지 못했으나 그의 내면에 자리잡아 상당한 영향을 끼친 것으로 보인다.

다라나며 무서워 놀내이면서
沈默과 絶望속에 죽는 작은 것

싸호며 敗하면서 大地우에와
바다와 大氣우에 쩌러지는 작은 것

덧에치여 놀내인 모든 작은 것
생쥐여 톡기여 우리祈禱를 들으라

우리가 우리게 진죌 사해줌가치
어린양아 참새야 그리고 또 톡기

우리죄를 모도다 사하야주렴
업는곤 업시잇는 작은놈들아

— 「작 은 것」, 제임스 스티븐스

애란의 스티븐스의 이 시는 '작은 것'으로 상징되는 약자, 약소국에 대한 동질의식을 표현하고 있다. 생쥐, 토끼, 어린양, 참새는 이 지구 생태계

에서 가장 연약하기에 늑대, 독수리, 사람과 같은 강자에게 달아나고 무서
워 놀래며 죽어가거나, 싸우다 피해서 떨어지거나 덫에 치여 죽어 가는
존재들이다.

이들은 세상의 어느 곳에서나 살아가는 작은 것들이며 이들에게 우리
의 죄를 비는 것은 강자가 약자에게 화해의 손길을 내미는 것이다. 이러한
화해가 자연계나 인간계에서 모두 이루어진다면 진정한 평화가 있는 세상
이 될 것이며 이는 당시 식민지배를 받으면서 약자로서 고난과 공포에 떨
며 살던 애란이나 한국의 상황에 꼭 필요한 희망이었을 것이다.

　　　　　　　　　　　　－「印 度 에 게」, 2연, 사로지니 나이두

인도 시인인 사로지니 나이두의 「인도에게」는 직설적으로 빼앗긴 조국
을 부르고 있다. 조국 인도는 암흑에 얽매인 국민들을 위대한 서광 곧 독
립이 있는 곳으로 인도하는 어머니로 상징되고 있다. 고난에 빠진 어린
아이가 어머니를 찾으며 울부짖듯이 식민지의 암울한 고난에 빠진 국민들
이 거기에서 벗어날 날을 기다리며 애타게 찾는 모습은또한 비슷한 처지
에 있던 우리나라 백성들에게도 같은 느낌으로 다가왔을 것이다. 위의 작
품들은 비극적 경향 가운데서도 당대의 현실을 어느 정도 반영한 것으로
연포 자신이 직접 의도하지 않았다 하더라도 그 번역과정에서나 그 이후
에 독자들이 그렇게 받아들일 수 있는 작품들인 것이다.

씨알 만히든 그대힘에 못이기어

그만 반쯤 버러진 구든石榴여
저마다 自己發見일내 터진
귀중한 이마를 눈앞에 내가보거니

오 ! 반쯤 입을벌린 石榴열매여
그대위해 허비된 세월 자랑도스레
애써 그대다려 그류비의 간살을
이처럼 깨기게 하노앗나

또 마른 황금빛껍대기까지가
그어느 힘의要求에 응하야
붉은 보석의이슬로 깨져버렷나

이밝고 빛나는 破裂이
일즉이 내 가젓든 령혼의
은밀한 구조를 꿈꾸게하누나

-「石榴」, 포올 발레리

폴 발레리는 베를레느, 보들레르와 함께 프랑스 상징주의 시단의 중심
인물이었으며 이들은 세계 현대시의 새로운 흐름을 이끌었다. 또한 이들
은 한국 현대시의 초기 단계에 수입 소개되어 크게 영향을 미쳤으며 그
영향은 해외문학파에 이어 시문학파의 시인들에게까지 이어졌다.

발레리의「석류」는 석류의 아름다움을 잘 묘사한 대표작 중의 하나이
다. 다 익어서 벌어진 석류 열매의 모습을 자기발견으로, 반쯤 벌린 입술
로, 붉은 보석의 이슬로, 영혼의 은밀한 구조로 각 연에서 표현하고 있다.
잘 익은 석류라는 자연의 열매 하나가 자연에서 인간, 영혼에 이르기까지
이 세상의 모든 것과 통하는 의미와 아름다움을 갖추고 있다는 점을 보여
준다. 이 시는 연포의 시에서 자연을 소재로 한 회상의 미학이나 고향을

그리워하는 정감의 시에 영향을 주었을 것으로 보이며 특히 영랑 김윤식을 비롯한 시문학파 시인들의 순수한 자연 정감의 세계를 표현한 시에 크게 영향을 준 작품으로 꼽을 수 있다.

> 금과 은의 밝은빛으로 짜내인
> 하눌나라의 수노흔옷을 내가 가젓스면
> 밤과 낮과 새벽과 황혼의
> 푸르고 어둡고 검은옷이 내게 잇섯스면
> 그옷을 그대발아레 까라드리렷만
> 나는 구차한지라 오직 내 꿈이 잇슬분
> 그대발밑에 이꿈을 까라올니오니
> 고히 밟으소서 내꿈을 밟고가시는님이어
>   ─ 「하눌나라의옷이 잇섯스면」, 윌리엄 버틀러 예이츠

애란의 대표적인 시인인 예이츠의 이 시는 순수하고 아름다운 서정을 색깔의 대비와 가정법의 표현을 통해 잘 노래한 작품이다. '금과 은의 밝은 빛'이라는 색감과 '푸르고 어둡고 검은 옷'이라는 색감의 대비, 밤과 낮과 새벽과 황홀이라는 시간의 전개, 하늘 나라의 옷과 내꿈의 대비 등을 통해 밝고 따듯한 느낌과 님을 향한 사랑의 마음을 잘 드러내고 있다. 이 시는 영랑의 여러 시작품과 비슷한 정서, 특히 「끝없는 강물이 흐르네」에 나오는 밝고 아름다운 정서와 통하는 바가 크다. 이 시는 영랑을 비롯한 시문학파 시인들의 순수시의 세계와 잘 통하는 작품으로 볼 수 있다.

> 거륵한 처소에잇는
> 하이안 촛불과가치
> 나이먹은 얼골의
> 아름다움이어

겨울날 太陽의
미약한 光線과가치
힘껏 고생에 지친
어느한女人이어

그동기는 떠나가고
그생각은 황폐한
물네방아밑을 흐르는
물가치 고요하구나

- 「늙은 女人」, 죠세프 캠벨

끝없이 돌아가는 물레방아 바퀴에
한 잎씩 한 잎씩 이내 추억을걸면
물 속에 잠겼다 나왔다 돌 때
한 없는 뭇 기억이 잎잎이 나붙네

바퀴는 끝없이 돌며 소리치는데
맘 속은 지나간 옛날을 찾아가
눈물과 한숨만을 지어서 줍니다.
....

나이많은 방아지기 머리는 흰데
힘 없는 視線은 무엇을 찾는지
확속이다 공이 소리 찧을 적마다
요란히 소리내며 물은 흐른다

- 이하윤, 「물레방아」

앞의 시는 애란 시인 죠세프 캠벨의 「늙은 女人」의 번역시이고 뒤의
시는 연포의 대표시이자 그의 창작시집의 표제작인 「물레방아」이다. 이
두 편의 시를 비교해 보면 우선 4행 3연으로 이루어진 형식상의 유사점이
있으며, 앞의 시가 시행이 더 짧고 영탄형으로 끝나는 차이점이 있다. 연

포의 시에 많이 등장하는 4행 1연의 형식이 이 두 시들에서 보이는 것을 확인할 수 있다.

둘째로 그 시적 배경이 물이 흐르는 곳에 있는 물레방아라는 것이 공통점이며 특히 연포의 시에서는 우리의 전통적인 삶과 생활의 현장인 물레방아라는 더 직접적인 배경이 등장하는 것이 차이점이다. 셋째로 이 시에서 시적 화자의 눈에 비친 대상은 모두 생활의 고생에 지쳐 눈물과 한숨으로 살아온 나이 많은 인간이며, 앞의 번역시는 늙은 여인이지만 뒤의 시는 머리가 흰 영감으로 보이는 인물이 그 시적 대상이다. 이러한 공통점과 차이점을 찾아 볼 수 있는 이 두 편의 시를 두고 보면 연포의 번역시 가운데서도 애란의 번역시들이 그의 창작시에 많은 영향을 끼친 것으로 볼 수 있으며 이는 당대의 시대적 상황과도 관계가 있는 것으로 보인다.

3. 연포의 번역시의 의미

연포는 평생 동안 시 창작, 시 번역, 수필, 평론, 비교문학 연구 등의 여러 가지 문학활동을 해 왔지만 그중에서도 가장 꾸준히 해오면서 많은 저술을 남긴 분야가 해외시 번역활동이다. 그가 해외문학파의 동인으로 출발하여 그 연장선상에서 시문학파, 극예술연구회 등에 합류하여 창작시도 쓰고 시집도 간행하였으나 그 시기는 1930년대를 앞뒤로 10년에 한정되어 있다. 해외시의 번역이 이 시기를 포함하여 해방 이후까지 지속적으로 이루어진 것에 비하면 짧은 편이다.

이 때문에 연포의 해외시 번역 활동은 그의 시창작에 크고 작은 직·간접적 영향을 준 것으로 볼 수 있으며 몇 편의 번역시를 찾아보면서 그 흔적을 확인하였다. 또한 번역시에 비해 창작시가 양적, 질적으로 더 풍부하지 못하기 때문에 이제까지 크게 주목을 받지 못하고 다양한 연구가 이루어지지 못한 이유가 되기도 하였다.

이처럼 다양한 외국시의 번역에서 얻어진 체험은 연포의 시에 긍정적인 면과 부정적인 면의 양자로 갈라져 나타난다고 전영태는 지적하고 있다. 긍정적인 면으로는 그가 즐겨 번역한 신낭만주의 시가의 경향이 주조저음(主調低音)으로 자리잡고 있다는 것을 들수 있다. 그의 창작시들에도 그리움, 이별, 사랑의 고뇌를 즐겨 다룬 신낭만주의 시가의 경향을 바탕으로 한국적 향토성과 그리움을 추구하는 작품들이 많이 나온다. 부정적인 면으로는 그의 광범위하고 다채로운 외국문학 체험이 어떤 특정한 경향의 깊이 있는 외국 문학 수용에 오히려 방해가 되었다는 점을 들 수 있다.[14]

이러한 전영태의 지적은 옳은 내용이지만, 창작시보다 번역시에 기울어지는 연포의 문학 활동의 편중이 창작 시인으로서의 연포의 위상을 세우는데 어려움을 주었다는 점을 우선 지적해야 할 것이다. 다양한 체험을 바탕으로 한 연포의 창작시 활동이 더욱 활발하고 지속적으로 이루어지지 못한 것은 큰 아쉬움으로 남지만, 연포의 번역시 활동은 여러 선구적 시인들의 활동과 함께 한국 현대시의 개척에 이바지하였으며 또한 자신의 창작시에 큰 영향을 주었다.

---

14) 전영태, 앞의 글 316쪽

2 해외문학파와 시문학파의 비교 연구

1 장 들어가면서

1. 연구 목적

이 글은 해외문학파와 시문학파의 문학세계에 나타나는 특성과 성격을 검토하여 비교 대조함으로써 두 유파간의 공통점과 차이점을 점검하고, 이를 통해 이들 유파들이 갖는 문학사적 의의를 검토하고자 하는 것을 목적으로 한다.

해외문학파는 1920년대 후반에 동경 유학생들의 모임에서 시작되어 외국문학의 수입과 소개를 통해 우리 현대문학의 수립에 일정한 영향을 끼친 유파이며, 시문학파는 1930년 《시문학》을 통해 순수시론을 정립하고, 이에 기초하여 순수 서정시를 주로 발표한 유파이다.

이 양 유파는 20년대 후반에서 30년대 초반에 걸쳐 현대문학이론을 소개하고 순수시론과 순수서정시를 주도함으로써 한국현대문학의 발전에 크게 기여한 것으로 판단된다.

해외문학파의 경우, 표현주의 문학이론 같은 서구의 현대적인 문예이론 및 작품들을 번역 소개하고, 현대적인 번역의 기초를 확립하였다.

한편 시문학파의 경우, 순수시론을 정립하고 순수 서정시의 새로운 영역을 개척함으로써 한국 서정시의 새로운 지평을 개척하고 있다. 나아가 이들 양 유파는 공통적으로 카프의 계급문학에 반기를 들고 순수문학을 주창함으로써 한국현대문학의 지평을 넓힌 것으로 판단된다.

지금까지의 연구는 해외문학파와 시문학파를 독립시켜 각각의 유파의 활동상황과 그 특징의 고찰에 머물고 있다. 그러나 양 유파는 독립되어 있으면서도, 문학사적 측면에서 볼 때 비슷한 문학 세계를 가지고 있는 것으로 판단된다. 따라서 이들을 한데 묶어 그 영향관계를 살펴보고, 이들의 문학세계가 문학사의 측면에서 어떤 의의를 가지는지에 대한 검토가 절실한 상황이다. 이를 통해 기존의 문학사에서 소홀하게 취급되던 양 유파의 의의와 관계에 대해 재검토할 수 있을 것이다.

한편, 양 유파에 대한 지금까지의 연구를 보면 실증적인 자료 검토가 거의 이루어져 있고, 그들의 문학세계의 특성에 대한 검토도 상당히 진척되어 있다. 그러나 이들 연구들이 놓친 부분 또한 적지 않다.

해외문학파의 경우에 그 연구내용이 주로 카프와의 이념논쟁에 집중되어 있는 편이다. 해외문학파의 문학활동에는 카프의 계급문학에 맞서 순수문학을 지향한 비평논쟁 외에도 서구의 근대문예이론과 문학작품의 번역 소개, 외국문학의 번역태도의 확립 등의 중요한 내용들이 있지만 이에 대한 검토가 미흡한 상태이다. 이에 따라 해외문학파에 의해 도입 소개된 현대 문예이론들, 표현주의나 미래파, 상징주의 등에 대하여 그 도입과정이나 소개내용, 번역작품이나 작가에 대한 검토를 통해 한국 문학의 현대적 발전에 끼친 영향도 살필 필요가 있다. 뿐만 아니라 그전에는 해외문학파의 중요 동인들만 검토되고 있으나 기존의 논의에서 제외된 동인들 역시 중요한 의미를 지니고 있으므로 그들에 대한 고찰도 또한 필요하다.

그리고 해외문학파 시인들의 창작시에 대한 검토와 고찰이 그동안 거의 이루어지지 않았으므로 비록 양적, 질적으로 풍부하지 못한 편이긴 하나 동인활동 시기에 발표된 시들에 대해 그들의 시적 특성과 관련지어 살펴볼 필요가 있다.

시문학파의 경우에 순수시론과 순수서정시에 대한 논의들이 많이 있지만, 시론과 서정시의 상관관계에 대한 검토나 순수서정시의 특질과 유형화 검토가 미흡한 편이므로 이에 대한 고찰이 필요하다. 그리고 김현구, 허보 등의 후기 동인들에 대한 검토가 빠진 경우가 많았으므로 이들에 대해서도 살펴볼 필요가 있다.

시문학파의 창작시의 세계를 정리하고 뒷받침한 박용철의 이론적 활동, 심미적 시론의 형성을 살펴보고 이와 연결되어 이루어진 프로문학진영, 모더니즘진영과의 기교주의 논쟁에 대해서도 검토하고 순수문학의 토대가 된 시론과 창작시에 전개에 대해 살펴보아야 할 것이다.

그리고 양 유파의 문학적 특성을 순수문학 지향과 순수시의 전개로 유형화하여 살펴보면서 그들의 문학활동의 전개 과정을 비교하여 고찰할 필요가 있다. 두 유파의 시인들의 시작품을 시어의 사용이라는 측면에 중점을 두고서 방언, 고유어와 한자어, 조어와 개인시어의 활용에 대해 고찰하여 봄으로써 그들의 시들이 한국 현대시의 전개과정에서 시어의 조탁과 국어미의 발견에 크게 기여한 사실을 확인할 필요가 있다.

따라서 본고에서는 이러한 내용들의 고찰을 통해 해외문학파와 시문학파의 문학세계를 총체적인 측면에서 검토하고, 이들의 공통점과 차이점을 살펴보고, 이를 통해 이들 유파가 갖는 문학사적 의의를 재정립하고자 한다.

2. 연구사 검토

1) 해외문학파 연구사

해외문학파는 근대문학 도입을 수행한 하나의 유파로서 문학사에서 일정한 역할을 담당했으나, 대부분의 문학사에서 이들을 아주 간단하게 언급하고 지나가거나 아니면 언급조차 하지 않는 경우가 많다. 해외문학파에 대해 비교적 전반적으로 고찰한 연구로는 김윤식, 김용직의 글이 있다.

김윤식[1]은 해외문학파의 성립이 프로문학파와 민족문학파의 대결 사이에서 태동되었고, 프로문학파와의 대립에서 해외문학파의 존재이유를 찾을 수 있다고 보고 있다. 그는 해외문학파의 본격적 성립이 《해외문학》의 발간에서 비롯된 것으로 보고 그 내용을 정리하였다. 또한 해외문학파의 구성원을 4차에 걸쳐 합류한 것으로 보면서 특히 4차에는 《시문학》, 《문예월간》 등도 관련이 되고 있다고 하였다. 이 동인지들에 해외문학파 동인들이 필자로 참여하였고, 해외시의 번역이 함께 발표된 것을 그 근거로 보았다. 하지만 《시문학》에는 시문학파 동인들의 번역시만 실렸을 뿐 해외문학파 동인들의 참여는 없었으므로 《시문학》의 포함은 무리가 있으며 특히 박용철을 해외문학파 동인으로 보기는 어렵다. 그는 해외문학파의 의의는 해외문학의 수입 소개보다 순수문학 운동과 연극운동의 집단화에 있다고 보았다.

김용직[2]은 해외문학파의 성격을 근대주의 지향 집단으로 보면서, 자료의 확보와 정리를 통해 이들의 활동과정과 특징을 살피고 있다. 그들 가운데 대표적 동인으로 정인섭, 이하윤, 김광섭을 들면서 그들의 작품활동에 대해 자세히 정리하고 있다.

조동일[3]은 넓은 의미의 해외문학파를 적용하여 박용철, 김환태, 최재서, 김문집 등을 대표적 비평가로 들어 그들의 활동 양상을 정리하였다. 좁은 의미의 해외문학파의 대표적 비평가인 이헌구를 거론하지도 않은 그는 이들이 서구문학을 일본을 통해 이식하는 대리점 노릇을 한 것으로 부

---

1) 김윤식, 『한국근대문예비평사 연구』(일지사, 1984), 134-163쪽
2) 김용직, 『한국근대시사-하』(학연사, 1986), 430-475쪽
3) 조동일, 『한국문학통사 5』(지식산업사, 1988), 241-244쪽

정적으로 평가하고 있다.

김영민[4]은 《해외문학》의 발간과 그에 따른 양주동 등과의 번역수준 논쟁, 해외문학파와 프로문학파의 논쟁을 정리하면서 소개하였다.

김효중[5]은 《해외문학》에 수록된 내용의 목차 정리와 분석을 통해 필진의 경향과 대표적인 동인 각자의 주장과 견해에 대해 고찰하고 있다.

한편 해외문학파의 동인들에 관한 개별적 연구는 시인으로서 김광섭[6]과 이하윤[7]에 대한 연구와, 비평가로서 이헌구[8]에 대한 연구가 몇 편 있다.

2) 시문학파 연구사

시문학파는 1930년대 시사 연구에서 빠짐없이 등장하면서 그동안 여러 연구자들에 의해 검토되어 왔다.

조지훈[9]은 시문학파에 대해 "詩語의 彫琢, 角度의 斬新, 形式의 洗鍊 等 從來의 詩를 一變시켰다는 것은 衆論이 一致하는 바"라고 하면서 "한국 現代詩의 分水嶺을 이루었다"고 하였고, 조연현[10]은 "8·15 이후 본격 제기된 순수문학의 모든 文學的 基地로서 최초의 母體가 된 것이 《詩文學》派였고 이를 발전 확대시킨 것이 《九人會》와 《詩人部落》이었으며 여기에 보좌적인 역할을 한 것이 세칭의 《海外文學》派였다고" 이

---

4) 김영민, 『한국근대문학비평사』(소명출판, 1999), 429-450쪽
5) 김효중, 『한국현대시의 비교문학적 연구』(푸른사상, 2000), 15-42쪽
6) 손종호, 『김광섭 문학연구』(충남대 박사학위논문, 1992)
7) 졸 고, 「연포 이하윤의 시세계 고찰」, 「연포 이하윤의 번역시 고찰 -『실향의 화원』을 중심으로」《인문학 연구》3,4 (경희대 인문학 연구소, 1999, 2000), 7-23, 251-271쪽
8) 김경원, 「이헌구론」, 『한국 현대 비평가 연구』(강, 1997)
9) 조지훈, 「현대시의 계보」(《월간문학》 창간호, 1968.11), 211쪽
10) 조연현, 『한국현대문학사』(성문각, 1982), 485쪽

유사한 유파들의 영향관계를 정리하였다.

김용직[11]은 "시문학파는 아주 기름지고 싱그러운 예술의 莊園이었으며, 여기에는 한국 근대문학 또는 시와 예술의 젖줄을 이루어온 강줄기와 목초지와 果園이 포함되어 있다"고 평가하였다. 그는 아울러 「시문학파연구」를 통해 기본자료를 면밀하게 검토하고 시적 특성과 시사적 의의, 시인별 영향관계 등에 대하여 다양하게 고찰하여 시문학파의 역사적 의의를 보강하여 제시하였다.

그 외에도 서정주[12], 김윤식[13] 등도 이와 비슷한 견해를 밝혔다.

한편 김명인[14]은 박용철의 순수시론을 중심으로 고찰하면서 그의 시론과 주변 시인들과의 상호 영향관계를 살피고 나서 시문학파라는 하나의 문학유파의 성립에 부정적인 결론을 제시하였다.

김재홍[15]은 김영랑과 박용철로 대표되는 시문학파의 순수서정시운동의 의미에 대해 문학이 현실의 반영이면서도 독창적인 상상의 세계를 완성하기 위한 예술적 노력이란 점을 확실히 보여주었다는 점에서 30년대 시사에 뚜렷한 위치를 차지한다고 평가하였다.

오세영[16]은 "넓은 의미의 순수시는 20년대적 성격에 대응하여 30년대 시가 가지는 일반적 성격을 가리키며, 좁은 의미의 순수시는 30년대 시 가운데서도 '詩文學派'라는 한 특별한 유파의 시를 가리킨다"라고 두 가지를 구분하고 있다. 그는 시문학파를 좁은 의미의 순수시를 실천한 유파

---

11) 김용직, 『한국현대시사·상』(한국문연, 1996), 59쪽
12) 서정주, 「조선의 현대시·그 회고와 전망」(《문예》 2권 2호, 1949.1), 147쪽
13) 김윤식, 『한국현대시론비판』(일지사, 1978), 244쪽
14) 김명인, 『순수시의 환상과 문학적 현실』(한샘, 1988), 210쪽
15) 김재홍, 『현대시의 사적 인식』(일지사, 1998), 216쪽
16) 오세영, 『20세기 한국시 연구』(새문사, 1989), 109쪽

로 보고 순수시파로 부르면서 그 특징으로 투명하고 자연발생적인 순수서
정을 노래하고 있으며 지적인 요소를 배제하고 본원적 감정을 전달하며,
여성적 표현을 주로 하며, 시의 언어에 대해 높은 가치를 부여하여 언어의
감각성을 추구한 점들을 들었다.[17]

장무익[18]은 시문학파에 대해 "문학의 본질을 밝혔으며, 작품의 문학적
가치를 비약적으로 전진시켰다"라고 문학사적 의의를 정리하였다.

이러한 연구들에 뒤이어 시문학파에 대해 종합적으로 고찰한 연구가
유윤식, 진창영 등에 의해 이루어졌다.

유윤식[19]은 시문학파의 형성과정과 그 문학적 방향, 시세계와 시적 특
질을 종합적으로 검토하여 시문학파의 시사적 의의와 한계를 밝히려고 하
였다. 그리하여 1920년대까지의 낭만주의시나 이데올로기시의 근본적 결
함을 극복하고, 외래성과 전통성의 조화를 통해 한국어의 시적 가능성을
실현한 것이 시문학파라고 보았다.

시문학파는 외래성과 전통성의 조화를 통해 독창적인 시세계를 구축하
여 1930년대 이후 한국시의 전개 기반을 마련한 점에서 시사적 의의를 인
정받는다고 정리하면서 그는 시문학파의 형성을 민요시파나 민족문학파
에게서 영향을 받은 전통지향성과 신체시나 신경향파 등에서 영향을 받은
모더니티 지향성의 변증법적 발전의 결과로 보았다.

진창영[20]은 시문학파에 대한 종합적인 연구에서 유파적 의미를 확인하
고 그들이 갖는 독특한 문학적 특질, 즉 20년대 또는 그 이전 고전시가의

---

17) 오세영, 「《시문학》 지와 순수시파」(《단국대국어학논집》 12, 1985.3), 227-238쪽
18) 장무익, 「1930년대 전기의 시-시문학파를 중심으로」(《단국대국어학논집》 15,
    1988.3), 85쪽
19) 유윤식, 「시문학파 연구」(한양대 대학원 박사학위 논문, 1988)
20) 진창영, 「시문학파 연구」(동아대 대학원 박사학위 논문, 1993)

내면적 지속성과 30년대 이후 모더니즘시 계열의 변혁성을 함께 가진 유파라고 정리하였다. 그리고 김영랑, 정지용, 박용철 외에도 신석정, 김현구, 이하윤, 허보 등의 다른 여러 동인들을 각각 지속성과 변혁성의 양 측면에서 고찰하였다.

시문학파의 지속성은 시적 내면의 모습과 형태적 율격의 두 가지 관점에서 나타났다고 파악하였으며 각 동인들에게서도 그 속성을 찾아보았다. 그리고 시문학파의 시적 변혁성은 해외문학파의 연장으로서 외래 영향을 받은 다음의 주체적 언어각성의 결과라고 파악하였다. 이러한 변혁성은 주로 표현기법적 일신을 말하는데 문학이 언어를 재료로 창조되는 예술이라는 문학근본의 자각을 바탕으로 감각적 심상에 의한 시적 형상화를 가져왔다고 보았다.

한편 시문학파 동인들인 정지용, 김영랑, 신석정 등 개별 시인의 작품에 대한 다양한 연구가 주로 이루어져 왔고 박용철, 이하윤, 김현구 등의 동인에 대해서는 단편적으로 조금씩 고찰되어 왔다.

3) 해외문학파와 시문학파의 비교 연구사

앞의 항목들에서 살펴보았듯이 해외문학파에 대한 연구는 대개 전체 문학사나 비평사의 맥락 아래에서 일부 항목으로 검토된 경우가 많았다. 시문학파는 이러한 것들뿐만 아니라 독립적이고 종합적인 연구도 많은 편이고 정지용, 김영랑 등 대표적인 동인들에 대한 연구는 거의 모든 연구자가 수행할 만큼 다양하게 고찰되어왔다. 이는 그만큼 문학사상 평가가 서로 다른 비중으로 취급되어 왔기 때문으로 볼 수 있다.

이와 관련되어서인지 두 유파에 대한 비교 연구의 경우는 거의 이루어진 것이 없는 편이다. 조연현[21]은 순수문학 집단인 시문학파에 대해 《시문학》의 동인들을 핵심으로 하면서도 《문예월간》, 《문학》, 《시원》 등에 동인 또는 필진으로 참여한 해외문학파를 함께 지칭하는 것이라고 보고 있다. 그는 해외문학파를 처음부터 시문학파와 합류되어 있었다고 두 유파를 거의 동일하게 보는 관점을 가지고 있었다. 그리고 앞에서 검토한 것처럼 김윤식, 조동일 등의 경우도 이 두 유파를 거의 넓은 의미의 한 집단으로 보면서 고찰하였다. 김용직, 김효중 등의 경우에서는 이들을 독립적인 유파로 인정하면서 그들의 문학 활동이나 작품 세계를 구별하여 고찰하고 있다.

3. 연구방법

이 글의 연구 범위와 대상은 해외문학파와 시문학파로 한다.

해외문학파는 1926년에 외국문학연구회 결성에 참여하여 1927년 《해외문학》 1·2호에 번역 작품이나 비평을 실은 초기 동인들과, 1931년에 결성되어 활동을 시작한 극예술연구회에 함께 참가한 후기동인들을 모두 포함하여 이야기한다. 초기 회원인 김진섭, 정인섭, 이하윤, 이선근, 김온, 손우성, 조희순 등에 후기 회원인 이헌구, 김광섭, 장기제, 함대훈, 함일돈, 정규창, 김한용, 서항석, 이병호, 홍재범, 이홍종, 유치진, 유석동, 오희병, 이향우, 김상용, 허보, 김삼규 등 30여명 가까이 이르는 수많은 해외문학파 동인들의 활동상황을 다 살피기에는 어려움이 따른다. 그래서 해외문학파의 형성과 전개에서 그들의 전반적인 활동상황을 검토한 뒤 대표적으로 활동을 왕성하게 했던 김진섭, 정인섭, 이하윤, 이헌구, 김광섭 등 5인

---

21) 조연현, 『한국현대문학사개관』(정음사, 1984), 233-245쪽

을 주요 동인으로 삼아 이데올로기 논쟁과 현대번역의 정립이라는 측면에서 살펴보기로 한다. 이는 이들 5인의 동인들이 해외문학파의 다양한 활동양상을 대표하고 있다고 볼 수 있기 때문이다.

이들은 모두 해외문학 작품의 번역에서 시작하여 해외문학 수입의 의미와 목적에 대한 뚜렷한 이론을 전개하였다. 특히 이들은 당시 위세를 떨치고 있던 프로문학진영에 맞서 이데올로기적 논쟁을 벌이면서 그들이 주장하고 실천하고 있던 계급문학을 정면으로 비판하면서 외국문학의 수용을 통한 한국문학의 정립과 순수문학의 지향을 내세웠다.

또 각자의 개성있는 문학 영역을 개척하였는데 그 중에서도 김진섭은 수필 분야에서, 정인섭과 이헌구는 평론 분야에서, 이하윤과 김광섭은 시 분야에서 창작에 몰입하여 뛰어난 성과를 보였다. 따라서 시작품의 분석 면에서 고찰할 경우에는 주로 이하윤과 김광섭의 시작품에 주안점을 둘 것이다.

시문학파는 1930년 《시문학》을 창간하여 문단에 등장한 김영랑, 박용철을 중심으로 하여 정지용, 변영로, 정인보 등의 영입 동인에 신석정, 김현구, 허보 등의 후기동인이 합해져 이루어져 있다. 이들의 활동 양상을 시문학파의 형성과 전개에서 동인지의 내용을 중심으로 전반적으로 고찰하여 김현구나 허보 등의 주변동인에 대해서도 살펴볼 것이다.

다음에는 시문학파의 주요 시인으로 볼 수 있는 김영랑, 김현구, 이하윤, 정지용, 박용철, 신석정의 작품을 중심으로 그들의 문학적 특징을 고찰하여 정리하기로 한다. 특히 이들을 음악성과 운율 중심의 서정시와 기교성과 이미지 중심의 서정시라는 두 유형으로 나누어 시세계를 고찰하기로 한다. 특히 박용철은 시문학파의 이론적 토대를 이루면서 비평 활동을 통해 그들이 지향한 순수서정시론을 정립하고 아울러 창작활동을 병행하였으므로 그의 순수시론을 통한 순수서정시의 전개와 특성에 대해서도 살펴보기로 한다.

이러한 시인들과 시작품들에 대한 고찰을 바탕으로 해외문학파 동인들의 문학세계나 작품들과의 비교와 대조를 통해 그 유사점과 차이점을 살피고 두 유파간의 상관관계와 문학사적 의의나 한계를 정리하고 그 뒤를 잇는 1930년대 후반기 순수시 성향의 시인들의 흐름과의 관련성도 아울러 밝혀볼 수 있을 것이다.

이 글에서는 이에 따라 각 유파의 성립배경과 과정, 유파의 문학활동 전개과정, 이론적 비평적 근거, 대표적 동인들의 주요활동과 문학세계 고찰, 각 작품들의 특성과 유사점과 차이점에 대한 비교 대조 등을 총체적인 접근을 통해 고찰해 보고자 한다.

먼저, 2장에서는 해외문학파와 시문학파의 형성과 전개의 과정을 정리한다. 그들의 기관지나 동인지인 《해외문학》, 《시문학》 등의 발간과정과 주요 내용을 통해 양 유파의 범위를 확인하고 그들의 형성과정과 문학활동의 전개과정을 고찰할 것이다. 그리고 주요동인들의 문학적 역할과 작품세계를 자세히 살펴보기로 한다.

3장에서는 해외문학파의 문학세계에 대하여 순수문학 지향과 계급문학 비판, 현대 문학이론의 소개라는 영역으로 나누어 고찰한다. 앞의 영역에서는 해외문학파가 가지고 있는 문학적 논리와 특성을 그들의 발표무대였던 《해외문학》을 토대로 살펴보고, 주로 프로문학파에 맞서 전개한 논쟁의 주요 내용들을 통해 그들이 내세운 계급문학 비판과 순수문학 지향에 대해 살펴볼 것이다. 현대 문학이론의 소개 영역에서는 《해외문학》에 수입 소개되었던 표현주의 문학이론이나 미래파 희곡과 상징주의 등에 대한 검토, 그들의 번역태도나 수준에 대해 이의를 제기한 프로문학

진영이나 비해외문학파 연구자들과의 번역논쟁 고찰을 통해 새로운 문학이론의 도입과 현대적 번역의 정립에 대한 그들의 공헌을 살펴볼 것이다.

그리고 외국문학 작품의 번역작업이 한계에 도달한 그들이 시, 수필 등의 여러 영역으로 나뉘어 창작의 길로 나선 동인들 가운데 해외문학파의 대표적 창작시인으로 활동한 김광섭의 초기시들을 중심으로 시에 나타난 서정성과 그 시에 사용된 시어들의 활용양상을 방언, 고유어와 한자어, 조어와 개인시어의 쓰임새와 관련지어 고찰해 볼 것이다.

4장에서는 시문학파의 문학세계의 특징을 순수시론의 정립과 순수서정시의 추구라는 영역으로 나누어 살펴보면서 그 동안의 연구결과를 수렴하여 정리하기로 한다. 박용철로 대표되는 시문학파의 순수시론의 정립과정과 의미, 프로문학 진영의 임화와 주로 벌인 기교주의 논쟁에 대해 살펴보고 시문학파 시인들의 순수시의 세계를 음악성 중심의 서정시와 이미지 중심의 서정시로 나누어 고찰할 것이다.

또 김영랑, 정지용, 김현구, 신석정 등의 주요동인들의 서정시에 나타난 시적 특성과, 그들이 활용한 시어들을 방언, 고유어와 한자어, 조어와 개인시어, 옛말투와 의성어 등 여러 가지 면으로 나누어 살펴보면서 그들이 실현한 국어의 자각과 현대시어의 조탁 등에 대해 고찰할 것이다.

5장에서는 3장과 4장에서 각각 살펴본 양 유파의 특징을 순수문학 지향과 순수시론의 정립이라는 항목별로 유사점과 차이점을 비교 대조해 볼 것이다. 그리고 순수서정시의 비교라는 면에서 양 유파의 공통점과 차이점을 확인해 볼 것이다. 끝으로 문학세계의 특징에 대한 비교 대조를 바탕으로 두 유파의 문학사적 의의와 한계를 정리할 것이다.

2 장   해외문학파와 시문학파의 형성과 전개

1. 해외문학파의 형성과 전개

해외문학파는 외국문학연구회를 모태로 하여 1920년대 후반부에 한국 문학계에 등장하였다. 그 구성원 모두가 동경 유학생들로 이루어진 외국 문학연구회는 외국문학의 소개를 목표로 모였다. 그들이 말하는 외국문학 또는 해외문학이란 영국, 미국, 프랑스, 독일, 러시아 등 서구 중심의 근대 문학을 의미한다. 이들 서구 근대문학을 수입하여 받아들이는 것이 이들 의 일차적 활동내용이자 목표였다.

해외문학파가 등장하기 전인 1920년대 중반 무렵 우리 문학을 지배하 고 있는 경향은 카프(KAPF) 중심의 프로문학운동이었다. 또한 이에 맞서 활동한 민족문학파의 민족정서와 전통계승운동도 우리 문학계의 한 축을 이루면서 상호대립과 갈등의 모습을 보이고 있었다. 이들 양 진영은 모두 직접 또는 간접으로 이념(이데올로기)을 중심에 내걸면서 이를 바탕으로 문학작품을 창작하고, 호불호(好不好)를 비평하면서 서로 공격하거나 옹 호하고 있었다.

바로 그러한 시기에 해외문학파는 이 두 진영에 모두 거리를 두고서 등장하여 새로운 문학의 흐름을 보여주었다. 그래서 한때 해외문학파는 카프와 민족문학파에 맞서서 우리문학의 판도를 3등분하는 세력으로 파 악되기도 하였다.[1]

---

[1] 정인섭은 「조선문단에 호소함」《조선일보》(1931.9.13-19)(『한국문단론고』(신흥 출판사. 1960)에서 당대의 한국문단을 ①예술파, 민족파 ②프로문학파 ③해 외문학파로 3등분하여 각 유파의 문제점을 제시하였다.

이들이 당시의 문학, 시와 시단에 끼친 영향은 대단하였으며, 특히 1930년대 우리시의 새로운 흐름을 시작한 시문학파의 전단계로서의 의미를 지니기도 하였다.

해외문학파의 모임인 외국문학연구회는 그 구성원 모두 동경 유학생 출신들이며, 이들은 몇 단계에 걸쳐 계속 동경 유학생들을 후기 동인으로 받아들이면서 세력을 확충해 나갔다. 이들의 활동 양상을 파악하기 위해 외국문학연구회의 결성에서부터 그 성립과정을 살펴보기로 하자.

1) 해외문학파의 범위와 형성과정

해외문학파가 우리 문단에 모습을 드러낸 것은 1927년 그들의 기관지 《海外文學》 창간호를 내면서부터이다. 그 표지에 도안을 담당한 김온이 실수로 "東京 海外文學研究會 編"이라고 오기(誤記)를 하여서[2] 그 잡지의 제호인 '해외문학'과 잘못 적어진 '외국문학연구회'라는 단체 이름에서 외국문학연구회가 '해외문학파'로 불리게 된 것이다.

이들은 기관지인 《해외문학》 창간호의 발간과 함께 우리 문단 안팎에서 주목을 받게 되었는데 특히 당시 문단을 지배하던 프로문학 측에서는 이들에 대해 매우 부정적인 태도를 보이면서 비판과 공격을 하였다. 이처럼 다른 문학집단의 비판적 평가를 통해 해외문학파는 문단의 한 세력으로 등장하면서 자리잡게 된 것이다.

이들의 모임은 몇 사람의 동경 유학생들이 모이는 데서 비롯되었다. 1924년을 전후하여 당시 동경에는 정인섭, 이선근(早稻田大), 김진섭, 손우성, 이하윤(法政大), 김명엽(東京高師), 김온(東京外語大) 등 각 대학의

---

2) 정인섭, 「해외문학 창간」, 『못다한 人生』(휘문출판사. 1978), 68쪽

외국문학 전공 학도들이 유학하고 있었다. 이들은 비슷한 나이 또래였고 영어, 프랑스어, 독일어 등 다양한 전공의 외국문학을 공부하면서 문학에 눈을 뜨고 관심을 가진 학생들이었다. 더구나 식민지의 지식청년으로서 적국의 수도인 동경에서 공부하면서 비슷한 감정이나 의식을 가지고 있던 이들은 자주 만나서 문학에 관심을 가지고 토론하고 술자리를 가지면서 공통적인 관심사를 키워 나갔다. 앞의 7명이 여러 차례 회동하여 진지한 문학연구단체를 가져 보자는 움직임이 결실을 맺어서 동인제의 '외국문학 연구회'를 1926년에 결성하였다.3)

이 모임을 결성하면서 그 동안의 느슨한 만남과 술자리에서 벗어나 윤 번제로 주제를 발표하고 그에 대하여 토의를 진행하는 월례회를 가지게 되었다. 이들은 이러한 모임을 여러 차례 거치면서 문학에 대한 관심과 능력을 키워갈 수 있었으며 대외적으로 그들의 존재를 알리려는 노력을 진행시키게 되었다.

외국문학연구회의 동인지 《해외문학》 창간호가 간행된 것은 1927년 1월이었다. 이 창간호의 발행에 결정적인 도움을 준 이는 이은송이었다. 그는 처음부터 외국문학연구회의 동인으로 참가하지는 않았으나 같은 고 향인 강원도 이천 출신인 이하윤의 후배로서 그의 권유와 친분에 따라 참 여한 것이다. 이하윤에 따르면 그는 애초에 문학 월간지 발행에 뜻을 품었 던 문학 청년으로서 집안도 경제적으로 꽤 넉넉한 편이었다.

이하윤은 고향인 강원도 이천의 명망있는 집안 태생으로 제일고보 진 학과 동경유학의 과정을 거치면서 고향사람들의 신망을 모으고 있었는데 서울에 머물던 그에게 찾아온 이은송과 문예 동인지 발간을 이야기하여

---

3) 외국문학연구회의 결성 과정과 그 구체적인 사항은 이하윤, 「나와「해외문학 시대」『이하윤 선집』2 (한샘, 1982), 182-186쪽 참조

이은송의 경제적 후원에 힘입어 《해외문학》 창간호가 발간된 것이었다. 여기에 이은송은 단편소설 1편을 번역 소개하고 편집 후기를 쓰기도 하였으나 사실은 이름만 내걸었을 뿐 실제 집필은 이하윤이 했던 것으로 보인다. 《해외문학》 창간호는 총 202면으로 발행되었는데 그 내용은 외국문학의 이론적 소개와 수용에 관한 평론을 앞에 두고, 소설과 시와 희곡의 차례로 작품을 번역 수록하였다.

그 중의 주요 작품과 번역자를 다음과 같이 정리해 볼 수 있다.

《논설 · 평론》
金晉燮 … 表現主義文學論
鄭寅燮 … '포오'를 論하야 外國文學研究의 必要에 及하고 '海外文學' 創刊을
          祝함.
金石香 … 최근 英詩壇의 趨勢
李瑄根 … 露西亞文學의 創始者 '푸쉬킨'의 生涯와 그의 藝術

《소설 번역》
鄭寅燮 역 … 赤死의 假面 (에드가 알란 포우)
孫宇聲 역 … 神父의 木草 · 제스타스 (아나톨 프랑스)
金晉燮 역 … 門前의 一步 (하잇리히 만)
李殷松 역 … 고기의 설음 (와시리 에루센코)
異河潤 역 … 빌지니와 포올 (빌리에 드 릴라당)

《시 번역》
異河潤 역 … 가을 노래, 내 가슴 속에는 눈물이 퍼붓네, 가이없는 검은 잠은,
            흰달, 안개 어리운 냇가에 나무 그림자는 (P.베르렌느)
李瑄根 역 … 惡魔, 毒나무, 구름장, 아침 해, 暴風 (푸시킨)
金石香 역 … 나이팅게일(P.브리지스), 眞理(존 메이스필드), 대답 없는 사람들
            (월터드 라메이어)
孫宇聲 역 … 追憶(알프레 드 뮈세), 哀戀歌(1)(2)(알벨 사맹), 疑念, 괘념, 명상(P.
            제랄디), 사랑의 시(노아이유 남작부인)

金晉燮 역 … 모든 것은 유희였다(K.메이어), 미니용(괴테), 不知火(코핏슈), 外的
            生活의 발라드(H.호프만스탈), 어떤 젊은 벗에게, 廢園(하인릿히
            아돌프), 孤獨·困苦·池邊(아더 크리스텐), 짜라투스트라의 노래
            (F.니이체), 길에서(야코브 유리우스 다빗드)
異河潤 역 … 셋째 노래, 다섯째 노래, 여덟째 노래(모리스 마테를링크)

《희곡 번역》
金 韞 역 … 求婚(안톤 체홉),
            月光(마리넷티)

그밖에 중국 호적(胡適)의 백화시(白話詩) 「十一月二十四日」과 레이먼
드 밴톡의 「Love and Death, The Sorrow of one」의 시가 원문 그대로 실려
있다. R. 밴톡은 당시 와세다 대학 영문과에서 강좌를 맡고 있던 영국인
교수로 동인인 정인섭과 친분이 깊은 사이여서 창간호에 편지 형식의 축
사도 함께 써 주었다. 그 외에도 외국 문학의 이해와 수용의 범주에 드는
가벼운 내용의 글들이 포함되어 있기도 하였다.

해외문학파의 행동철학에 대해 김용직 교수는 다음의 두 가지로 집약
하였다[4]. 첫째, 철저하게 동인의 테두리가 고수된 점으로 창간호의 집필
자 가운데 외국문학연구회 창립동인이 아닌 경우는 이은송 한 사람 뿐이
었다. 그는 창간호 발간의 가장 핵심적 요소인 출자와 편집에 발행의 일을
맡은 인물이었으므로 예우차원에라도 실었을 것으로 보이지만 그 외는 철
저하게 동인들만의 글로 채워진 것이다. 둘째, 철저한 전공의식이나 전문
의식으로 그들은 자신들이 전공한 여러 나라의 문학만을 대상으로 평론을
쓰고 작품을 번역 소개하였다. 그 한 예로 이선근은 푸시킨에 대한 평론과
그의 시작품을 번역하였는데 그는 당시 푸시킨, 투르게네프, 고리키, 체홉

---

4) 김용직, 『한국근대시사-하』(학연사, 1986), 449쪽

등에 심취한 러시아 문학도였다. 이와 함께 호적이나 밴톡의 시를 우리말 번역이나 주석 없이 원형 그대로 실은 것은 이들이 외국어로 된 당대의 시를 그대로 수용할 준비가 되었음을 알리는 신호탄 같은 것으로 《해외문학》 창간호에 나타나는 편집의식에는 소수정예주의가 담겨 있었다.

《해외문학》 창간호가 발간되자 문단 안팎에서 비상한 관심을 보였다. 당시 문단은 프로문학파와 국민문학파가 좌우로 나뉘어 주도권 다툼을 벌이고 있었다. 시대적 상황에 따라 그 중에서도 프로문학파의 계급문학이론과 문학작품이 더 큰 흐름을 이루고 있었으며 이에 상대하여 국민문학파의 민족전통 수호를 주요 이념으로 내건 문학흐름이 맞서고 있던 상황이었다. 이 두 세력 어느 쪽에도 가담하지 않으면서 해외 문학의 소개와 번역이라는 새로운 시도를 통해 독자적인 동인지를 발행한 해외문학파에 대해 양측은 환영이나 격려보다는 견제와 비판에 나섰다. 특히 해외문학파의 진출에 대해 민감한 반응을 보인 것은 프로문학 쪽으로 여러 비평가들을 동원하여 해외문학파를 공격하였다.

이러한 비판이나 공격에 맞서 자신들의 입장이나 견해를 밝히거나 문학활동을 계속하기 위해서는 기관지 《해외문학》 2호를 발간해야 했다. 하지만 2호가 발행된 것은 창간호가 나온 지 반년 이상이 지난 1927년 7월에 이르러서였으며 그 내용도 60면으로 1호의 1/3 정도로 축소되었다. 그 주된 이유는 다른 문학잡지나 동인지의 경우와 마찬가지로 경제적인 데에 있었다. 《해외문학》 창간호가 이은송의 출자에 의해 발행된 것은 이미 밝혔지만 그 이후 그는 잡지 경영에서 물러났다. 이는 그 자신이 뚜렷한 목적이나 사명의식을 가지고 시작한 것이라기보다는 다분히 문학청년 기질과 낭만적인 생각에다 이하윤과의 친분관계와 권유에 의해 시작한 것인데, 잡지의 판매 실적이 부진하여 경영을 계속하지 못할 만큼 경제적 손실

을 입은 때문이었다. 정인섭에 의하면

> 그 동인들이 모두 해외에서 유학하고 있었기 때문에 선전이나 판로에 대
> 해서 그다지 활발하지 못했다. 물론 사우(社友) 규정이 있었으나 제대로 호
> 응이 없어서 《해외문학》을 속간하지 못했다.[5]

고 하였다. 1920년대는 물론 1930년대에 이르기까지 우리 문단에서 문
학 예술을 주로 다룬 잡지나 동인지가 경영상 성공을 이룬 예는 거의 없었
다고 해도 과언이 아니다. 이는 그 당시 문단주변의 독서성향이나 수준,
경제적 상황 등을 고려하면 이해가 되는 것으로 해외문학파 동인들 역시
그러한 상황을 제대로 파악하지 못했으며 문학적 의욕만이 앞섰을 뿐이었
다. 다시 동인지를 발행하기 위해서는 새로운 출자자를 모색하거나 동인
각자 비용을 모아서 충당하는 방안 중 하나를 선택해야 했다. 당시 상황에
서 새로운 출자자를 찾기는 불가능해서 동인들의 공동출자를 할 수밖에
없었다.

이 단계에서 해외문학파의 구심점으로 나선 것이 정인섭이다. 그는 외
국문학연구회의 일에 열성을 보였으며 창간호 발행 이후 자기집을 모임의
연락처로 제공했을 뿐만 아니라 발족 당시부터 모임의 중심 역할을 한 김
진섭과 김명엽이 귀국하자 새 동인의 영입을 위해 앞장서기도 하였다. 본
래 활발하고 사교적인 성향이었던 그는 여러 방면의 활동을 하였는데 그
중의 하나가 우리의 전래 동화나 야담, 전설 등을 수집 정리하여 『온돌야
화(溫突夜話)』라는 이름의 책으로 펴낸 일이었다. 이 책은 당시 일본인들
의 호평 속에 많이 팔려서 당시로는 큰 액수인 100원이라는 원고료를 일

---

5) 정인섭, 「해외문학 창간」, 앞의 책, 80쪽

시금으로 받았다. 그는 부모에게 송금을 받아 생활하고 있었으므로 별 어려움이 없어서 "부모에게 얼마간 드리고 처음으로 커피세트를 산 후 나머지를 몽땅 《해외문학》을 속간하는데" 쓰기로 하였다.[6]

이 비용이 크게 도움이 되어 동인지 2호를 발행할 수 있게 되어서 그 책 뒤의 판권란에는 편집 겸 발행인이 정인섭의 이름으로 되어 있었다. 표지도안도 스스로 하고 해외문학파의 2차 강령에 해당되는 권두언을 쓰는 등 《해외문학》 2호는 그가 주도적으로 활동하여 발행된 것이다. 이렇게 해서 나온 《해외문학》 2호의 중요내용은 다음과 같다.

《논설 평론》
李瑄根 … 黎明期 露西亞文壇 回顧
咸逸敦 … 明治文學의 史的考察
鄭寅燮 … '쇼오'劇의 作文과 思想

《시 번역》
丁奎昶 역 … 갈대피리 부는 이, 그늘진 수풀(피오나 맥클리오드)
異河潤 역 … 진혼곡(스티븐스), 死都(알벨 사맹), 부셔라(A. 테니슨),
      잊어버리어요(사라 디스데일), 두꺼비(꼴비에르), 기사
      (월터 드 라 메이어), 二元論(포올 제랄디), 삶(J. 골즈워어디),
      回想(西條八十)
金翰容 역 … 西風에게 보내는 노래(P.B. 셰리)
李柄虎 역 … 老兵에게 보내는 輓歌, 난데없는 이에게, 憧憬하고 默想할 그때
      (W. 휘트먼),

《소설 번역》
孫宇聲 역 … '일르'의 女子(알퐁스 도오데)

《희곡 번역》

---

6) 위의 글, 81쪽

金穩 역 … 白鳥의 노래(안톤 체홉)
張起梯 역 … 그가 그내 男便을 속인 이야기(버나드 쇼오)

　위와 같은 2호의 내용은 창간호와 비교하여 크게 달라진 면을 찾기는 어려운데 이는 2호를 주관한 정인섭이 창간호에서도 함께 작업하였으며 그 성향을 이어갔기 때문이다. 뚜렷한 출자자가 없었던 2호가 내용이나 면수에서 창간호에 비해 많이 줄었다는 점이 겉으로 나타나고 있다. 또한 창간호에서 선보인 해외문학파의 의식 성향이 더욱 두드러지게 드러난다.

　우선 창간호에는 논설평론 4명 4편, 소설 5명 5편, 시 5명 32편, 희곡 1명 2편이 실려 있는데 2호에는 논설평론 3명 3편, 소설 1명 1편, 시 4명 15편, 희곡 2명 2편이 실려 있어서 다른 영역은 비슷한 비중을 유지하고 있는데 소설은 비중이 많이 줄고 시가 상대적으로 비중이 크게 늘어났음을 알 수 있다. 이는 해외문학파의 시 선호 경향이 창간호에 이어 2호에서도 더욱 두드러지게 나타난 것이다.

　둘째로 창간호에 체홉과 마리네티의 작품이 각 1편씩 번역소개 되었던 희곡과 연극에 대한 동인들의 관심이 계속 이어지고 있다. 2호에서는 김온이 체홉의 작품 1편, 장기제가 버나드 쇼의 작품 1편을 번역 소개하고 있으며 정인섭은 그 중 뒷 작품에 평석(評釋)까지 덧붙이기도 하였다. 해외문학파의 희곡에 대한 이러한 관심은 지속적으로 이어져 뒤에 이들이 중심이 되어 극예술연구회를 만들고 신극운동을 펼쳐 나가기도 하였다.[7] 이러한 점은 해외문학파가 시나 수필 분야뿐만 아니라 희곡이나 연극의 발전에도 일정한 기여를 하였다는 근거가 되고 있다.

　셋째로, 2호에는 문학작품의 표현매체인 말(언어)에 대한 관심과 문장

---

7) 이두현,『韓國 新劇史 硏究』(서울대출판부, 1966) 173～175쪽

이나 문체에 대한 고민의 모습이 나타나 있다. 정인섭의 회상기에 보면 외국 문학 작품의 분위기를 그대로 옮기기 위해서 새로운 술어나 익숙하지 않은 구문(構文)을 고안해야 할 때가 많았다고 하였다.[8] 외국문학을 수용하는 과정에서 출발하였지만 이러한 언어와 문체에 대한 관심과 노력은 해외문학파 회원 전체에 의해 계속 이어지고 1930년대 이후 시문학파 동인들에게 계승되어 한국시의 발전에 크게 기여한 언어중심의 기법주의의 한 바탕이 되었다.

끝으로 2호에는 새롭게 등장한 해외문학파의 동인이 많았다. 그들은 함일돈, 정규창, 이병호, 장기제 등이며 2호 간행 이후에도 꾸준히 가입한 동인들이 있어서 동경유학생 가운데 외국문학 전공자를 모두 끌어들이자는 그들의 초창기 뜻이 어느 정도 이루어진 것으로도 볼 수 있다. 새로운 참가자들은 이헌구(와세다대 불문과), 홍재범(법정대 철학과), 이홍종(법정대 노문과)이었다. 그 뒤를 이어 유석동(와세다대 영문과), 김광섭(와세다대 영문과), 함대훈(동경 외국어전문 노문과), 서항석(동경제대 독문과), 조희순(동경제대 독문과), 유치진(입교대 영문과) 등이 참여하였고 나중에는 이향우, 김상용, 허보, 김삼규 등이 참가하였다.

이들은 해외문학의 수입과 수용분야는 물론 문단 전체에서도 프로문학파나 민족문학파에 수적으로 필적할 만큼 큰 세력이 되었다. 이러한 힘은 이들이 개별적으로 또는 집단적으로 문학창작이나 비평에 나서 작품활동을 하면서 1920년대 후반부터 1930년대에 이르기까지 우리 현대문학의 발전에 이바지하는데 중요한 바탕이 되었다.

---

8) 정인섭, 앞의 글, 83쪽

2) 해외문학파의 전개와 주요동인들의 역할

해외문학파 동인들은 유학생활을 마치고 귀국한 뒤에는 대부분 신문사에 자리를 잡았다. 그 당시 《조선일보》에는 이선근이 들어가서 나중에 편집국장 대리가 되었고, 《동아일보》에는 서항석이 들어갔으며, 《중외일보》에는 이하윤이 들어갔던 것이다.[9] 또 그후로도 《조선일보》와 《매일신보》 등에 함대훈, 김진섭 등이 참가함으로써 한동안 중요 신문의 문학 예술란이 해외문학파 동인들에 의해 거의 독점되다시피 한 경우도 있었다.

해외문학파 동인들처럼 외국문학 전공의 유학생 출신들에게 가장 좋은 직장은 중학교나 전문학교의 어학교사라고 할 수 있었으나 그러한 자리는 제한되어 있어서 몇 사람은 귀국후 쉬고 있거나 잡지사에 일자리를 잡게 되었던 것이다. 이처럼 신문사의 학예면을 차지한 상황은 국내 문단에서 해외문학파의 노선과 이상을 드러내는데 큰 도움이 되었다. 이들은 동경에서 교포 어린이 잔치를 개최하기도 하고, 세계 아동예술 순회전을 국내에서 열기도 했으며, 극예술연구회를 발족시키는 등 집단적 행사나 활동을 꾸준히 해 나갔다.[10]

해외문학파의 활동시기는 크게 두 시기로 나누어 볼 수 있다. 전기는 외국문학연구회의 성립에서 1920년대 말까지의 시기로 이 시기에 해외문학파는 프로문학 진영의 비판과 공격에 대응하면서 그들의 문학적 이상을 알리고자 하는 활동을 하였다. 그리고 해외문학파라는 이름과 그들의 문학적 이상에 걸맞게 번역을 통해 해외문학의 수용과 소개작업을 전개하였다.

---

9) 이하윤, 「나의 "海外文學"시대」, 『이하윤 선집』2(한샘, 1982), 187쪽

10) 위의 글, 164쪽

그 주요 무대는 물론 《해외문학》 1, 2호였으며 그들 가운데 몇몇은 국내 문단에서 창작시와 평론을 발표하기도 하였다. 전기는 해외문학파의 구성이 시작되어 내외적으로 활동의 기틀을 다진 시기라고 할 수 있다.

해외문학파의 활동 후기는 1930년대 초반에서 중반까지 이어진다. 이 시기에서도 외국 문학 작품 번역 소개와 시 창작은 물론 평론과 수필 등 여러 분야에 걸쳐 활동이 진행되었으며 이들이 주로 활동한 무대는 《文藝月刊》, 《文學》, 《詩苑》 등이다. 그중에서 《문예월간》과 《문학》은 시문학파의 동인지로 알려져 있고, 시문학파의 중심인물인 박용철이 출자를 맡고 주재하였던 문예지를 해외문학파가 활동무대로 삼았다고 보는 데에 의문을 제기할 수도 있다. 하지만 그것은 해외문학파와 시문학파 간의 여러 가지 유사성과 연속성을 고찰해 본다면 충분히 수긍할 만하며 이를 통해 두 유파의 공통점과 차이점을 확인할 수 있기도 하다.

박용철의 개인적 사정에 의해 《시문학》이 3호로 종간된 다음에 그는 종합 문예지 《문예월간》을 간행하면서 이하윤에게 편집을 맡게 하였다. 편집의 책임을 맡은 이하윤은 해외문학파 동인들을 주요 필자들로 참여시켰다. 《문예월간》 창간호의 시란(詩欄)에는 박용철의 창작시와 이하윤, 장기제의 번역시가 실려 있으며 평론란에는 김진섭, 이헌구, 함일돈, 조희순 등의 비평과 논설이 실려 있었다. 이처럼 《문예월간》에는 대부분의 집필자가 해외문학파 동인으로 이루어져 있었고, 해외문학파와 시문학파의 문학적 지향점으로 볼 수 있는 해외문학 수용과 서정시 지향의 특징이 잘 나타나 있다.

이 문예지에 실린 창작시는 《시문학》에 실린 순수서정시들의 뒤를 그대로 이어서 선명한 감각과 순수한 서정을 살리기 위한 시어의 조탁의 흔적을 찾아볼 수 있다.11) 특히 《문예월간》 4호를 보면 괴테 특집호가 대부분을 차지하고 있는데 주요 내용은 다음과 같다.

> 「生涯와 그 作品」(曺希醇), 「괴테의 藝術」(金晉燮), 「괴테의 詩」(徐恒錫),
> 「괴테와 나」(玄民, 巴人, 朱耀翰, 卞光昊, 李軒求, 金晉燮, 鄭寅燮, 徐恒錫,
> 李光洙), 「괴테 抒情詩抄」·「찾아 냈소」·「길손의 밤노래」·「水精의 노래」
> (徐恒錫 역), 「거친 들의 장미」·「이별」·「멀리 간 이에게」·「냇가에서」·「
> 해금타는 늙은이의 노래」·「미뇬의 노래」·「牧羊者」·「노래하는 사람」(朴
> 龍喆 역), 「베르테르의 설음」(朴龍喆 초역)

위와 같은 특집 내용을 보면 《해외문학》에 못지 않은 적극적인 해외
문학 수용과 소개의지를 드러내고 있음을 확인할 수 있다. 이러한 성향은
《문학》에도 거의 그대로 이어지고 있어서 시문학파와 해외문학파의 문
학적 교류는 계속되었다.

또 잡지 《시원》도 그 성격이 이어지는 시전문지였다. 주재자인 일도
(一島) 오희병은 《시원》에 번역시란을 두어서 해외문학파 동인들이 해
외시를 번역 소개하도록 하여 《해외문학》의 뜻이 연계된 잡지인 것을
짐작하게 하였다. 구체적으로 《시원》 1, 2, 3호에 실린 번역시의 작품과
번역자는 아래와 같다.

> 창간호. 죠이스의 詩 2편 … 異河潤 역
> 　　　헬만 헷세, 「感懷」… 曺希醇 역
> 　　　보오드렐, 「破鐘」… 李軒求 역
> 　　　하이네 詩抄 … 徐恒錫 역
> 　　　부르숍프 「斷章」- 咸大勳 역

---

11) 시문학파의 대표적 시인인 김영랑이 《문예월간》에 참여하지 않은 것은 종
　　합 문예월간지라는 성격에 대한 회피의 뜻이었지 이 동인지의 시의 흐름 자
　　체가 순수서정시의 갈래를 벗어난 것은 아니었다.

제2호. 존슨, 「沈默의 말씀」·「虛無」… 張起悌 역
         니이체, 「孤獨」… 曺希醇 역
         푸류둠, 「눈」… 李軒求 역

제3호   (빅토르 위고 특집)
         논설 「빅톨 유우고의 詩人으로의 生涯」, 「빅톨 유우고의 詩人으로의
         素論」
         시 「다시 또 그대에게」, 「四日밤의 追憶」, 「STELLA」, 「잠든 쟈느」등 …
         李軒求 역

3호의 빅토르 위고 특집을 전체 맡아서 논설을 쓰고 시편을 번역한 이
헌구는 해외문학파의 후기 구성원 중에서 가장 활발하게 활동한 동인이다.

이처럼 《시원》 1~3호의 번역시나 번역자 등을 살펴보면 이 잡지와
해외문학파 사이의 유대관계를 확인할 수 있어서 넓은 의미의 해외문학파
의 활동 무대로 포함시킬 수 있는 것이다.

해외문학파의 전후기 동인이 모두 30여명에 이를 만큼 당시의 대표적
유파인 카프파나 민족문학파에 버금가는 규모였지만 이들이 모두 작품활
동을 활발하고 꾸준히 진행해 나간 것은 아니었으므로 그 양대 세력과 대
등하게 맞서지는 못하였다. 비교적 활발하게 외국문학 작품의 번역소개
활동을 하던 해외문학파 동인들 중에서도 특히 김진섭은 수필, 정인섭과
이헌구는 평론, 이하윤과 김광섭은 시분야에서 창작활동을 지속하였다.

정인섭은 해외문학파 성립 초기에서 《해외문학》 창간호에 함께 참여
하였으며 자신의 출자와 기획으로 《해외문학》 2호를 출간시키기도 하였
다. 《해외문학》 이후에도 여러 잡지와 신문을 통해 지속적으로 해외문학
을 수입 소개하였으며 해외문학파가 중심이 되어 활동한 극예술연구회에
도 적극적으로 참여하였다. 정인섭, 김진섭, 이하윤, 이헌구, 서항석 등 해

외문학파 동인들과 유치진 등 신진 연극인들이 함께 창립한 극예술연구회에서 강연활동이나 무대출연을 했으며 연극공연을 기획 주관하기도 하였다. 그리고 우리말글에 대해 큰 관심을 가지고 있으면서 뒤에 한글학회의 연구원이 되어 국어의 정리와 보급에 노력하기도 하였으며, 전통문화에 대한 관심을 갖고서 일본에서 우리 야화에 대한 책을 내기도 하였다.

정인섭은 영문학을 전공하면서 자신의 전공을 살려 영국, 미국의 시인들의 문학작품을 번역 소개하면서 해외문학 소개라는 해외문학파의 기본 취지를 충실히 시행하였다. 그리고 해외문학파에 대한 비판과 번역수준에 대한 문제 제기에 맞서 프로문학진영이나 비해외문학파와의 논쟁에 나서는 등, 이헌구와 함께 해외문학파의 대표적 평론가로 활동하였다.

김진섭은 1921년부터 일본 법정대학 독문과에서 독문학을 전공하면서 1926년 외국문학연구회 발족에 주도적으로 참여하여 정신적인 지주의 역할을 하였다. 귀국한 다음 1931년에는 윤백남, 유치진 등과 함께 극예술연구회를 조직하여 《극예술》을 간행하면서 연극과 희곡에 대한 일반대중의 이해를 넓히고 기성 극단의 오류를 비판하면서 근대적 의미의 신극을 수립하고자 활동의 폭을 넓혔다.

그는 《해외문학》 창간호에 평론 「表現主義文學論」을 발표하여 근대적 서구 문예이론인 표현주의 문학론을 소개하였고 독일 소설가 하인리히 만의 소설 「門前의 一步」를 번역 수록하였다. 독문학을 전공하였던 그가 독일 소설을 번역 소개한 것은 외국문학 전공자에 의한 외국문학 작품의 번역소개라는 해외문학파의 구호를 실천한 것이었다. 그리고 독일시를 9편 번역하였는데 괴테의 「미니용」, 메이어의 「모든 것은 유희였다」, 니이체의 「젤라후스트라의 노래」등 19세기 대표적 독일 시인들의 작품이 포함된 것이었다.

해외문학파 제1기 동인으로서 김진섭의 활동은 독일시와 소설의 번역과 해외문학파의 번역태도 등에 대한 이론적 평론 발표가 있었다.

그래도 그의 주된 문학적 성과는 수필에서 이루어졌다. 김진섭은 근대 수필의 틀을 잡고 문학의 한 영역으로 확장하는 등 수필분야에서 선구적으로 나섰다. 그는 여러 잡지에 수필을 발표하면서 수필을 문학적 차원으로 승화시키고 수필에 대한 이론을 확립하는데 기여하였다.

> 窓은 우리에게 光明을 가져오는 者이다. 窓이란 흔히 우리의 太陽임을 意味한다. 사람은 눈이 그 窓이고 집은 그 窓이 눈이다. 오즉 사람과 家屋에 멈칠 뿐이랴. 仔細히 點檢하면 모든 物體는 그 어떠한 것으로 依하여서든지 반다시 그 通路를 가지고 있음은 두말할 것도 없다.
> 우리는 그 사람의 눈에 魅力을 느낌과 같이 집집의 窓과 窓에 한없는 蠱惑을 느낀다. 우리를 이와 같이 牽引하여 놓으려 하지 않는 窓側에 우리가 앉아 閑暇히 보는 것은 하나의 헛된 演劇에 比較될 性質의 것이 아니다.
> 우리가 여기서 볼 수 있는 것은 너무나 많은 것-卽 그것은 自然과 人生의 無盡藏한 豊溢이다. 惑은 境遇에 依따하야서는 世界 自體일 수도 있다. 窓 밑에 窓이 있을 뿐 아니라, 窓 옆에도 窓이 있고, 窓 위에 또 窓은 있어-눈은 눈을 通하여, 窓은 窓에 의하여 이제 왼 世上이 하나의 完全한 透明體임을 볼 때가 일찍이 諸君에게는 없었던가.[12]

그 이전의 수필들이 신변잡기의 차원에 머물거나 감정의 자유로운 발산에 그친 데 비해 김진섭의 수필은 내용에 있어서 감정과 함께 사색적 요소를 담기 시작하였다. 그의 초기 작품인 수필 「창」에서 확인해 볼 수 있는 것은 집안의 창문이라는 가까운 생활주변의 소재를 선택하여 인생과 자연을 지긋이 바라보면서 자신의 내면적 이야기를 담아 내고 있다는 것이다. 형식은 자유롭지만 내용은 한자어를 많이 사용하면서 철학적 깊이

---

12) 김진섭, 「창(窓)」《문학》 1.(1934. 1) 1-2 쪽

를 담아서 사변적 경향을 띠고 있다. 이러한 경향은 해외문학파의 대표적 시인 중 한 사람인 김광섭의 초기시와 다분히 통하는 면이 있다. 물론 시와 달리 수필은 산문이기 때문에 정서적 운율적 함축미는 없으나 김광섭의 초기시에 보이는 사변적이고 내면적인 경향과 일맥 상통하는 것이다.

이하윤(異河潤)은 해외문학파로 출발하여 그 기본 이상을 살리면서 시문학파 동인으로 참가하기도 하고 극예술연구회에 참가하여 활동하기도 하면서 여러 방면의 활동을 이어 나갔다. 그는 해외문학파와 시문학파 양쪽에서 모두 중요한 역할을 맡아 활동하면서 두 유파간의 징검다리 역할을 하였으며 그를 매개로 하여 두 유파간의 공통점을 찾아볼 수 있다.

이하윤을 비롯한 해외문학파 동인들이 《해외문학》 발간 이후에는 하나같이 창작 쪽으로 관심을 돌리고 있는데 이하윤의 회고에 따르면 이는 "해외문학의 이식에는 적지 않은 애로가 가로 놓여 있음으로" 취하게 된 방향전환에서 비롯되었다.[13] 해외문학의 수입 소개라는 1차적 목표를 어느 정도 수행하고 나서 이에 대한 비판이나 경계의 목소리가 카프나 민족문학파 등의 주위에서 들려오게 되자 대응책의 하나로 정인섭이 주장했던 것처럼 창작이 가능한 동인들은 각 장르별의 창작방향으로 나서게 된 것이었다.

1930년부터 《시문학》 동인으로 참가한 이하윤은 창작시를 발표하는 한편으로 외국시들을 번역하여 소개하는 작업을 계속하였다. 김병철에 의하면 1930년대에 해외시를 5편 이상 번역하여 발표한 이들이 이하윤 95편, 변영로 14편, 김상용 12편, 박용철 10편, 김광섭 9편으로 나타나 있다.[14] 이것을 보면 나머지 네 시인의 번역작품을 모두 합해도 이하윤의 활동에

---

13) 이하윤, 「한국 신시 발달의 경로」, 《백민》 21호 (1950. 3), 15쪽
14) 김병철, 『한국근대번역문학사연구』(을유문화사, 1975), 714쪽

이르지 못할만큼 그의 외국시 번역이 활발하게 이루어졌음을 알 수 있다.

또 하나 이들 모두가 일본 유학을 거친 문학인들이라는 점에서 공통점을 찾을 수 있으며 이하윤과 변영로, 박용철 등은 모두 시문학파 동인으로 활동하고 있었다는 점이 특기할 만하다. 그들은 《시문학》 등의 시문학파 동인지에 자신의 창작시뿐만 아니라 해외의 번역시를 수록하기도 하였다. 물론 대개의 번역시들은 시문학파의 시적 특징이자 지향점인 아름다운 서정과 음악성을 살린 작품들이었다. 이 점도 시문학파가 해외문학파의 문학적 성과를 계승 발전시킨 유파라는 근거의 하나라고 볼 수 있다.

이러한 그의 창작시의 세계와 관계가 있는 번역시 한 편을 살펴보기로 하자.

> 금과 은의 밝은빛으로 짜내인
> 하눌나라의 수노흔옷을 내가 가젓스면
> 밤과 낮과 새벽과 황혼의
> 푸르고 어둡고 검은옷이 내게 잇섯스면
> 그옷을 그대발아레 까라드리렷만
> 나는 구차한지라 오직 내 꿈이 잇슬분
> 그대발밑에 이꿈을 까라올리오니
> 고히 밟으소서 내꿈을 밟고가시는님이어
> ― W.B. 예이츠, 「하눌나라의옷이 잇섯스면」―15)

애란의 대표적인 시인인 예이츠의 이 시는 순수하고 아름다운 서정을 색깔의 대비와 가정법의 표현을 통해 잘 노래한 작품이다: '금과 은의 밝은 빛'이라는 색감과 '푸르고 어둡고 검은 옷'이라는 색감의 대비, 밤과 낮과 새벽과 황혼이라는 시간의 대립적 전개, 하늘 나라의 옷과 내꿈의

---

15) 이하윤, 『이하윤선집』1권, 234쪽

대비 등을 통해 밝고 따뜻한 느낌과 님을 향한 사랑의 마음을 잘 드러내고 있다. 이 시는 영랑의 여러 시작품과 비슷한 정서를 보이는데, 특히 「끝없는 강물이 흐르네」에 나오는 밝고 아름다운 정서와 통하는 바가 크다. 이처럼 이 작품은 영랑을 비롯한 시문학파 시인들의 순수시의 세계와 잘 통하며 그들과의 영향관계를 짐작하게 하는 시작품으로 볼 수가 있다.

이헌구는 해외문학파의 후기 동인으로 합류하여 해외문학파의 대표적 비평가로서 이론적 방향을 제시하는 일에 앞장섰다. 그는 1932년 조선일보 신년호 학예면 권두논문으로 「해외문학의 임무와 장래」를 실으면서 당시 해외문학파의 현황과 문제점, 이에 대한 비판과 반박까지 모아서 제시하였다. 여기에서 그는 민족지상주의도 계급문학론도 함께 반대하면서 문화예술적 전통과 고전을 올바르게 섭취하여 우리의 새로운 문학을 창조해야 한다고 주장하였다.

이에 대해 임화는 김철우라는 가명으로 「소위 해외문학파의 정체와 의미」라는 글을 발표하여 해외문학파의 활동 자체를 백안시하는 태도를 보였으며 이에 대한 이헌구의 반박으로 한동안 논쟁이 이어지기도 하였다.

이헌구는 자신을 비롯한 해외문학파의 활동취지에 대해 이전에 지속적으로 대립해 온 프로문학과 민족문학 사이에서 황폐해진 조선문단에 새로운 계기를 마련하는데 있다고 천명하였다.

전체적으로 민중심에 젖고 그 사회에 그 자신이 좀더 겸손하고 광범한 문예의 이해와 교양을 부여하는 근본적 운동이 있어야 할 것이며 계몽적 의미에서 '이데올로기'만이 아니요 그도 내포하는 외국문학의 충분한 조선적 소화가 필요한 것이다.[16]

---

16) 이헌구, 「《해외문학》 창간전후」, 《조선일보》 (1933. 9. 29)

그는 프로문학의 문제점으로 비민중성, 독단성, 이데올로기 편향성의
세 가지를 지적하였다. 이를 위해 그는 "우리가 외국문학을 연구하는 것은
결코 외국문학 그것만이 목적이 아니오 첫째 우리문학의 건설, 둘째 세계
문학의 호상범위를 넓히는 것에 있다"[17]라고 외국문학의 주체적 수용의
필요성을 강조하였다. 이는 해외문학파의 전체적인 견해로 민족문학 진영
을 대체하는 프로문학에 대한 비판세력으로서 해외문학파가 올바른 현실
판단을 하고 있었다는 근거를 보여준다.

김광섭(金珖燮)은 해외문학파의 후기동인으로 극예술연구회에 참가하
여 중심인물로 계속 활동하였다. 해외문학파의 후기동인들은 일본동경 유
학중이던 시점에 결성된 외국문학연구회가 《해외문학》을 간행하면서
문단의 한 축으로 자리잡은 뒤에 참여한 사람들이다. 그리고 뒤에 극예술
연구회를 조직하여 활동하던 무렵에 해외문학파에 합류한 이들이기도 하
다. 그 후기동인들 가운데서도 시 분야에서 해외문학파를 대표할 만한 이
가 바로 김광섭이다.[18]

김광섭이 창작시를 발표한 것은 1935년 《詩苑》 2호와 4호에 「孤獨」
과 「小谷에서」라는 시를 실으면서부터였다.

　내
　하나의 生存者로 태어나서 여기 누워 있나니

---

17) 이헌구, 「영양을 세계로 구하야」, 『한국문단의 역사와 측면사』(국학자료원,
　　1996), 324쪽

18) 김광섭은 1930년대 후반에 첫 시집 『憧憬』(대동인쇄소)을 발간하였으며 해방
　　이후에는 『마음』(중앙문화협회, 1949) 『해바라기』(자유문학가협회, 1957), 『성
　　북동 비둘기』(범우사, 1969) 등의 시집을 지속적으로 간행하여 유수한 시인으
　　로 자리잡게 되었다. 그의 시는 스스로의 내적 성찰을 현실에 연결시키는 독
　　특한 면을 가지며 그런 의미에서 해외문학파의 중요한 유산으로 평가받고
　　있다.

한 間 무덤 그 너머는 無限한 氣流의 波動도 있어
바다 깊은 그곳 어느 고요한 바위 아래

내
고단한 고기와도 같다.

맑은 情 아름다운 꿈은 잠들다
그립은 世界의 斷片은 아즐타.

오랜 世紀의 地層만이 나를 이끌고 있다.

神經도 없는밤
時計야 奇異타
너마저 자려무나.

- 「孤獨」전문 19)

그의 첫 작품으로 볼 수 있는 이 시에서 화자는 자신의 고독한 심경을 노래하면서 특색 있는 표현을 사용하였다. 화자는 '한 간 무덤'에 누워 있으며 깊은 바다 밑 '고단한 고기'와도 같은 처지에서 '世紀의 地層'을 따라서 '神經도 없는 밤'에 '시계'가 가는 소리를 의식하고 있다. 이처럼 여기에서는 전체의 표현이 자기 자신의 내면세계를 나타내는데 동원되고 있다.

화자인 내가 있는 이곳은 '한간 무덤'으로 표현되는데 이는 깊은 바다 밑과 어울려 어둡고 힘든 현실을 표상하는 것으로도 볼 수 있다. 내가 이상으로 꿈꾸는 맑은 정과 아름다운 꿈은 내게서 멀리 있으며 이를 이루기 어려운 이 세상에서는 시계와 함께 잠드는 것만이 이 밤같은 현실을 보내

---

19) 《시원》 2, (1935. 4), 4-5쪽

는 길이라고 노래하고 있다. 이 시에는 그의 내면 지향의 세계와 후기에 나타나는 사회의식의 시정신의 단편이 드러나 있다고 보여진다. 그는 이렇게 내면 세계를 본격적으로 응시하는 시세계를 전개하여 1930년대 후반의 개성 있는 시인으로 평가받기에 이르렀다.

> 수리개가 旋回하는 靜謐한 午後
>
> 이 小谷에는
> 새의 노래도 한떨기 꽃도 없이
> 綠陰이 깃드리고 있나니
>
> 願하야 愛의 性을 그려 보거늘
> 오늘도 마음은
> 鈍한 벌레가 되야 외로히 풀닢에 기다
>
> — 「小谷에서」전문

이 시는 아주 조용하고 차분한 목소리로 어느 소곡(小谷)의 오후 풍경을 노래하고 있다. 조용한 자연의 풍경 아래에서 내면의 세계 곧 마음을 들여다보는 시인의 모습을 느낄 수 있는 것이다. 이러한 가락은 당시에까지 영향을 끼치던 높은 목소리와 거친 호흡의 경향시나 프로시 또는 부드럽고 가냘프면서 감상적이기까지 한 민요시의 목소리와도 구별된다. 자연이나 사물을 관조하면서 인생과 자연의 의미를 깊이 있게 느껴보려는 눈길이나 마음이 나타나는 김광섭 시의 특색이 여기에서도 나타나 있다.

수리개(솔개)가 하늘을 빙글빙글 도는 여름날 오후 고요하고 평화로운 산골이 배경이다. 산아래 작은 계곡에는 수리개를 피해 새들도 숨어버려서 노래 소리도 없고 한 송이 꽃마저도 피지 않은 채 짙은 녹음만이 채우고 있는 것이다. 새와 꽃도 없는 계곡은 수리개라는 무서운 존재로 인해 숨죽여 엎드려 있는데 이는 당대 식민지 현실의 한 은유적 표현으로도 살 필 수 있을 것이다. 그러한 앞 부분의 풍경에 이어 후반부에서는 애(愛)의 성(性)을 그리는 내 마음은 벌레가 되어 풀잎을 기어간다고 표현하고 있 다. 이는 사랑과 평화를 그리는 마음을 펼치지 못하고 풀잎을 기는 벌레처 럼 함께 숨죽이는 모습을 나타낸 것으로 볼 수 있다. 이 시에서는 그러한 내면의식을 담으면서도 짧은 형식 속에 부드러운 표현을 살려낸 순수시적 특성도 함께 드러나 있다.

그는 예술에 대한 자신의 견해를 표명하면서 카프는 이데올로기 일변 도이기 때문에 배제되어야 한다고 주장하였는데 이는 모든 해외문학파 동 인들과 통하는 견해라고 볼 수 있다. 하지만 그는 해외문학파의 활동양상 에 대해서도 자기 몫을 챙기지 않는 국제 추수주의이기 때문에 극복되어 야 한다고 주장하여 자신들의 입장에 대해서도 비판적 인식을 드러냈다. 올바른 문학이나 시는 개성을 추구하면서 보편적 감각도 지녀야 한다고 정리하여 강조한 것이다.[20]

김광섭의 개인적 상황이나 당대의 민족적 시대상황은 암담한 것이었으 나 그는 이를 현실로 받아들이고 남에게 공감을 주는 표현으로 시를 쓰고 자 하였다. 그러한 결과로 초기 작품인 「고독」이나 「고뇌」, 「동경」등이 쓰 여진 것이다.

많은 관념어의 등장은 김광섭의 초기시에 나타나는 중요한 특징이라고 지적되면서도 또한 그의 시의 중요한 약점으로 지적되기도 하였다.[21]

하지만 이에 대해 그의 시에 동원된 많은 관념어들이 관념의 제시 그 자체에 목표를 둔 것이 아니라 시인이 말하고자 하는 핵심을 내밀스럽게

---

20) 김광섭, 「평단시감~비평의 지도성」, 《동아일보》 (1935. 10. 1)
21) 신경림, 「김광섭론」 《창작과 비평》 (1975, 가을호)

은폐시키려는 의도를 내포하고 있다고 보는 관점도 있다 22)

　　온갖 詞華들이
　　無言한 孤兒가되야
　　꿈이되고 슬픔이되다.

　　무엇이 나를 불러서
　　바람에 다라 가는길
　　별조차 떠러진밤

　　무거운 꿈갓흔 어둠속에 하나의 뚜렷한 形象이
　　나의 萬象에 깃드리다.

－「憧憬」전문

첫 시집의 표제작이기도 한 시 「동경」에도 현실이 밤과 어둠으로 상징화되어 나타난다. '무언(無言)한 고아, 별조차 떨어진 밤, 무거운 꿈같은 어둠' 등의 부정적이고 비관적인 시어들로 어둡고 부정적이며 비관적인 현실을 반영하고 있다.

이 시에서 핵심적 내용인 '어둠 속에, 나의 만상에 깃들이'는 뚜렷한 형상이 어떤 의미인가가 관심을 끄는데 이를 '현실의 어둠을 뚫고 일어서려는 극복의지의 구상이자 현실타개의 꿈'23)으로 보는가 하면, '정말 뚜렷한 모습으로 나타나고 있지 않은, 정체가 분명치 않은 것에 이끌리는 자신의 깨어있음의 한계에 대한 무의식적인 반성'24)으로 읽기도 한다.

이 핵심적 의미를 담고 있는 '뚜렷한 형상' 은 말없는 꿈들과 슬픔이

---

22) 김재홍.「이산 김광섭」,『한국현대시인연구』(일지사, 1994), 163쪽
23) 위의 책, 163 - 164쪽.
24) 김영무, 「김광섭론」, 박철희, 김시태 편, 『작가 작품론 -시』(문학과 비평사, 1990), 126쪽.

바람 따라 가는 길에 뿌려진 현실에서 별조차 떨어진 어두운 밤하늘에 별 대신 반짝이는 내면세계의 희망이다.

그의 첫 시집에 나온 초기시들이 현실에 대한 반영보다는 내면세계의 형상화에 주력하고 있어서 시집 제목인『동경』과 조금 동떨어져 있지만 이 시는 당대 현실의 어두운 면을 모호한 은유기법을 사용하여 드러내고 있다고 보여진다. 어두운 밤, 별조차 떨어진 현실은 고아와 같은 처지에서 꿈도 없이 슬픔에 잠긴 화자가 바라고 추구하는 것은 어두운 밤을 뚫고 새벽이 찾아오듯이 암울한 현실을 벗어나 광명의 세계를 갈망하는 희망의 몸짓인 것이다. 그래서 많은 시들의 기조와는 다르게 설레임으로 내일을 기다리는 '동경' 이라는 이 시가 시집의 제목으로 선택되었을 것이며 이것이 그의 민족적 저항의식과 해방후의 사회참여의식으로 연결된 것으로 보인다.

그의 첫시집이 간행되자 임화, 김남천 등 카프진영의 평론가들은 무시하는 입장을 보였으나 이헌구, 정인섭 등 해외문학파 평론가들은 호평하였다. 특히 정인섭은 김광섭의 시를 '지성적 상징' 이며, '일상생활의 실감' 이라고 상찬하였다.[25]

그 이전에 이 시집처럼 추상의 세계 또는 관념의 세계를 시로 표현한 시도가 거의 없었으므로 이 시집은 1930년대 후반기의 한국시단에서 하나의 사건으로 볼 수 있었다.[26] 여기에는 관념이 시적 형상화를 재대로 거치지 못하고 제재의 진술상태에 남아 있는 한계점이 있었지만 새로운 시도라는 점에서 긍정적인 평가를 받았으며, 이후에 그는 점차 이 한계를 의식하고 극복해 나가게 된다.

---

25) 정인섭,「김광섭의 시집 《동경》을 읽고」,《동아일보》(1938. 7. 17)
26) 이하윤,『이하윤 선집』2, 597쪽.

2. 시문학파의 형성과 전개

1) 시문학파의 범위와 형성과정

1930년대 한국문학의 중심 흐름은 순수문학의 전개에 있었다. 하지만 이러한 중심 흐름은 1920년대 문학에 대한 완전한 단절이나 그대로의 계승만이 아닌 종합적 발전의 결과이다.

해외문학파는 문학작품 번역과 함께 평론과 시창작 등을 통해서 작품의 시어 선택이나 모국어에 대한 새로운 인식, 새로운 기법 등에 관심을 두어 1930년대 순수문학의 출발에 밑바탕을 이루었다. 1920년대의 대표적인 몇 시인들, 예를 들어 김소월, 한용운, 이상화, 이장희, 정지용 등의 시에서 현대적인 면모를 찾을 수도 있지만 그러한 현대적 면모가 시단의 중심 흐름으로 자리잡은 것은 1930년대 이후부터였다. 1930년대에 들어와서 현대시가 자리잡았다는 것은 1930년대 벽두를 장식한 시문학파를 비롯하여 그 이후에도 계속 이어지는 여러 경향의 시들이 이전보다 질적으로 향상되었다는 의미이다.

즉 1920년대 초반에 우리 시단을 풍미했던 낭만적이고 퇴폐적인 영탄조의 시와, 1920년대 후반에 우리 시단을 물들였던 내용 편향성의 시에서 벗어나서 시에 대한 본연의 감각을 불어넣으려는 작업을 진행하였던 것이다.

새로운 서정과 신선한 감각을 시에 불어넣는 시작태도는 이른바 시적 기교를 중시하는 방법들을 취했기 때문에 그 이전의 프로문학 진영의 시와 달리 그들의 시는 외부 현실 즉 식민지 시대라는 민족의 역사적 상황과는 거리를 두게 되었다. 이는 시문학파시를 비롯한 순수서정시 흐름의 가장 중요한 특성이자 문제점의 하나로 자주 거론되고 있다.

시문학파라는 유파 명칭은 두말할 것도 없이 그들이 1930년 3월에 첫

선을 보인 순수시 전문 동인지 《詩文學》에서 유래되었다.

정식으로 문학 유파로서의 첫발을 내디딘 것은 《시문학》의 창간호에서 부터라고 하겠지만 거기에 이르기까지의 과정도 고찰해야 할 필요가 있다.

문학유파의 출발에서 두 가지 유형을 찾아볼 수 있는데, 행동강령이나 구호 등 이념을 먼저 내세우는 이념 선행형과 작품활동에만 전념하는 실제활동 지상형의 두 가지가 그것이다. 우리 문학사상의 유파들 가운데서 그 예를 찾아보자면 프로문학파가 전자에, 시문학파는 후자에 해당하는 대표적인 경우라고 할 것이다.

《시문학》 창간호에는 간단한 편집후기만 있을 뿐 동인들의 의도나 이념적 지향점 등에 대해 밝힌 글들은 하나도 실리지 않았다. 그 주재자인 박용철은 다른 매체의 청탁을 받아서 쓴 글에서 "아직은 詩歌를 중심삼아 조용조용히 걸어가려 하는 것이라 그리 큰 나발을 불어 廣告를 하고 싶지 않으나"27)라고 하여 행동구호를 앞세우지 않고 작품 발표에 매진하겠다는 겸손하면서도 당찬 각오를 보여 주었다.

《시문학》이 나오기까지는 물론 그 이후의 여러 잡지의 간행에까지 앞장서고 실제 일을 담당한 이는 박용철이었다. 그리고 박용철이 이렇게 나서도록 의견을 나누고 이끌었던 이는 김영랑이었다.

박용철은 아름다운 서정시를 뽑아 독자들에게 선보이고자 하는 마음을 가졌다. 그는 독자에 대해 다음과 같이 예상하였다.

> 이 雜誌에는 조선말로 쓰인 글을 싣는다. 그러니 이치대로 하면 二千萬 人을 讀者로 대상삼아야 하겠으나 우리는 그러한 외람한 생각까지는 못하 고 다만 數百數千의 同志가 이 잡지를 기쁨으로 읽어줄 것을 믿는다.28)

---

27) 박용철, 「《시문학》 창간에 대하여」, 《조선일보》(1932.3.2), 『박용철 전집』2, (시문학사, 1939), 141쪽

대중 전체를 대상으로 하지 않고 그들의 시에 대해 이해를 해줄 최소한의 독자를 대상으로 하였다는 면에서 당시의 시대여건을 감안하더라도 확실하게 일종의 정선주의(精選主義)를 내세웠다는 것을 알 수 있다.

예상 독자뿐만이 아니라 그들이 《시문학》에 받아들인 동인들의 면면이 그렇고, 거기에 실은 시작품들이 그러한 정선주의를 바탕으로 하고 있는 것이다. 이러한 정선주의를 바탕으로 한 서정시 제일주의는 박용철과 함께 시문학을 출발시킨 기둥의 하나였던 김영랑과 서로 영향을 주고 받으면서 함께 키워왔다고 볼 수 있다. 이에 대해서는 박용철이 《시문학》의 후속으로 《문예월간》을 기획 발간한 무렵의 김영랑의 태도에서 확인할 수 있다.

《문예월간》은 《시문학》과는 달리 경영문제를 좀 더 고려하여 편집하였는데 시 외에도 산문이나 일반대중의 취미·오락과 관련있는 기사들도 수록되었다. 여기에 시문학파의 동인들인 이하윤, 신석정, 김현구, 허보 등이 박용철과 함께 작품을 실었지만 김영랑만큼은 이러한 편집태도를 비판하면서 여기에 작품을 한편도 발표하지 않았던 것이다.

시문학파는 박용철, 김영랑 두 사람에 정지용, 이하윤, 변영로, 정인보를 포함하여 6인의 동인으로 출발하였다. 《시문학》 창간호는 이들에 의해 그 내용이 채워졌는데 필자와 작품제목을 정리해 보면 아래와 같다.

— 창작시편
　金永郎 : 「동백닢에 빛나는 마음」, 「언덕에 바로 누어」, 「누이의 마음아 나를
　　　　　보아라」, 「四行小曲」, 「쓸한 뫼 앞에」, 「원망」
　鄭芝溶 : 「이른봄 아침」, 「Dahlia」, 「京都鴨川」, 「船醉」
　異河潤 : 「물레방아」, 「老拘의 回想曲」

---

28) 위의 책. 142쪽.

朴龍喆 : 「떠나가는 배」, 「이대로 가랴마는」, 「싸늘한 이마」, 「비내리는 날」,
        「밤기차에 그대를 보내고」.
  ― 外國詩集
  『木蘭詩』―鄭寅普역
  『圓舞(La ronde)』, 『새벽(Chanson`a l' aube)』―폴 · 포 - 르, 異河潤역
  『헥토르의 이별(Hektor arshied)』―실레르, 龍兒 역
  『미뇬의 노래(Mignon)』―괴테, 龍兒 역

《시문학》 창간호에서는 동인형성에 관계된 두 가지 원칙을 찾아 볼 수 있다. 첫째는 김영랑과 박용철의 사이에 협의되고 강조된 순수서정시 제일주의이고, 둘째는 박용철의 인간관계에 따라 다른 동인들을 끌어 당겨서 합류시킨 사실이다.

시문학파 초기 동인들의 특성을 살펴보면 일본유학을 경험한 이들을 포함하여 모두가 고등교육을 받은 중산층 이상의 출신들이었으며 현대시의 예술성을 추구하는 순수서정시 제일주의에 공감하는 시인들[29]이었다.

《시문학》 창간호가 이상적인 동인 구성으로 출발을 했음에도 그들은 동인들의 고정에 따른 문학 작품 활동의 정체가 되지 않도록 문호개방의 뜻을 밝혔다.[30] 이에 따라 2호, 3호로 가면서 신석정, 김현구, 허보 등이 새로운 동인으로 합류하였다.

《시문학》 3호 이후 김영랑을 제외하고는 주요 동인들이 제대로 작품을 발표하지 못하는 상황이 생기게 되었는데 이는 그들이 처음부터 견지

---

29) 김용직은 시문학파의 형성과정에 대해 정리하고서 이들에 대해 "서정시 신봉 경향을 핵으로 한 일종의 청교도적 독선주의"라고 표현하였다.
   김용직, 『한국현대시사』(한국문연, 1996), 61-68쪽.
30) 창간호의 끝에 있는 「寄稿規定」에는 "이 잡지를 보시고 이 잡지에 자기의 작품을 싣는 것이 과히 실치 않다고 생각하시는 분은 아끼지 마시고 玉稿를 던지십시오."…라고 하여 신인은 물론 기성 시인들에게도 작품투고의 기회를 권하고 있다. 《시문학》 창간호, 40쪽.

했던 소수 정예 중심의 순수서정시 추구에서 비롯되었다. 게다가 그들의 목표를 대중들에게 알리는 데에도 문제점이 있어서 이러한 문제점을 해결하기 위한 방안으로 1931년 11월에 《문예월간》 창간호를 발간하면서 제2기 활동을 전개하였다.

문학전문지를 표방한 《문예월간》의 편집을 맡은 사람은 이하윤이었는데 그가 이 잡지의 편집을 맡게 된 것은 몇 가지 이유가 있었다. 우선 박용철의 건강이 악화되어 혼자서 직접 편집을 맡아서 일을 하기가 힘들게 되었다. 다음으로 그는 동경유학시절에 외국문학연구회 초기 회원으로서 《해외문학》의 편집일을 함께 맡은 경험이 있었으며 당시 직장이던 중외일보가 경영난으로 휴간중이라 시간이 많아서 편집 일을 맡아볼 여유가 있었다.[31]

그리고 그 무렵에 시문학파가 그간의 소수정예 중심의 활동에서 벗어나 새로운 인원과 작품세계를 보완하여 대중들에게 나아가야 할 필요를 느끼고 있었는데 그 대상으로는 그 이전부터 활동을 전개해 오면서 문학적 의식이 시문학파와 가장 동질적이었던 해외문학파 동인들이 적절하게 생각되었으며 이를 위해서는 해외문학파 동인을 겸하고 있었던 이하윤이 그 일을 중간에서 맡아주는 것이 가장 좋았던 것이다.

그들은 《문예월간》 창간호 편집후기에서 《시문학》과는 조금 다른 구상과 목표를 다음과 같이 밝히고 있다.

우리는 표방하기를 내외문예동향의 신속한 보도와 비판, 일상생활과 문예와의 접근, 고상한 취미의 함양이라고 하겠습니다. 그리하야 우리는 무엇보다도 이 잡지에 싣는 글에 큰 관심을 두고자 합니다. 그것은 在來와 같이

---

31) 이하윤, 「박용철의 면모」, 『이하윤 선집2』, 131쪽.

소위기성 작가의 일홈만을 나열하는 하폄나는 짓을 하고저 하지 않으며 따라서 될 수 있는 대로 아직 발류표하지 않는 이 써보지 않는 이의 글로서 용기를 붓돋아 가려합니다. … 우리는 침체에서 타개책을 강구한다는 이보다 새로히 문학을 건설해보라는 노력이 절대적 필요할 줄 압니다.

　그럼으로 우리는 우리의 것을 創造하는 일방 남의 것을 또 알어야 하겠습니다. 남의 것을 안다는 것은 現在의 우리로서는 두 가지 필요가 있으니 하나는 황무한 우리 문단에 있어서 그 배홈이 된다는 것이오, 둘은 그들과 한 潮流에 섞일 필요가 있는 까닭에 현대세계인으로서의 필연적 임무라 하겠습니다.[32]

그들은 이 잡지의 취지에 대해 내외 문예 동향의 신속한 섭취와 비판, 고상한 취미의 함양, 문예와 생활과의 접근 세 가지로 내세웠다. [33] 그리하여 이러한 취지를 실현하기 위해 시에만 그치지 않고 평론, 연구, 소개, 수필, 취미, 잡문, 소설, 희곡, 실화 , 시, 산문시, 시조, 각종 번역 등에 관해 투고하도록 규정을 내세웠다.[34]

《시문학》이 순수시 전문 동인지였다면 이 《문예월간》은 순문예 종합지라고 볼 수 있으며 월간지를 표방하긴 하였으나 매월 간행하지는 못하였고 결국 4호를 끝으로 막을 내리면서 《문학》이 그 뒤를 이었다.

《문예월간》은 문예뿐만 아니라 취미·오락 등 다양하고 대중적인 글들을 수록하였고 집필자들도 다양하게 확대되어 기존 동인 외에 해외문학파를 비롯한 많은 문인들이 잡지에 참여하였다. 그들이 내건 포부와 참여한 집필자들의 폭을 알아보기 위해 창간사와 창간호 목차를 들어보면 아래와 같다.

---

32) 《문예월간》 1 (1931. 11), 94쪽.
33) 《시문학》 3 (1931. 10), 26쪽.
34) 《문예월간》 1, 94쪽.

우리는 이제 흩어진 문단을 정리해보랴는 부질없는 野心이 있다. 동시에 아직것 침묵을 지켜오는 동지들을 끌어내야야 할 의무를 간절히 느낀다. 그리하야 어서 바삐 어깨를 세계수준에 겨누어 보지 않으려는가. 남부끄럽지 않은 우리의 문학을 가지기에 努力하자. 그리하야 세계 문학의 潮流속에 들어가자.[35]

---

35) 「창간사」, 《문예월간》 1, 1쪽.

위의 주요 내용을 통해서 보면 우선 해외문학파 동인들이 많이 참가하여 교양이나 시 소설 등 해외문학의 번역 소개에 대한 글을 주로 맡아서 집필하였음을 알 수 있다.

그리고 《시문학》에는 발표되지 않았던 시조가 박용철의 「봄언덕」을 비롯하여 11수나 창간호와 2호에 발표되었다. 박용철은 한시뿐만 아니라 시조에도 관심을 갖고 창작을 지속하면서 김영랑에게 보낸 편지에서 소개하며 손질을 부탁하기도 하였다. 하지만 김영랑은 박용철이 한시나 시조를 쓰는 것에 대해 못마땅하게 여겼는데, 김영랑이 생각하는 시는 서구의 근대시 개념에 부합하는 서정단곡을 의미하는 것이기 때문이었다.

그리고 문학 비평이나 논설이 수록되었는데 주로 박용철이 시문학파의 유일한 비평가로서 비평의 중요성을 인식하고 관심을 드러낸 글들이라고 할 수 있다.

한편 이 잡지를 통해 이헌구나 장기제 등 해외문학파 동인들이 시인으로 등단하고 시문학파 동인인 신석정이나 김현구, 허보 등도 계속 작품을 발표했으나 대체로 그 전후에 비해 수준높은 작품들이 별로 보이지 않았다. 또 유치환이 2호에, 임춘길이 3호에 작품을 발표하여 등장하였는데 특히 유치환은 30년대 중기 이후 점차로 생명파의 일원으로서 한국 현대시의 대표적인 시인 중의 한 사람으로 활동을 하기 시작하였다.

《문예월간》에서 등장한 가장 의의가 있는 문인으로 2호에 희곡 「土幕」을 발표하여 극작가로서 등단한 유치진을 들 수 있다. 잘 알려진 것처럼 이 작품은 1931년에 발족한 극예술연구회에서 공연한 창작극의 대표적 작품으로 우리 근대 희곡사에서도 의의를 인정받고 있다. 극작가 유치진의 등장과 희곡 「토막」의 발표는 문예월간 시기의 시문학파에서 거둔 대표적인 업적으로 평가할 만한 일이었다.

시문학파의 세 번째 문예잡지 《문학》은 박용철이 직접 기획편집하여 발간하였다. 이 잡지의 발간을 추진한 것은 《문예월간》 폐간 직후의 일로 1933년 10월에 장기제에게 보낸 박용철의 편지에서 그 과정을 살필 수 있다.

> …요새는 잡지 이야기가 다시 익는 중이지요. 될 수 있으면 11월중에 한 호를 내량으로, 필자 범위는 대개 해외문학파 詩文學派, 거기 李敭河, 帝大의 崔載瑞쯤. 수필 조곰, 詩(창작, 번역), 그리고는 서양 작품의 번역과 평론의 번역, 섯불리 우리네가 연구한 것보다는 저의 것의 평론을 번역하는 것이 오히려 좋을 듯해서 독자니 후진의 지도니 다 그만 두고 우리끼리 책보다가 대단 재미 있어서 동무를 보고 자네도 이것 좀 읽어 보게의 태도로. 인쇄는 2,3천 부해서 한 다섯 부 팔셈 잡고 資本은 많지 못하니 책은 자연 작아져서 30면 이상 50면내. 詩·수필은 조금씩이라도 매호 실릴 테지만 그 나머지 면은 한가지 작품에다 제공해도 좋고, 안해도 좋고, 이것 저것의 비례를 맞춰 나가는 일은 그만 두기로……36)

박용철은 《문예월간》에서 겪은 시행착오를 반성하고 극복하기 위해 새로운 편집방향의 모색을 꾀하였다. 먼저 《문학》에서는 문단이나 대중적 독자들에 영합하는 태도를 바꾸어서 문학작품에서 높은 예술적 수준을 유지하기 위해 《시문학》 시절과 마찬가지로 소수정예주의의 태도를 취했다.

다음으로는 창작 작품 뿐만 아니라 해외문학 작품 번역에도 비중을 높이 두어서 두 가지가 비슷한 분량으로 편성되도록 하였다. 해외문학작품 번역소개의 필자들은 물론 대부분이 해외문학파 동인들이었다.

---

36) 박용철, 『박용철 전집』2, 291-292쪽.

《문예월간》,《문학》에는 시문학파 동인들 외에 해외문학파의 동인들이 함께 참여하여 창작시 발표나 해외 작품 번역에 나서서 발표하였던 것이다. 여기에서 해외문학에 대한 관심, 순수서정시 지향이라는 해외문학파와 시문학파의 깊은 연관성과 유사성을 확인할 수 있다.

그리고 여기에서 외국문학이론의 수입소개를 시도한 것도 특기할 만하였다. 방향성이 뚜렷하지 않는 작품소개에만 그치지 않고 외국의 정제된 문학이론을 수입하여 이를 통해 한국문학 이론정립에 도움을 받고자 하는 의도였다. 가령 박용철이 A. E. 하우스만의 「詩의 名稱과 性質」을 2호에서, 김광섭이 체스터튼의 「풍자론」을 3호에서 번역 소개한 것이 그 예이다.

그리고 이 잡지에 이르러서는 시문학파가 시에 대한 내용만을 대상으로 하지 않고 소설을 제외한 문학 전반으로 그 영역을 확대하고 있는데 그 중에서도 수필에 대한 관심은 상당한 것이었다. 문학이론이나 문학연구, 수필 등에 대한 다양한 글이 실린 이 잡지들은 박용철이 편지에서 말했듯이 창간호 37면, 2호 35면, 3호 37면 등으로 비교적 얇게 만들어졌는데 참고로 《문학》 창간호의 목차를 보면 다음과 같다.

- 수필
　窓(수필) ··· 金晋燮
　隨筆文學小考 ··· 金珖燮
- 詩
　四行小曲六首 ··· 金永郎
　滿月臺에서 ··· 曺　雲
　水仙花 ··· 柳致環
　散步路, 초승달은 掃除夫 ·· 片石村
　나의 一生아침 ··· 許　保

이 잡지에서 시문학파가 수필 외에 심혈을 기울인 또 다른 분야는 비평 활동이다. 박용철이 이 시기에 이양하, 최재서 등을 영입한 것은 시문학파의 활동을 지적인 방향으로 격상시키면서 비평적 감각을 더 키우기 위한 것이었다. 시문학파는 이전 시기에 이헌구, 김기림 등에게 비평 영역의 활동을 전개시킨 바 있었다.

시문학파의 활동범위에 대한 기존 연구자들의 견해는 두 가지가 있다. 조연현은 《시문학》 이전의 《해외문학》과 그 이후 박용철이 직접 관여한 《문예월간》과 《문학》 이외에 《시원》 까지도 모두 포함하여 시문학파의 범위를 매우 광범위하게 파악하였다.[37] 이 견해는 잡지의 편집 성향이 비슷한 점을 근거로 하여 파악한 것으로 보이나 잡지의 구성원들의 이동이나 모임을 제대로 고려하지 않고 지나치게 광범위하게 잡은 것으로 비판받게 되었다.

김용직은 《시문학》, 《문예월간》, 《문학》 까지의 동인지와 잡지를

---

58) 조연현, 『한국현대문학사』, 490-491 쪽

기준으로 여기에 주로 참여한 동인들을 시문학파로 국한시키고 있다. 《시문학》 창간에서부터 잡지 발행자인 박용철을 중심으로 주요 참여 인물이 큰 변동이 없이 이어져 오는 것이 《문예월간》과 《문학》에 걸치는 때까지이므로 타당한 견해로 받아들일 수 있다. 그 이전의 《해외문학》이나 나중의 《시원》은 오히려 해외문학파의 중심 또는 후기 발표 무대로 간주되기 때문이다.

본 연구에서는 시문학파의 활동 시기와 활동 무대를 《시문학》 1~3호를 기본으로 하여 여기에 《문예월간》 1~4호, 《문학》 1~3호 까지의 10개 동인지와 잡지로 규정하고 이 시기의 활동을 살피고자 한다.

2) 시문학파의 전개와 주요동인들의 역할

《시문학》, 《문예월간》, 《문학》이 세 잡지를 함께 해나가면서 시문학파 동인으로 활동한 이들로는 가장 핵심을 이루었던 박용철, 김영랑, 당시 문단에서 인정받던 정지용, 이미 민족문학 진영의 주요 인물로 활동하던 변영로, 정인보, 해외문학파 동인으로 그들과의 연결고리로 활동한 이하윤, 그리고 《시문학》 2호 이후에 문호개방에 따라 합류한 신석정, 김현구, 허보 등 9인을 들 수 있다.

이들 9인을 고정 회원으로 하여 세 잡지가 운영되었으므로 이들을 시문학파 동인으로 인정하는 것이다.38) 하지만 이들 모두가 시문학파의 동인으로 적극적으로 활동하였다고 보기는 힘들다. 가령 박용철이 인간적인 관계에 따라 영입한 정인보의 경우 번역시 3 편의 발표에 그쳤으며 현대시의 창작은 물론 그 자신의 본령인 시조의 발표도 없었으므로 동인으로

---

59) 김용직, 『한국현대시사 상』(한국문연, 1996), 203-213 쪽 참조

서 본격적인 활동을 하였다고 보기에는 힘들다. 그리고 박용철이 많은 역할을 할 것으로 큰 기대를 가지고 영입하였던 변영로도 《시문학》 2호에서야 창작시조를 1편 발표하는데 그치고 더는 활동을 지속하지 못하였다.

시문학파 동인들의 활동 무대인 동인지·잡지에 작품을 발표한 문인들의 작품 수를 정리하여 제시하면 다음 표와 같다.

시인	작품수	종 류	《시문학》 1- 3	《문예월간》 1-4	《문학》 1-3
김영랑	39	창작시 37 번역시 2	창작시 29 번역시 2	0	창작시 8
박용철	61	창작시 13 시 조 11 번역시 32 번역소설 1 시조평론 2 이론번역 2	창작시 11 번역시 22	창작시 2 시조 11 번역시 8 번역소설 1 시론평론 2	번역시 2 이론번역 2
정지용	21	창작시 19 번역시 2	창작시 16 번역시 2	창작시 3	0
신석정	6	창작시 6	창작시 1	창작시 1	창작시 4
김현구	12	창작시 12	창작시 8	창작시 1	창작시 3
이하윤	19	창작시 4 번역시 12 창간사 1 외국시인연구 2	창작시 2 번역시 8	창작시 2 번역시 4 창간사 1	외국시인연구 2
허 보	8	창작시 8	창작시 2	창작시 2	창작시 4
변영로	1	창작시조 1	창작시조 1	0	0
정인보	3	번역시 3	번역시 3	0	0
계	170	170	107	38	25

〈표1〉 시문학파 동인들의 발표 작품수

시 인	작품수	종류	《시문학》	《문예월간》	《문학》
김진섭	9	수필 1 이론번역 8		이론번역 5	이론번역 3 수필 1
장기제	2	번역희곡 1 번역시 1		번역희곡 1 번역시 1	
이헌구	4	외국시인연구 등 4		외국시인연구 2	이론번역 2
조희순	7	이론번역 7		이론 번역 3	이론번역 4
함일돈	1	평론 1		평론 1	
함대훈	4	번역시 1,교양 1 번역소설 1 외국문학연구 1		외국문학연구 1 교양 1	번역시 1 번역소설 1
서항석	6	번역시 5 외국시인연구 1		번역시 5 외국시인 연구1	
유치진	2	희곡 1,수필 1		희곡 1	수필 1
유치환	4	창작시 4		창작시 1	창작시 3
황석우	3	창작시 3		창작시 3	
편석촌	2	평론 1,창작시 1		평론 1	창작시 1
임춘길	2	동시 2		동시 2	
최독견	1	소설 1		소설 1	
최정우	1	번역소설 1		번역소설 1	
양백화	1	번역소설 1		번역소설 1	
윤백남	1	교양 1		교양 1	
김성근	1	평론 1		평론 1	
이은상	10			시조 10	
홍일오	4			소설 4	
변영만	2			교양 기타 2	
고영환	2			교양 2	
오덕순	3			외국문학이론 3	
김상용	2				창작시 2
임학수	3				창작시 3
조 운	2				시조 2
최재서	1				번역소설 1
김광섭	2				번역이론 1 수필 1
계	82	82	0	55	27

〈표2〉 비시문학파 동인들의 발표 작품수

시문학파의 활동 무대인 잡지는 《시문학》 3권, 《문예월간》 4권, 《문학》 3권의 10권으로 되어있으며 여기에는 시문학파 동인 9명, 해외문학파 동인 11명, 기타 여러 경향의 문인 15명 등 모두 35명이 작품을 발표하였다.[39]

시문학파의 문학적 특징이 가장 잘 드러난 동인지로 《시문학》 1-3호를 들 수 있다. 이 3권의 동인지에 글을 발표한 9명의 동인을 시문학파 동인으로 보는 것이 일반적이다. 여기에는 총 107편의 시들이 실렸는데 그 중 창작시가 70편(65%), 번역시가 37편(35%)이 수록되어 창작시 우선주의라는 원칙과 해외시의 소개라는 부차적 의도가 함께 어울려 순수서정시의 흐름 전개라는 시문학파의 본질적인 특성을 잘 살린 편성이라고 할 수 있다.

《시문학》의 뒤를 이어 발간된 《문예월간》 1-4호에는 시문학파 동인들의 글이 총 38편(22%)이 발표되었는데 여기에는 창작시가 11편으로 적은 편이었으며 번역시가 12편이고 시조가 11수 포함되어 좀 더 넓은 문학 영역으로의 확대를 꾀한 흔적이 보이고 있다. 여기에는 김영랑, 변영로, 정인보의 작품이 하나도 발표되지 않았다는 점이 특기할 만한데 김영랑은 순수시의 전개라는 문학적 소신 때문에, 변영로와 정인보는 시문학파 동인으로서의 활동이 거의 끊어지게 된 것 때문이었다.

그 뒤를 이어 발행되는 《문학》 1-3호에는 시문학파 동인들의 글이 총 25편(15%) 발표되었는데 여기에는 창작시가 19편으로 다시 그 비율이 높아지고 번역시가 2편, 외국 시인 연구 등 다른 글이 4편 실려 있다.

---

39) 작품의 유형별로 파악하면 전체 252편의 작품 가운데 창작시 112편(45%), 번역시 58편(23%), 시조 23수(9%), 시조, 평론, 번역, 연구 등 기타 글 59편(23%)으로 나누어 볼 수 있다.

그리고 여기에 다시 김영랑의 창작시가 8편이 실리고 정지용의 시가 실리지 않았다는 사실이 눈여겨 볼 만하다. 이는 《문예월간》에서 시도한 대중추수적인 편집방침에 대한 시행착오를 박용철이 바로잡으면서 김영랑의 뜻을 따라 《시문학》의 초기 원칙으로 돌아왔기 때문에 김영랑이 작품을 발표하였다는 사실과 정지용이 이 무렵 이후에는 시문학파 동인으로서의 활동을 거의 멈추고 모더니즘 시운동의 흐름으로 옮겨갔다는 점을 보여 주는 것이다. 변영로와 정인보는 물론이고 정지용 마저 작품을 내지 않아 멀어짐으로써 기존문인 가운데 영입한 동인들을 제외한 출발 당시의 동인들과 새로 등장한 동인들로 이끌어가게 됨을 의미한다. 그리하여 신석정이나 김현구, 허보 등이 본격적인 동인으로서의 활동을 보여준 단계이기도 한 것이다.

다음으로 《문예월간》과 《문학》에 시문학파 동인 이외 문인들의 글들은 창작시 12편, 시조 11수, 동시 2편에 번역시 7편 등 모두 34편(41%)의 시들과 평론 4편을 비롯하여 소설, 수필, 희곡, 시 등의 번역물, 외국문학연구 등 48편(59%)으로 총 82편이 발표되어 있다. 여기에 글을 발표한 이들은 해외문학파 동인 11명과 그 외 여러 성향의 시인, 연구자 15명 등 26명인데 시전체의 비중과 창작시의 비중은 상당히 낮은 편이다. 특히 《문예월간》의 경우에 더욱 심하여 유치환 1편, 황석우 3편 등의 창작시를 비롯하여 전체 17편만이 시가와 관련된 글이다. 이는 《시문학》의 순수서정시 중심주의에서 조금 벗어나 문예 인구의 저변확대와 교양의 증진을 목표로 내건 《문예월간》의 편집 성격에 따른 결과이기도 하였다.

동인들 각자의 활동기간 동안의 작품발표량에 대해 살펴보면 김영랑 39편(창작시 37, 번역시 2편), 박용철 61편(창작시13, 번역시 32, 시조 71, 평론 등 기타 5), 정지용 21편(창작시 19, 번역시 2), 이하윤 19편(창작시

4, 번역시 12, 기타 3), 김현구 12편(창작시 12), 허보 8편(창작시 8), 신석정 6편(창작시 6), 변영로 1편(창작시 1), 정인보 3편(번역시 3) 등으로 나타나 있다.

역시 박용철과 김영랑이 시문학파의 핵심 동인으로서 두 사람이 시문학파 동인 발표작품 전체의 약 60%에 이르는 100편을 발표하여 가장 많은 작품을 발표했음을 확인할 수 있다.

시문학파라는 하나의 문학유파를 결집해 내는데 가장 큰 힘을 발휘한 것은 박용철의 시적 열정과 비평적 영향력이었다고 볼 수 있다. 물론 여기에는 김영랑, 정지용을 비롯한 동인 시인들의 창작시 작품이라는 실체가 함께 있었고, 그의 시적 열정이라는 것도 오래 전부터 맺어온 김영랑과의 문학적 교감으로 형성된 문학관에서 비롯된 것이었다. 박용철은 카프 중심의 프로문학 진영에 반대하는 입장을 견지하면서 《시문학》, 《문예월간》, 《문학》 지를 주재하는 동안 그의 순수시론을 표방하면서 여기에 같은 문학적 입장을 갖는 시, 번역시, 시조 등을 발표하게 하여 이러한 작품과 시론들이 순수시 집단으로의 유파형성을 이루게 한 것이다.

김영랑은 박용철과 함께 시문학파의 출발을 이끌었던 핵심동인이다. 박용철을 시의 길로 끌어들이고 박용철과 시를 논하면서 그의 시론 형성에 크게 영향을 끼치기도 하였다. 그리고 시문학파에서 그들의 지향점인 순수서정시를 양적으로나 질적으로 가장 잘 실현해낸 시인이 김영랑이라는 점 등에서 그의 중요성은 아주 크다고 할 수 있다.

그는 1930년 《시문학》 창간호에 「동백닙에 빛나는 마음」을 비롯한 13편의 서정시를 한꺼번에 발표하면서 정지용, 이하윤 등의 작품을 제치고 첫머리로 등장하였다. 그리고 2호에 「고운 봄 길우에」등 9편을, 3호에 「내 마음을 아실이」 등 7편을 발표하여 《시문학》 에서만 약 30편의 시를 발표하였다.

이러한 작품 발표와 함께 처음 문단에 등장하면서 그는 문단의 인정과 각광을 받았는데 이는 《시문학》이라는 품격높은 시전문 동인지에 정인보, 정지용, 이하윤 등의 중견 문인들과 함께 작품을 발표했다는 점 외에도 그의 작품 자체가 상당히 높은 미적 완성도를 보여주었기 때문이다.

정지용(鄭芝溶)은 1930년대 뿐만 아니라 현대시사 전체에서도 손꼽히는 대표적인 시인 중의 한 사람이다. 서구시의 영향을 받아 형식상의 새로운 실험을 시도한 것으로 보이는 그의 초기 시들에 나오는 문자의 확대, 배열의 시각화, 기호의 도입, 대화체나 독백체의 사용 등을 통한 시각적 효과는 정지용에 의해 최초로 도입되었으므로 당대 우리의 시단과 독자들에게 신선한 충격을 주었다. 정지용은 서구 현대시의 사조 가운데 이미지즘에 대해 지속적으로 관심을 가지고 우리시에 수용하여 토착화시켰기 때문에 그에게 '한국 최초의 모더니스트 시인'이나 '현대시의 선구자'와 같은 수식을 붙여 왔다.

정지용의 시나 시론이 이미지즘이나 모더니즘에만 한정된 것은 아니었다. 앞에 제시한 「鄕愁」등 초기시의 몇 작품이나 후기시의 대표작들은 시문학파로서의 그의 면모를 보여주는 훌륭한 순수서정시로 꼽히기에 부족함이 없다.

신석정(辛夕汀)은 1930년대에 활동한 시문학파 동인으로 여러 순수시인들 가운데서도 전원을 주요 배경으로 하여 개성있는 시세계를 펼쳤다.40)

---

40) 신석정은 1930년대 전반기 순수서정시의 주류를 이룬 시문학파 시인으로 출발하여 개성을 드러낸 다섯 권의 시집을 내면서 자기만의 시세계를 개척하였다. 그의 시세계를 시기상 또는 주제상으로 3단계로 나누어 설명할 수 있다. 초기의 시는 주로 '자연(自然), 전원(田園)'을 소재로 하여 한국적 전원시라고

신석정은 1931년 10월 《詩文學》 3호에 「선물」이라는 시를 발표하여 문단에 본격적으로 등장하였다. 그리고 「나의 꿈을 엿보시겠읍니까?」를 《문예월간》 3호에, 「너는 비둘기를 부러워하더구나」를 《문학》 1호에, 「山으로 가는 마음」, 「고요한 골에는 물도 흘러가겠지」를 《문학》 3호에 싣는 등 시문학파 동인지에 작품을 여러 편 발표하였다. 신석정이 《시문학》 동인으로 참가하여 시문학파 동인으로 뒤에 합류하여 작품활동을 한 것은 본인이나 시문학파 전체에게나 모두 중요한 의미를 갖는다. 김영랑, 박용철, 정지용 등이 중심이 되어 출발한 이 동인지에 신석정이 가세함으로써 새로운 가능성을 지닌 동인의 확충과 세력의 확산을 꾀할 수 있었고, 신석정 본인도 시단의 관심을 모으고 있던 시 전문지 《시문학》에 참가함으로써 작품을 문단 전체의 관심 아래에 발표할 기회를 가지면서 자신의 시세계를 질적으로 비약시키게 되는 계기를 가질 수 있었다.

그의 시에서 촛불은 시간상으로는 황혼이나 밤, 가을에 주로 등장하며 색채로는 흰색과 검은색이 주를 이루고 있다. 그의 시에 표현된 '촛불을

평가할 수 있는 『촛불』(인문평론사 1939), 『슬픈 목가』(낭주문화사, 1947)의 두 시집에 수록되었다. 「그 먼나라를 알으십니까」, 「아직 촛불을 켤 때가 아닙니다」, 「슬픈 構圖」, 「작은 짐승」, 「哀歌」등이 이 시기의 주요 대표작으로 꼽히고 있다.

중기의 시는 해방 이후부터 주로 '현실(現實), 역사적 현장'을 소재로 하여 현실의 부조리 비판과 사회참여 의식을 드러낸 작품들이다. 이 시들은 세번째 시집 『氷河』(정음사 1956)에 수록되어 있는데 「氷河」, 「歷史」등이 대표적인 작품이다.

후기의 시는 중기의 사회비판이나 사회참여 의식에서 물러나 다시 '자연과 명상'의 세계로 돌아온 작품들로서 『山의 서곡』(가림출판사, 1967), 『대바람 소리』(한국시인협회, 1970)에 수록되어 있다. 이 시기의 대표작들로는 「대바람 소리」, 「山」, 「白鹿潭에서」등이 꼽힌다.

이처럼 신석정 시의 3단계의 주제 변모과정을 보면 자연과 전원의 세계에서 출발하여 현실 비판의 안목을 드러내다가 다시 자연과 명상의 세계로 돌아오는 과정을 보여주고 있다.

켜도 물리칠 수 없는 밤'이나, '아무리 기다려도 오지 않는 새벽'은 그가
전원에 묻혀 생활하며 자연을 노래하면서도 어떻게 뛰어넘을 수 없는 엄
혹한 '현실'이자 식민지배에 억눌려 있는 '민족의 역사'라고 볼 수 있다.

  현실에서 한발 물러나 전원적 순수 서정을 담은 그의 시에서도 현실의
어두운 모습에 대한 비극적인 인식이 스며들어 있는 것이다. 자연에 파묻
힌 시인으로서 현실을 외면했다는 점을 가장 큰 한계로 지적하는 신석정
의 시세계에도 이처럼 소극적이고 간접적이나마 현실세계에 대한 고뇌와
절망이 깔려있음을 확인할 수 있다.

  신석정은 자신의 시세계의 초기인 전원적 서정시의 기초를 시문학 동
인시절에 보여주었다. 전원의 이상적인 세계로 끌고 들어가는 시적 분위
기와 산문체와 의문체의 시형태의 전개 등은 그의 특징적 시세계를 드러
내 주는 것이다.

  김현구(金炫耉)는 시문학파 동인의 한 사람으로 몇 편의 시를 발표했다
는 사실 외에 개인적 생애는 물론 시세계에 대해서도 별로 알려진 것이
없는 편이다. 그는 1930년 《시문학》 2호를 통해 시문학파의 시인으로
등단하였으며, 12편의 시를 시문학파의 발표 동인지인 《시문학》, 《문
예월간》, 《문학》에 발표하였다.[41]

---

41) 《시문학》 2-3 호에 8편, 《문예월간》 1호에 1편, 《문학》 1-3호에 3편하여 총
    12편의 시를 발표하면서 활발하게 시단활동을 하였던 김현구의 발표 동인지
    와 발표시들을 살펴보면 다음과 같다.
    《시문학》 2호 - 「님이여 강물이 몹시도 퍼럿습니다」. 「寂滅」, 「거룩한 봄과
    슯흔 봄」, 「물우에 뜬 갈매기」 - 4편
    《시문학》 3호   -「黃昏」, 「밤새도록」, 「눈감고 생각하면」, 「哀別」- 4편
    《문예월간》 1호-「풀우에 누워」 - 1편
    《문학》 1호-「내마음 사는 곧」 - 1편
    《문학》 2호-「길」   - 1편
    《문학》 3호-「山비달기 같은」 - 1편

시문학파 동인들은 《시문학》 창간호를 발간하여 자신들의 주장과 의욕을 문단에 작품으로 선보인 뒤 그들은 새로운 시인을 찾게 되었는데, 이에 따라 영랑과 용아의 추천으로 김현구가 1930년 5월 《시문학》 2호에 「님이여 강물이 몹시도 퍼럿습니다」 등을 발표하여 시문학파의 후기 동인으로 시단에 등장하게 되었다. 그 이후 《문예월간》, 《문학》 등 시문학파 동인지에만 총 12편의 시를 발표하여 1930년에서 1934년까지 약 5년 동안 비교적 활발하게 시단활동을 전개하였다. 김영랑, 박용철과 함께 김현구는 당시 무명으로 있다가 처음 시단에 등장한 동인이라는 점에서 공통점을 찾을 수 있으며 나중에 다른 시단활동을 전혀 하지 않았기에[42] 가장 순수한 시문학파 동인이라는 의미를 부여할 수도 있다. 그가 참여했던 이 잡지들은 1930년에서 1934년에 걸쳐 박용철이 주재했던 시문학파의 동인지들이었으므로 김현구는 시문학파의 무대를 잠시도 떠나지 않은 동인으로 볼 수 있는 것이다.

박용철이 시론과 평론 분야에서 시문학파의 문학적 방향을 제시했다면 김영랑과 김현구는 뛰어난 작품으로 그들의 문학적 지향점인 현대적 순수 서정시의 전개, 예술성과 음악성의 추구, 전통성과 외래성의 조화, 민족어의 완성지향을 구현한 시인으로 중요한 위치를 차지한다고 할 것이다.

이하윤(異河潤)은 한국 현대시의 초기 단계에서 해외문학파 동인으로 해외시를 받아들이고, 이어서 시문학파 동인으로 활동하면서 한국 현대시의 전개에 앞장섰던 선구적 시인의 한 사람이다.

그는 1926년부터 해외문학을 수입소개하고 시문학파의 주요 동인인 시

---

42) 김현구가 공식적인 문학활동을 펼친 것은 시문학파 동인지에 그치고 말았으며 이후로 그는 고향인 강진에서 시를 쓰기만 하고 다른 매체에 발표하지 않고 지내다가 결국 1950년에 갑작스럽게 세상을 떠나게 되어 문단에서 사라져 버리게 된 셈이었다.

인이자 잡지 편집자로서 순수문학을 추구하고 창작하였다. 또 외국문학 번역가이자 시 이론가로서 번역과 창작을 시작하여 1930년부터 시문학파의 동인의 한 사람으로 활동하는데 이 시기의 약 10여 년 동안이 그의 생애에서 가장 활발한 문학활동 기간이었다.[43] 이 시기에 그는 해외문학의 번역소개, 시창작, 문학론 발표 등을 통해 우리 문학사에서 일정한 역할을 하였다.

허보(許保)는 1930년대 초에 활동한 시문학파 후기동인의 한사람이다.[44] 허보의 시는 생활 주변의 평범한 사물들을 주요 소재로 삼아 관념적이고 사변적인 기법으로 노래하고 있는 것들이 대부분이다. 형식상으로 단형이 많은 점에서 시문학파 동인들과 공통성을 찾을 수 있을 뿐 대부분의 시는 연과 행의 구분 아래 직설적인 서술이 주로 이루어져 거의 산문화된 모습을 보이고 있다.

허보는 가장 늦게 시문학파에 합류하여 동인활동을 하다가 이후 1939년까지 시작활동을 하면서도 시집도 남기지 못하고 우리의 시야에서 사라져 버렸다. 그는 관념적이고 사변적인 특성의 시를 추구하면서 작품면에서 크게 주목받지 못하여 파묻히게 되었던 것이다. 그는 다른 시문학파

---

43) 이하윤은 해외문학의 번역과 소개작업으로 『실향의 화원』이라는 번역시집을 1933년에 시문학사에서 간행을 하고, 그에 이어지는 시창작 작업의 결과로 1939년에 청색지사에서 『물레방아』라는 창작시집을 간행하였다. 이러한 두 권의 저서를 그의 문학의 대표적 성과물로 볼 수 있다.

44) 허보는 문학 전공의 유학생 출신으로 해외문학파의 후기동인으로 참가했다는 기록이 있지만 특별한 활동을 한 내용은 보이지 않고 있다.
그는 1931년 9월 10일 《조선일보》에 「城外에 落照」와 「言語」를 비롯하여 1939년 2월호 《朝光》지에 「스키 漫筆」을 발표할 때까지 약 40편에 달하는 시와 수필 작품을 발표하였다. 그 발표지는 《시문학》, 《문예월간》, 《문학》 등 시문학 파의 발표 동인지를 비롯하여 《가톨릭 청년》, 《신가정》, 《衆明》, 《조광》에 이르는 여러 잡지와 《조선일보》 등의 신문에까지 다양하였다.

시인들이 주로 추구하는 문학적 방향인 순수서정시의 완성, 예술성과 음악성의 조화, 언어의 조탁을 통한 아름다운 국어의 지향이라는 이상을 실현하지 못하고 좀 다른 방향 즉 산문적 경향과 사변적 관념성의 표출이라는 특성을 드러낸 특이한 시문학파 동인이었다.

시문학파 동인으로 출발한 시인들 가운데 김영랑은 문학적 꽃을 활짝 피웠고, 박용철은 시론과 비평으로 일가를 이루었으며, 신석정은 나중에까지 전개된 시작 활동으로 순수서정시의 계보를 잇는 시인으로 인정을 받았다. 정지용은 시문학파 활동 이전에 문학적 인정을 받아 당대 문단의 대표적 시인으로 자리를 잡았으며, 정인보나 변영로는 이미 문학적 평가를 받은 상태의 기성시인으로 명목상 참여한 동인이었다.

이하윤이나 박용철 등이 소개한 서구의 서정시들이 새로운 시형식과 정서를 소개하는 역할을 했다면, 정인보가 번역한 한시나 변영로가 발표한 시조는 그들의 대표적인 창작시의 수준에는 못 미치지만 전통의 동양적 정서와 한국적 정감을 되살리는 역할을 했다고 볼 수 있다.

정인보(鄭寅普)45)와 변영로(卞榮魯)46)는 모두 1920년대 국민문학파의

---

45) 정인보는 독립운동이라는 직접적인 행동뿐만 아니라 민족의식의 바탕 아래 '나' 또는 '우리' 민족의 의미를 파헤치는 작업의 중요성을 인식하고 문학활동과 역사연구에 나섰다. 그는 시조, 수필, 비평 등의 여러 영역에서 문학활동에 나섰으며 그 중에서도 「慈母思」를 비롯한 25편의 연작 시조들이 수록되어 있는『담원시조』라는 시조집을 간행할 정도로 현대시조의 부활과 창작에 관심을 쏟았다. 그의 시조의 내용은 풍류의 정신이나 감정의 표현보다는 교술적 내용에 치우쳐 있는 편이다. 그리고 비평적 논설과 행사문, 장편 기행문을 썼으며, 또한 상당수의 격조 높은 漢詩, 祭文, 碑文도 남기고 있다.

46) 변영로는 1920년대 초부터 《폐허》와 《장미촌》 동인으로 활동하면서 초기 근대시의 초석을 놓은 시인들 중의 한 사람이다. 그는 1924년에 첫시집『朝鮮의 마음』을 간행하여 1920년대 전반기에 시집을 내놓은 몇 안되는 시인이 되었다. 《新天地》 창간호를 비롯하여 《新生活》, 《東明》, 《개벽》, 《폐허이후》 등 20년대 전반기의 잡지들에 발표된 작품들을 중심으로 편성된 그 시집은 그의 초기시에 속한다.

중심동인으로서 문학사적 위상을 이미 갖추고 있으면서도 1930년에 출발한 시문학파에 박용철 등에 의해 동인으로 참여를 권유받아 그 이름을 함께 하였다. 시문학파의 발표 무대에 양적으로나 질적으로 뚜렷한 서정시의 작품을 발표하지 못하여 시문학파 동인들 가운데 가장 활동이 미약한 경우가 변영로와 정인보이다. 그들은 비록 시문학파의 주요 동인으로 활동하지는 못했지만 그들이 이름을 함께 내세움으로써 시문학파가 문단에서 뿌리를 제대로 내릴 수 있도록 도움을 주었으며, 시문학파의 시세계에 전통적 정서를 더해준 외곽의 시인들이라고 볼 수 있다.

3 장   해외문학파의 문학세계

1. 순수문학 지향과 계급문학 비판

1) 순수문학 지향

해외문학파의 순수문학 지향의 문학활동 논리를 찾으려면 《해외문학》 창간호의 권두사를 살펴볼 필요가 있다.

> 무릇 新文學의 創設은 外國文學 輸入으로 그 記錄을 비롯한다. 우리가 外國文學을 硏究하는 것은 決코 外國文學 그것만이 目的이 아니고 첫째에 우리 文學의 建設, 둘째로 世界文學의 互相 範圍를 넓히는데 있다.[1]

해외문학파의 일반적인 특징은 그 동인들이 외국문학을 도입하고 수용하여 그 이론과 작품을 국내에 소개한 데에 있다. 이는 이들이 해외문학운동을 시작할 때부터 안팎에서 공인된 특징이며 그들의 활동에서 기본 바탕을 이루어왔다고 볼 수 있다.

그 일반적 특징 외에 해외문학파의 문학적 활동에서 보이는 여러 특징을 찾아보면 시작품 중심 소개, 외국문학의 주체적 수용, 반경향주의와 순수문학의 지향 등을 들 수 있다.

해외문학파의 또 다른 특징 가운데 첫째로 꼽을 수 있는 것은 시작품 중심 번역과 해외문학이론의 소개 경향이다. 앞에 제시된 《해외문학》 창간호의 내용 차례를 다시 확인해 보면 번역 소설 5편과 번역 희곡 2편에 비해 시는 5명에 의해 32편이 번역 수록되어 있으며 논설, 평론 4편도 대

---

1) 《海外文學》 1, (1927, 1) 1쪽

개 시와 깊은 연관을 지니는 내용들이다. 그리고 소설과 희곡의 번역 작품이 실려 있긴 하지만 소설의 하인리히 만과 희곡의 안톤 체홉을 제외한 A.E. 포우, A. 프랑스, 에루센코, 마리네티 등은 산문문학의 대표적 작가나 당대 사실주의 문학의 정통계보에 속한 작가들이라고 볼 수는 없다. 이를 보면 해외문학파의 작품 번역 경향은 산문보다는 시 분야를 선호하는 경향임을 알 수 있다.

둘째는 외국문학의 주체적 수용 의지를 들 수 있다. 해외문학파는 카프파나 민족문학파와 같이 뚜렷한 목적의식을 가지고 형성된 유파가 아니었으며 그들처럼 확실한 행동 강령이나 이론적 무장을 갖추지 못하였다. 해외문학파 동인들은 문학의 길로 본격적으로 들어서기 전에 동경 유학생의 신분으로 만나 자연스럽게 외국문학연구회를 만들면서 해외문학의 수입과 소개를 통해 한국문학의 발전을 꾀하고자 하는 이상을 가지게 되었다.

해외문학파가 다른 두 유파에 맞서서 활동하기 위해서는 자체의 이론적인 정립이 필요했는데 이런 역할을 주로 한 이가 정인섭, 이하윤, 이헌구 등이었다. 그 중에서도 정인섭은 창간호에 실린 평론에서 외국문학연구회의 지향점을 다음과 같이 밝혔다.

『海外文學』은 決코 單純한 코쓰모포리탄이 아니요 또는 皮相的 西洋崇拜兒가 아니며 우리 精神을 下視하는 그런 淺薄한 自我沒識의 愚者도 아니다. 모든 것이 微弱하든 歐洲各國이 몬저 先進文化인 希臘 羅典文學을 가장 敬虔한 態度로 鑑賞 또는 硏究하야 或은 形式의 模倣, 或은 內容의 模作, 그래서 各其 自由體의 藝術魂에 適合한 새로운 形式과 內容을 가진 文學을 建設할 수 있게 濃厚한 色彩와 豊富한 材料를 含蓄 시키고 그와 並立 進行되어야 할 民族 固有精神의 特殊 藝術機能과 混合시켜서 今日의 偉大한 各其 文學과 및 그에 附屬하야 發達된 모든 文化部分의 盛旺을 作함과 같이 우리도 今日의 우리 社會에서는 될 수 있는 데까지의 忠實한 態度로 海外

文學을 紹介할 必要가 있을 줄 안다.[2]

정인섭은 해외문학파 전체의 생각을 대변하여 해외문학 수입의 목적이나 의도를 우리 문학의 건설과 발전을 위한 것이라고 보았다. 그 근거로 지금은 근대문학을 발전시킨 서구 각국이 과거에 그리이스 로마 문학을 전범으로 삼아 그 작품들을 감상하고 연구하며 형식을 모방하고 내용을 모작하는 등의 수용 과정을 거쳐서 지금의 위대한 문학 작품을 탄생시킨 것을 예로 들고 있다. 그러한 과정을 거친 다음에 우리의 근대문학을 제대로 발전시킬 수 있다는 희망과 자신감을 바탕에 깔고 있는 것이다.

여기에서 더 나아가서 정인섭은 '自我'의 고립상태를 막고 '個性'의 부분적 편재를 방지하는 일이 해외문학 수용의 논리적 근거라고 주장하였다.[3] 말하자면 한국문학의 전통성이나 고유성만을 고집하게 되면 정체성에 빠지게 될 위험이 있으므로 여기에서 벗어나 새로운 요소를 해외문학에서 받아들여야 한다고 본 것이다.

그는 '自我'를 확정하는 방법으로 문학적으로 민요, 속담, 전설, 신화 등 구비문학의 채집연구를 주장하고, 또한 국어국자에 대한 새로운 인식을 가지고 이에 대한 연구를 해야 한다고 주장하였다. 그리고 그는 작품활동의 실제에서 표현매체를 생각하여 새말의 사용과 외국어의 수용이 필요하다고 하면서 여성 3인칭으로 '그네'의 사용과 '모던 걸' 등의 말을 그대로 쓰는 것들을 예로 들었다. 또한 제작자 자신들의 인식을 높이기 위해서 문단의 질적 수준 향상과 비평적 안목 양성이 필요하다고 이야기했으나

---

2) 정인섭. 「포오를 論하야 外國文學硏究의 必要에 及하고 《海外文學》 創刊을 祝함」,《해외문학》 1호, 25쪽
3) 정인섭, 「飜譯藝術의 有機的 職能」《조선일보》 (1927. 7. 24)

이에 대한 구체적 방법이나 대안을 제시하지는 못하였다.

정인섭은 1930년에 들어서 해외문학파의 성과를 이중번역과 사이비 수입의 배제, 번역전문화의 분위기 조성, 세계적 감각의 확보, 문학의 성실한 이해 태도 양성 등이라고 정리하였다. 그리고 해외문학파의 과제로 한국문단의 창작연구나 우리작품의 해외소개 시도, 창작 영역의 확대 등을 제시하였다. 그리고 해외문학파의 존재의의가 외국문학의 번역 소개에만 그치지 않고 반대로 우리문학을 해외로 소개하고, 우리 자신의 문학작품을 창작하는 것에 있다고 보았다.[4]

셋째로 확인할 수 있는 것은 반경향주의, 반목적의식의 모습이다. 해외문학작품 가운데 경향성과 목적성이 강한 문학작품이나 문학이론의 수입 소개를 피하고 있다. 1920년대 중반에 국제주의를 내걸고 나선 프로문학 진영의 김기진이나 박영희가 전위적이고 경향성과 강한 작품을 번역하고 그 이론을 소개했던 것과는 대비된다. 그들은 클라르테 이론을 소개하고 《개벽》 문예란에 외국의 경향성에 목적성이 짙은 문학작품 등을 번역하였다. 하지만 해외문학파의 구성원들은 그 이전의 카프계열의 작가들이 소개한 목적성 있는 작품이나 문학이론들과 달리 문학 자체의 예술성을 형상화한 작가들을 중심으로 번역 소개하려는 노력을 기울였다.

정인섭은 프로문학의 경향주의에 대한 비판에서 프로문단의 문제점에 대해 다음과 같이 의문을 제기하였다.

그 이유가 어디에 있는가? 이것이 1931년의 조선 프로문학 운동 진영에서 비판하지 않으면 안될 중대한 문제인 줄 생각한다. 대다수의 민중이 생활에 절박되었고 위정자의 구제 무능과 민중의 자발적 각성이 보이는 때-더

---

4) 정인섭, 「조선문단에 호소함」, 《조선일보》 (1931. 9. 13~9. 19)

구나 각국 사회에서 경제적 공황으로 말미암은 여러 가지 사변이 조선의 고막을 울리는 때-조선의 "프로문예운동"은 그 모든 것을 얼마만한 문학 내용으로서 민중에게 제시하였던가? 벌써 "프로문학 원리의 개념과 그 추상적 공식론의 연장으로서의 초기 문학 운동기"는 지나가지 않았는가?[5]

그리고 이 의문에 대한 해답을 조선적 특수성에 대한 무시에서 찾은 그는 다시 다음과 같은 말로 그 해법을 제시하였다.

예술파와 민족파에 다하여 국제 정세에 좀더 유의해 주기를 원하는 것과 마찬가지로 조선의 "프로문예파"에 대해서는 그 직역적 국제주의에서 나아가 좀더 방법의 특수성을 고려해 주기를 바라는 바이다.[6]

국제 정세뿐만 아니라 국내의 특수한 과제에 대해 파악하고 그 해결을 위해 노력하는 것이 프로문학파의 임무라고 주장하였던 것이다. 이러한 경향주의에 대한 비판을 토대로 순수문학의 지향이라는 그들의 이상을 추구하였다.

외국문예 조류의 그대로의 소개가 아니요 반드시 그 이면과 그 중심에는 조선이라는 객체를 두어 가지고 조선에 필요한 문학으로부터 시작하지 않으면 안된다. 그러한 조선과 깊은 인과(因果)를 맺을 수 있는 외국문학이란 무엇일까? 그는 갱론(更論)할 것도 없이 가능한 한도에서 외국문예의 새로운 위대한 발전과 인간으로의 고민과 투쟁과 건설의 굽이치는 경로를 여실히 소개 번역하는데 있을 것이다.[7]

정인섭은 과거의 해외문학 소개가 외국문단 동향 소개 위주였다면 앞

---

5) 정인섭, 「조선문단에 호소함」, 《조선일보》 (1931. 1. 13)
6) 위의 글 (1931. 1. 15)
7) 이헌구, 「해외문학과 조선에 있어서 해외 문학인의 임무와 장래」, 《조선일보》 (1932. 1. 8)

으로는 조선의 현실 중심으로 이루어져야 한다는 주장을 내세웠다.

조선 내의 현실과 상호연관성을 강조하면서도 경향주의가 아닌 순수문학의 방향으로 외국문학을 수입하고 그에 맞는 작품활동을 해나가야 한다고 순수문학 지향의 특성을 살려 나갔던 것이다.

여기에서 해외문학파의 반경향성과 순수문학 지향성을 찾을 수 있으며 이는 1930년대 초기 시문학파의 순수시 운동으로 그 영향이 이어져 한국현대문학의 새 흐름의 출발이 되었다고 할 수 있다. 이러한 순수문학 지향 의지는 다음에 나오는 프로문학 진영과의 논쟁을 통해 구체적으로 확인할 수 있다.

2) 해외문학파와 프로문학파의 논쟁

1920년대 중반 이후에는 우리 문학 전반을 사로잡은 프로문학 진영과 이에 대한 반대세력으로 민족주의 문학이 조직적, 문학적으로 맞서고 있었다. 이러한 가운데 해외문학파가 양 진영을 의식하며 출발하였는데, 그 중에서도 프로문학진영과의 대립이 한층 두드러졌다.

정인섭이 1930년대 초에 한국문단을 민족문학파, 프로문학파, 해외문학파의 3대 세력으로 나누었던 것처럼[8] 그 당시에는 해외문학파의 영향력이 상당했으며, 특히 1935년 무렵 프로문학진영과의 치열한 논쟁에서 절정에 이르렀다.

해외문학파가 추구했던 계급문학 비판과 순수문학 지향은 그들의 외국문학 작품 번역에서도 발견되지만 그것이 직접적으로 뚜렷이 나타난 경우는 프로문학 진영의 공격에 맞서면서 이루어진 논쟁에서이다.

---

8) 정인섭, 앞의 글

해외문학파는 여러 가지의 논쟁을 벌였는데 그 중에는 송영, 임화, 백철, 홍효민, 한설야, 권환 등의 프로문학 진영과의 이데올로기적 논쟁, 동반자적 입장의 현민이나 예술파인 김동인과의 번역 수준 논쟁, 최재서, 정래동, 김환태 등 비해외문학파 외국문학 전공자들과의 번역 관련 논쟁 등이 대표적이었다.

해외문학파가 동경시대를 거쳐 경성시대를 시작하면서 1931년 이후에는 동인들이 각 신문사의 학예면 담당이나 편집인의 지위를 차지하면서9), 이를 통해 정인섭은 문단을 민족파, 프로파, 해외문학파로 삼분하고서 민족문학파와 프로문학파에 대해 비판을 가하였다.

> 昨年(1930) 一年間의 韓國文壇에 있어서 世界文壇에 대한 考察을 위하여 努力한바 硏究的 乃至 消息的 見解는 在來의 어느 해에 비해서 量에서나 質에서나 보다 훨씬더 重大한 程度에까지 이르렀었다…… 要컨대 昨年으로부터 韓國의 大新聞 學藝欄(朝鮮日報, 東亞日報, 中外日報)에 海外文壇消息欄이란 것이 一律로 始作 되었던 것은 特히 注目할 바로 생각할 수 있고 이리하여 世界文壇의 動向에 對한 關心의 深刻하면 할수록 韓國文壇의 限界가 넓어질 것은 勿論이요 또한 기뻐할 일이다.10)

정인섭은 1930년 한국문단에서 세계문단에 대한 고찰이 두드러져 양적이나 질적으로 크게 발전하였다면서 자신들 해외문학파의 활동을 높이 평가하였다. 그 근거로 당시의 조선, 동아, 중외일보 등의 신문에 해외문단 소식란이 시작되어 세계문단의 동향에 대한 관심이 깊어졌음을 들고 있다.

다음으로 그는 민족파에 대해 몇 가지를 비판하였는데, 그 주요 내용은

---

9) 《동아일보》에 서항석, 《중앙일보》에 이하윤, 《조선일보》에 이선근, 함대훈 , 이헌구 등이 자리잡음.
10) 정인섭, 「조선문단에 호소함」

사어(死語)가 된 고어를 피하고, 한문직역식을 피하고, 너무 먼 과거시대의 감각에 취하지 말며, 착상을 심각하게 하고, 시조 자수를 넘어설 수 있도록 해야 한다는 것 등이었다.[11]

이러한 민족파에 대한 비판은 노선이나 이념에 대한 것이 아니라 작품 창작에 관련된 지엽적인 내용이었다. 하지만 프로문학에 대한 비판은 핵심적이고 구체적으로 제시되었다.

> 조선문단에 있어서 프로문예파는 예술파 또는 민족파보단 비교적 국제정세에 많이 유의할 것이며 또한 그 본질상 당연히 국제정세에 관심하여야 될 것이며 사실상 그러한 경향도 보이거니와 그러한 현상에 불구하고 구 문예운동의 실제적 효과에 있어서는 다른 單一政體로서의 사회와는 다른 능률을 보이고 있다. 일례를 든다하더라도 세계적 공황의 추세로 다른 사회에서는 1930년이 그 〈프로문예운동〉에 있어서 필연적 활약을 농후하게 보였으되 조선의 프로문예 진영에는 일종의 반비례가 있는 듯하게 그 수확이 기대보담 훨씬 저조한 듯 하다는 것은 이미 이상에 말한 바이다. 이것은 하필 1930년만을 말함이 아니요, 더 광의로 말한다면 〈조선문학 운동의 특수성〉—이러한 문제가 항상 필자로 하여금 고려의 대상이 되게 하는 바이다. 영국의 사회주의적 문학과 불란서의 그것과 독일의 그것과 노서아의 그것과 미국의 그것과 또는 중국의 그것 등이 모두 각기 특수성을 가지고 있는 것과 마찬가지로 조선의 프로문예운동에 재래 많이 있던 〈직역적 국제주의〉에 대하여 異議를 느끼는 바이다.[12]

정인섭은 국제주의적 입장에서 문학으로서의 한국적 특수성 즉, '조선문학 운동의 특수성'을 갖추지 못하고 일본의 문학을 모방하는 추수주의에 그치고 있는 프로문학을 공격하였다. 프로문학이 한국적 특수성을 갖지 못한 '모방적 직역적 국제주의'라고 비판한 해외문학파의 정인섭의 지

---

11) 위의 글
12) 위의 글.

적은 날카롭게 프로문학파의 허점을 찌른 것이었다.

그 구체적인 예로 1930년에 국역되었던 레마르크의 「西部戰線 별일 없다」를 들었다. 이것은 보고문학인데 일본의 프로작가 村山知義가 반전극으로 꾸몄고 한국에서 신건설사가 공연한 바도 있었다. 이에 대해 정인섭은 한국프로문학이 '유행심리적 소아병적 감응주의'에 불과하다고 비판하였다. 또한 그는 1930년 11월에 소련 하이코프에서 개최되어 22개국이 참석한 '프로작가 단체 대표의 확대총회'에서 프로문학의 원칙적 테제는 어느 정도로 규정되어 있는 것이 세계 대세이므로 앞으로의 역할은 각 사회의 특수성을 어떻게 모색할 것인가가 문제점이라고 지적하였다. 그리고 1930년 프로문학에는 '역량함축을 위한 자동적 일시침묵파, 틀려진 불여의(不如意)파 및 생활보장에 관련된 전향파' 등이 있다고도 공격하였다.[13]

정인섭의 이러한 공격의 근본에는 계급문학, 이념지향의 문학에 대한 비판과 배격이 들어있다. 민족파와 프로파에 대한 공격, 그 중에서도 프로파에 대한 집중적인 공격은 문학을 이념이라는 목적을 실현하기 위한 도구로 인식하고 있던 프로문학 진영에 대한 해외문학파의 반발과 비판이며 순수문학 지향 의지의 표현이라고 할 수 있다.

이에 대한 프로문학측의 반격은 송영, 임화 등에 의해 이루어졌다.

"해외문학파가 朝鮮의 左右翼을 함께 非難하였으나 實은 右翼的인데 立脚하여 있다."[14] 라고 한 송영의 비난은 해외문학파를 우익의 일부로 보는 프로문학 진영의 시각을 보여주었다

임화는 해외문학파에 대해 더욱 뚜렷한 적대의식을 가지고 비판하였다.

---

13) 위의 글
14) 송영, 「1931년도의 조선문단 개관」, 《조선일보》 (1931. 12. 21)

　　해외문학파의 활동이 컸다는 사실에 대해서는 인정하면서도 그들의 성
격이 소부르조아적 집단임을 지적하고 있다. 해외문학파가 내세운 것처럼
계급이 없다는 중간파적 입장은 허위이며 그들이 번역한 시가와 소설이
중간계급 이상의 인텔리층을 기반으로 한 점에서 해외문학파가 프로계급
의 적인 소부르조아적 집단이라고 규정하여 공격하였다. 임화는 해외문학
파 자체의 활동 뿐만 아니라 그들과 결합하여 새로운 예술파가 조직 형성
되려는 운동이 염려된다고 보았다.

　　해외문학파와 유기적 관련이 없는 《시문학》과 《문예월간》을 해외
문학파의 기관지시하는 것을 유감으로 생각한다는 임화의 지적[16]에서 해
외문학파와 시문학파의 유사성을 뚫어보고서 대응한 사실을 확인할 수 있
다. 즉 해외문학파와 시문학파의 순수문학 지향에 대한 프로문학 진영의
비판을 보여준 것이다.

　　해외문학파와 프로문학파의 대립이 여러 논자들에 의해 지속적으로 전
개되었으나 가장 대표적인 경우가 이헌구와 임화의 논쟁이었다.

　　해외문학파 동인 중에서 비평에 앞장섰던 이헌구가 해외문학파의 업적
을 정리하고 앞으로의 과제를 제시하자, 이에 대해 프로문학 진영의 임화
가 김철우라는 필명으로 해외문학파에 대해 공격을 펼쳐 양 유파간의 대

---

15) 임화, 「당면정세의 특질과 예술운동의 일반적 방향」, 《조선일보》 (1931. 12.
　　23)
16) 위의 글 (1932. 1. 10)

표적인 논쟁이 이루어졌다.

이헌구는 해외문학과 조선문학의 교섭을 3기로 나누었다. 1기는 육당, 춘원의 낭만주의, 인도주의적인 외국고전의 소개 시기이며, 2기는 김동인, 염상섭 등의 자연주의 문학 소개이고, 3기는 바로 해외문학파의 다양하고 폭넓은 외국문학 소개라고 보았다. 그리고 해외문학파의 장래 임무는 외국고전의 번역소개와 현대 세계문단의 주의를 파악하며 이를 소개하고 평론하는 것이라고 보아서 그들이 처음 출범할 때처럼 해외문학의 소개를 통한 한국문학의 발전을 지속적으로 주장하였다.17)

그러면서도 이헌구는 해외문학파에 대해 중심을 가진 조직이 아니며, 자유로운 각자의 입장에서 해외문학을 학구적으로 연구하거나 조선 현실 문단에 적합한 가장 현대적으로 진보한 문학을 소개함이 목적이라고 주장하였다. 그리고 해외문학파 자체는 우의적 단체이며 그 가운데 여러 문학적 주의나 학파도 있다고 하였다.

임화는 이에 대해 해외문학파는 철부지이며 소부르조아적 그룹으로 하나의 문학단체에 각자의 자유가 있을 수 없으며 아무 문학상의 주의도 없으면서 하나의 조직을 가지려는 것은 일종의 사기술이라고 주장하였다.18)

그 당시 1931년 무렵 해외문학파는 프로문학파의 대표적 이론가였던 임화가 적극적으로 비판에 나섰을 만큼 새로운 예술파의 모습을 갖추면서 세력이 확장되었다. 그들의 활동이 매우 조직적이어서 프로문학 진영에 대해 민족문학 진영보다도 더 위협적인 대상으로 나타났다는 사실을 확인할 수 있다.

---

17) 이헌구, 「해외문학과 조선에 있어서의 해외문학가의 임무와 장래」, 《조선일보》 (1931. 1. 1-10)
18) 김철우, 「소위 해외문학파의 정체와 장래」, 《조선지광》 100호 (1932. 1)

당시 프로문학이 한국적 특수성을 고려하지 못하고 '모방적 직역적 국제주의'에 머물고 있다는 이헌구의 비판은 프로문학파의 허점의 핵심을 찌르고 있는 것이다. 그러나 이들의 이러한 비판은 문학적 소양이나 수준이라는 문제에 국한되어 전체적인 안목을 가지지 못하고, 그들이 주요 과제로 삼는 외국문학의 수용문제도 근대 민족문학이념의 정립이라는 거시적인 목적을 달성하는데 실천적인 접근을 제대로 하지 못하는 한계점을 보였다.

이헌구는 《해외문학》 창간목적에 대해 세 가지를 이야기하였다.[19]

첫째는 일본을 통한 문예사조의 간접적 수용에 따른 아류(啞流)의 수준을 벗어나기 위해 직접 외국어로 외국문학을 접촉해야겠다는 것이며,

둘째는 빈약한 조선문단에 군소의 작품을 발표하기보다 문학적 토양을 비옥하게 하기 위해 먼저 조선어로 번역된 외국작품을 산 그대로 제공해야 하며,

셋째는 조선문학 건설을 위해서는 선진국 문학의 근본적 이해가 필요한데 특히 어떤 한가지 경향이나 세력에 종속되지 않아야 한다는 점이다.

이 가운데 셋째 항목에서 말하는 것이 프로문학에 대한 비판과 관련된다고 할 수 있다. 당시의 우리 프로문학이 러시아를 비롯한 다른 사회주의 국가나 서구의 나라들을 제외한 식민모국 일본의 프로문학에만 의존하여 그대로 수용하는 문제는 분명히 지적되어야 할 큰 문제점이었다.

하지만 외국문학의 수용문제에 대해 수용대상이나 수용상황은 의식하지 못한 채 외국어와 조선어라는 언어적 차원으로만 파악한 것은 핵심을 벗어난 문제제기라고 볼 수 있다. 또한 프로문학에만 관심을 편중하지 않고

---

19) 이헌구, 『문화와 자유』(삼화출판사, 1952), 51-53쪽

외국문학 전반에 대한 선별과 수용이 구체적으로 진행되어야 했으나 그를 비롯한 해외문학파 동인들의 작업에서는 그러한 부분들이 미흡하였다.[20]

해외문학파의 이헌구는 개인주의에 바탕을 둔 문학적 자유주의를 주장하였다. 그러면서 그는 당대 프로문학 진영이 외국문학 동향이나 사조를 충실하게 소개하였을 뿐이요 그 동향이나 작품과 조선과의 관계에 대한 설명을 소홀히 하고 있음을 비판하였다. 당연히 외국문학 연구인은 조선 문화 계몽운동의 중대한 일익을 맡았으므로 가능한 한도에서 외국문예의 새로운 위대한 발전과 인간으로의 고민과 투쟁과 건설의 굽이치는 경로를 여실히 소개 번역해야 한다고 해외문학파의 역할과 임무를 천명하였다.[21]

이들 해외문학파는 동인의식을 공유하면서 집단적인 활동을 꾸준히 해 나가게 되었는데 그 원인은 프로문학 진영과의 대립에 있었다. 해외문학파가 형성되기 시작할 무렵 국내에는 카프와 민족문학파가 전열을 펴면서 활동하고 있었는데, 특히 카프는 이 유파를 백안시하면서 틈만 있으면 공격을 하였다.

정인섭에 따르면 민족문학파는 해외문학파의 문장개혁 시도에 대해 비판적이었고, 카프는 해외문학파가 외국에서 들어오는 계급문학을 상당히 이해하면서도 카프 동인들의 공식적 프로문학의 허점을 찌르기 때문에 그들은 민족문학파보다 해외문학파와 더 신랄하게 대결하려 하였다. 그래서 좌익 계열에서는 동경 현지에서부터 외국문학연구회를 '소시민적 부르조아 그룹'이라고 낙인을 찍었다고 하였다.[22]

이처럼 두 집단의 공세에 맞서면서 제자리를 지켜 나가기 위해서는 집

---

20) 김경원, 「이헌구론」. 김윤식외 , 『한국현대비평가 연구』(강. 1997) 16-17쪽
21) 이헌구, 『미명을 가는 길손』, 284쪽
22) 정인섭, 앞의 책, 83-84쪽

단적인 활동을 해 나갈 수밖에 없었다. 그리고 카프나 민족문학파는 서로 대립적이긴 하지만 명백한 행동노선이나 이데올로기를 지니고 있었던데 반해 해외문학파는 그러한 것이 없었으므로 그들이 내세울 수 있는 가장 중요한 것은 훌륭한 문학작품 그 자체였다. 그러나 그것은 이상적인 목표 이긴 하지만 짧은 기간 동안에 완성해 낼 수 있는 것이 아니었으므로 이데 올로기를 앞세운 상대방의 집단적 공세에 맞서기 위해서는 역시 집단을 형성하여 그에 대응할 수밖에 없었던 것이다.

외국문학 번역에 머무르고 있는 그들에게는 바로 상대방에게 내어놓고 이것이라고 할 만한 양질의 작품이나 걸작이 발표되지 못했는데, 비판하 고 공격하는 세력이 가하는 압력은 너무 거세어서 우선 집합체를 이루고 그 힘으로 상대할 필요가 있었다. 말하자면 해외문학파가 보여준 조직 선 호 경향은 적대 세력들의 일방적인 공세 속에서 외로운 개인들이 취할 수 밖에 없었던 행동 양태였다. 그것은 또한 그들이 꾀한 문학의 성격과 문단 활동의 시기가 빚어낸 부득이한 결과이기도 했다.

또 그 이후에 프로문학 진영에서 홍효민과 백철이 해외문학파를 비판 하였다.

홍효민은 해외문학파가 계급을 종으로 하고 민족을 횡으로 하여 외국 문학을 도입했더라면 좋았을 거라는 견해는 성립할 수 없다고 보았다.[23] 문학에서 어느 중간적 위치는 실제로 불가능한 것이므로 해외문학파의 체 질이 민족파에 가깝게 나타나며 그 접근이 더 심해진다고 하였다. 그는 해외문학파의 《해외문학》 창간호 선언문에서 한국문학 건설이 첫째이 고 그 다음에 외국문학 수입이라는 주장을 내세우고 있음도 함께 비판하

---

23) 홍효민, 「조선문학과 해외문학파의 역할」(《삼천리》 4권 5-6호, 1932), 27쪽

였다.

그리고 정인섭이 외국문학의 수입태도로 내세운 12항목에[24] 대해 해외문학파가 외국문학에 대해 가지는 무원칙, 무질서, 무권위를 노출시킨 것이라고 비판하면서 "이것은 語學이지 文學이 아니다"[25]라고 지적하였다. 그리고 그들이 수입하는 작품이나 주의나 사상에서도 일관성이 없다고 비난하였다.

홍효민은 해외문학파에서 김진섭 정도가 표현주의 문학론을 지켜나갔으나 그 외의 동인들은 뚜렷한 주관이나 일관성이 없이 소설에서 시조, 이 작가에서 저 작가로 번역의 대상을 바꾸고 있음을 예로 들었다. 이러한 무주견성으로 인해 해외문학파는 문학상의 유파가 아니라 한갓 문단 사교

---

24) 정인섭, 「1932년 문단전망」 (《동아일보》 1932. 1. 22)
  (1) 世界文學上의 各種樣相을 이해시켜야 할 必要한 特殊한 一翼만을 紹介하지 않고 全面的 立場을 가질 때.
  (2) 自己의 趣味와 目的에 맞는 것만을 輸入하지 않고 그와 反對되는 것도 研究할 必要가 있는 特殊한 것의 紹介
  (3) 남의 付託을 받아서 付託을 위하여 그 個人研究를 돕기 爲하는 立場에서 被動的으로 輸入하는 때.
  (4) 人類의 藝術的 遺産을 調査해 보기 爲하여 훨씬 過去에 올라간 그 古典的狀態를 研究 引用하는 態度
  (5) 個人 語學 공부를 爲한 飜譯行動에는 自己의 文藝思潮의 立場을 떠나서 試驗해 보는 때
  (6) 輸入할 때 自己의 主義로써 批判하고 是非를 明白히 하여 讀者에게 主唱을 强化하는 때
  (7) 日作家의 叢書를 飜譯發刊하기 爲하여 年代的으로 紹介하는 데 그치는 때.
  (8) 在來 이미 남이 世上에 나타난 中에서 誤傳이 있으면 그것을 改正하기 위하여 다시 輸入하는 때.
  (9) 編輯 紙面 枚數를 爲하여 蛇足的으로 飜譯品을 補充하는 때.
  (10) 舊稿를 버리기 아까와서 再錄하는 때
  (11) 檢閱通過를 爲하여 本意와 本文을 多少 變更하기도 하고 省略하기도 하는 때
  (12) 原稿料를 爲한 生活上 形便으로 依賴받는 것을 對象하는 때.
25) 홍효민, 앞의 글, 27쪽

집단에 불과하다고 비난하였다. 이러한 비난은 프로문학파와 민족문학파의 대결에서 서로가 내세운 일관된 주의 주장에 비추어보면 해외문학파의 문학적 논리가 뚜렷하지 못한 면이 있음을 확인시켜 주었다.

다음으로 백철 또한 프로문학파의 입장에서 해외문학파를 비판하였다.

> 해외문학파는 부동하는 중간적 사회군을 대표하는 인테리 소시민적 그룹이다. 그들의 특성은 완전히 과거계급을 의미함에는 너무나 영리하며 그렇다고 해서 한 거름 뛰어나가서 프로레타리와 계급운동에 참가 혹은 동반함에는 너무나 비겁하다. 저나리즘의 지위를 이용하여 그들은 총애를 받고 있다.[26]

백철은 해외문학파가 중간적 사회군을 대표한다고 보았으며 계급적 운동에 나서지 못하면서 저널리즘을 이용하여 문학적 활동을 하고 있다고 보았다. 이에 대해 이헌구는 다음과 같이 반론을 전개하였다.

> 물론 二大 新聞 《東亞》 《朝鮮》에 해외문학파의 研究家 2·3人이 관계하고 있다. 그러나 이를 이용하여 해외문학파의 노력을 伸張하려는 그러한 계획적 의도가 없는 것은 이 두 新聞의 學藝欄을 읽은 사람은 누구나 넉넉히 그 眞相을 識別할 것이다. 그리고 어떤 문학운동이 그 사회의 요구와 일치되어 발전되는 것은 결코 一個 新聞(또는 雜誌)의 의도만에 의하는 것이 아니요, 그 사회 전체의 요구를 반영하여 발전케 되는 것이다. 왜냐하면 사회가 요구하지 않는 또는 사회의 현실과 일치되지 않는 운동이란 결코 대중의 자지를 받을 수 없기 때문이다. 또한 긴 생명을 지속해 나갈 수 없는 것이니, 다만 한 사실을 현실적으로 취급하여 斷案한다는 것은 왕왕 그릇된 비판이 되기 쉬우며, 또는 中傷이 되고 마는 것이다.[27]

그들이 양대 신문의 학예란을 관계하고 있지만 이를 이용하여 그들의

---

26) 백철, 「조선문단의 전망」, 《혜성》 2권 1호, 19쪽
27) 이헌구, 「해외문학과 조선에 있어서의 해외문학가의 임무와 장래」

노력을 신장하려 하는 것은 아니라는 것이다. 아울러 사회전체의 요구, 대중의 지지를 받아 긴 생명을 지닌 해외문학 운동을 지속해 나가겠다고 천명한다. 이는 다음의 표현에서 더 명백히 드러나고 있다.

> 그러므로 今後의 조선문예운동은 결코 프로문학과 부르文學, 海外文學의 3분야로 구별하여, 해외문학을 그 中間的 小市民 인텔리層의 그룹이라고 결정짓는데 있는 것이 아니다. 마땅히 해외문학은 有機的으로 조선 文壇과 적극적으로 교섭하고 提携하여 늘 새로운 提唱을 하는 동시에 문학의 國際性, 더 나아가 조선 文學運動의 획기적 발전을 위한 선구적 역할을 行使하여야 할 것이다.
> 끝으로 吾人은 다시 提唱한다. 진정한 신문예의 수립·확대·강화를 위하여, 해외 문학의 연구·소개·비평은 절대 필요하며, 그리하는 데서 조선의 문예운동은 자체 自國內의 成長에만 그치지 아니하고 세계적 문학조류와 共通되는 步哨를 밟아 조선 문예의 국제적 진출을 보게 될 것이다. 그리하여 새로운 세계의 全人類的 呼吸을 호흡하는 위대한 문화의 꽃이 피게 될 것이다. 吾人은 모름지기 不斷의 노력과 協助와의 提携下에서 1932년도의 새로운 문학운동을 전개시킬 것이다.[28]

프로문학 진영의 계속적인 공격에 대해 맞서면서도 앞으로는 분쟁을 확대하지 말고 문학의 국제성을 위해 함께 노력하자고 제안하고 있다. 해외문학의 연구, 소개, 비평을 통해 조선문학의 성장과 국제적 진출이라는 이상을 실현하자는 포부를 내세워 마무리하고 있는 것이다.

프로문학 진영의 지적대로 해외문학파는 이념적으로나 계급적으로나 민족주의 문학에 좀 더 가깝다고 할 수 있는데, 이는 계급문학에 반대하고 순수문학을 지향하는 해외문학파의 문학적 특성으로 볼 때 자연스러운 현상이었다.

---

28) 위의 글.

2. 현대문학이론 소개

1) 표현주의와 미래파 문학이론 소개

해외문학파가 외국문학 작품의 번역소개를 통해 한국문학의 발전을 꾀한다는 목적을 내걸고 활동을 개시하면서 《해외문학》 창간호를 간행하였음은 앞에서 살펴본 바와 같다. 그들의 주요 번역대상은 순수문학 중에서도 시의 분야에 치우친 편이었으며 소설, 희곡 등과 함께 평론을 통해 표현주의와 미래파 문학이론과 작품을 소개하였다.

첫째, 《해외문학》 창간호에 발표된 김진섭의 「표현주의 문학론」은 표현주의라는 새로운 서구 문예이론의 체계적 도입 소개로서 의미가 크다고 할 수 있다. 독일의 이리-야 에렌부르크의 표현주의 문학론을 번역 소개한 이 글은 당시로서는 새롭고 특이한 문예사조인 표현주의에 대한 체계적인 도입의 구실을 하였다.

당시에는 상징주의시와 프로문학의 현실폭로적 사실주의가 강한 세력으로 서로 대립하면서 영역다툼을 벌이고 있던 상황이었음에도 새로운 진보적 문예이론에 관심을 둔 것은 상당한 의미가 있었다. 이는 그들이 창간호의 권두사에서 보여준 다음과 같은 의욕이나 의지를 뒷받침하려는 노력으로 볼 수 있는 것이다.

> 우리는 가장 敬虔한 態度로 먼저 偉大한 外國의 作家를 청하며 作品을 硏究하여서 우리 文學을 偉大히 充實이 세워노며 그 光彩를 독거 보자는 것이다. 이에 우리는 우리 新文學建設에 앞서 우리 荒蕪한 文壇에 外國文學을 받어 드리는 바이다.[29]

---

29) 《海外文學》 1호, 1쪽

해외문학파가 외국문학을 수용하고 외국작가와 작품을 연구하는 것은 우리 문학을 충실하게 세우고 광채를 돋구어 보려는 궁극적인 목표를 위한 과정이라는 주장이다. 이처럼 한국문학의 발전이라는 목표와 명분을 달성하기 위해서는 서구문학 중에서도 인정받는 대표적인 작가들과 작품들을 선택하여 수입하고 소개해야 했기 때문에 《해외문학》 창간호에 근대 서구의 대표적 작가와 작품이 소개되었던 것이다.

이와는 대조적으로 서구의 전위문학, 진보적 성격의 문학이론이나 작품이 소개된 것은 우리문학과 문단의 발전과 새로운 영역을 개척하는 방편의 하나로 추구되었다.

원래 표현주의 도입은 1910년대에 일본에서 연극이나 문학을 공부한 김우진, 현철 등 독문학, 영문학 전공의 문학도들이 3·1운동 직후에 소개한 것이 처음이었다. 그들은 대부분 독일의 표현주의자 또는 일본인들이 소개한 글을 번역하거나 축약하여 그 개념이나 본질에 대한 소개를 위주로 하였다. 다시 말하면 단편적인 소개의 글을 통한 단순한 전신자적 입장의 표현주의 소개였던 것이다.

표현주의는 여러 가지 다양한 견해나 다른 인식에도 불구하고 결국 사실주의에 대치되는 반미메시스적 (antimimetish) 문예사조로 정의된다. 정신화와 추상화 경향으로 나갔던 표현주의는 20세기 초반의 급변하는 시대적 상황 속에서 현실과 인간의 내면세계의 종합을 추구한 강렬한 예술운동이었다.[30]

김진섭은 일본 법정대학에서 표현주의가 발생하고 발전한 독일의 문학을 전공하여 이 사조에 관심을 갖고서 발전, 본질, 이념 및 주요 작가들을

---

30) 이선영 편, 『문예사조사』(민음사, 1987), 231쪽

소개할 정도로 20년대 표현주의를 가장 깊이 연구하여 소개한 문예이론가
였다.

《해외문학》에서 소개하고 있는 그의 글은 "새 예술은 벌써 예술됨을
그치니라"라는 에렌부르크의 말을 부제로 달고 시작하고 있다. 글 속에서
표현주의의 발생배경을 헤르만 바르 (Hermann Bahr)의 『표현주의
Expressionismus』(1916), 슈나이에테르 (Manfred Schneieter)의 『희곡의 표현
주의 Der Expressionismus in Drama』에서 찾았고, 표현주의의 이념과 본질
은 슈미트 (K. Edschmid)의 『시작상의 표현주의론 Uber den eichterischen
Expressionimus』, 베른하르트 디볼트의 『희곡의 무정부 Anarchie im Drama』
에서 밝혀냈다.[31]

그는 표현주의의 예술 필요성을 강조하면서 위와 같은 독일의 저서들
을 섭렵함으로써 이론의 핵심적 부분을 상당부분 그대로 소개하고 표현주
의를 철저히 탐구하여 이를 20세기 문학방법으로 인식하고 옹호하였다.

> 오직 주관의 표현 그것이고 객체의 인상이 아니며 또한 자연, 인생의 재
> 현도 아니다. 그것은 자연의 절대한 배척이고 그리하여 그것은 일체의 內部
> 鼓動의 직접한 형태화다.[32]

우리가 무엇보담도 인류의 정신적 갱생의 20세기적 사상을 기조로 하고
표현주의예술을 생각하면 그것의 탄생의 의미와 필연을 가장 용이하게 해
득할 것이다. 표현주의는 인류의 이상을 들고 지나왔다. 건전한 정신, 발랄
한 생기, 열정의 전율(戰慄), 생명의 유동, 인간의 위대, 인류애(人類愛) 희생
의 정신, 우리가 좋다 명명(命名)하고 존숭하는 모-든 것이 그 속에 있다. 기
분(幾分)의 부자연, 퇴폐적 색채, 혼돈(混沌)은 미래에의 표현주의의 추진(追
陣)에 따라 순화(純化)될 것은 말할 필요도 없는 일이다. 실로 표현주의는

---

31) 김진섭, 「표현주의문학론」, 《해외문학》 1 (1927. 1) 5 - 6쪽
32) 위의 글, 6쪽

인류의 운명과 중대한 관계를 가지고 있다. 나는 그 미래를 주목하는 자의 하나임을 부끄러워하지 않는다. 나는 표현파 예술의 가운데 어떠한 예술에서도 볼 수 없던 인간의 의지를 본다. 생의 힘(Lebenskraft)을 본다. 에네르기-의 인류적 발현(發現)을 본다. 20세기의 예술은 그것이여만 한다. 그것이여만 한단 말이다.[33]

김진섭의 「표현주의 문학론」에서 앞의 인용은 독일 표현주의 문학의 성격을 정확하게 설명하고 있는데 이는 그가 독일문학을 연구하면서 표현주의 이론가들의 저술을 널리 접했던 때문으로 볼 수 있다. 그리하여 이들의 각 저서에서 표현주의에 대한 핵심적인 설명을 상당 부분 그대로 인용하여 설명하면서 뒤의 인용부분에 나온 것처럼 표현주의야말로 현대문예사조의 새롭고 유력한 대안이자 최고의 사조라는 예찬으로 글을 마무리하고 있다. 그는 또한 《해외문학》 창간호에 표현주의 문학이론 소개의 뒷받침으로 하인리히 만의 소설 「門前의 一步」를 번역 소개하였다. 이에 대하여 번역의 글이 난삽하다고 양주동이 혹독하게 비판하고 나서자 그는 10회에 걸쳐 표현주의 언어의 난해성을 독일어 발달사를 포함하여 설명하였다.[34]

표현주의문학이 언어사적으로 보아 적어도 언어창조의 출발점에 선 이상 그 언어표현이 고삽(苦澁)과 혼돈(混沌)을 전대로 면할 수 없는 것이 사실이니까 그것이 고삽하고는 연고로 그것은 표현주의문학의 언어표현은 본질적으로 고삽하고 무질서한 것이다. 표현주의문학의 노력하는 핵심은 제 1에 새로운 청춘의 새로운 영혼(靈魂)이고 제2에 그것을 표현하여야 할 새로운 용기(容器)-즉 새로운 언어다.[35]

---

33) 위의 글, 18쪽
34) 김진섭, 「표현주의문학과 그 언어표현의 苦澁에 대하여」(一 ~ 十), (《조선일보》,1927. 5. 23 - 5. 31)

표현주의 문학에 대한 이해와 특성을 말하기 위해 독일언어사까지 곁들여 가면서 표현주의 언어가 난삽할 수밖에 없음을 설명하였다. 이처럼 표현주의 문학이론과 표현주의 언어에 대한 관심과 자각은 작품 번역과 창작에서 언어표현에 대한 자각을 가져왔고 이러한 자각은 해외문학파를 거쳐36) 시문학파 시인들에게로 영향을 끼치게 되었다. 김진섭이 표현주의 문학이론과 작품번역을 지속적으로 실시하면서 소개하는 동안 1930년대에 들어서 독문학을 전공한 해외문학파 후기 동인 서항석이 그 뒤를 이었다. 특히 서항석은 그동안 표현주의를 소개한 어느 문예이론가들보다 훨씬 더 명료하게 설명, 분석, 평가하여 표현주의를 총정리하였다.37)

표현주의 시는 해외문학파 이전에도 여러 차례 번역 소개되었으나38) 표현주의 산문은 김진섭에 의한 하인리히 만의 소설 「門前의 一步」와 조희순에 의한 톨러의 「독일의 어느 젊은이」39) 등 두 편이 해외문학파 동인들에 의해 번역되었다. 이들은 모두 독문학도들로 약간의 문제점들이 있지만 새로운 문예이론에 의한 작품 소개라는 점에서 큰 의의가 있다.

표현주의 이론이 가장 활발하게 전개된 문학영역은 희곡이었는데, 괴링의 「해전(1막)」이 극예술연구회 창립 동인이기도 한 조희순에 의한 번

---

35) 위의 글(十), 5. 31

36) 해외문학파는 《해외문학》 2호 60 - 63쪽에서 「한글 사용에 대한 외국문학 견지의 고찰」이라는 주제로 대부분의 동인들이 참가하여 해외문학좌담회를 실시한 내용을 싣고 있다. 충실한 발음의 활용, 조선어 문법의 통일 필요성에 대한 제기, 한글에 대한 호의적 태도와 활용 등을 이야기하여 외국 문학에서 출발하여 창작시에 이어지는 언어적 자각의 모습을 보이고 있다.

37) 서항석, 「표현주의문학연구」, 《학등》 1 ～ 8호 (1933. 10 - 1934. 8)

38) 1930년대에 번역 소개된 표현주의 시는 베드펠의 「생명의 노래」(김일향 역, 《사해공론》 2호), 트라클의 「고독한 사람의 가을」(조희순 역, 《신동아》 36호, 1934. 10) 등이 대표적이다.

39) 조희순, 《문학》 2호 (1934. 10)

역과 홍해성 연출로 2회 공연에 발표되어 최초의 표현주의극의 상연이라는 평가를 받았다.[40] 그리고 카이저의 「우정」도 서항석의 번역에 의해 극연의 3회 공연으로 무대에 올랐는데 이도 또한 새로운 형식의 시도라는 점에서 근대연극사의 진전으로 평가할 수 있다.

해외문학파는 아니지만 극작가 김우진은 이미 1920년대에 표현주의를 수용하고 「난파」, 「산돼지」 등의 작품으로 실험하였으며 몇 편의 시에서도 표현주의적 수법을 보여주었다.

이렇게 보면 표현주의는 1920년대 전반기부터 도입이 시작되어 1930년대까지 단편적, 산발적으로 수입 소개된 것으로 볼 수 있다. 그 소개의 대표적인 연구자는 김우진, 김진섭, 서항석 등이며 주요 분야는 시나 소설보다는 연극과 희곡에서 소개 수용되었다. 하지만 표현주의 문예이론은 발상지인 독일이나 그 주변과 달리 우리의 예술이나 문학에는 역동적인 유파를 발생시킬 만큼 큰 영향을 끼치지는 못했다. 그 이유는 당시 문인들이나 대중들이 이를 수용할 만한 정서적 수준을 갖추지 못한 때문이었다.

김진섭이나 서항석 등의 해외문학파 동인을 비롯한 몇 연구자들이 표현주의를 이해하고 이론과 작품을 소개하였지만 이를 이해하고 작품으로 실천하지 못하였으며, 다만 김우진이 표현주의를 수용하여 작품으로 실험하였다. 하지만 그럼에도 불구하고 표현주의 문학이론의 수입 소개는 다양한 현대적 문예이론의 수입이라는 측면과 번역언어에서 출발하여 우리의 문학언어에 대한 관심의 제고라는 문학사적 의의를 가지고 있다.

둘째, 마리네티의 희곡 「月光」 번역을 통해 당시에는 매우 새로운 미래파 문학이론을 소개하였다. 마리네티는 「미래파 문학 기술선언」(1910)을

---

40) 박용철, 「실험무대 제2회 시연초일을 보고」, 《동아일보》 (1932. 7. 3)

통해서 세계적인 반향을 불러 일으켰던 작가라는 사실이 알려져서 번역 소개되었다고 볼 수 있다.

마리네티는 미래파의 기수로서 새로운 문예이론을 이끌어내었는데 그는 미래주의를 다음과 같이 정의하였다.

> 미래주의는 인생-예술-덧없음이라고 불러볼 수 있는 어떤 뜻밖의 것을 통하여, 예술 법칙 또는 예술 그 자체를 뛰어넘으려는 지속적 노력이다.[41]

> 미래파 작가는 전력과 증기기관이 지배하는, 지상과 해상과 공중에서의 속력으로 격양된 오늘날 우리의 삶을 표현하기 위해서, 영상과 음향의 변화무쌍한 편성인 자유시를 사용할 것이다.[42]

마리네티가 미래파 작가들에게 제시한 최초의 연구 방향은 모든 운율의 체계적 틀, 더 나아가서는 예정된 일체의 형식에 대항하는 자유와 즉흥성, 대위법적 활력과 관현악적 편성, 다시 말해서 감각의 동시적 강조, 과학기술과 속력이 지배하는 세계의 즉각적 반영으로서의 시적 감흥을 위한, 예술의 전통적이고 시대에 뒤떨어진 주제에 대한 거부 등으로 요약해 볼 수 있다. 미래파는 시나 소설 그리고 연극의 희곡 등으로 영역을 넓혔으며 음악, 건축 외의 예술 특히 회화에 크게 영향을 끼쳐서 20세기의 새로운 사조로 떠올랐다.

> 우리들은 세계의 영광이 새로운 아름다움, 즉, 속도의 아름다움으로 풍요로워졌다고 주장한다. 불을 토하는 배암과도 같은 배기통으로 단장된 경기용 차를 보라. 작렬하는 기관총파처럼 굉음을 내며 멀리 사라지는 협박적인 경기용 차가 사모스 경마장의 날개 돋친 승리마보다 훨씬 아름답다…[43]

---

41) 지오반니 리스타, 정진국 역, 『미래파』(열화당, 1988), 8쪽
42) 위의 책, 11쪽

마리네티의 유명한 이 말은 미래파에서 추구하는 도시와 기계에 대한 찬양, 속도의 아름다움에 대한 예찬을 담고 있다. 20세기 전위운동의 하나인 미래파를 여러 예술 영역으로 확산시키면서 전개를 이끌었던 마리네티는 자유시의 확립과 아방가르드 정신을 이념화하는데 앞장서면서 시, 소설, 희곡 등에서 자신의 이상을 작품으로 발표하였다.

그 중의 하나로 발표된 미래파 종합극 「月光」의 1막을 《해외문학》 창간호에 번역하였던 것이다. 이 희곡의 1막은 기존의 사실주의 희곡의 형식을 벗어나 등장인물과 사건도 제대로 나타나지 않는 새로운 모습을 보이고 있다. 여기에는 등장인물이 '彼, 彼女' 가 나오고 그들 사이로 '살지고 배큰놈'이 나오는 데 1막의 끝 부분에 원작자의 해석이 이렇게 덧붙여져 있다.

> 「月光」의 살지고 배큰놈은 무슨 象徵으로써 使用된 것이 아니요 여러 가지 感覺, 卽 未來 現實의 恐怖, 밤의 寒氣와 靜寂, 二十年의 生活의 幻想 等의 非論理的 綜合이다.[44]

이를 보면 미래파에 대한 이해와 인식을 하고 있었음을 확인할 수는 있으나 간략한 이 번역만으로는 체계적인 소개를 할 수 없었을 뿐만 아니라 이론적 소개가 뒷받침되지 않은 것도 또한 별다른 영향을 끼치지 못한 이유가 되었다. 다만 표현주의와 함께 20세기의 새로운 예술 사조, 문예이론의 하나인 미래파의 대표적 작가의 희곡 작품을 일부분 번역 소개하여 관심을 불러일으킨 계기를 마련하였다는 의미가 있다.

미래파도 표현주의와 마찬가지로 기존의 사실주의에 반발하여 변화와

---

43) R. S 퍼네스, 김길중 역, 『표현주의』(서울대 출판부, 2000), 16쪽
44) 「月光」, 《해외문학》 1, 185쪽

혁신을 추구한 새로운 문예이론으로서 당시에는 도입이 거의 없어서 매우 낯설은 편이었다. 미래파 문예이론은 유럽에서도 아방가르드 이념을 내세우고 1910년 무렵에 시작되어 미술, 음악, 조각 등의 다른 예술 영역에서 먼저 시작되어 문학으로 번져왔으며 희곡에서 소설과 시로 작품 활동이 점차 활발하게 이루어졌다. 그러므로 해외문학파가 번역 소개한 희곡 「月光」은 비록 1막에 그친 소개이지만 최초의 미래파 문학 소개로서 의미가 있다. 넓은 의미의 모더니즘에 속한다고 볼 수 있는 표현주의와 미래파 문예이론은 문학, 특히 시에서 형식의 새로움과 실험성을 강조하고 실천하여 현대시의 변화와 발전을 이끌어내는데 공헌을 하였다.

그 이외에 《해외문학》을 통해 소개된 서구 문인들 중에서 우리문학에 영향을 크게 미친 주요 인물을 들자면 포우와 푸쉬킨일 것이다.

포우에 대해서는 정인섭이 花藏山人 이라는 필명으로 「포오를 論하야 外國文學 研究의 必要에 及하고 『海外文學』의 創刊을 祝함」을 써서 소개하였다.

그리고 이선근은 「露西亞文學의 創始者 『푸-쉬킨』의 生涯와 그의 藝術」을 발표하여 우리에게 많은 영향을 끼친 러시아 문호 푸쉬킨에 대하여 소개하였다.

특히 포우에 대한 소개는 포우가 가진 문학론 특히 시에 대한 유미론적 의식과 상징주의적 시각이 우리 문단에 큰 영향을 끼친 점에서 중요한 의미가 있다.

정인섭은 같은 잡지에 「赤死의 假面」이라는 포우의 소설작품을 번역하였는데, 그에 앞서 포우에 대해 소개하면서 외국문학의 연구가 우리 문학의 발전에 필요함을 역설하였던 것이다.

현실주의에 반항하여 신비주의, 상징주의, 유미주의의 선구자로 문학
사적 업적을 남겼던 E. A 포우에 대하여 소개하면서 러시아, 프랑스, 독일,
이탈리아, 스페인 등 유럽의 모든 나라나 작가들에 영향을 끼친 것을 언급
하고 있다. 그 중에서도 프랑스 문학계는 그의 문학적 가치를 인정하고
크게 영향을 받았다. 특히 보들레르와 말라르메는 그 영향을 통해 상징주
의 시론을 수립하고 상징주의 시작품을 창작하여 현대시의 새장을 열었던
사실은 잘 알려져 있다.

포우는 칸트의 철학과 코올리지의 문학이론의 영향 아래 시에서의 음
악적 요소 도입을 주장하고 단편소설에서 플롯의 중요성을 강조하였다.
그는 문학의 목적은 도덕적이거나 교육적인 효용성에 있는 것이 아니라
무엇보다 우선 미의 창조에 있으며, 그 창조된 미를 통하여 독자에게 즐거
움을 주는 것이라고 보았다.

그는 예술을 위한 예술을 주장하면서 문학이란 인간불멸의 본성적인
미(美)를 자각하는 의식을 반영시킨 예술이며, 작가가 깊은 의식 속에서
감지한 자연을 창조적 정서로 승화시킨 것으로 보았다.

그리고 문학은 말로 독자에게 호소하는 것이므로 말 자체에 호소하는
작용이 없으면 아무런 효과도 바랄 수 없으니 문학은 곧 말이라고 주장하
였다. 이는 문학의 원리를 명료하게 표현한 것으로 근대문학의 시발점으
로 인식되고 있다.46)

---

45) 花藏山人,「포오를 論하야 외국문학 연구의 필요에 及하고『海外文學』의 창
　　간을 祝함」,《海外文學》 창간호, 22쪽

포우는 시란 무한한 관념을 표준하는 것이고, 진정한 시는 신비적이고 심미적인 경험의 기록이므로 "시는 무한하고 음악적이며 감정이 흐르는 서정시가 미의 창조이다"라고 정의하였다.

이러한 유미주의, 상징주의적 시론에다 주관적인 감정의 서정시를 강조한 포우의 순수시론은 우리 현대시에 지속적인 영향을 끼쳤으며 특히 김영랑을 비롯한 시문학파의 순수서정시의 형성에 한 바탕을 이루었다.

그리고 해외문학파 동인들은 푸쉬킨의 문학을 정리한 것을 비롯하여 영미를 중심으로 서구의 문예소식을 전함으로써 여러 작가들의 작품이나 다양한 사조에 대해 간단하게 소개할 수 있었다. 이를 통하여 우리 문단에 서구문예에 대한 흥미와 자극을 전한 의미는 있으나 단 2회에 걸쳐 발간된 잡지가 중단되었으므로 지속되지 못하고, 지나치게 단편적이어서 큰 영향을 끼치지 못한 문제점도 있었다.

2) 현대적 번역 정립

해외문학파가 한국에서 현대적 번역에 큰 공헌을 한 것은 이미 알려져 있는데 그 과정에서 몇 가지 논쟁이 이루어져 왔었다. 먼저 양주동과 해외문학파의 이하윤, 김진섭과의 번역논쟁이 있었고, 다음으로 해외문학파와 비해외문학파 연구자인 정래동, 최재서와의 해외문학파의 역할에 대한 논쟁이 진행되었다.

우선 양주동[47]과 해외문학파의 주요동인인 이하윤[48], 김진섭[49]의 논쟁

---

46) 홍일출, 『에드거 앨런 포우』(건국대 출판부, 1996), 34-39쪽
47) 양주동, 「《해외문학》 창간호에 대하여」, 《新民》 26호(1927.6.1.)
48) 이하윤, 「《해외문학》 독자 양주동씨에게」(《동아일보》 1927. 3. 19 - 3. 20)
49) 김진섭, 「기괴한 비평현상 : 양주동씨에게」(《동아일보》 1927. 3 .22 - 3. 26)

은 번역을 중심으로 한 서양문학 수용에 관한 문제를 주제로 하여 번역과
수용에 관한 상대방의 이론을 비판한 것으로 앞선 시기에 전개된 김억과
양주동의 논쟁보다 한 차원 높은 것으로 볼 수 있다.

양주동은 그 글에서 번역상 문제를 논급하면서 제출된 문제는 다음의
세 가지라고 요약하였다.

첫째, 번역가의 태도, 직역(直譯)과 의역(意譯)의 문제

둘째, 문체에 관한 것, 경문(硬文)이냐 연문(軟文)이냐의 문제

셋째, 역어(譯語)에 관한 것, 외국문자를 그대로 쓸 것이냐의 문제, 곧
역어의 한계성[50]

이에 대해 살펴보면, 첫째로 번역가의 태도에서 직역과 의역의 문제에
있어서 양주동은 원작과 번역이 상이한 것이 되기 쉬우므로 역자는 번역
적 양심에 비추어 원작의 일자일구(一字一句)도 소홀히 해서는 안된다면
서 직역의 필요성을 강조하였다. 그러면서도 그는 직역을 원칙으로 하되
때에 따라 직역과 의역의 절충이 필요하다고 주장하였다.[51]

이상적인 번역은 원문에 무엇을 가감해서도 안되며 원문 그대로를 전
달하는 것을 원칙으로 하되 원문의 분위기 또는 의미상 불가피한 경우 의
역이 허용되는 것이 번역문학 이론에서의 일반적인 통례임에 비추어 양주
동의 견해는 타당한 이론적 근거를 가지고 있는 것이다.

이하윤도 또한 엄밀한 축자역이 될 수 없음을 경우에 따라 인정해야
한다고 주장한다. 그러나 김진섭은 번역방법을 개인적인 역자 기호(嗜好)
의 문제로 보면서 직역과 의역을 구애치 않는다는 다소 다른 견해를 드러
낸다.[52] 본래 김진섭은 해외문학의 번역 이외에 수필가로 나섰으며 번역

---

50) 김효중, 『번역학』(민음사, 1998), 313쪽
51) 양주동, 앞의 글

도 산문 중심으로 하였는데 시를 번역한 경우에도 시의 행과 연의 구분이 자의적이고 문장부호도 임의적으로 번역하였음을 알 수 있다. 그는 시의 형식이나 정서와 분위기보다는 정확한 내용의 전달에 중점을 두어서 의미와 발음의 정확성을 기하려는 의도를 내세웠던 것이다.[53]

이하윤은 엄밀한 축자역만 고집할 수 없음을 인정하면서 직역을 주장한 데서 이론적 타당성을 가지고 있었다. 직역이나 축자역은 원어와 역어의 통사구조가 비슷한 경우에는 최상의 방법이지만 우리말은 유럽 언어들과 통사, 문법, 어휘 등의 언어구조가 크게 달라 우리말로 직역하기가 어렵다는 것이 현실적인 문제이다.

둘째로 경문과 연문의 문체에 있어서 양주동은 소설이나 희곡 등은 물론 역어(역시)에서도 연문체를 써야 한다고 주장하였다. 그러나 이하윤과 김진섭은 경문체 즉 비어(非語)를 쓸 수밖에 없다고 주장하였다.

번역론에서 문체가 문제되는 것은 당대의 번역가가 그 시대의 풍토에 맞추어 번역하는 경우 쉽게 이해되는 장점과 과거의 작가 특유의 개성을 잃을 우려가 함께 있기 때문이다.

양주동은 시대의 문체를 고려하자는 입장에 가깝고 이하윤과 김진섭은 원작의 특성을 살리는 원작 문체에 따르자는 입장에 가까운 편이다. 이는 장단점이 함께 있기 때문에 번역자 또는 논자의 관점에 따라 다르게 된다. 특히 해외문학파의 이론가들인 정인섭, 이헌구 등은 번역에 있어서 신어 또는 신조어의 창조와 사용을 적극적으로 주장하였다.

셋째로 역어(譯語), 외국문자(外國文字) 사용의 문제에 대해서도 양주동과 김진섭 사이에 논쟁이 이루어졌다.

---

52) 이하윤, 앞의 글
53) 김진섭, 앞의 글

양주동은 역어의 한계성을 인식하고서 될수록 외국어보다는 우리말을 주로 쓰고 외국어라야 뜻이 통하는 것은 그대로 쓰는 것이 좋다고 하였으며, 외국어는 오직 자국어의 부족을 보충하는 의미로만 수용해야 한다고 주장하였다.

이에 대해 김진섭은 원어가 요구하는 언어 내용을 가지지 않은 경우 생경한 외국어를 차용하는 수밖에 없다면서 외국어의 사용을 적극적으로 주장하여 양주동에 대해 반박하였다.

문학 번역이론상 원어와 역어에 정통한 사람이 문학 작품을 가장 잘 번역할 수 있다는 것이 정설이며, 이로 보아 양주동의 이론이 현대의 번역이론에 보다 더 접근해 있다고 볼 것이다.

양주동 대 해외문학파 특히 이하윤, 김진섭의 논쟁은 현대 번역이론에서도 핵심적인 과제를 거론했다는 점에서 논쟁의 질적 차원과 심도나 범위에서도 상당한 수준을 보여주었다. 뿐만 아니라 실제로 번역의 당사자들이 번역 과정에서 겪은 구체적 문제들에 대한 경험을 바탕으로 하여 이루어졌기 때문에 번역의 실제적인 문제들에 대한 의미 있는 논의들이 진행되었다.

하지만 그 논쟁이 더 전문적이고 실제적인 번역논쟁, 즉 번역 문체에 대한 검토와 적용 등이 함께 이루어지는 작업이 이어지지 못하고 감정적 다툼으로 끝난 것은 아쉬운 면이다.

이들의 논쟁은 우리 번역문학사의 초기에 본격적으로 이루어진 번역이론의 논쟁이라는 측면에서 문학사적 의의가 있으며 이러한 활발한 논쟁과 토의를 거쳐 훌륭한 번역이 이루어질 수 있는 것이므로 논쟁의 지속적인 전개도 필요하다고 할 것이다.

이하윤은 우리의 고전을 토대로 삼아 새시대의 우리문학을 창조하는

일이 번역을 가치있게 하고 번역가가 공헌하는 일이라고 하였다.54) 외국
문학의 연구와 감상은 우리문학과 항상 불가분의 관계를 가지고 있으며
그 연구 소개의 태도나 번역할 작품 선택에 큰 관심을 두어야 한다고 강조
하였다.

김진섭은 번역이 '言語 內容에 의한 思想의 移植과 發達에 그 使命을
발견하는 精神的 活動'으로 그것은 일국민의 문화적 전통과 타민족의 문
화적 전통이 서로 접촉하는 기회를 제공하며, 소개자이자 매개체로서의
번역은 서로 다른 나라와 민족 속에 문화의 탄생을 도모하므로 보다 넓고
높은 세계와 세계를 윤활하게 연결하는 심적 교량이라고 하였다.

그리고 번역의 한계 특히 문학작품 번역의 한계는 "번역이란 이해(理
解)의 사(死를) 의미한다." 고 한 카우에르의 말처럼 "사랑과 감정을 살릴
수는 없고 반대로 이것을 죽이지 않을 수 없는 것이 곧 번역이다." 라면서
문제는 얼마나 잘 이해하느냐가 중요하다고 하였다.55)

함대훈은56) 한나라의 문화를 알고 연구하려면 그 나라의 어학부터 알
아야 하며 그 과제를 완성하려면 번역가가 필요하다고 하였다. 번역이란
지난한 사업이므로 번역문학의 참된 발전을 위해 출판사업자와 번역가의
참된 협조가 있어야 하며, 번역가는 좋은 번역을 내놓을 양심과 노력이
필요다고 강조하였다.

김억의 「역시론」의 내용에 나오는 시번역 불가능론은 콜러의 상대적인
번역가능성 등 현대의 번역이론에 비추어 보면 문제가 있다. 시번역은 불

---

54) 이하윤, 「外國文學研究序論 — 우리는 왜 外國文學에 關心해야 하나」, 《조선
일보》 (1934. 8. 19)
55) 김진섭「飜譯과 文化」(《조선중앙일보》1935. 4. 17-5. 1)
56) 함대훈, 『飜譯文學論 (上)』(《조선일보》1938. 12. 15)

가능하기에 임의로 적당히 해버린다는 식의 논리는 성립되기 어려운 것이
므로 양주동이나 해외문학파 동인들의 시번역 가능론이 옳은 것이다.

또 번역이 역자의 시적 소질이나 개성에 따른 창조적 노력에 의해서만
가능하다고 본 점은 매우 설득력이 있다. 의역을 강조한 점은 그 동안 계
속 논란이 되어왔기는 하지만 번역의 충실성이 강조되는 직역이 번역의
바람직한 방법이라는 견해가 지배적인 최근의 번역이론에 의하면 지나친
견해라고 볼 수 있다.

다음으로 번역에서 오역을 등한시하고 역자 임의로 시어 또는 어절이
나 고유명사 등을 빼버린다는 것은 번역에서 허용되기 어려운 일이다.

그리고 번역가의 예술적 소질을 중시하는 것은 오늘날에도 인정되는 바
람직한 의견이라고 볼 수 있다. 아울러 말한다면 번역의 성공여부는 역자
가 지닌 우리말의 구사능력이나 표현능력에 있다는 점을 확인할 수 있다.

또한 "번역은 창작이다." 라고 하는 김억의 주장은 클리퍼의 "번역은
문학이다."라는 말이나 노발리스의 "번역가는 문학가 중의 문학가"라는
말과 통한다. 이는 번역가에게 문학이나 예술에 대한 관심과 소질이 필요
하며, 외국어에 대한 소양뿐만 아니라 자국어에도 정통한 이해를 요구하
고 있는 것이다.

이상의 번역에 대한 논의들은 현대번역이론에서 논의되어 온 대부분의
문제들을 검토하고 있으며, 그 대표적 장점은 문학작품의 번역가능성 문
제이다. 김억은 역시불가능론(譯詩不可能論)이라는 부정적 입장을 취하
고 있으나 양주동과 이하윤 등은 역시가능론(譯詩可能論)을 주장하면서
번역의 방법에 더 많은 관심을 쏟[]

최근의 번역이론가들은 문학번역을 가능한 것으로 보고 독자의 요구에
그 가치를 크게 두고 있으며 민속적 풍습, 역사적 사건의 표현, 방언 등에

따른 번역의 어려움을 주석(註釋), 주해(註解), 해설(解說) 등의 방법을 통해 해소하려는 것이 현대의 경향이다.

1930년대에 이루어진 번역 논의들은 번역의 본질과 번역가의 자질, 예술적 재능 등에 관심을 보이면서 새로운 방법을 모색하는 내용들을 담고 있었다. 외국문학작품의 번역은 이후로도 계속 이어지며 그 이론적 논의들도 꾸준히 전개되면서 현재에까지 이르고 있다. 해외문학파의 번역에 대한 이론적 글들은 작품번역에 대한 바탕을 이루게 되었으며 그들의 '해외문학 소개를 통한 한국문학 건설'이라는 목표를 달성하기 위해 이루어진 하나의 의미있는 작업이었다.

해외문학파의 정식 회원은 아니었으나 해외문학파의 이념에 동조하고 그들과 문학적으로 비슷한 길을 걸으면서 해외문학 번역에도 참가했던 사람으로 박용철을 들 수 있다.

그는 번역이론에 대해 자신의 주장을 뚜렷하게 표현하지도 않았고 번역 이론 논쟁에 참여하지 않았으면서도 번역활동을 왕성하게 하였다. 그의 번역에 대한 소견은 《시문학》 창간호에서 충실히 직역한 것과 원작자 이름과 시제(詩題) 등 출처를 분명히 밝히는 것을 원칙으로 한 점에서 확인할 수 있다. 그리고 외국시를 번역하고 연구하는 데에는 번역가가 자기 전공영역을 분명히 하고 독자의 관심을 끌겠다는 의도가 들어 있다고 하였다.[57]

다음으로 카프나 민족문학파에 적극적으로 참여하지 않으면서도 해외문학파에 대해 비판적 태도를 보인 해외문학연구자들인 정래동, 최재서 등과 논쟁이 진행되었다.

---

57) 박용철, 『박용철 전집』2권(시문학사, 1940), 144쪽.

정래동은 외국문학 연구자들이 창작을 겸해 활동을 하는 것에 대해 비판하였다[58]. 그는 창작과 연구를 겸할 것이 아니라 어학자, 시, 소설, 극, 산문 등에 관한 전문 연구자로 분화하고 심화시켜야 하며, 영국, 독일, 프랑스, 러시아, 중국 등의 문학 이외에도 스페인, 이태리 등의 여러 나라의 문학도 번역 소개해야 한다고 주장하였다. 그리고 그 과정에서 전문적 술어, 함축성 많은 언어의 번역 등이 전개되어야 하며 두 나라 이상의 문학에 대한 비교연구가 진행되어야 한다고 강조하였다.

정래동은 외국문학을 비판적으로 수용하되 과학적인 방법으로 해야 한다고 발전적인 의견을 보였으며, 비교문학에 대한 논의를 펼쳐서 이하윤과 함께 1930년대에 비교문학의 필요성을 주장한 선구자라고 할 수 있다.

최재서는 해외문학파의 정체가 확실하지 못한 것을 비판하면서 자신의 호적을 가지고서 통일된 체계아래 외국문학을 번역 소개해야 문단에 기여할 수 있다고 주장하였다.[59]

프로문학 진영을 비롯한 비해외문학파측의 일반적인 비난에 대한 답변은 김진섭, 이하윤, 함대훈 등에 의해 이루어졌다.

김동인과 현민은 해외문학파가 소개하는 외국문학은 문인이라면 일역(日譯)을 통해 이미 읽은 것들이므로 새로운 내용이 없다고 비판하였다.[60]

이에 대해 김진섭은 일어를 통해 외국문학을 접할 수 있는 한국 문단의 특수한 사실을 시인하면서 이러한 비난에서 벗어나기 위해서는 일본에서 소개되지 않은 것을 소개 비판해야 한다고 밝혔다. 하지만 해외문학파 자체의 학문적 역량과 한계로 인해 어려운 것이 사실이라고 시인하였다.[61]

---

58) 정래동, 「海外文學研究者의 任務」, 《동아일보》 (1933. 12. 22)
59) 최재서, 「戸籍없는 海外文學研究者」, 《조선일보》 (1936. 4. 26 - 4. 27)
60) 김동인, 「번역문학」, 《매일신보》 (1935. 8. 31)

이는 활동 시작 당시 대학 예과생이 대부분이었던 해외문학파 동인들이 가진 한계와 그들에게 쏟아진 지나친 기대를 확인해 주는 것이다.

함대훈은 해외문학파를 비난하는 견해에 대해 첫째 조선사람이 조선문학 대신 해외문학을, 둘째 한 작가만이 아니라 여러 작가를, 셋째 새로운 외국문학이 아닌 낡은 것을 소개한다고 분류 소개하였다. 그러면서 그는 해외문학파의 외국문학 소개 업적을 다음과 같이 정리 제시하였다.

英國…버나드·쇼硏究(張起悌), 골스워디硏究(金珖燮), 베네트硏究(異河潤), 英國詩人 硏究(同上)

愛蘭…오케이시硏究(柳致眞)

佛蘭西…에밀·졸라硏究(李軒求), 佛蘭西 二大女流詩人(同上), 佛蘭西劇壇動向(同上), 발모르(同上), 佛門壇縱橫觀(同上), 佛國女流文壇(同上), 現代佛詩壇(異河潤)

獨逸…괴테硏究(徐恒錫), 괴테硏究(金晉燮), 괴테硏究(曹希淳), 하웁트만硏究(同上),

奧地利…슈니츨러 硏究(曹希淳), 슈니츨러 硏究(徐恒錫), 同(金晉燮), 獨逸의 劇壇(同上)

露西亞…안톤·체홉硏究(咸大勳), 에세닌硏究(同上), 마아곱흐스키硏究(同上), 革命以後 사비에트文學(同上), 革命 14年間 사벳트文學展望(同上)[62]

이처럼 많은 연구 또는 번역 작업이 기초인 ABC에 불과한 것인가를 반문하면서 해외문학파의 외국문학 소개업적을 크게 평가하고 있다. 하지만 이들의 연구가 대개는 개략적인 소개에 그치고 있으며 작품들도 전체를 대표할 수 있는 대표작보다는 소품들에 해당한다는 문제점을 보이고 있는 것도 사실이다.

---

61) 김진섭, 「외국문학연구의 지장」, 《동아일보》 (1933. 11. 5)
62) 함대훈, 「해외문학과 조선문학」, 《동아일보》 (1933. 11. 12)

김진섭은 번역론에 대한 자신의 견해를 종합적으로 밝히면서 번역과
문화, 세계문학의 개념, 번역의 문화적 역할, 번역의 가치, 번역가의 문화
사적 사명, 번역의 한계 등에 대하여 이야기 하였다.[63]

요사이 文壇有心의 士가 결핍하면 그들이 마치 모든 海外文化의 輸入을
홀로 請負하는 것같이 彼稱 海外文學派의 無爲를 痛論함을 듣는다. 그러나
이것은 實로 文化槪念에 對한 常識의 全無함에 暴露함에 그칠 뿐이니 朝鮮
에 있어서는 펜을 잡는데 있어서 모든 文筆人은 海外文學派에 屬하는 榮光
을 가져야 될 것이다. 卽 朝鮮은 이 제一의 飜譯家에게 要求하되 恒常 飜譯
以上의 것을 創造하기를 절망하고 있는 듯이 보인다.[64]

김진섭은 번역이 분명히 한계는 있지만 감정을 자국어로 어느 정도까지
표현할 수 있기 때문에 번역이 충분히 가능하다고 보았다. 이 글에서 그는
새로운 문화에 대한 기대를 가지고 세계문학과의 거리를 단축하는 방법으
로서 외국문학을 번역 소개하는 것은 단지 해외문학파 뿐만 아니라 전 문
단인의 임무이자 사명이라고 표현하였다. 이에 따르면 해외문학파가 해야
하는 일만이 아니라 우리 문단 전체가 함께 맡아야 하는 일이기 때문에
그에 따르는 비난도 문학인 전체에 해당된다는 주장이기도 하였다. 이는
해외문학파라는 유파의 존재의미가 없다는 내용이 되기도 하는데 그들의
한계를 인정하는 동시에 식민지적 상황, 즉 수준이 더 높은 일본어 번역권
의 세력을 뛰어 넘을 수 없었던 그들의 수준 문제와도 관련이 되는 것이다.
그동안 해외문학파가 참여한 여러 논쟁에서 그들에 대해 임화가 소부
르조아 그룹이라고 비난하고, 김동인이나 현민이 일역의 ABC라 했으며,
홍효민이 문학이 아니라 어학이며 무주견성이라고 비판했을 때 해외문학

---

63) 김진섭, 「번역문학론」,《조선중앙일보》(1935. 5. 2)
64) 위의 글, 1935. 5. 5

파 동인들의 명확한 대응이 이루어지지 못한 것은 그들 자신이 이하윤이
나 김진섭이 고백한 것처럼 그런 역량이 없었다는 사실로 인해 그러한 문
제점들을 어느 정도 인정할 수 밖에 없었던 것에 기인한다. 해외문학의
전문가 집단이었던 그들이 문단의 요청을 충족시키지 못할 정도에 이르는
한계를 보인 시점에서 그들은 새로운 방향으로 나가야만 했는데 이에 따
라 그들의 활동이 창작이나 평론, 수필이나 극예술연구회와 《극예술》을
통한 연극운동의 참여 등으로 이어져 나갔다.

해외문학파의 문학사적 업적이 해외문학의 소개 수용에서 시작되어
《문예월간》, 《시원》 등을 통한 순수시 창작과 평론, 《극예술》을 통한
집단적 연극운동의 참여로 변화하고 발전해 갔음은 이러한 연유에서 비롯
된 것이다.

해외문학파가 해외의 새로운 문학의 번역 소개에 한계를 보이면서 창
작 등의 여러 방향으로 변화하게 되자 해외문학의 소개 비판을 주로 담당
한 이들은 비해외문학파 외국문학 전공자인 최재서, 김환태, 이양하, 이원
조, 김기림, 정래동 등이었다. 이들은 영문학, 불문학 등 서구문학 뿐만 아
니라 중국문학에도 관심을 보였으며 외국문학 연구에 있어서도 현대성을
추구하였다. 이원조의 지드 연구, 최재서의 엘리어트, 헉슬리 등의 주지주
의나 풍자문학론은 당시 문단에 새로운 영향을 주었다. 그리고 이양하의
「황무지」소개, 김기림의 모더니즘 시론 등에 대한 연구와 소개도 이어져
서 해외문학파의 19세기 서구문학 수입이라는 한계를 벗어나 프로문학 진
영 퇴조 이후의 당시 문단에 모더니즘이라는 새로운 흐름을 형성하였다.

그들은 이를 바탕으로 외국문학과 한국문학의 수준을 비교하여 방향전
환에 관심을 기울이면서 한국 문학의 비평에도 힘을 쏟았다. 물론 해외문
학파의 외국문학 수입 소개에도 김진섭의 표현주의 도입, 이헌구의 페르

낭데스의 행동주의 연구가 있어서 어느정도의 현대적 문예이론 도입이라는 문학사적 의의를 달성하기도 하였다.

그리고 앞서 살펴 보았듯이 외국 작품 번역이 19세기 대표적 작가들의 작품 번역에 머물렀으며 번역수준도 당대의 기준으로도 많은 지적을 받는 등의 한계를 보였다. 하지만 이들의 해외문학 번역 소개와 수용노력을 바탕으로 하여 이에 대한 비판과 극복을 통해 새로운 발전이 이루어진 것이라고 할 수 있다. 따라서 해외문학파의 외국문학 작품번역 및 현대적 문예이론의 도입수용은 우리 현대문학의 전개와 발전에 큰 바탕이 되었음을 확인할 수 있는 것이다.

《해외문학》에 소개된 번역 작품의 수준이 당시 우리 문단의 수준보다 높아야만 해외문학파의 존재가치를 인정받을 수 있었는데 당시 해외문학파의 구성원들이 대부분 아직 문학에 대한 기본적 지식을 제대로 갖추지 못한 예과생(豫科生)들이라는 점에서 20세기 전위적 문학을 소개하여 우리 문단에 직접적인 영향을 줄 수 있는 수준이 되지 못하였다는 비판에 수긍할 만하다. 그 근거에 대해 몇 가지 예를 들어 확인해 볼 수 있다.

부셔라!

부셔라 부셔라 부셔라
네찬 灰色 돌우에 오 바다여!
그러나 내 가슴에 이는 온갓 生覺을
내 혀로써 말하고 짐이여.
....

— 이하윤 역

Break, Break, Break
Break, break, break,

On thy cold grey stones, O sea!
And I would that my tongue could utter
The thoughts that arise in me.
....

- Alfred Tennyson.

이하윤이 《해외문학》 2호에 번역한 테니슨의 시작품에서 1연을 제시하였다. 이 시에는 테니슨이 유럽대륙을 함께 여행하던 자기 여동생의 약혼자이자 친구인 아더 핼럼이 22세의 어린 나이로 비인에서 세상을 떠난 것에 대한 충격이 깔려 있다. 따라서 이 시는 죽은 벗에 대한 슬픔을 바다의 파도를 매개체로 하여 나타낸 것으로 볼 수 있다. 이러한 시에 대한 전문가적 지식이나 영시의 강약음정의 교체라는 운율상의 문제를 제대로 인식하여 번역하지 못한 것은 이해할 수 있지만 제목을 "부셔라!"로 한 점이나 1행을 타동사인 "부셔라, 부셔라, 부셔라"로 하여 목적어가 없는 애매한 문장으로 표현한 점들은 기초적인 번역상의 실수로 보여지는 것들이다.

부듸처라 부듸처라

부듸처라 부듸처라 부듸처
싸늘한 네 회색돌우에 오바다여!
가슴속에서 이러나는 온갖 생각을
내 혀로써 말하고시픈 맘이여!

- 이하윤 역

이하윤이 1933년에 출간한 역시집 『失鄕의 花園 』에 실려 있는 같은 역시에는 앞에서 지적한 실수들이 완전하지는 않지만 어느 정도 수정되어

있음을 보게 된다. 그만큼 개인적인 발전이 있었으며 아울러 번역시단이
나 우리 문단의 발전이 있었음을 확인할 수 있는 것이다. 산문에 있어서도
그 문제점을 바로 찾을 수 있다.

> "『붉은 죽음』이 오랫동안 그 나라를 황폐식혓다. 그러케 사람을 잘 죽이
> 는 흉악한 괴질은 이때까지 한번도 없섯다. 피는 그 화신(化身)이요 그 도장
> 이엿다 -
> 　　피의 붉음과 무서움!............................."

《해외문학》 창간호에 실린 첫번째 번역 소설로서 E. A. 포우 원작에
정인섭이 번역한 「赤死의 假面」의 앞부분이다. 많은 작품들의 번역 문장
이 국한문 혼용으로 되어 있으며 문장 자체의 수준이 떨어지는 경우가 많
았다. 띄어쓰기나 단어 선택 등에 있어서도 여러 가지 부족한 점들을 찾을
수 있다.

해외문학파의 대표적인 동인들의 시나 소설 번역을 예로 들었지만 다
른 대부분의 번역들에서도 확인할 수 있는 문제점들이다. 이들의 시어선
택이나 소설문장의 전개를 당대 문단의 최고 수준인 소월이나 만해, 염상
섭 등의 작품에 견주면 많은 차이가 나는 것이 사실이다. 이처럼 그들의
미숙한 점들만을 강조하면 그들이 그 당시에 문단의 중요한 일부분으로
자리잡기에는 아직 부족한 편이며 문학청년들의 호기심어린 번역시험의
무대라는 인상을 주었다는 평가도 가능한 것이다.[65]

해외시 번역의 몇 가지 실례를 들어서 그 작품경향과 번역 양상을 살펴
보기로 한다.

---

65) 김병철, 『한국근대번역문학사연구』, 506-507쪽

가을날
삐오롱의
기-ㄴ 울음은
單調러운
애닯흠에
가삼을 괴롭히노나

鍾소래 들릴때
가삼은질니고
희프른낫빗헤
울음을운다
지나간 날의
녯記憶 새로워……

그래서 이나는
사나운 바람에
불니여다니는
落葉도가치
여긔요또저긔로
떠돌고잇다.

― 포-ㄹ 뻴레-느 作, 이하윤 譯「가을노래」[66]

《해외문학》 창간호에서 시번역 작품 중 가장 앞에 나오는 이 시는 베를레느의 대표작 「가을 노래」를 번역한 것이다.

가을날에 들려오는 바이올린 소리, 종소리의 흐름에 따라 느끼는 애달픈 정조를 드러내고 있다. 여기에 사나운 바람에 굴러다니는 낙엽이 가을의 서글픈 느낌을 더욱 실감나게 만들고 있다. 시각과 청각의 심상이 적절히 어울려 감각적이고 감상적인 시세계를 드러내주는 이 시는 당시 우리

---

66)《해외문학》 1호 (1927. 1), 110 - 111쪽

시단에 새로운 서정성의 세계를 보여주었다.

憧憬을 아는 사람이 오작
나의 苦惱를 안다.
모든 즐거움에
호올로 떠러저서

저편
蒼空을 나는 본다
아 - 나를 사랑하고 나를 아는 사람은
멀리 잇다

내눈은 멀미하고
肝腸은 탄다.
憧憬을 아는 사람이 오작
나의 苦惱를 안다!

- 꽤-테, 김진섭 역 「미니용」[67]

독일 낭만주의 시의 거장 괴테의 서정 소품 「미니용」은 그의 대표작은
아니지만 괴테의 서정성을 보여주는 작품이다. 이러한 서정성을 살린 시
를 주로 번역한 것에서 해외문학파 동인들의 순수문학 지향과 서정성 위
주의 문학을 추구하고자 하는 의욕을 찾을 수 있다.

이러한 논의들을 종합해보면 문학의 수준이 아직 낮은 당시의 우리문
학을 세계문학 수준까지 끌어올리기 위해서는 해외문학의 수용과 소개가
필요하다는 사실을 해외문학파나 이들에 대해 비판적인 다른 진영의 학자
들이나 모두 공통적으로 인식하였다는 것을 알 수가 있다. 그래서 해외문
학파의 입장과 임무에 큰 관심을 가지고 해외문학파가 외국문학을 전공별

---

67) 위의 책, 141쪽

로 체계적이고 비판적으로 수용하고, 아울러 비교연구를 병행해야 한다고 생각하였다.

1920년대와 1930년대에 전개된 김억과 양주동, 양주동과 해외문학파 사이의 논쟁들은 오늘에도 지속적으로 논의되고 있는 직역과 의역 등의 문제, 번역비평 문제, 중역에 대한 경고나 성실한 번역 태도 등에 대한 깊이있는 논의들이 이루어져서 외국문화 수용의 근본문제인 번역에 대한 관심을 일깨운 계기가 되었다.

1930년대에 있었던 문학번역 이론논쟁은 당시 성행했던 일어판에 의한 중역과 성의없이 이루어진 오역에서 어느 정도 벗어날 수 있게 하는 자극이 되었다고 볼 수 있다.

이러한 자극을 통해 한국문학의 수립발전을 위해 외국문학의 새로운 발전 경향을 소개하고 수용하려한 1930년대 초반의 순수시 운동인 시문학파의 활동과 1930년대 중반의 한국 모더니즘시의 활동 등 한국 현대시의 활성화에 크게 도움이 되었다.

이러한 점들은 이하윤, 박용철, 정지용 등으로 대표되는 각 유파의 시인들이 모두 동경유학을 통해 외국문학의 세례와 영향을 받았으며, 각자 시창작을 지속하여 그들의 문학작품이 한국 현대시 발전의 한 축이 되었던 것에서도 확인할 수 있는 것이다.

오늘날에도 제기되는 원작품에 대한 이해 부족, 모국어에 대한 지식 부족, 번역가의 성실성과 정직성이나 주의력의 부족 등의 문제는 그때 당시에 이미 논쟁의 형태로 제기되었던 데서 그 당시 번역문학 논쟁의 중요한 의의를 높게 평가할 수 있다.

하지만 이질적인 언어구조와 문화의 차이로 인해 나타나는 번역의 여러 문제점에 대한 이론적 모색이나 번역작품의 가치평가가 제대로 이루어지지 못하고 다음 시대로 미루어졌다. 그 이론들이 전체적으로 전개되지 못하였으며 번역이 시나 소설 영역에 치중된 편이었다. 번역가 개인 취향에 작품번역이 머물렀으며, 비교연구나 번역에서 자신의 독서체험과 수학 내용의 은폐 경향을 보이는 것 등의 여러 면에서 많은 한계점을 찾아볼 수도 있었다.

3. 창작시의 서정성과 시어의 쓰임새

해외문학파는 외국문학의 수입 소개를 목표로 내걸면서 활동을 시작하였으며 《해외문학》 1, 2호를 중심으로 그 목표를 달성하기 위해 시, 소설, 희곡, 평론 등의 영역에서 외국문학 작품을 번역 소개하였다.

이러한 번역소개 작업이 한계에 부딪치면서 그들은 시나 수필, 평론 등의 분야에서 창작의 길로 나서게 되었으며 그 중에서 주로 이하윤과 김광섭이 《문학》, 《시원》 등에서 시창작에 나섰다.

해외문학파 동인들은 《해외문학》 창간호에서 외국문학의 번역을 통해 문학활동을 시작하면서 언어에 대한 자각을 내보였다.

> 번역을 하는 처음부터 우리는 말에 至極한 困難을 感하게 된다. …… 그래서 우리만의 統一과 發展을 期하야 우리 文學建設에 훌륭한 言語를 가지게 하여 보자는 것이다.[68]

해외문학파의 목표는 외국문학 작품의 수입소개를 통한 자국문학의 건설에 있었으며 그 표준은 언어에 있었다. 이러한 언어에 대한 의식은 그들이 《해외문학》 2호에서 행한 한글사용에 대한 좌담회에서도 확인할 수

---

68) 《해외문학》 1, 201쪽

있으며,[69] 외국문학 작품번역에만 그친 것이 아니라 그들이 새로운 모습으로 나섰던 창작시에서도 이어졌음을 볼 수 있다.

해외문학파 동인들이 보여준 언어에 대한 관심은 시문학파에 계승되어 그들의 순수서정시 추구와 시어에 대한 자각으로 나타났다.

> 한 민족의 言語가 발달의 어느 정도에 이르면 國語로서의 존재에 만족하지 아니하고 文學의 형태를 요구한다. 그리고 그 文學의 成立은 그 민족의 言語를 完成시키는 길이다.[70]

《시문학》의 편집후기에서 시문학파 동인들의 언어에 대한 개혁의지와 국어를 통해 시를 발전시키려는 각오를 볼 수 있다.

이처럼 해외문학파와 시문학파 사이에는 언어에 대한 관심과 자각이라는 공통점을 찾을 수 있으며 이들 모두 이러한 관심과 자각을 번역시와 창작시에서 구현하고자 노력했다. 그러나 그 결과에서 보면 해외문학파 시인들의 시어의 사용은 시문학 시인들의 시어 사용에 비해 다양한 면모나 방언과 고유어, 조어 등의 면에서 상당히 미치지 못하는 것을 확인할 수 있다.

해외문학파 동인들의 시는 외국문학 특히 외국시의 번역에서 보여준 것처럼 서정성이 담긴 순수시 지향의 작품들이 있었으나 이 시기에 창작시를 쓴 주요 동인이 이하윤과 김광섭이고 그 작품수도 많지 않아 내용면에서 빈약한 편이다.

해외문학파에서 창작시를 발표한 대표적 시인인 김광섭과 다른 몇 시인들의 창작시를 통해 해외문학파 시의 서정성과 시어의 쓰임을 표준어

---

69) 《해외문학》 2, 60 - 65쪽
70) 《시문학》 1, 39쪽

중심 시어, 한자어, 조어 또는 개인시어의 세 가지로 나누어 살펴보기로
한다.

1) 표준어 중심의 시어 사용

우리 현대시사에서 방언과 고유어, 조어 또는 개인시어 등 시어의 자각
과 활용에 뚜렷한 공헌을 한 이들이 시문학파 시인들인데 해외문학파의
시인들에게서는 이처럼 다양한 시어의 쓰임새를 찾기는 어려운 편이다.
시에서 쓰이는 시어들 가운데 방언은 시의 향토성과 서정성을 잘 살려
주는 구실을 한다. 하지만 해외문학파 시인인 김광섭의 시에는 방언의 사
용이 별로 눈에 띄지 않는다.

- 수리개가 旋回하는 靜謐한 午後
- 김광섭, 「小솜에서」에서

그의 첫작품에서 하나의 예를 찾아본 것인데, '수리개'는 솔개의 방언
으로 하늘에서 빙빙 돌면서 아래를 살피다가 먹이감을 향해 쏜살같이 내
려와서 낚아채 가는 맹금류이다. 따라서 수리개가 하늘을 선회하면 새들
이나 작은 짐승들은 모두 숨어버리게 되므로 적막하고 긴장감이 넘치는
풍경을 만들게 된다.

- 새의 노래도 한떨기 꽃도 없이
- 김광섭, 「小솜에서」에서

- 바다 깊은 그곳 어느 고요한 바위 아래
- 고단한 고기와도 같다
- 맑은 情 아름다운 꿈은 잠들다

— 김광섭, 「孤獨」에서

흰손을 흔들어
그대를 불러스니
그대를 불으는 소리
하늘가에 차다

— 김광섭, 「送別」에서

위의 예들은 표준어로 구사된 시구들이다. 그때 당시의 표현으로 보더라도 세련된 표준어를 시어로 구사하는 부분이 많았는데 이는 뒤에 이야기되는 한자어의 시어 사용과 함께 그의 시에서 관념과 지성의 의미를 더하게 해준다.

김광섭은 함경도 출신이었음에도 그 지역의 방언을 많이 살려 쓰지는 않았는데 이는 그의 시가 관념적 성격을 강하게 나타낸 것이 많았기 때문이다. 30년대 후반에 등장한 이용악이 고향인 함경도 지역의 방언을 활용하여 당대의 현실을 시적으로 잘 형상화한 것과는 차이가 있다.

창문을 두다리는 까마귀의 정성을 아느냐 모르느냐?
그것은 기쁨과 슬픔보담 더 거룩한 노력이니
무엇이 그들로 하여금 그렇게 하도록 했으랴
그 창문에 빛나는 광선이냐?
먹을 것이냐 그 무엇이냐?
다만 두다리고 구하고 찾나니……
그것만은 속일 수 없는 진리이거늘……

— 정인섭, 「理學舘의 까마귀」에서[71]

天地도 밤이요

---

71) 《시원》 4 (1935. 8), 8쪽

마음도 밤이다

캄캄한 밤중에 별 하나 없는데
내 가슴 어두워 괴롭습니다

이리도 깊은 밤 이리도 흐린 밤
답답한 내 가슴 애태웁니다.

- 이하윤, 「밤」에서72)

정인섭의 시작품 「理學舘의 까마귀」도 역시 방언의 사용이 별로 없이
표준어를 중심으로 전개되어 있다. 이 시는 대학의 이학관(理學舘)의 유리
창을 두드리는 까마귀라는 독특한 제재를 택하여 쓴 것이다. 여기에서 시
인은 까마귀라는 새가 대학의 이학관에서 창문을 두드리는 것을 인간들보
다 더 열심히 노력하는 진리탐구의 상징적인 행위로 받아들이고 있다. '두
다리는' 은 '두드리는'의 방언 표기로 볼 수도 있으나 그 외의 시어들은
표준어로 구사되어 있다. 거기에다가 축약이나 압축 또는 비유도 없이 서
명적 표현으로 일관되어 직설적인 의도와 의문만 나열되어 있을 뿐 시적
인 형상화가 제대로 이루어지지 못하고 있다.

다음에 이어지는 이하윤의 「밤」도 방언보다는 주로 표준어 시어들로
이루어져 있다. 표준어를 구사하여 비극적인 당대 현실을 드러내면서 거
기에 절망하고 괴로워하는 모습을 나타내주고 있다. 특히 다섯 차례나 반
복된 '밤'은 자연의 시간, 현실의 상징, 마음의 상태를 삼위일체로 표현하
면서 상징적인 시어의 의미를 보여준다. 어둠을 밝혀줄 별 하나 없는 캄캄
한 밤중이라서 내 가슴도 어둡고 괴로우며, 너무나 깊고 흐린 밤이라서
내 가슴도 또한 답답하여 애태운다는 이 시의 표현에는 당시의 현실에 대

---

72) 이하윤, 『물레방아』 (청색지사, 1938), 25쪽

한 절실한 인식이 표준어 중심의 시어 속에 형상화되어 있는 것이다.

2) 한자어의 사용과 관념성

한자어의 사용과 표기는 시에서 시각적인 효과와 의미상의 강조에 도움이 될 수 있다. 우리 현대시의 초기에는 이러한 한자어의 사용이 많았다가 시인들에 따라 다르긴 하지만 점차 줄어들어 오고 있다.

한자어 표기의 활용이 많을수록 내용이나 주제가 추상적이거나 관념적으로 드러나는 경우가 많으며 이에 따라 그 의미 전달이 쉽지 않게 되는 문제점도 또한 생기게 된다. 김광섭의 시에서도 한자어의 많은 사용으로 고유어의 사용이 별로 눈에 띄지 않고 있다.

- 한 間 무덤 그 너머는 無限한
  氣流의 波動도 있어
- 時計야 奇異타

— 김광섭, 「孤獨」에서

- 수리개가 旋回하는 靜謐한 午後
- 願하야 愛의 性을 그려 보거늘

— 김광섭, 「小谷에서」에서

- 온갖 詞華들이
  無言한 孤兒가 되야
  꿈이 되고 슬픔이 되다

— 김광섭, 「憧憬」에서

그의 초기시에서 한 행에 둘 이상의 한자어 시어가 쓰인 예들을 들어 본 것이다. 짧은 시속에서 한자어 사용이 두드러진 편인데 그 속에 주제의 의미나 관념적 성격을 담아 표현하기 위한 시인의 의도로 볼 수 있다.

「고독」에서만 보더라도 '生存者, 間, 情, 時計, 奇異' 등 13개의 한자어가 사용되어 있는데, 이는 한자로 표기가 가능한 체언, 용언들이 모두 해당된 것이다. 이를 통해서 시각적으로나 의미상으로 내면의 세계를 관념적으로 드러내는 효과를 보이고 있다.

「소곡에서」도 마찬가지로 짧은 시임에도 9개의 한자 시어를 사용하고 있는데 그 중에도 특히 '愛의 性'이라는 표현이 핵심적인 의미로 한자의 표현상 관념적인 주제를 담고 있다. 하지만 나머지 여러 시어들의 한자어 표기는 시에서 주제의 관념성을 두드러지게 드러내는데 약간의 역할을 할 뿐 필연적인 의미를 가지는 것은 별로 없다.

그의 첫째 시집의 제목이 되기도 한 「憧憬」에서는 핵심적 시어들에서 주로 한자어의 표기가 나타남을 볼 수 잇다. 온갖 詞華들이 無言한 孤兒가 되어 '꿈, 슬픔'이 되는 시대 상황에 대한 고통이 효과적으로 드러나 있다. 사화(詞華) 즉 시와 산문 또는 모든 글들이 의미를 갖지 못하게 되는 일제 강점기라는 시대적 상황의 어려움을 관념적으로 또는 은유적으로 암시해 주고 있는 것이다. 또한 핵심어로서 '하나의 뚜렷한 形象'이 관념적으로 제시되어 있고 이에 대한 보어도 '나의 萬象'이라는 관념적 한자어로 제시되어 시가 더욱 추상화되어 있다. 이에 따라 '별, 바람, 어둠'과 같은 고유어의 표현을 통한 이미지들이 제대로 결합되어 나타나지 못하고 있다. 이러한 내면적, 관념적 의미 표현에 한자어의 표기가 상당한 효과가 있으므로 많은 시인들이 이러한 한자어 표기를 활용하는 것이다.

疲勞한 生活의 倫理에서
默重한 머리를 들어보나

元來 目標잇는 憂愁도 안이요
말하야 盡할 悲哀도 아니려니와
또한 어데서 비롯하야
어데서 긋날 얘기랴

- 김광섭, 「獨白」에서[73]

悲哀의 言語를 쪼차내고
信念의 中世를 쪼차내고
時代의 苦悶을 쪼차낸뒤

나의 體重이 輕氣球가 되야 난다.
나의 未來가 輕快하게 上昇한다.
그다음엔 冠帽갓치 나는 하늘지경에 가서 운다.

- 김광섭, 「空寞」전문[74]

이 시들은 김광섭의 초기 작품으로서 그의 특징을 잘 드러내고 있다. 앞의 시들에서 볼 수 있었던 것처럼 한자어의 사용을 통해 내면의 세계를 관념적으로 나타내는 것이다.

'疲勞한 生活의 倫理'는 괴로운 생활의 모습을, '默重한 머리'는 생활의 괴로움에 지친 화자의 생각을 표현하고 있다. 그리고 '目標잇는 憂愁, 말하야 盡할 悲哀'가 아니라는 표현은 마음 속에 가득찬 우수와 비애가 특별한 목표나 한계가 없기에 피로한 생활과 함께 화자의 괴로움을 더하게 해주는 것이다. 이러한 관념적인 표현이 한자어의 사용으로 더 실감나게 살아나고 있다.

다음의 시에 나오는 '悲哀의 言語, 信念의 中世, 時代의 苦悶' 등은 '~의 ~'이라는 은유적 표현으로 관념적인 내면 상태를 선명하게 드러내고

---

73) 김광섭, 『동경』, 18쪽
74) 위의 책, 46쪽

있다. '나의 體重, 나의 未來'가 경기구처럼 난다거나 경쾌하게 상승한다는 것은 내면의 심리 상태의 표현인데 역시 한자어를 주로 사용하여 비유와 이미지를 살려내고 있다. 한자어 시어의 활용은 시각적 효과와 함께 내면의 관념성을 잘 드러내주는 반면 지나치게 사용하면 난해하게 되어 의미의 전달을 해치게 되는 문제점도 생기게 된다.

> 가마귀 창문하고 싸우는 곳에
> 사람들아 가보아라
> 理學館의 가마귀 창문 두다리는 소리듣고
> 政治家, 敎育家, 哲學家, 科學者, 藝術家, 宗敎家……
> 그뜻을 몰라서 머리 흔들며 지내가네
> 톡탁탁 톡탁! 탁탁 톡탁탁……
> 톡탁…… 톡탁……
>
> — 정인섭, 「理學館의 까마귀」에서

정인섭의 「이학관의 까마귀」에서 나오는 한자어는 '政治家, 敎育家, 哲學家, 科學者, 藝術家, 宗敎家' 등인데 이들은 당대의 지식인이자 지도적 인물들이지만 그들도 까마귀가 이학관의 창문을 두드리는 뜻을 모르기는 마찬가지이다. '톡탁탁 톡탁! 탁탁 톡탁탁……/ 톡탁……톡탁……'은 까마귀가 창문을 두드리는 소리를 표현하고 있다. 설명적이고 산만한 시에서 이러한 의성어를 사용해 의미의 간접적인 전달과 여운의 효과를 드러내고 있는 것이다.

> 城門 밖으로 해가 넘어가 버리자
> 이 거리 電燈엔 불이 켜지고
> 國境을 向하려는 列車客室은
> 벌써 멀리 달릴 밤 길을 위한 차비
>
> — 이하윤, 「에트랑제」에서[75]

書齋는 이 罪囚의 終身監
붓과 종이를 주며
이 몸을 매질하누나

- 이하윤, 「悲運」에서[76]

이하윤의 초기시들 가운데 앞의 '에트랑제'는 제목부터 나그네라는 뜻의 외국어인데다 '城門, 電燈, 國境을 향하려는 列車客室' 등의 한자어들이 국경근처 여행의 분위기를 살려주는 효과가 있다. 그 다음 행에는 고유어들로만 배치되어 앞의 한자어들과 대비되고 있다. 거기에는 '벌써, 멀리' 라는 부사어와 '달릴, 밤길을 위한' 이라는 관형어를 차례로 구사하여 여행을 위한 준비를 보여주고 있다.

다음의 시에서 그는 자신을 죄수에, 서재를 종신 감옥에 비유하면서 지식인으로서의 운명적인 책임감을 노래하고 있다. 화자는 호미나 밭으로 상징되는 전원의 삶을 꿈꾸면서도 결국은 붓과 책장에 붙잡힌 시인의 운명을 받아들이고 있다. 그러한 운명을 한자어와 붓과 종이로 '매질하누나' 라는 의인법과 고유어의 사용으로 형상화하고 있다.

- 여기 누워 있나니
- 고기와도 같다
- 꿈은 잠들다

- 나를 이끌고 있다.
- 너마저 자려무나

- 김광섭, 「孤獨」에서

---

75) 이하윤, 『이하윤 선집』1, (한샘, 1982), 71쪽
76) 위의 책, 50쪽

- 깃드리고 있나니
- 그려 보거늘
- 외로히 풀닢에 기다

― 김광섭, 「小谷에서」에서

- 꿈이 되고 슬픔이 되다
- 무엇이 나를 불러서
- 나의 萬象에 깃드리다.

― 김광섭, 「憧憬」에서

김광섭의 시적 표현 가운데 한자어 이외의 표현으로 고유어의 활용이나 옛말투의 활용의 예들을 골라본 내용들이다. 우선 명사 등의 체언은 한자어의 활용으로 많이 표현된 반면 형용사나 동사 등의 용언과 서술형은 한자어가 거의 없이 고유어들로 표현되어 있다. 의미의 전달에 주력하는 체언과 문장의 형성에 주력하는 용언 사이의 차이에서 나오는 자연스러운 측면도 있지만 시인의 의도적 표현에서 오는 점이 뚜렷하게 나타난다.

또 '-있나니, 자려무나, 보거늘' 등에서 보이는 옛스러운 용언의 활용은 관념성과 난해성이 두드러진 그의 시에서 구체성과 친밀성을 살려주는 구실을 하고 있다. 하지만 그의 시에서 이러한 고유어 시어의 활용은 많지 않으며 오히려 한자어 중심의 시어 구사가 더 두드러진 것을 확인할 수 있다.

3) 조어 또는 개인시어 활용의 미흡

일반 문장에서는 틀린 표기로 지적되는 것들도 시인이 의도적으로 사용하면 시적 허용(poetic diction)이라는 이름으로 가능한 것이 시에서의 표기이다. 이는 시인들이 시어를 다채롭게 사용할 수 있게 하여 조어 또는 개인시어로서 시의 표현에서 많이 활용되기도 한다.

하지만 김광섭의 시들에서는 한자어의 활용이 두드러진 반면에 조어(造語)나 개인시어의 활용은 별로 눈에 띄지 않는 편이다.

-그립은 世界의 斷片은 아즐타

— 김광섭, 「孤獨」에서

'그립은'은 '그리운'의 개인시어적 활용으로 시적허용에 해당하며 '아즐타'는 아득하다라는 의미를 담은 시인의 조어에 해당한다. 이 시구는 화자가 꿈꾸는 그리운 세계의 단편적이고 부분적인 모습이 아직도 아득하다는 내용을 담고 있는 것이다.

「소곡에서」의 '愛의 性'이라는 표현도 시인의 내면이 추구하는 특성을 살려 사용한 개인시어의 예로 볼 수 있다. 그리고 「동경」에서의 '온갖 詞華, 無言한 孤兒, 나의 萬象' 등도 한자어의 활용일 뿐만 아니라 시인의 내면을 담아서 드러내고자 한 개인시어적 활용이기도 한 것이다.

- 내
  하나의 生存者로 태어나서 여기 누워 있나니

— 김광섭, 「孤獨」에서

무엇이 나를 불러서
바람에 따라 가는길
별조차 떠러진 밤

— 김광섭, 「憧憬」에서

김광섭의 시에 조어 또는 개인시어의 활용이 별로 없는 것은 앞에서 본 것처럼 그가 표준어를 주로 시어로 사용했다는 점과도 관계가 있다.

시인이 시어의 활용을 통해서 음악성이나 서정성을 드러내는 것보다 기본적인 단어나 한자어를 통해 주제의 의미나 관념성을 주로 나타내고자 하였던 것이다.

김광섭의 시에서는 조어나 개인시어 고유어를 활용한 것보다는 이처럼 한자어를 활용한 경우가 많았다. 이것은 표준어나 한자어를 시어로 많이 활용하여 의미와 주제를 강렬하게 드러내주는 효과를 가져오지만 부드러운 서정성이나 시의 음악적 효과를 찾아보기 어려운 이유가 되고 있다.

비가 개인날
맑은 하늘이 못속에 나려와서
여름 아츰을 일우엇스니
綠陰이 조회가 되야
金붕어가 詩를 쓴다

— 김광섭, 「비개인 여름날 아츰」전문[77]

으스름이 흐린 밤
눈 위를 기어서
높은 봉우리를 넘어서
등잔불 검으는
오막살이 지붕 밑으로…

— 이하윤, 「除夜」에서[78]

-희푸른 밤
-언 달은 하늘을 미끄럼치고
　나는 눈을 밟고 갑니다.

— 이하윤, 「눈을 밟고 갑니다」에서[79]

---

77) 김광섭, 『憧憬』(대동인쇄소, 1938), 47쪽
78) 이하윤, 앞의 책, 33쪽
79) 위의 책, 30쪽

김광섭의 「비개인 여름날 아츰」은 한폭의 작은 풍경화를 연상시키는 작품이다. 비온 다음의 어느 여름날 아침에 숲속 연못의 한가하고 아름다운 풍경을 그리고 있는 이 시는 그의 초기작 가운데 보기 드물게 밝은 느낌을 시각적 이미지로 형상화하고 있다. 비온 뒤의 맑은 하늘이 숲속의 깨끗한 못에 비추는 광경을 보고 '숲의 녹음이 종이가 되어 금붕어가 시를 쓴다'고 감각적으로 표현하였다.

여기에는 '내려와서, 아침, 이루었으니'의 개인시어적 표현인 '나려와서, 아츰, 일우엇스니', 종이의 옛말투인 '조희', 한자와 한글의 조합인 '金붕어' 등의 시어들이 조어 또는 개인시어의 구실을 하면서 그 효과를 살려내고 있다.

이하윤의 「除夜」는 한 해가 끝나고 새로운 해가 시작되는 밤을 노래하고 있다. 여기서는 아쉬움 속에 한 해를 보내고 기다림 속에 새해를 맞는 것이 아니라 괴로움과 서러움, 통곡 속에서 섣달 그믐밤을 보내는 처지를 드러내고 있다. 특히 '으스름이, 검으는'은 '으스름하게, 검게 되는'의 뜻을 가진 개인시어로 시인의 정서를 잘 살려내주고 있다. 다음의 「눈을 밟고 갑니다」에서 나오는 '희푸른'은 '희고 푸른'의 축약 형태로 밤이 주는 느낌을 두 가지의 혼합된 색감으로 나타내는 개인시어이다. '언 달은 하늘을 미끄럼치고'는 추운 겨울밤 눈덮인 강을 걸어가는 화자의 머리위로 추위에 얼어붙은 흰 달이 푸른 하늘을 미끄럼타듯 흘러가는 광경을 '언 달, 미끄럼치고'라는 개인 시어를 활용하여 시적으로 형상화하고 있는 부분이다.

이하윤의 시에서 김광섭의 경우보다 고유어나 옛말투, 조어 또는 개인시어의 활용을 더 많이 찾아볼 수 있다. 이는 그의 시가 전통 지향적이며 시어의 선택에 신경을 더 썼기 때문이다. 이러한 성격은 그가 시문학파 동인으로 참가하여 시창작을 지속해가면서 더 두드러져서 시어의 조탁을 통한 순수서정시 추구라는 시문학파의 시적 특성을 받아들이게 된 것으로 볼 수 있다.

반면에 김광섭의 시는 표준어와 한자어를 두드러지게 많이 시어로 사용하고 있다. 이러한 시어 선택으로 그의 시는 주제를 선명하게 드러내면서 내면의 세계를 관념적으로 형상화하는 특성을 보여주고 있다. 시어의 조탁을 통한 국어의 완성과 문학의 발전이라는 이상에 대해서는 시문학파 동인들의 창작시가 해외문학파 시인들의 시보다 더 잘 구현되었음을 확인할 수 있는 것이다.

이상에서 해외문학파의 시에 대해 서정성과 시어의 쓰임새를 살펴보았는데 1930년대 중반까지 해외문학파로서 창작시를 발표한 시인이 김광섭, 이하윤 등에 한정되어 작품의 양적 질적인 측면에서 모두 부족한 편이다. 내용의 측면에서도 주제의식이 내면적 세계에 치우쳐 관념성이 강한 반면 서정성이 잘 드러나지 않았으며, 시어의 측면에서도 시문학파의 시들에 비해 방언, 고유어, 개인시어의 사용보다는 한자어의 활용이 두드러진다는 특성을 보여주고 있다.

이것은 해외문학파 시인들이 순수문학의 지향이라는 이상을 지니고 서구의 현대적 문예이론을 도입하는 활동을 해왔으나 그 이상을 서정시로 창작하는 데에는 성공적인 결실을 거두지 못했음을 보여주는 것이다. 물론 김광섭의 시에서 관념성에 치우친 내면적 서정의 주제의식이 드러나는 의미를 찾을 수도 있지만 시어의 활용이나 음악성의 실현이라는 측면에서는 시문학파 시인들의 시에는 미치지 못하고 있다.

4 장 시문학파의 문학세계

1. 현대적 순수시론 정립

1) 심미적 시론 형성

시문학파는 후기로 가면서 외국문학이론, 외국문학작품 번역, 수필 등으로 영역을 넓혀 갔으며, 그 외에 심혈을 기울인 또 다른 분야가 비평활동이었다

시문학파의 동인지에 이헌구, 김기림에다 이양하, 최재서 등을 필자로 영입하여 비평영역의 활동무대를 제공했던 박용철은 그 자신이 비평가로 크게 활약하기 시작하였다.

박용철은 1930년대 초부터 문예지 주재자로서, 시문학파의 이론적 바탕을 세운 비평가로서 순수문학적 일관성을 견지해 나갔다.

박용철의 시론 및 비평의 시기는 1930년 3월 《시문학》 창간에서부터 1932년 3월 《문예월간》 4호 간행 때까지인 전기와, 각 신문의 문단 총평이나 시평과 번역물들을 발표하면서 《문학》 의 발간 시기를 포함하여 1938년까지의 후기로 하는 2 시기로 나누어 볼 수 있다.

그 근거는 우선 박용철이 1930년 3월부터 《시문학》 을 창간하여 《문예월간》 4호까지는 약 2년간 비교적 꾸준히 잡지간행을 계속해 왔으며 이후 2년여의 공백기를 가지다가 1934년에 다시 《문학》 을 간행하면서 작품과 평론활동을 이어 나갔다는 점에 있다.

박용철 시론의 핵심은 시에서 내용보다는 언어적 표현을 중시하는 변설 이상의 시론과 생리의 시론이라고 정리할 수 있다. 한국 근대 문학이

전개된 이후 서구문학의 충격과 영향에 따라 변화와 발전을 겪었던 것처럼 박용철이 전개한 순수시론도 서구문학의 영향 아래에서 성립된 외래지향적 시론의 하나로서 외래지향의 프로시론과 전통지향의 민족주의 시론에 맞서면서 등장한 것이라고 할 것이다.[1]

먼저 박용철의 시론 정립에 가장 크게 영향을 끼친 것은 영국 시인 하우스만의 낭만주의적 시론이었다. 그의 시론이 논리적으로 체계를 갖추기 시작한 것은 하우스만의 강연문인 「詩의 명칭과 성질」을 1934년 4월 《문학》 3호에 번역한 이후부터이다. 이 글에서 시 창작과정에 대한 명료한 논의가 나오는데 이 영향이 이후의 창작과정 시론 형성에 나타나는 것으로 인해서다.

그는 먼저 하우스만의 시론에서 변설이상의 시론을 끌어내고, 코올리지의 유기체설 (Organic theory)에서 생명체로서의 시를 보는 관점을 형성하고, 마침내 하이네와 릴케의 영향을 받아들여 생리의 시론을 정리하며 그의 심미주의적 존재론의 시론을 완성하게 된다. 그 정점을 이룬 것이 '서정시의 고고한 길' 이라는 부제가 붙은 「시적 변용에 대하여」라는 본격 시론이다. 이 시론은 시를 쓰기 전에 시인이 가져야 할 강렬한 자기연소 (自己燃燒)의 필연성을 보여주었던 글이다.[2]

> 靈感이 우리에게 와서 시를 孕胎시키고는 受胎를 고지하고 떠난다. 우리는 處女와 같이 이것을 경건히 받아서 길러야 한다. 조금이라도 마음을 놓기만 하면 消散해버리는 이것은 귀태이기도 하다. 완전한 成熟에 이르렀을 때 胎盤이 회동그란이 돌아 떨어지며 새로운 創造物 새로운 個體는 탄생한

---

1) 오세영, 「근대시의 형성과 그 시론」, 한국현대문학연구회편, 『한국현대시론사』(민음사, 1992), 27쪽
2) 김윤식, 「용아 박용철 연구」 (《학술원 논문집》 9집, 1970), 285쪽

다. 많이는 다시 靈感의 도움을 기다려서야 이 장구한 陣痛에 끝을 맺는
다……. 물과 쌀과 누룩을 빚어넣어서 세 가지가 다 원형을 잃은 다음에야
술이 생긴다. 한 백년 동안 지하실에 묵여 두었던 美酒의 馥郁한 香氣를 詩
는 가져야 한다.3)

그는 여기에서 시의 창작과정을 자연의 생명 질서나 생리적 현상 가운
데에서 찾으려고 하였다. 이런 생리적 시론은 체험을 바탕으로 하는데 그
가 "우리의 모든 체험은 피 가운데로 용해한다."고 할 때의 피는 우리의
정신이나 영혼을 상징한다. 우리가 겪은 체험이 정신 속에서 용해되어 순
수한 정서로 승화되고 이것이 시적 표현을 통해 서정시로 변용하는 과정
은 하우스만이 전개한 '패모 속의 분비물과 거기서 생기는 진주의 형성'에
서 시사 받은 바가 크다고 할 수 있다.

박용철은 이를 다시 수태와 기다림, 성숙과 진통, 회동그란히 돌아 떨
어지는 새로운 개체의 탄생이라고 표현하였다. 양자 모두 순수 서정시의
본질적인 측면을 비유적으로 표현하여 제시한 것이다. 박용철은 시 창작
의 최종 단계에 대해 "巧妙한 配合, 高案 技術, 그러나 그 우에 다시 참을
성 있게 기다려야 되는 變種發生의 찬스"4)라고 정리하였는데 이는 시창
작에서 가장 중요한 것은 의도적이거나 이성적인 기교보다 자연스러운 기
다림이라는 것을 의미한다. 다시 말해 시는 의도적인 제작 기술로 만들어
지는 것이 아니라 생명이 탄생하듯이 자연적이고 생리적으로 이루어진다
는 의미인 것이다.

그는 이 글에서 "시인은 진실로 우리 가운데서 자라난 한 포기 나무"라
든가 "시는 시인이 늘여놓는 이야기가 아니라 말을 재료삼은 꽃이나 나무

---

3) 박용철, 앞의 책, 8쪽
4) 위의 책, 9쪽

로 어느 순간의 시인의 한쪽이 혹은 왼통이 變容하는 것" 이라든가, "시인
으로나 거저 사람으로나 우리에게 가장 중요한 것은 心頭에 한 점 경경한
불을 기르는 것이다." 라는 표현들을 쓰고 있다.

　이 표현들에 나오는 '꽃, 나무, 불'은 자연의 생명을 통해 시를 표현하
고자 하는 비유로서 초기의 시론에서는 '속에 덩어리'로, 「을해시단 총평」
에서는 '정신의 연소'로 나타난 것이었는데 이들은 모두 시인에게 앞서
있는 선시적(先詩的)인 것으로 영혼의 불꽃이자 시의 원천이 되는 것이다.
그는 시의 잉태를 귀태(鬼胎)라고까지 표현하는 등 신비적인 시론으로 끌
어갔는데 이는 논리적이라기보다는 시적인 정의에 가까운 편이다. 이는
《시문학》 창간호의 「편집후기」에 제시된 "시를 살로 색이고 피로 쓰듯
쓰고야 만다" 라는 말에 숨겨진 시관이 구체적으로 전개된 것이라고 할
수 있다.

　그의 시론의 내용은 심미주의적 문학관과 존재적 시론, 창작과정 시론
으로 크게 나누어진다고 할 수 있다. 전자는 문학관 또는 시관에 대한 표
현으로 그의 전체 비평의 바탕을 이루고 있다. 또 후자는 전자를 바탕으로
후기에 정립되어 실천적 비평에 주로 등장하고 있다.

　박용철은 　《문학》3호에 　하우스만의 　시론 「시의 　명칭과 　성질(The
Name and Nature of Poetry)」을 번역하여 순수시론의 전개에 중요한 계기를
마련한 다음, 「效果主義的 批評論綱」을 발표하여 본격적인 평론 영역의
활동을 시작하였다. 이러한 평론 영역의 활동전개는 훌륭한 서정시 작품
을 만들어내고 평가하기 위한 하나의 방편이었다. 이러한 과정을 거쳐 박
용철은 시문학파의 이론을 주도하면서 한국현대시에서 대표적인 순수서
정시론을 정립해 나갔다.

　　시(詩)는 말해진 내용(內容)이 아니요, 그것을 말하는 방식이다. 그러면 그
것은 분리해서 따로 연구할 수 있는 것이냐? 言語와 그 知的 內容 즉 의미
와의 結聯은 상상할 수 있는 가장 긴밀한 결합(結合)이다. 混成되지 않은 純
然한 詩, 의미에서 독립된 詩, 그런 것이 어디 있겠느냐? 詩가 의미를 가지
고 있을 때에도 -언제나 그러한 것이지만- 그것을 따로 끌어내는 것은 재미
스럽지 않다.…… 의미(意味)는 지성에 속하는 것이나 시는 그렇지 않다. 5)

위의 내용은 하우스만 시론에서 중대한 의미를 지닌다. 시는 말해진 내
용(의미)이 아니라 말하는 방식 즉 발화의 방법이라는 것이다. 의미와 언
어의 관계를 보면 시에 있어서 형식은 내용과 분리될 수 없다는 것이며,
발화의 다른 요소들보다도 결코 우월하지 않다는 견해이다. 시는 어디까
지나 논리적 구조가 아닌 발화의 극적 구조를 지니고 있다는 것이다.

　이러한 하우스만의 시론은 박용철 시론에 큰 영향을 끼쳤다. 우선 하우
스만의 창작과정에 대한 시론을 통해 박용철의 기념비적 시론인 「시적 변
용에 대하여」가 이루어졌다. 다음으로 하우스만의 '패러프레이즈 이단론
(異端論)'이 박용철의 '辨說以上' 의 시론으로 수용되었고, 이것은 임화와
의 기교주의 논쟁을 불러일으킨 계기가 되었다. 그리고 하우스만의 형이
상학파 시에 대한 비판의 논리를 가지고 김기림을 공격하였던 것이다.6)

　박용철은 순수시론을 중심에 두고, 목적의 배제, 언어의 표상성을 통해
지적인 요소를 배제하고 자연발생적이며, 투명한 서정성을 구현하려 했
다. 특히 언어의 선택에 대한 관심은 시적 어휘들이나 모티브의 중요성을
강조하게 되고 나아가 변용의 시학으로 펼쳐 나가는 계기가 되었다. 목적
의식을 직접적으로 표출하는데 그쳤던 20년대 시론에 대해 새로운 현대적

---

5) 박용철역, 「시의 명칭과 성질」, 『박용철 전집』 2권, 53쪽
6) 한계전, 『한국현대시론연구』 (일지사, 1983), 37쪽

시론인 순수시론을 확립하였던 것이다.

그는 시인의 자세와 시인에 대한 표현으로 "詩人이라는 것은 무엇이냐. 그 가슴속에 深刻한 苦惱를 감추고 그 歎息 涕泣을 아름다운 音樂같이 올려낼 수 있는 입술을 가진 不幸한 사람이다." 라고 하였다. 이처럼 시를 아름다운 음악이라고 한 것은 바로 시에 쓰이는 시어가 아름답고 미묘한 음악적 특성을 지닌 언어라는 의미이다. 동시에 앞에서 말했듯이 외어지기를 바라는 시, 읊으면 느낌이 일어나는 시라는 표현과 함께 그의 심미주의적 문학관의 모습을 보여주고 있다. 이러한 시어에 대한 관심, 언어에 대한 감각적 특성 추구는 시문학파 전체의 공통된 이상이자 그들의 작품에 구현된 특성이었다.

> 詩라는 것은 詩人으로 말미암아 創造된 한낱 存在이다. .... 詩의 심경은 우리 일상생활의 水平情緖보다 더 고상하거나 더 우아하거나 더 섬세하거나 더 壯大하거나 어떤든 더를 요구한다. 거기서 우리에게까지「무엇」이 흘러나와야 한다. .... 우리 평상인보다 남달리 고귀하고 예민한 심정이 더욱이 어떠한 순간에 感得한 희귀한 심경을 표현시킨 것이 우리에게「무엇」을 흘려 주는 滋養이 되는 좋은 시일 것이니 여기에 감상이 창작에서 나리지 않는 중요성을 갖게 되는 것이다.[7]

> 美의 追求 .... 우리의 감각에 녀릿녀릿한 깃븜을 이르키게하는 刺戟을 傳하는 美. 우리의 心懷에 빈틈업시 푹 드러안기는 感傷 우리가 이러한 詩를 追求하는 것은 現代에잇서 흰거품 몰려와 부뒤치는 바희우의 古城에 서 잇는 感이 잇슴니다. 우리는 조용히 거러 이나라를 차저볼가 합니다.[8]

박용철이 김영랑과의 문학적 교감을 통해서 형성한 시어에 대한 관심

---

7) 위의 책, 142쪽
8) 박용철, 「後記」《시문학》 3, 32쪽

은 시가 곧 언어의 예술이라는 기초적 인식을 통해 자신의 존재론적 문학
관과 심미적 시론이라는 순수시론에 도달하게 되었다.

> 우리는 詩를 살로 색이고 피로 쓰듯 쓰고야 만다. 우리의 詩는 우리 살
> 과 피의 매침이다. 그럼으로 우리의 詩는 지나는 거름에 슬적 읽어치워지기
> 를 바라지 못하고 우리의 詩는 열번 스무번 되씹어 읽고 외여지기를 바랄
> 뿐 가슴에 늣김이 잇슬 때 결코 읇허나오고 읇흐면 늣김이 이러나야만 한
> 다. 한말로 우리의 시는 외여지기를 求한다. 이것이 오즉하나 우리의 傲慢
> 한 宣言이다. 사람은 生活이 다르면 감정이 갓지안코 敎養이 갓지 안으면
> 感受의 限界가 따라 다르다. 우리의 詩를 알고 늣겨줄 만혼 사람이 우리 가
> 운대 잇슴을 미더 주저하지 안는 우리는 우리의 조선말로 쓰인 詩가 조선
> 사람 전부를 讀者로 삼지 못한다고 어리석게 불평을 말하려 하지도 않는다.
> 이것이 우리의 自限界를 아는 겸손이다. 한 민족의 言語가 발달의 정도에
> 이르면 口語로서의 존재에 만족하지 안이하고 文學의 형태를 요구한다. 그
> 리고 그 文學의 成立은 그 민족의 言語를 完成식히는 길이다.
> 우리는 조금도 바시대지 안이하고 눌진한 거름을 뚜벅거려 나가려 한다.
> 虛勢를 펴서 우리의 存在를 인정바드려 하지 안니하고 傲然한 存在로써 우
> 리의 存在를 戰取하려 한다.9)

특별한 선언이나 행동강령을 창간사의 형태로 밝히지 않은 《시문학》
에서 위에 인용한 「後記」는 바로 시문학파의 유파적 지향점을 나타내는
선언으로서의 역할을 하고 있다. 나중에 자신의 비평이나 시론으로 구체
화시켜 나가게 될 박용철의 순수주의 시관이 여기에 첫 모습을 드러내고
있다.

"詩를 살로 색이고 피로 쓰듯 쓰고야 만다." 나, "우리의 시는 우리의
살과 피의 매침이다"라는 표현은 시를 쓴다는 것은 시인 자신의 육체적
정신적 체험과 정서와 사상이 고루 녹아서 표현되도록 하는 시적 형상화

---

9) 박용철, 「後記」, 《시문학》 1 (시문학사 1930), 39쪽

라는 괴롭고 힘든 과정을 거치게 된다는 의미로 이해할 수 있다. 시를 가볍게 여기고 대하는 것이 아니라 온 몸으로 살과 피로 맺어서 쓸만큼 온 정성과 심력을 기울여 시를 대한다는 점에서 시에 대한 진지한 열정을 가지고 있음을 보여주고 있다.

"한 민족의 언어가 발달의 어느 정도에 이르면 구어로서의 존재에 만족하지 아니하고 문학의 형태를 요구한다. 그리고 그 문학의 성립은 그 민족의 언어를 완성시키는 길이다." 라는 표현은 박용철의 언어에 대한 자각을 잘 보여주고 있다.

민족이 가지는 언어는 몇 가지 발전의 과정을 거치는데 구어(口語)로서의 존재라는 단계는 일상적인 생활언어를 사용하는 수준을 말하고 있으며 문학의 형태는 여기에서 질적으로 성숙한 시어로서의 수준을 의미한다고 볼 수 있다. 따라서 우리 민족의 현 단계의 언어는 시적 언어로서의 문학의 형태를 이루어야 할 것이라는 박용철의 언어적 자각과 시어에 대한 관심을 표현하는 것이다. 이러한 박용철의 언어에 대한 관심은 김영랑과의 교류와 문학적 교감을 통해 이루어진 순수시 지향의 바탕을 이루는 것으로 시문학지의 성격과 방향을 드러내주는 구실을 하였다.

앞에서 인용하였던 《시문학》 창간호의 편집후기에는 언어에 대한 자각과 관심이 나타나 있었다. 앞의 글 「시문학 창간에 대하여」에서는 존재로서의 시론이 천명되어 있다. 시는 시인에 의해 창조된 존재이며 그 시는 우리 일상생활의 정서보다 '무엇'인가 '더'한 것이 흘러 내려와야 한다는 것이 그 내용이다. 민족어로서의 우리말이 구어의 단계에서 머물지 않고 문학의 형태, 시의 형태로 성립되어 완성시킨다는 표현처럼 시는 우리의 일상정서에서 더욱 잘 삭혀진 정서, 다듬어진 언어 감각으로 나타나는 존재라는 의미이다. 이 존재라는 것이 현대적 의미에서 유기체로서의 구조,

열린 의미의 텍스트라는 인식을 하지 못하고 관념적인 인식에 머무르고 있지만 시를 '시인에 의해 형상화된 언어적 존재'라고 명확하게 파악하였다는 점에서 당시의 시론으로서는 큰 의미를 보여주고 있다. 뒤에 나오는 편집후기의 한 부분에서는 '미의 추구, 감각에 짜릿한 기쁨을 일으키는 자극을 권하는 미(美)와 우리의 심회에 들어 안기는 감상(感傷)'을 포함하는 시를 추구하겠다는 주장이 제시되어 있다. 이것은 바로 그들이 추구하는 시가 심미적 문학관, 낭만적 지향의 시라는 의도를 드러내고 있는 것이다. 시를 언어의 예술적 형상화라고 파악하여 언어에 대한 자각을 가지고, 시를 하나의 독립된 완성의 존재로 간주하는 존재론적 시론의 전개도 위와 같은 심미적 문학관, 즉 자율적인 예술성의 관점을 바탕으로 이루어진 것이다. 이러한 견해는 「效果主義的 批評論綱」에서는 문학작품의 사회적 역할이 있음을 강조하면서도 미적 영향력과 비평가로서의 역할의 중요성을 말하는 것으로 이어진다.

또한 당시의 문단을 휩쓸고 있던 프로문학 진영의 계급의식이 강한 문학이념에 대한 대응적 발언으로 보이는 내용도 찾을 수 있다.

우리의 시를 알고 느껴줄 많은 사람이 우리 가운데 있음을 믿어 주저하지 않는 우리는 우리의 조선말로 쓰인 詩가 조선사람 전부를 讀者로 삼지 못한다고 어리석게 불평을 말하려지도 않는다. 이것이 우리의 자한계를 아는 겸손이다.[10]

여기에서 그는 시문학파가 추구하는 순수서정시를 이해하는 사람들이 어느 정도 있으리라 보고 있으며, 다른 글에서 "수백 수천의 동지가 있었으면"하고 바라고 있다고 표현했듯이[11] 당시 조선 사회를 휩쓸던 프로문

---

10) 위의 글

학 독자들 틈에서도 순수시를 이해하고 평가해주는 소수의 사람이 있고
앞으로는 더 많아질 것이라는 겸손함과 서두르지 않고 서서히 목표를 이
루어 나갈 것이라는 자신감을 보여주고 있다.

이 글은 그래서 그들의 시를 "열 번 스무번 되씹어 읽고 외어지기를
바라며, 가슴에 느낌이 있을 때 절로 읊어나오고 읊으면 느낌이 일어나야
한다"고 표현하였다. 지나는 걸음에 슬쩍 읽어치우는 목적의식에 치우친
내용만이 있는 시가 아니라 수없이 되풀이하여 읽고서 외어지는 시, 형식
적 미감이 있고 청각성이 살려지는 아름다운 시를 추구하였다는 의미가
된다.

새로운 흐름의 순수서정시를 창조해 나가려는 목표를 가진 시문학파의
박용철이 언어에 의해 시적 정서가 잘 다듬어져서 형상화되어야 한다는
예술주의적 문학관을 피력한 것이다.

그의 이러한 문학관은 김영랑과의 교류를 통해 서로 느낌과 의견을 주
고 받으면서 형성된 순수시관의 표현인데 둘이 나눈 편지에서 그 과정과
흔적을 찾아볼 수 있다.

지난번 時調의 評과 修正도 자네 意見을 따르네. 再現說과 情緒를 폭 삭
후라는 것도 알아드렀네. 나는 이즘 와서야 그것들을 차츰 깨달어 가네. 좀
늦지만 어쩔 수 없지 느끼는 것이 업시 생각해 理解할라니까. 그 前에는 시
를(뿐만 아니라 아무글이나) 짓는 技巧(골씨)만 있으면 거저 지을 셈 잡었단
말이야 그 것을 이새 와서야 속에 덩어리가 있어야 나오는 것을 깨달었으
니 내 깜냥에 큰 發見이나 한듯 可笑! 詩를 한개의 존재로 보고 彫塑나 妻
와 같이 時間的 延長을 떠난 한낱 存在로 理解(當然히 感이라야 할것)하고
거기 나와 있는 創作의 心態(이것은 創作品에서 鑑賞者가 받는 心態이지 創
作家가 갖었든 或은 나타내려하든 心態와는 獨立한 것이지)를 解得하는 데

---

11) 박용철, 「시문학 창간에 대하여」, 『박용철 전집』2권, 142쪽

서 차츰 여기 이르렀단 말이야...12)

　자네 글은 거푸 받았네. 청명이란 命令은 대단 適切한 듯하시. 우리가 한
문에서 나온 것을 다 버릴 수 없을 것 같으니 音響이 어감에 맞기만 한다
면 가을 아침 무어라 이름지을 수 없이 개완한 심사를 청명이라고 한 것만
해도 고마워이. 감각의 넉인듯 모다 눈이오 입된 그 청명 그 놈을 조각像같
이 조희 우에 올려 앉히기는 兄으로도 어려웠던가. 兄 스스로의 氣分을 十
分 나타내이지 못해 서운할 터이지마는 이 감각에 對한 이만한 指示도 나
로서는 多謝...13)

　앞의 편지는 김영랑과 시에 대한 견해를 주고 받으면서 거기에 따른
생각을 정리하고 있다. 박용철은 자신이 창작한 시나 시조를 편지로 보여
주고 그에 대한 수정이나 비평을 부탁하고 이에 따라서 작품을 마무리하
고는 하였다. 정서를 푹 삭혀서 표현해야 한다는 것과 시를 쓰는 데는 기
교만이 아니라 속에 덩어리 즉 시적 열망이나 정서가 있어야만 될 것이라
는 견해는 그의 순수시론에서 중요한 바탕을 이루게 된다.

　뒤의 편지는 시의 형식과 제목 그리고 언어의 감각적 표현 등에 대한
김영랑과의 의견 교환과 자신의 느낌을 정리하고 있다. 다양한 편지글들
을 통해 김영랑으로부터 많은 문학적 영향을 직간접으로 받아들이면서 그
의 시론을 형성해가고 있음을 확인할 수 있다.

　비록 이런 비평의 사회적 영향력에 대한 관심이 이후로 실제 비평의
내용으로 계속 전개되어 나가지는 못하였으나 시문학파 동인들이나 주변
문단에 영향을 끼치면서 심미적 존재로의 문학관을 정립시켜 나갔다. 그
는 이러한 인상주의 비평을 실제로 적용하여 정지용은 '말씀의 요술'을

---

12) 위의 책, 326쪽
13) 위의 책, 331쪽

부리는 '시인중의 시인'으로, 김영랑은 '미의 표준이 되는 천하일품의 4행 소곡을 쓰는 서정시인'으로, 신석정은 '고요한 명상의 시인'으로 ,허보는 '철학적인 괴이한 시인'으로, 이하윤은 '영불시인의 소개와 번역 외에 주위정경에 대한 근심의 시인'으로 각각 언급하면서 소박하고 주관적인 견해를 제시하였다. 이처럼 그의 존재적 시론과 심미주의 문학관은 문학의 사회적 역사적 측면보다는 초월적 미적 측면을 강조하는 관점으로서 문학은 미적 존재로서의 초월세계라는 지향점에 이르게 되는 것이다. 이러한 내용으로 인해 시문학파의 시론이나 시작품에서 시의 역사적 사회적 모습이 배제되는 모습이 가장 큰 한계로 지적되기도 하는 것이다. 1935년에 시문학사에서 간행한 『영랑시집』의 첫머리에 키이츠(J. Keats)의 장시 「Endymion」의 첫 행 " A thing of beauty is a joy forever (아름다운 것은 영원한 기쁨이다.)" 라는 구절을 넣은 것은 김영랑 본인이 아니라 시문학사를 운영하면서 이 시집을 내어 준 박용철의 뜻이었다는 데에서도 미의 추구라는 심미주의적 문학관이 그에게 자리잡고 있음을 알 수 있다.[14]

또한 다음 해에 『영랑시집』에 대한 평을 하는 글에서 "그는 唯美主義者다. 그는 키-트스의 'A thing of beauty is a joy forever'「아름다운 것은 永遠한 기쁨이다.」를 信條로 한다."라고 하면서 그의 시를 '가슴에 저릿저릿하게 感覺의 기쁨을 일으키게 하는 한 폭의 風景畵'라거나 '抒情主義의한 極致'라고 표현한 데서도 확인할 수 있다.[15]

이 외에도 시 창작에서 '기교'의 문제에 대한 임화와의 논쟁에서 나온

---

14) 박용철, 『전집 2』, 355-358쪽. 김영랑에게 보낸 편지에 그 상황이 나타나 있다. 제목을 없애고 번호로만 순서를 매긴다는 등 특색있는 시집의 체재와 시구에도 손을 보겠다고 상의하는 내용이 있다.

15) 박용철, 「병자시단의 1년성과」, 위의 책, 106~108쪽

「기교주의설의 허망」(《조선일보》, 1936), 김기림의 「기상도」의 단편성
과 단순성을 비판하고 정지용 등의 시를 호평한 「을해시단 총평」(《동아
일보》, 1935), 「병자시단의 일년성과」 등에서 자신의 창작론으로서의 순
수시론을 바탕으로 주요 시인들에 대한 자신의 비평을 전개하였다.

> 나 두 야 간다
> 나의 이 젊은 나이를
> 눈물로야 보낼거냐
> 나두야 가련다.
>
> 안윽한 이 항구-ㄴ들 손쉽게야 버릴거냐
> 안개같이 물어린 눈에도 비최나니
> 골잭이마다 발에 익은 뫼ㅅ 부리모양
> 주름ㅅ 살도 눈에 익은 아-사랑하든 사람들.
>
> — 「떠나가는 배」에서[16]

　　흔히 박용철의 대표작으로 꼽히는 이 시는 당대의 시대적 현실이 어느
정도 반영되어 표현되고 있다. 식민지 치하에 있는 조국을 두고서 떠나야
만 하는 지식인의 비애가 잘 드러나 있는 것이다.
　　그가 김영랑에게 보낸 편지에 따르면[17] 1929년 8월에 쓰여진 이 시는
그의 의도에 따라 지은 것이 아니고 그 자신의 마음속에 담겨 있던 덩어리

---

16) 《시문학》1, 6쪽. 다음에 인용되는 시들은 『박용철전집1』, 《시문학》에서
　　옮긴 것이다.
17) 박용철, 앞의 책, 328쪽
　　지난번 「나두야 간다」로는 료외로 好評을 얻어서- 참 永郞의 칭찬을 얻으면
　　安心도 할 만하지. 나는 실상 내가 쓴 것에 대해서는 확호한 批評이 서지를
　　않네. 그것은 지을때의 經路로 보면 象徵의 本格을 간 것 같네.
　　꿈같이 드러누운데 어쩐지 눈물흘리며 떠나가는 배가 보이데, 그저 떠나가는
　　배일뿐이야 그래 그대로 품어놓은것이 그 詩가 되었네, 잘잘못은 두고라도
　　成立의 課程은 象徵의 本格이야……

가 그대로 용해되어 지어진 작품이다. 그러기에 그 창작과정에 따르면 박
용철이 제창하였던 생리적 시론, 체험의 시론에 가장 잘 어울리는 시인
것이다.

자신이 평소에 생각하며 느끼고 있던 식민지 현실에서 견디지 못하고
서 하나 둘씩 떠나가는 사람들에 대한 정경이 가슴속에 담겨 있다가 시로
형상화되었다.

박용철은 하우스만, 코올리지, 하이네, 릴케 등 외국의 시인들에게서 받
은 영향을 토대로 소박한 낭만주의적 시관에서 시작하여 여기에 자신의
전통 지향성을 결합하여 한국적인 순수시론을 정립하였다. 이는 그의 문
학사적 위치를 시인보다는 시론가나 평론가로 더 확고하게 자리잡게 하였
으며 시문학파 동인들은 물론 당대 시단에까지 영향을 끼쳐서 한국 현대
시의 발전의 한 단계를 이루었다.

2) 기교주의 논쟁

기교주의 논쟁은 박용철의 시론이 어느 정도 정립된 다음 임화와 김기
림 사이의 논쟁에 박용철이 참여하면서 이루어졌다.

박용철의 시론이 정립되고 비평가로서의 입지가 더욱 확실해진 계기는
임화와 김기림과의 논쟁을 통해서였다. 박용철은 1935년 이후 발표한「을
해시단 총평」과「'기교주의설'의 허망」에서 자신에게 가해진 이들의 공격
에 대한 반격과 비판의 형식을 취하면서 자신의 시론을 더욱 구체화시켰
다.

박용철은「을해시단 총평」에서 김기림으로 대표되는 모더니즘 진영의
새로움의 탐구, 감정 경계론이나 감상의 배제, 지성의 옹호와 시각적 심상

의 강조, 구체적이고 조소적인 언어사용 등을 비판하면서 생리에서 출발하는 시를 주장하였다.

이에 대해 김기림은 「비평과 감상」, 「기교주의 비판」 등의 글에서 객관비평이라는 입장과 기교주의에 대한 개념설정 등에 대하여 의견을 제시함으로써 박용철에 대한 비판을 시도하였다.

자신을 비롯한 모더니즘 진영이 추구한 것은 박용철이 비판한 것처럼 단지 신기한 분장에만 애를 태우는 의상사(衣裳師)가 아니라 그 속에 시대와 문명비판을 포함한 시적 정신(詩的 精神)과 독창적인 감각이었다고 주장한 것이다.

다음으로 박용철은 임화의 표제 중시, 사상위주의 시를 설명적 변설에 의한 시라고 비판한다. 시란 특이한 체험이 절정에 달한 순간의 시인이 언어최고의 기능을 발휘하여 변용시키는 길이라고 주장하여 시의 예술성을 강조하였다.

이에 앞서 임화는 「曇天下의 詩壇一年」이라는 연평(年評)에서 사상위주의 프로시를 진보적 문학이라고 하면서 카프의 해체 이후 프로시의 퇴조와 함께 등장한 시문학파의 순수시와 모더니즘 시인들의 기교파를 모두 부르조아 문학이라고 규정하여 공격하였다. 그들의 시는 예술을 위한 예술의 사상 즉 시의 순수성의 수호자로서 진보적 사상의 반대자로서 전진을 정지하였다고 강렬하게 비난한 것이다.

여기에 대하여 박용철은 시에서의 내용이 적절한 언어적 표현을 통해 예술적 성과를 거두지 못하고 생경하고 산만하게 노출되는 형태에 대해 비판하면서 평범한 산문과 시는 다르다고 강조하였다. 이는 하우스만이 말한 "詩는 말해진 內容이 아니요 그것을 말하는 方式이다. (Poetry is not the thing said but a way of saying it.)"라는 표현과도 통하는데 박용철은 하우스만의 시론을 받아들여서 그 자신의 변설 이상의 시론, 순수시론을 정리하였던 것이다.

임화는 「曇天下의 詩壇一年」에서 김기림, 정지용으로 대표되는 기교주의론에 대해 비판하였다.

기교주의라는 표현은 김기림의 시론 중 하나인 「現代詩에 있어서의 技巧主義 反省과 發展」에서부터인데, 이 중에서 "藝術至上主義는 차라리 論理上의 問題이고 技巧主義는 完全히 美學圈內의 問題"[18] 라고 하였다. 임화는 이러한 미학권내의 문제로서의 기교주의를 정지용 류와 김기림 류의 둘로 나눌 수 있으나 이 양자는 한국적 언어의 애호자로서, 첫째는 시적 내용(內容) 보다는 시적 기교(技巧)를 우위에 두며, 둘째 현실생활에 대한 관심의 회피자로 보았다. 그래서 그 全體的 傾向을 "思想 없는 詩 卽 그들은 詩의 對象인 自然이나 人間生活이 思惟를 通하여 詩的表現의 길을 밟는 것이 아니라, 感覺된 現象을 神經部를 通하야 그것을 그대로 末梢部分에 積載해 두고 詩의 制作만을 爲해서 思惟한다"[19] 는 것으로 제시하였다.

> 이러한 歷史的인 條件下에서 우리 詩壇의 거의 橫暴에 가까운 支配者이었든 傾向詩가 痛烈한 不自由 가운데서 一時的으로나마 그 氣熖이 微弱해 갈 제, 詩는 言語의 技巧다라는 態度를 朝鮮的인 方法으로 飜譯해 가지고 나오는 狡猾한 潮流가 漸次的으로 나와 「繁榮」한 것은 無理가 아니다.[20]

시가 사상을 내용에 담아야한다는 주장은 가능한 것이며, 임화의 시 「

---

18) 金起林, 「技巧主義批判」(《조선일보》 1935. 2. 14)
19) 林和, 『文學의 論理』(學藝社, 1935), 627쪽
20) 위의 책, 629쪽

玄海灘」은 그 대표적인 작품으로 볼 수 있다. 1935년 5월에 카프가 해체되었는데 임화는 이를 '통렬한 부자유'라고 표현하였으며 이 프로시의 탄압이라는 객관적 정세를 이용하여 기교파가 득세한 것을 '교활한 조류'라고 자극적인 표현을 하였다. 임화가 박용철을 지칭하면서 언급한 것은 하나도 없었지만 시문학파의 유일한 시론가이자 비평가로서 그가 높이 평가한 순수서정의 시세계를 펼친 정지용이나 김영랑의 시에 대한 비판으로 간주하고 박용철이 반박하고 나서서 논쟁이 이루어졌던 것이다.

박용철은 「乙亥詩壇總評」에서 임화의 「담천하의 시단 일년」에 대한 반박으로 김기림과 임화에 대한 비판과 정지용과 《시원》에 대한 옹호의 견해를 밝혔다. 박용철은 임화의 시론이 내용 우위주의 시관이라고 비판하면서 변설(辨說) 이상의 시론을 주장하고 있다. 현실적 삶과 시대, 역사 상황과 결별될 수 없는 정신을 가장 솔직담백하게 대변하는 것이 시 본질이라고 보는 임화 시론에 대해서 박용철은 그러한 현실, 시대, 역사 상황 속에서 시의 본질은 현실을 대변하는 데 있는 것이 아니라 시대 정신을 영혼의 가장 깊은 곳으로 끌어와 체험을 해야 하며, 그 체험한 것을 시각적으로 변용시킬 수 있어야 한다고 비판한 것이다.

박용철은 임화가 주장한 사상을 담는 시에 대한 반론으로 임화를 변설주의자로 규정지으면서 시는 변설 이상(辨說以上)이 되어야 한다고 주장하였다. 여기에서 변설이란 시에 내용 즉 사상으로서 전달물을 담는다는 의미로 물론 '시가 언어를 매체로 하는 이상 최후까지 그것은 변설이지만 이를 넘어서는 것이 시의 참된 모습'[21]이라고 하우스만의 시론을 수용하면서 그 핵심적인 내용을 정리하였다.

---

21) 박용철, 앞의 책, 99쪽

박용철은 시가 언어를 매체로 해서 이루어지는 언어 예술이므로 변설의 시론을 부정하지는 않고 있다. 하지만 변설이 아름다운 변설, 적절한 변설이 되기 위해서는 시적 구성에 의해서 결정되고 응축되어야 하며 또는 승화된 존재가 되어야 한다는 것이 박용철의 기본 입장이다.[22]

이는 박용철의 시론이 하우스만이 말하는 언어와 의미의 관계와 긴밀히 결합하고 있는 것을 확인시켜 주고 있다. 이에 비해 임화의 논리는 박용철의 시론을 두고 감정의 변설이라고 비판하면서 변설의 시론의 방향은 생활 현실 문제의 변설로 나아가야 한다고 주장한다. 그의 내용우위 시론이 도식적인 생활론으로 치우쳐 있음을 알 수 있다.

박용철이 이렇게 비판하고 나서자 임화는 「기교파와 조선시단」에서 다음과 같이 반박하였다.

> 지금 새삼스럽게 技巧主義라고 불려지는 詩壇의 幽靈은 事實은 拙稿 「詩壇一年」에서도 言及한 바와 같이 낡고 「藝術을 爲한 藝術」思想이란, 前世紀의 復活로서, 現代詩 가운데 至上主義的 詩歌를 통틀어서 부른 名稱이다. 언젠가 起林氏가 말한 것같이 藝術至上主義라는 것이, 汎博한 倫理-思想-上의 槪念인 대신, 技巧主義란 美學上의 槪念으로, 이 가운데는 「이마지즘」「슈르레아리즘」「모-더니즘」基他가 雜居하고 있다. 단지 그들은 雜多한 外貌를 가지고 있으면서도 詩로부터 一切의 現實的 內容을 捨象하고 技巧的 完成을 가지고 詩의 目的을 삼는데서 一致하고 있는 것이다.[23]

임화는 박용철을 '보수적 수구적 기교파'로, 김기림을 '진보적 기교파'로 분류하려 했으나, 양자의 차이를 세분하지는 못하고 동일시하여 비판하고 있다. 그리고 기교파의 득세가 프로시의 언어적 결함이나 내용 편중

---

22) 손광은, 「박용철시론연구」, 박명용 외, 『한국현대시인특성론』(국학자료원, 200), 259쪽
23) 임화, 앞의 책, 639쪽

의 문제점에도 있음을 시인하면서도 주로 프로파의 탄압 즉 카프의 해체
라는 정세의 불리에 연유한다고 보았다.

> 詩는 (抒情詩도 !) 感情에 依하야서만 노래되고, 感情을 通해서만 讀者에
> 게 傳해지는 것은 아니다. 그것은 두 개의 理由에 依하는 것으로, 하나는
> 感情 情緖와 더불어 理智를 가지고 있고, 이 兩者로써 讀者에게 呼訴하는
> 것이며, 感情이란 動物에 있는 것과 같은 온전한 生物的 本能의 發現이 아
> 니라, 人間에게만 固有한 思惟와 知性과 聯結되어 있는 때문이다.[24]

> 우리들의 詩가 그 缺陷을 克服하는 긴 道程을 通하야 到達하는 地點이
> 무엇인가에 對하여 起林氏는 全體主義 詩라고 하였다.
> 勿論 이 狀態는, 詩의 理想的 狀態로서 「內容과 技巧를 統一한 한 全體
> 로서의 詩」일게 틀림이 없으나, 그것을 全體主義라고 이름하는 것보다는 가
> 장 完成된 詩, 다시 말하면 明日에 있어 唯一한 完成된 詩라 봄이 明確한
> 槪念으로, 오직 이 「內容과 技巧의 統一」가운데는 兩者가 等價적으로 均衡
> 되어 있는 것이 아니라, 이 統一은 爲先 全體로서의 兩者를 可能케 하는 物
> 質的 現實的 條件으로 成立하고 그것에 依存하며, 同時에 內容의 優位性 가
> 운데서 兩者가 스스로 形式論理學的이 아니라 辨證法的으로 統一되는 것이
> 다.[25]

임화는 서구 서정시론의 본질에 닿아 있는 박용철 시론을 제대로 이해
하지 못하고서 본능설(本能說)이나 생물학주의(生物學主義)라고 상식적
인 비판을 하는데 그치고 있다. 그리고 김기림의 '전체주의로서의 시' 이
론을 끌어내면서 내용과 기교(형식)의 통일이라는 일종의 타협주의를 제
시하였다. 내용과 기교의 변증법적 통일이라는 표현을 하기는 했으나 내
용의 우위 즉 계급적 의식의 우위를 내걸고 있는데 이는 "시는 말하는 내

---

24) 위의 책, 657쪽
25) 위의 책 666쪽

용이 아니라 말해지는 방식"이라는 근본적 사실을 간과하고 관념적 이원론에 빠져 있는 문제점을 임화나 김기림의 양쪽이 다 보여주고 있는 것이다.

이러한 임화의 반론에 박용철은 「기교주의설의 허망」에서 김기림의 시론을 평하면서 김기림의 기교주의가 시를 경박한 수단 혹은 실험 도구로 전락시키고 있음을 비판하고 있다. 즉 박용철은 프로레타리아 문학론과 모더니즘 시론을 거부하고 예술파 순수시론을 옹호하는 역할을 한 것이다. 박용철에게 있어서 반이성 반기교적 성격을 갖는 순수시의 방향성은 창작 방법으로 변용시론을 주창하게 되었다는 점에서 의의가 크다.

> 이 小論은 率直하게 林和氏의 詩評「曇天下의 詩壇一年」(新東亞 新年號)과 「技巧派와 朝鮮詩壇」(中央 2月號)에 對한 論難의 形式을 取한다. 그것은, 林和氏가 設定하며 批判하고 있는「技巧主義」라는 槪念은 現實에 對한 우리의 認識을 混亂시키는 任務밖에는 遂行치 못한다는 것을 論證하야「技巧主義」라는 主義가 있어 現詩壇에서 旺盛한 潮流를 이루고 있다는 虛妄한 設이 아무 規定없이 一般化되는 危險을 淸掃하려는 것이다.[26]

임화와의 논쟁은 표면상으로는 임화와의 대결인 것처럼 보이지만 그 이면에는 기교주의를 제창하고 주장한 김기림과의 논쟁이었다. 그 이유는 임화가 표면상 기교주의라고 하여 김기림을 공격하는 방식을 택했지만 실제로는 김기림의 기교주의 이론을 바람직한 것으로 여기면서 김기림이 주장하는 전체주의 시에 대한 이론에 변증법적 통일이라는 표현만을 추가하였기 때문이다. 그러므로 박용철이 임화를 비판한 것은 곧 거기에 등장한 김기림의 시론을 비판한 것이었다.

---

26) 박용철, 앞의 책, 11쪽

김기림이 주장한 기교주의의 의미가 기술을 중심으로 시의 가치를 체계화하려 하는 사상이라고 한다면 박용철이 파악한 기교는 기술(技術)이라고 표현하면서 선시적(先詩的)인 것과 언어(言語)와의 사이에 접합하는 기술을 우성적(偶成的)으로 보는 견지, 이미 정신 속에 성립된 어떤 상태를 표현의 가치가 있다고 판단하고 그것을 표현하기 위한 길로 가는 것을 의미하고 있다. 박용철이 말한 기교(技巧) 또는 기술(技術)에 대해 임화는 '시는 마술이요 시의 창작과정은 과학적으로 불가해의 것이라고 하는 사상'이라고 비판하였다. 이는 시를 과학적으로 보는 프로시론의 입장에서 하는 비판이며 시의 창작과정에 대한 시론을 펼치면서 생리적 시론을 주장한 박용철에 대해 제대로 이해하지 못한 것이다.

> 그러므로 면밀(綿密)한 시론(詩論)이 시(詩) 기술(技術)의 전교(傳敎)는 불가능(不可能)하다는 일어(一語)를 최후(最後)에 남기는 것은 조금이라도 그 노력(努力)을 포기(抛棄)하는 의(意)가 아니다. 그것은 다만 자기(自己)의 노력(努力)이 미치지 못했다는 것과, 또 그 기술(技術)에는 최후(最後)까지 법칙화(法則化)해서 전달(傳達)할 수 없는 부분(部分)이 남는다는 의미(意味)이다.[27]

다시 말해 인류체험의 모든 부분에서와 같이 체험의 상호이용을 위해 이것을 분석하고 법칙화하려는 노력을 버리지 않는다는 것이다. 하지만 모든 시인과 평론가의 노력에도 불구하고 그것은 아직 달성되지 않았으며 쉽사리 달성되지도 않는 것이다.

표면상 박용철과 임화의 논쟁으로 보이는 기교주의 비평은 실제로는 박용철과 김기림의 시론 대립의 표현이었으며 김기림이 정면으로 나서지 않아서 그 도중에 끝나게 되었다. 김기림이 전력을 기울여 비판한 것이

---

27) 위의 책, 25쪽

센티멘털리즘이었고 박용철이 전력을 기울여 비판한 것은 김기림의 기교주의시론이었다는 점에서 이 둘은 극단적으로 대립된 시론의 대표자였음을 확인할 수 있다. 하지만 그들은 어느 쪽도 상대방을 격파하거나 굴복시키지 못한 상태에서 각각 순수시론과 모더니즘 시론의 중심적인 내용을 이루면서 1930년대 창작시의 시론적 바탕으로 우리 현대시사에 크게 기여하였다.

2. 순수서정시의 전개

시문학파의 여러 동인들의 시작품에서 찾을 수 있는 가장 큰 특징은 내면의 아름다운 정서를 부드러운 시어와 감각적인 운율로 형상화한 순수서정시의 추구이다. 대부분의 동인들의 시작품에서 공통적으로 보이는 순수서정시적 특징은 1920년대 중반부터 한국 현대시의 중심 흐름을 이루었던 이념적 내용을 위주로 한 카프진영의 프로시에 대한 대립적 입장에서 시문학파가 추구한 순수서정시 운동의 결과로 나타난 것이다.

그들의 시세계를 크게 음악성 중심과 이미지 중심의 두 유형으로 나누어 살펴보기로 한다.

1) 음악성 중심의 서정시

음악성과 운율 중심의 서정시는 시문학파 동인들이 가장 큰 이상으로 삼고 추구한 방향이었다. 그들이 다다른 지점 가운데 가장 높고 개성있는 시세계는 시문학파의 대표적 시인인 김영랑과 그 외에 김현구와 이하윤의 시에서 찾을 수 있다.

김영랑의 시에서 추구되는 미적 이상세계는 비현실적이며 초월적 성격의 관념세계이자 서정의 세계이다. 김영랑의 시적 이상세계는 정지용이나 신석정의 낙원추구라는 구체적 세계와는 달리 언어미에 의해 창조되는 추상과 관념의 세계라는 점에서 구별지을 수 있다.

김영랑의 초기시에는 이러한 미적 이상세계에 대한 추구가 어떠한 사상이나 관념 등의 뚜렷한 내용이나 주제를 담지 않고 음악성을 중심으로 표현되었다. 그의 시에서 음악성을 잘 살려주는 요소로는 4행 단곡의 짧은 시형식의 반복, 각운의 반복 형태, 의성어나 유성음 등 음악적 시어의 활용을 들 수 있다.

첫째 전체적인 구성상의 특징으로는 짧은 시형식 특히 4행으로 1연이 되거나 1편이 되는 단곡을 이룬 것이 가장 많다는 점을 꼽을 수 있다. 즉 짧은 시형식의 반복을 통해 음악성을 살린 것이다.

그의 시집에 수록된 53편의 시 가운데 4행시로 이루어진 시가 28편, 4행 2연으로 된 시가 6편으로 전체의 절반이 넘으며, 그 외의 시들도 대부분 4행의 변형으로 보이는 짧은 시들로 되어 있다.

박용철은 "자네 옛적같은 4행이나 8행이 아니 나오나. 그런 美詩形을 완성한 사람이 조선 안에서 자네 내놓고 누구 있나. 경향을 달리하지 아니한 놈으로 시집 한 권쯤 !"[28] 이라고 하여 그의 짧은 시형에 큰 관심을 보였다. 그는 이러한 영랑의 짧은 시형에 대해 " 그의 四行曲은 天下一品이라고 斷言합니다."[29] 라고 극찬하면서 조선에서 가장 아름다운 형태의 시로 보이는 이런 경향의 작품들을 모아 『영랑시집』을 간행한 것이다.

박용철이 김영랑에게 기대한 새로운 시는 4행을 위주로 한 짧은 서정

---

28) 박용철, 앞의 책, 347쪽
29) 위의 책, 79쪽

시 즉 서정단곡(抒情短曲)의 미시형(美詩形)의 완성된 모습이라고 할 수 있다.[30]

숲향기 숲길을 가로막엇소
발끝에 구슬이 깨이여지고
달따라 들길을 거러다니다
하롯밤 여름을 새워버렷소

- 「15」전문[31]

어덕에 바로누어
아슬한 푸른하날 뜻업시 바래다가
나는 이젓습네 눈물도는 노래를
그하날 아슬하야 너무도 아슬하야

이몸이 서러운줄 어덕이야 아시련만
마음의 가는우슴 한때라도 업드라냐
아슬한 하날아래 귀여운맘 질기운맘
내눈은 감기엿대 감기엿대

- 「3」전문

앞의 시는 4행 1연으로 이루어져 그의 4행시의 대표적 형태로 볼 수 있다. 비교적 짧은 시행이 모두 3·3·5음절의 음수율에 규칙적인 3음보를 가진 정형적 형태를 보이고 있다. 그리고 각 시행의 끝음절이 '-소, -고, -다, -소'로 끝나서 전통적인 민요의 각운 형태를 취하고 있다. 여러가지

---

30) 김용직, 『한국현대시사·상』(한국문연, 2000), 88쪽에서 김용직은 E. A. 포우의 순수시론을 고찰하면서 '짧은 시형식(詩形式), 반도덕성(反道德性), 비조직성(非組織性), 음악성(音樂性)' 등이 특징인 순수시의 요건을 설명하였는데, 김영랑의 작품이 이러한 요건을 잘 갖춘 순수시의 예라고 볼 수 있다.

31) 숫자로 된 시 제목은 『영랑시집』에서, 제목으로 된 시는 《시문학》 등에서 옮긴 것이다.

면을 고려한 운율적 언어구조를 잘 살린 영랑시의 특색이 드러나 있는 작품의 한 예이다.

뒤의 시는 4행 2연의 전8행으로 이루어진 시로서 2행 4연의 시나 5행, 6행의 시와 함께 4행시의 변형된 형태로 볼 수 있다. 이 시도 음악성을 통해 마음의 분위기를 전달하고 있다. 4행의 기본 형태에 그 행의 끝음절 소리를 모음이나 유성음의 자음으로 맺음으로써 부드럽고 울림이 있는 느낌을 주고 있다. '어덕, 하날, 바래다가, 아슬하야, 질기운 맘' 등의 방언에 속하는 시어들을 사용하여 자기만의 시적 음악성을 두드러지게 살려내고 있다.

그리고 이 시에서도 마음의 한 단면을 표현하고 있는 것을 보면 김영랑의 시는 자기 자신의 내밀한 감정을 노래하는 경우가 많다.[32] 특히 그는 자신의 마음 상태를 소박하고 부드럽게, 또는 섬세하고 여성적으로 음악성을 살려 표현하는 방법을 주로 사용하였음을 알 수 있다.

내 마음의 상태는 밝고 부드러운 느낌을 드러내는 시도 있는 반면, 아련한 그리움이나 슬픔, 애잔한 느낌을 나타내는 시들도 많이 발표되었다. 이러한 느낌을 살리기 위해 의성어 등 음성상징의 시어들과 유성음을 주로 사용하였다.

내 마음을 아실이
내 혼잣마음 날같이 아실이
그래도 어데나 계실 것이면

---

32) 정한모, 「김영랑론」, 『현대시론』(보성문화사, 1978), 183쪽의 영랑시어에 대한 조사에 따르면, 영랑의 시 70편 가운데서 '나 또는 내'에 속하는 말이 나오는 수가 61, '마음'이 나오는 수가 51, 여기에 비슷한 의미의 '가슴'이 나오는 수가 5로 나타나 있다.

내 마음에 때때로 어리우는 티끌과
소김없는 눈물의 간곡한 방울방울
푸른 밤 고히 맺는 이슬 같은 보람을
보밴듯 감추엇다 내어드리지

아! 그립다
내혼잣 마음 날같이 아실이
꿈에나 아득히 보이는가

행말근 옥돌에 불이 달어
사랑은 타기도 하오련만
불빛에 연긴듯 희미론 마음은
사랑도 모르리 내혼잣 마음은

- 「43」전문

　　여기에서는 3행, 4행을 교차시키는 시적 구조에 '내'를 4회나 시행의
앞에 반복하여 두운을 살리고, '-이, -은'을 각각 3, 2회씩 끝에 배치하여
각운을 살리는 효과를 얻었으며, 'ㄹ, ㅁ, ㅇ'음을 적절히 반복 배치하여
음악적 운율 구조를 잘 살려내고 있다. 그리고 여기에 쓰인 '마음, 이슬,
눈물, 보람, 사랑, 행말근 옥돌, 희미론 마음' 등의 시어들은 음악적 효과와
내용적 효과를 함께 살려주는 구실을 해주고 있다. 이 시도 비애의식이라
는 내용 속에 음악적 운율이라는 형식이 잘 어울려서 그의 시세계와 음악
성을 뒷받침해주는 대표적 작품으로 볼 수 있다.

내 마음의 어딘 듯 한편에 끝없는
　강물이 흐르네
돋쳐오르는 아침 날빛이 뻔질한
　은결이 도도네
가슴엔 듯 눈엔 듯 또 핏줄엔 듯

마음이 도른도른 숨어 있는 곳
내 마음의 어딘 듯 한편에 끝없는
　강물이 흐르네

- 『영랑시집』「1」전문

돌담에 소색이는 햇발같이
풀 아래 웃음짓는 샘물같이
내마음 고요히 고흔 봄길 우에
오날 하로 하날을 우러르고 싶다.

새악시 볼에 떠오르는 붓그럼같이
詩의 가슴을 살포시 젓는 물결같이
보드레한 에매랄드 얕게 흐르는
실비단 하날을 바라보고 싶다.

- 「고흔 봄길 위에」전문

　앞의 시는 '도처오르는 아츰날빗이' 매끄러운 동백잎에 반짝이면서 '빤
질한 은결'처럼 출렁이는 광경을 보고서 그의 마음이 '끝업는 강물'처럼
놀라움과 기쁨에 젖어드는 느낌을 묘사한 것이다. '아침 날빛'이나 '빤질
한 은결' 이라는 부드럽고 음악적인 시어는 김영랑의 유미적 세계와 음악
성을 유감없이 보여주는 생명의식이자 자연의식이다. 이는 아침햇빛으로
충만된 무한한 생명력의 지속이며[33] 흐르는 것의 유동성을 지니는[34] '내
마음' 의 세계이기도 하다.
　둘째 시도 역시 그의 자연친화의 마음을 잘 보여주고 있다. '돌담, 햇발,
샘물, 하날, 붓그럼, 물결, 에메랄드, 실비단' 등의 부드럽고 밝으며 친근한

---

33) 최동호, 「한국현대시에 나타난 물의 심상과 의식의 연구」(고려대 박사 논문,
　　1986), 23쪽
34) 김재홍, 『한국현대시인연구』(일지사, 1986), 144쪽

분위기의 체언들을 써서 봄을 맞이하는 설레이는 마음을 담고 있다. 특히 '에메랄드' 는 순수한 국어의 시어를 즐겨 사용하는 영랑이 몇 개 되지 않게 사용한 외국어로서 봄의 감각과 어울리는 느낌과 부드러운 음악성을 살려내주고 있다.

여기에다가 '소색이는, 웃음짓는, 우러르고, 떠오르는, 젓는' 등의 조용하고 은근한 동작을 보여주면서도 부드러운 용언들을 활용하였으며 '고요히, 보드레한' 등의 시어를 함께 사용하여 전체적으로 이 시의 내용을 '봄의 생명력과 함께 봄을 맞이하는 심리상태와 음악적 특색을 잘 살린 영춘부(迎春賦)'로 형상화하였다.35)

호르 호르르 호르르르 가을아참
취여진 청명을 마시며 거닐면
수풀이 호르르 버레가 호르르르
청명은 내 머릿속 가슴속을 저져들어
발끝 손끝으로 새어나가나니

- 「淸明」 1연

이 시도 또한 영랑의 자연친화의식을 드러내면서 매우 긴 형태로 특히 음성 상징에 의한 청각적 운율을 잘 살려내고 있다.

'호르 호르르 호르르르' 라고 표현한, '청명(淸明)' 이라고 이름지은 '가을아침' 의 바람은 맑고 깨끗한 수풀을 스치고 지나가면서 벌레 울음소리까지도 담아서 우리의 머릿속과 가슴속에 젖어들고 있다. 이 시에 나오는 바람은 시각적이고 촉각적인 효과까지도 살려주는 청각적 음악성의 대표적인 모습이다. 여기에서 영랑은 자연에의 귀의와 그 합일상태에서 느끼

---

35) 정숙희, 「김영랑연구」(인하대 박사논문, 1987), 198쪽

는 황홀감과 순수정감의 구경(究竟)을 노래하고 있는 것이다.[36]

　김영랑의 대표작인 「모란이 피기까지는」에는 앞에 들었던 음악성을 살리는 여러 요소들이 고루 나타나 있다. 즉 두운과 각운의 반복, 내용상 4행의 배치, 음성상징어와 유성음의 활용 등이 고루 적용되어 그의 시에서 음악성을 잘 살리면서도 주제와 조화를 이루고 있다는 점에서 시사적 의미가 대단히 크다.

> 모란이 피기까지는
> 나는 아즉 나의봄을 기둘리고 잇슬테요
> 모란이 뚝뚝 떠러져버린날
> 나는 비로소 봄을여흰 서름에 잠길테요
> 五月어느날 그하로 무덥든날
> 떠러져누은 꽃닙마저 시드러버리고는
> 천지에 모란은 자최도 업서지고
> 뻬처오르든 내보람 서운케 문허졌느니
> 모란이 지고말면 그뿐 내 한해는 다 가고말아
> 三百예순날 하냥 섭섭해 우옵내다
> 모란이 피기까지는
> 나는 아즉 기둘리고잇슬테요 찬란한슬픔의 봄을

— 「45」전문

　이 시는 초기의 시에서 자주 등장하던 음악적 형상화 위주의 시에서 여기에 내용과 의미의 결합이 시도되면서 그것이 성공적으로 이루어진 작품이었다.

　1, 3, 9, 11행이 '모란이-'로 시작되면서 두운의 반복적 음악성을 살리고 있으며 2, 4행의 '-테요', 3, 5행의 '-날'로 끝나는 각운을 통해 또한 운율과

---

36) 김학동, 『김영랑 전집, 평전』(문학세계사, 1981), 41쪽

음악성을 살려내고 있다.

초기시의 그의 짧은 시형 곧 4행시 중심의 시에서 점점 길어지는 형태의 시로 나아가게 되는 출발점이 이 작품이었다. 이 작품 이후로 그의 시는 모두 시형이 길어짐을 볼 수 있다.

이 시는 비교적 길면서도 연 구분이 되지 않은 형식적 특징을 지니고 있다. 이에 따라 짧은 시형의 시에서 보여준 정형적 율격 구조보다는 자연스러운 음성 상징의 구조를 보이고 있다. 이 시에서도 자연스러운 음성효과를 살리기 위해 'ㄴ, ㅁ, ㄹ'에 'ㅗ, ㅏ'라는 양성모음만이 결합되어 밝고 부드러우면서도 흐르는 듯한 음악적 가락을 일으키는 느낌을 주고 있다. 크고 화사하지만 별 향기도 없이 순간에 떨어져버리는 이 '모란'이라는 꽃이 주는 이미지가 '아즉, 문허졌으니, 기둘리고' 등의 사투리와 유성음의 음운적 가락에 결합하여 슬픔과 좌절의 정조를 효과적으로 형상화하고 있다.

음성상징과 양성모음의 활용, 방언과 고유어의 사용 등을 통해 음악성의 형상화가 잘 이루어진 대표적인 작품인 것이다.

형식상 12행의 단연으로 되어 있는 이 시를 효과적으로 분석하기 위해 기존 연구자들은 내용상 연 구분을 시행하여 의미를 파악하고 있다.[37) 각 4행 3연으로 나누어 중심의미를 정리해 보면 '기다리는 봄의 상실과 슬픔- 완전한 꽃의 소멸과 보람의 상실- 슬픔 속의 봄을 기다림'으로 파악된다.

이 시는 '찬란한 슬픔의 봄'이라는 구체적이고 날카로운 인식을 끝에서

---

37) 양왕용(「김영랑의 〈모란이 피기까지는〉」, 『한국현대시작품론』, 문장,1981)은 1-2, 3-10, 11-12행의 3연으로, 김재홍(「영랑 김윤식」, 『한국현대시인연구』)은 1-4, 5-8, 9-12행의 3연으로, 이인복(「〈모란이 피기까지는〉 의 구조적 분석」, 『한국대표시평설』,문학세계사, 1983)은 1-2, 3-4, 5-6, 7-8, 9-10, 11-12행의 6연으로 구분하고 있다.

제시하고 있다. 봄이 찬란하면서 슬프다는 표현은 모순된 인식처럼 보이지만 고정된 현실이 아닌 봄이라는 시공은 모란이 피기에 찬란한 존재이며 한편으로 쉽사리 오지 않고 모란이 지기에 슬프기도 한 존재로 볼 수 있는 아이러니인 것이다. 이처럼 봄의 속성을 모순된 두 개념으로 인식한 것에서 우리의 인생이나 삶의 본질의 두 가지 측면을 비유적으로 인식한 것으로 볼 수 있다.

이 작품은 모란이 피고 짐으로써 표상되는, 보람과 슬픔의 이중적 특성을 지닌 봄을 기다리는 화자의 의지를 형상화하여 존재의 원리나 삶의 모습을 발견하고 삶의 비극성을 극복하려는 시인의 내면을 정제된 형식과 세련된 음악성으로 잘 드러낸 김영랑의 대표적 절창인 것이다.

'내마음의 세계', 내적 정서의 세계를 음악적 운율구조의 시로 형상화한 것이 김영랑 초기 시세계의 핵심이다. 전통적 가락과 상징주의적 요소라는 전통성과 외래성을 조화시키면서 꽃피웠던 그의 시는 시문학파 동인 활동 시기의 초기시를 지내면서 점점 음악성 중심의 운율적 언어구조의 추구에서 의미적 내용의 추구라는 측면으로 변화되어 갔다.[38]

다음으로 김현구의 시에서도 4행 위주의 단시형, 각운의 활용, 부드러운 유성음과 음성상징어들의 활용을 통한 음악성을 찾을 수 있다. 김영랑의 뒤를 이어 등장하여 비슷한 시세계를 펼쳐 나간 김현구의 시에서 강진이라는 지역적 특색은[39] 그의 시에서 기본적 바탕을 이루고 있다. 그 중에

---

38) 김영랑의 중기·후기시의 대표적 흐름은 민족적 한을 정서화한 「杜鵑」→ 민족적 저항의식을 내재한 毒을 차고」, 「春香」→ 인생의 달관의 경지를 노래한 「북」→ 죽음의 본질 파악과 초극을 노래한 「忘却」→ 해방 이후의 밝은 세상에의 기대를 외친 「바다로 가자」의 차례로 정리할 수 있다

39) 김현은 「찬란한 슬픔의 봄」(『한국현대 시문학 대계·7』, 지식산업사, 1981, 167쪽)에서 김영랑과 김현구가 이 전라남도 강진이라는 같은 고향에서 태어나 자랐고, 시의 바탕을 삼고 있다는 점에서 이들에다가 가까운 광산에서 살

서도 가장 일반적인 소재는 강과 바다 또는 이와 관련 있는 섬이나 배 등 '물'의 이미지와 관계 있는 것들이다. 물은 영원한 생명의 근원이자 만물의 어머니로서, 부드럽고 따스한 존재이다.[40] 이러한 물의 부드러움은 그의 시에서 내용의 특성과 형식상의 음악성을 이루는 중심 요소가 되고 있다.

김영랑과 마찬가지로 김현구시의 기본적인 형식도 또한 4행 위주의 단시형이다. 그는 초기시의 대부분을 4행 단곡으로 창작하여 형식에서는 물론 시어와 운율의 활용으로 음악성을 보이는 점도 김영랑의 시와 유사성을 가지게 되었다.

이 봄도 다 가려노나 그립다 사랑 사랑
혼자 피는 할미꽃 그 얼골 서롭다
울어도 헛된보람 또울며 찾노라면
외로운 내봄철도 시들퍼 지려노나

- 「할미꽃」전문[41]

김현구는 지나가는 봄을 아쉬워하면서 또한 사랑을 그리워하고 있다. 들판에 혼자 피어 외로운 할미꽃은 바로 현구 자신의 처지와 같은 존재이다. 헛된 보람인줄 알면서도 울면서 그리운 사랑을 찾고 있노라면 외로운 내 봄은 어느새 사라져 버리는 것이다. 김현구가 노래한 봄의 시들은 희망

면서 강진으로 자주 왕래한 박용철까지 합류시켜 '강진시파'라는 명명을 하기도 하였다.

40) 가스통 바슐라르는 『물과 꿈』(이가림 역, 문예출판사, 1988, 27쪽, 164쪽)에서 "물은 우리에게 하나의 육체와 혼과 목소리를 가지고 있는 전체적 존재이며 ……… 바다는 모든 인간에게 있어서, 모성적 상징 가운데 가장 크고 변하지 않는 것의 하나"라고 물의 상징적 의미를 정의하였다.

41) 본고에 나온 김현구의 시들은 발표 당시나 자필시집 원본의 표기와 띄어쓰기를 따라 쓴 것이다.

과 기쁨이 나타나는 일부 작품 이외에는 대부분 슬픔과 허전함을 드러내
면서 비애의식을 담고 있다. 이러한 내용들이 단순히 의미만 표현된 것이
아니라 여러 시어들과 운율이 담긴 음운들의 활용으로 음악성을 함께 살
려주고 있어서 서정성을 더 잘 형상화하는 것이다.

> 한숨에도 불녀갈 듯 보-하니 떠 잇는
> 은ㅅ 빗 아지랑이 깨어 흐른 머언 산ㅅ 둘레
> 굽이굽이 노인 길은 하얏케 빗납니다.
> 님이여 강물이 몹시도 퍼럿습니다.
>
> 헤여진 섬ㅅ 돌과 떨든 해ㅅ 살도 사라지고
> 밤비치 어슴어슴 들우에 깔니여 감니다.
> 홋홋달른 이 얼골 식여줄 바람도 업는 것을
> 님이여 가이업는 나의 마음을 아르십니까
>
> — 「님이여 강물이 몹시도 퍼럿습니다」전문

강물을 소재로 삼은 이 시는 김현구의 처음 발표작으로서 외형적이고
구체적인 강진의 탐진강 강물이 흐르는 모습을 그리고 있다.

'은빛 아지랑이가 흐르는 먼 산둘레'에서 보이듯 겨울이 가고 봄이 새
롭게 물드는 시기에 '몹시도 퍼런' 강물의 차가운 감촉은 시적 화자의 얼
굴을 식히지 못하고 더욱 달아오르게 만들고 있다. 여기에 나오는 '님'의
상징적 의미는 자연의 생명력으로 볼 수 있는데, 그는 태어나서 자란 고향
의 아름다움을 푸른 강물에서 느끼면서 그 낭만과 신비성을 이 시에서
"님이여 강물이 몹시 퍼럿습니다" 라고 형상화한 것이다.

그의 초기시에는 시의 언어들이 가지고 있는 차가운 촉감과 그 속에서
타오르는 정염과 비탄의 대비를 통한 서정성이 잘 나타나 있다. 여기에는
'빗납니다, 퍼럿습니다, 감니다, 아르십니까' 등의 경어체의 연결과 각운

의 효과, '굽이굽이, 어슴어슴, 훗훗달른' 등의 반복시어들에서 음악성을
느끼게 하고 있다.

유리ㅅ빗 바람이 소올소올 부러오고
실조름 가튼 아지랑이 서리여 있는
그밧게 향기로운 바다가 넘실거리고
내 마음 늘 사심한 섬둘레 힌 모래를
푸른 물결이 끄닐새업시 씻고 있다.

발근 날빛에 바다가 은ㅅ 결가치 반짜기고
머언곤 하날이, 나직히 내려와 속살대며
사랑 어우르는 갈매기떼 어지러히 흐터나르고
춤추는 물결에 은비늘고기 꼬리처 굼실거리며
물새와 고기들이 서로 즐기는 곧

그곧에 프른빗 기쁨이 꽂머그머 있으니
그곧에 빗나는 보람이 멀리 얼신거리느니
슬픔이 거리에 뜨고 한숨소리 집마다 노플 때
넉시는 괴로운 가슴과 수심에 적즌 잠ㅅ 자리를 고이 떠나
늘봄의 물결 사이에 기쁨을 노래하느니

江南제비 도라오는 길 아득한 바다
그곳이 내마음 사라있는 곧
파초열매 무르노근 향기가 떠돌고
닭알처럼 히고 예쁜 배가 날마다 돗달고 가며
새노래와 고기뛰염 끄니지않는 바다물결에
내 마음은 물오리가치 잠방그리고 있다.

— 「내 마음 사는 곧」 전문

이 시는 바다를 비롯한 아름다운 자연에 둘러싸인 고향에 살고 싶은
마음을 노래하고 있다. '유리ㅅ 빛 바람'이 불어오고, '실졸음 같은 아지랑

이’ 가 서려있는 밖에 ‘향기로운 바다’가 푸른 물결을 출렁이면서 섬둘레의 흰모래를 씻어내는 곳, ‘은ㅅ결 같이 반짝이는’ 바다가 하늘과 만나는 수평선 위로 갈매기떼 나르고 ‘은비늘 고기’들이 즐기며 사는 곳이 그의 고향 모습이라고 1, 2연에서 그리고 있다. 여기에는 ‘ㅇ, ㄹ, ㅅ’의 부드러운 음운을 주로 사용하여 부드럽고 청각적인 음악성을 드러내고 있다.

끝에서는 봄과 함께 돌아오는 제비들, 파초 열매 익어가는 향기, 날마다 바다로 나가는 예쁜 돛단배, 새와 고기들이 함께 어울려 노니는 바다 물결에서 시인의 마음을 ‘물오리같이 잠방그리고 있다’고 형상화하였다. 이처럼 아름다운 고향의 자연풍광을 즐기면서 내 마음은 이곳에서 영원히 살고 싶다는 느낌을 노래하고 있다.

이 시에서 시문학파의 일원인 김현구의 시적 특색을 뚜렷이 볼 수 있다. ‘푸른 물결, 푸른빛 기쁨’의 푸른색과 ‘유리ㅅ빛 바람, 은ㅅ결, 은비늘 고기’의 은색과 ‘흰 모래, 희고 예쁜 배’의 흰색의 선명한 대비, ‘실졸음, 하날, 늘봄, 포르르, 고기뛰염’ 등의 옛스런 표현이나 방언과 신조어의 활용, ‘유리ㅅ빛 바람, 실졸음 가튼 아지랑이, 푸른빛 기쁨, 은ㅅ결가치 반짝이고, 새나르듯 나라, 닭알처럼 희고 예쁜 배’ 등처럼 직유와 은유를 통한 세련된 비유 등이 잘 나타나 있다.

특히 4연 끝행의 “내마음은 물오리가치 잠방그리고 있다”는 표현은 빼어난 시적 기교의 경지에 이르렀다고 볼 수 있다. 김영랑의 시에 나오는 ‘창랑에 잠방그리는 섬들’이라는 비슷한 표현도 점점이 떠 있는 강진 앞바다의 섬들을 감각적으로 묘사한 것이다.[42] 특히 바다에 떠있는 크고 작은

____

42) 정지용은「詩와 鑑賞」(《女性》 3권 8호 (1938. 8, 50쪽)에서

창랑에 잠방거리는 섬들을 길러
그대는 탈도 업시 태연스럽게

섬들이라는 자연경관을 표현한 것에서 더 나아가 김현구는 자신의 마음과 자연이 동화되는 물아일체(物我一體)를 형상화하여 가장 수준높은 표현을 하고 있다.

그 다음으로 음악성을 살린 시를 쓴 동인으로 이하윤을 들 수 있다.

이하윤의 시에서도 음악성은 4행시 또는 4행 연시의 반복과 3음보나 4음보의 민요적 가락, 두운과 각운의 활용에서 드러나고 있다.

이하윤 시의 형식상 특징은 20년대 시의 일반적인 경향이라고 할 수 있는 전통적 형식의 도입에 있다. 20년대 초반의 김억이나 김소월의 시에서 비롯되어 20년대에 많은 시인들이 시에서 표현한 민요적 가락을 이하윤도 시도하였던 것이다.

그 특성은 연의 구성에서 먼저 확인할 수 있는데 4행시 또는 4행으로 이루어진 시가 가장 많은 편이다.43)

눈이 녹아 물 되면
눈물이지요

바람은 차고 물결은 치고
그대는 호령도 하실만 하다

- 김영랑, 「그대는 호령도 하실만 하다」에서

라는 시를 감상하면서 "多島海 우에 오리색기들처럼 잠방거리며 노니는 섬들이 보이는 듯하지 아니한가!" 라고 표현하기도 하였다. 시문학파의 세 시인이 이처럼 비슷한 시적 표현을 함께 사용하고 있는 점에서 그들의 시의 감각적 공통성을 찾아 볼 수 있다.

43) 그의 시 109 편을 분석해 보면 2연 이상의 다연시가 96편이고 1연으로 된 단연시가 13편이다. 다연시 96편 중에서 각 연의 행수가 규칙적인 시가 대부분으로 4행시 40편, 3행시 24편이다. 비연시 13편 가운데 4행시가 8편, 3행시가 4편, 12행시가 1편으로 되어 있다.

내 가슴 녹은 물도
눈물입니다.

눈은 왜 녹아서
눈물이 되는가
내 가슴 타고 타서
눈물 되지만

- 「눈물 1」전문

위의 시는 시인이 의도적으로 행수와 자수를 맞춰 배열한 것을 알 수 있다. 2연 4행에서 글자 수가 7·5조로 조절되어 있는 이 시에는 겨울의 눈[雪]을 바라보면서 내 가슴을 적시는 눈물[淚]을 돌아보고 있으며 같은 음을 지닌 '눈과 눈물'이라는 동음이의어를 사용하여 정서를 표현하고 있다.

그리고 각 행이 1, 2연 모두 '눈-, 눈-, 내-, 눈-'으로 시작되어 두운의 효과를 통해 음악성을 살려내고 있다. 이하윤의 시를 율격면에서 보면 3음보격의 시가 가장 많고 그 다음으로는 4음보격의 시가 뒤를 잇고 있다.

내마음 할 일 없이 그림자 같이
이 밤에 수풀 속을 찾아갑니다
찬란한 거리거릴 헤매었나니
그시름 덜까하여 찾아갑니다

- 「四行詩 七篇」 1 수-

백리길 빈터 위에 雜草만이 우거졌네
무너진 돌틈으로 애처롭다 저꽃송이
네 얼굴 보고지워 이곳 온건 아니건만

영화는 꿈일레라 벌레 소리 처량하다

달 채 안 밝아도 가을인줄 알겠거든
원수가 오늘 마침 보름달이 아니던가

어둔산 커져간다 내 그림자 한이 없네
자취나 없었던들 저 풀 아니 성할 것을
찾아오는 젊은 손의 가슴만을 설레누나

- 「옛터」 전문

앞의 시는 3음보격을, 뒤의 시는 4음보격을 보여주고 있는데 시인 자신의 의도적 배치를 함께 확인할 수 있다. 각 행들이 7. 5조로 거의 글자수가 일치하고 있으며 발표 당시의 첫 시집에서는 띄어쓰기조차 통사적인 의미 단위가 아닌 음보 단위로 하고 있어서 연 구성과 행 구성 그리고 율격조정을 의도적으로 하였음을 확인할 수 있다.

「四行詩 七篇」은 4행시의 연속배열과 3음보의 율격, 7·5조의 음수율의 배치 등에서 규칙성을 보이고 있는데, 이는 시문학파의 대표적 시인인 김영랑의 시 가운데 「四行小曲」과 형태나 음악성 등에서 매우 유사하다고 할 수 있다.

어덕에 누어 바다를 보면
빗나는 잔물결 헤일수 업지만
눈만 감으면 떠오는 얼골
뵈올적마다 꼭한분이구려

- 김영랑, 「四行小曲 - 어덕에 누어」

해외문학파의 주요 동인이기도 한 이하윤이 서구시의 번역과 이론 유입에 앞장섰으면서도 우리시의 율격에 대한 의식을 가지고 있었던 이유를 그의 번역시집의 서문에서 찾아볼 수 있다.

여기서 섯불리 내 譯詩論을 벌려노코자 하지 안습니다. 오로지 原意를 尊重하야 우리詩로서의 율격을 내깐에는 힘껏 가초아 보려고 애쓴 것이 사실인 것만을 알어 주시면 할 따름입니다. 잘 되엿건 못되엿건 옴겨노앗다는 것만으로 무슨 대견스런 일이나 하나 해논양한 생각이 부질업시 이러나 남 몰래 깃버하고 잇습니다 44)

이처럼 서구의 시를 번역하면서도 우리시로서의 율격을 갖추려고 애썼다는 그의 말에서 의식적으로 우리의 전통과 현실에 가장 알맞은 율격으로 3음보와 4음보를 선택한 것이라고 할 수 있다. 원의를 존중한다는 것과 우리 시의 율격을 살린다는 것의 두 가지 원칙 아래에서 서구의 시를 번역 소개한 그가 시창작에서 율격과 형식에 대한 자신의 의식을 그대로 반영하였던 것이다.

그의 시세계45)를 가장 잘 드러내면서 앞에 나온 여러 가지 요소로 음악성을 살리고 있는 그의 대표시는 「물레방아」라고 할 것이다.

끝없이 돌아가는 물레방아 바퀴에
한 잎씩 한 잎씩 이내 추억을 걸면
물 속에 잠겼다 나왔다 돌 때
한 없는 뭇 기억이 잎잎이 나붙네

---

44) 이하윤, 『실향의 화원』 서 (시문학사, 1933), 3쪽
45) 이하윤, 『이하윤선집』1권, 7쪽의 시집 『물레방아』 서문에 따르면 "까닭도 모를 그리움에 한숨짓고 귀여운 근심에 조바심 치던 애닯은 자취"와 "지나온 꿈길의 어렴풋한 자취"를 엮어 놓은 "눈물을 眞珠 삼아 원한을 잊으려고 애쓰던 시점의 나의 온갖 心絃의 波紋"이라서 시인 자신의 당시 삶의 모든 과정이 녹아 있는 시집이다. 그 가운데에서도 눈물과 원한으로 세상을 바라보던 비극적 인식의 세계가 대부분을 차지하지만 그보다 더 직접적이고 비판적으로 현실을 바라본 작품도 있음을 알 수 있다. 그리고 여기에서 벗어나 과거와 고향에 대한 추억과 그리움을 담은 회상과 귀향의식의 시들, 가족과 종교의 세계를 그린 시편들이 그 뒤를 잇고 있다.

바퀴는 끝없이 돌며 소리치는데
맘 속은 지나간 옛날을 찾아가
눈물과 한숨만을 지어서 줍니다

…………………………………………………

나이 많은 방아지기 머리는 흰데
힘없는 視線은 무엇을 찾는지
확속이다 공이 소리 찧을 적마다
요란히 소리내며 물은 흐른다

- 「물레방아」전문

　시집의 표제작이자 처음에 나오는 이 작품은 물레방아 돌아가는 모습에서 옛 추억을 되새기면서 눈물과 한숨뿐인 현실을 잊고자 하는 나이 많은 방아지기의 체념과 달관의 시선을 형상화하고 있다. 물을 받으면서 빙글빙글 돌아가는 물레방아 바퀴에서 인생의 유전(流轉)을 생각하는 방아지기 노인의 시선은 현실의 어려움을 견디면서 받아들이는 인생에 대한 달관의 경지를 보여주고 있는 것이다. 이 시에 보이는 4행의 형식과 4음보의 율격은 이러한 시적 의미를 잘 드러내면서 규칙적이고 반복적인 음악성을 살려주고 있다.

2) 이미지 중심의 서정시

　시문학파 시인들 가운데 이미지를 잘 살려 쓴 대표적인 시인이 정지용이며, 다음으로 박용철과 신석정에게서도 이미지 중심의 시들을 찾을 수 있다.

　먼저 정지용의 시 가운데 초기시에는 대부분이 고향을 향한 그리움의 정서가 나타나 있다. 이러한 향수의 정서를 시각적 이미지, 바다의 이미지,

비유적 이미지를 통해 드러내고 있다. 태어나서 어린 시절을 보낸 고향 마을의 들판과 산 등의 자연, 그 곳에 예로부터 전해 내려오는 옛 이야기와 전설, 가난하지만 함께 어울리며 살아가는 소박한 마을 사람들의 모습을 담아서 고향 떠난 시인의 그리움을 달래고 있는 것이다.

이러한 시들은 관조적이고 고요한 마음의 세계라는 특성을 고향과 자연에 대한 시각적 이미지를 통해 형상화한 순수 서정의 표현인 것이다. 그리고 정지용의 시 가운데에는 '바다'를 제목으로 하거나 소재로 삼은 작품들이 많은데 이는 그가 일본 유학을 했다는 점과 연관지어 생각할 수 있다. 일본의 고도인 경도(京都)의 동지사대학(同志社大學)에서 영문학을 공부하면서 시작생활도 함께 한 정지용이 배를 타고 현해탄을 오가면서 자주 대하고, 서구문물과 일본의 영향의 통로라고 생각한 바다를 시로 표현하려 했던 것이다.

고래가 인제 橫斷한 뒤
海峽이 天幕처럼 퍼덕이요.

……힌 물결 피어오르는 아래로 바둑돌 자꼬자꼬 나려가고,

銀방울 날리듯 떠오르는 바다 종달새

한나잘 노려보오 훔켜잡어 고 빩안살 빼스랴고.

─「바다 6」에서

바다는 뿔뿔이
달어 날라고 했다

푸른 도마뱀떼 같이
재재발렀다.

꼬리가 이루
잡히지 않었다.

흰 발톱에 찢긴
珊瑚보다 붉고 슬픈 생채기!

- 「바다 9」에서

앞의 시는 발표 당시에 아주 새로운 표현기교를 선보이면서 현대시의
전개에 큰 영향을 끼치며 모더니즘시의 시초로 평가받았다.

배가 지나간 뒤를 고래가 횡단한 뒤로 표현하여 배와 고래를 동일시하
는 은유적 기법을 썼다. 그리고 바다의 푸른 물결이 흔들리는 모습을 '해
협이 천막처럼 퍼덕이요' 라고 표현하거나 '은방울 날리듯 떠오르는 바다
종달새'나 '유리판 같은 하늘, 청대ㅅ닙처럼 푸른 바다! , 힌 연기같은 바
다' 등의 묘사에서는 주로 직유의 표현기법을 동원하여 바다에서 받은 느
낌과 인상을 감각적으로 나타내었다. 바다의 넓음과 깊음, 바다의 푸른 색
감과 물결의 하얀 색감, 모든 물을 받아들이는 너그러움과 모든 것을 부셔
버리는 거대한 힘을 비유적 이미지, 색채 이미지를 포함한 선명한 시각적
이미지로 형상화하였다.

바다는 이처럼 두 가지 이상의 서로 다른 속성을 품고 있으며 화자는
여기에서 자신의 내면에서부터 우주에 이르는 드넓은 세계를 지긋이 들여
다보는 것이다.

뒤의 시는 바다의 모습을 시각적으로 그려내고자 하였다. 파도가 밀려
왔다 밀려나가면서 쉬지 않고 움직이는 바닷물의 모습을 '뿔뿔이 달아 날
라고 했다'고 표현했으며, 그 과정에서 빠르게 부서지고 흩어지는 물결을
'푸른 도마뱀떼 같이 재재발렀다'라고 나타냈다. 그리고 그 물결이 부서지

는 모습을 '힌 발톱에 찢긴 산호보다 붉고 슬픈 생채기'라고 의식적인 세계를 시각적으로 표현하였다. 사물의 청각적 인상을 시각적으로 함께 표현하는 기법은 이 시의 표현과 「향수」의 '금빛 게으른 울음' 등에서 나온 것처럼 정지용이 본격적으로 시도하여 활용한 참신한 표현기법이었다.

정지용의 초기시의 완성된 형태로 볼 수 있는 대표작 중의 하나로 손꼽히는 작품이 「琉璃窓1」이다. 어린 자식의 죽음을 계기로 하여 썼다고 알려진 이 시에서 시인은 감정을 겉으로 내세우지 않고 객관적으로 자신의 내면을 제시하는 수법을 쓰고 있다. 주관적인 감정을 드러내지 않고 이미지의 결합을 통해 시적 주제를 구현한 대표적 작품의 예로도 꼽힌다.[46]

琉璃에 차고 슬픈것이 어린거린다.
열없이 붙어서서 입김을 흐리우니
길들은양 언날개를 파다거린다.
지우고 보고 지우고 보아도
새까만 밤이 말려나가고 밀려와 부디치고,
물먹은 별이, 반짝, 寶石처럼 백힌다.
밤에 홀로 琉璃를 닥는것은
외로운 황홀한 심사이어니,
고흔 肺血管이 찢어진 채로
아아, 늬는 山ㅅ 새처럼 날러 갔구나!

— 「琉璃窓 1」 전문

'차고 슬픈 것'은 유리창에 끼는 성에이면서 또한 시인의 마음속에 자리한 슬픔이다. 이를 없애기 위해 밤을 지새면서 입김으로 지우고자 하나 추운 날씨에 유리창의 성에는 금방 다시 끼듯이 죽음의 세계를 의미하는 '새까만 밤'은 밀려갔다가는 다시 돌아와 부딪히고는 한다.

---

46) 김시태, 「정지용론」, 김시태 편 『작가 작품론』(문학과비평사, 1990), 114쪽

'물먹은 별'이 맑은 모습으로 보석처럼 박히기도 하는데 이는 내 마음에 와 닿는 깨달음의 한 순간이다. 밤에 유리를 홀로 닦는 행위, 곧 어두움을 지우고자 하는 행위는 외롭지만 아들인 네가 산새처럼 날아가 있는 자리에서 빛나는 별빛이 비추어 주므로 황홀한 느낌을 주기도 한다.

'외로운 황홀한 심사'는 자식을 잃은 슬픔을 간직한 채 홀로이기 때문에 외로우면서도 그 슬픔을 안에 담고서 승화시키는 내면적 황홀경을 가져오기도 한다는 의미의 표현이다. 김영랑의 「모란이 피기까지는」에서 보이는 '찬란한 슬픔의 봄' 이라는 표현과도 통하는 이중적인 역설의 표현인 것이다. 새까만 밤이라는 시간을 배경으로 시각적 이미지와 비유적 이미지를 통해 내마음의 세계를 성공적으로 형상화한 작품이다. 정지용이 "안으로 熱하고 겉으로 서늘옵기"를 주장하고 여기에서 '시의 위의(威儀)'를 찾으려 한 주지적 경향[47]을 보여준 것은 김기림의 주지시론(主知詩論) 소개 이후로 자리잡은 모더니즘의 시작태도에 영향을 받은 것이다.

> 남을 슬프기 그지없는 情況으로 유도함에는 자기의 感激을 먼저 신중히 이동시킬 것이다 ···· 感激癖이 시인의 美名이 아니고 말았다. 이 非定期的 肉體的 地震 때문에 叡智의 水源이 붕괴되는 수가 많았다.[48]

남을 울리기 위해서는 자신의 감격을 서서히 이동시켜야 한다는 주장이나, '감격벽이 시인의 미명이 아니라'는 인식은 그가 감정의 절제 없는 발산이 주를 이루던 1920년대의 감상적 낭만주의의 흐름을 비판하고 있음을 보여주는 것이다. 이는 T. E. 흄, E. 파운드, T. S. 엘리어트 등 서구 이미지즘 시인들의 현대시에 대한 교양체험을 바탕으로 모더니즘의 작품

---

47) 鄭芝溶, 「詩의 威義」, 《文章》 (1939. 11), 142쪽
48) 위의 글, 143쪽

전개를 시도하던 정지용이 내세운 시론의 바탕이 되었다.

> 시도 타당한 것과 協和하기 전에는, 말하자면 밝은 자리가 크게 옳은 것이 아니고 보면 詩될 수 없다. …… 시는 타당을 지나 神髓에 사무치지 않을 수 없으니, 시의 신수에 정신 지상의 열락이 깃들임이다. …… 시는 모름지기 시의 열락에까지 틈입할 것이니, 세상에 시 한다고 홍얼거리 는 人士의 心神이 번뇌와 業火에 끄실르지 않았스면 다행하다. 기쁨이 없이 이루는 우수한 사업이 있을 수 없으니, 至上의 정신비애가 시의 열락이라면 그대는 당황할 터인가?[49]

정지용의 시나 시론이 이미지즘이나 모더니즘에만 한정된 것은 아니다. 「鄕愁」등 초기시의 몇 작품이나 후기시의 대표작들은 이미지의 형상화를 잘 드러낸 시문학파로서의 그의 면모를 보여주는 훌륭한 순수서정시로 꼽히기에 부족함이 없다. 또한 그의 시론 가운데 '시는 타당을 지나 神髓에 사무쳐야 한다'고 말한 것이나 '시의 열락에까지 틈입'해야 한다는 내용은 사물의 진정한 의미를 깨닫거나, 번뇌를 벗어나 정신의 가장 깊은 상태를 노래해야 할 것이라는 의미이다. 그는 시인의 자세에 대해

> 시인은 정정한 巨松이어도 좋다.
> 그 위에 한마리 맹금이어도 좋다.
> 굽어보고 高慢하라[50]

고 설파하였다. 박용철의 「詩的 變容에 대하여」에 나오는 '시는 高處'라는 주장과 상통하는 그의 견해는 시인의 사명과 위치를 명확하게 제시하면서 모더니즘 시론의 한 장을 열었다는 점에서 의의를 가진다고 볼 수

---

49) 정지용, 『지용 문학독본』(박문출판사, 1948), 194쪽
50) 위의 글, 242쪽

있다.

그리고 그 자신의 시에서 모더니즘시의 가장 큰 특성인 이미지를 다양하게 활용하여 시를 형상화했다는 면에서 시문학파 시인들 가운데 가장 이미지를 잘 살려 쓴 시인으로 평가할 수 있다.

다음은 박용철의 시에 나타난 이미지를 살펴보기로 한다. 현대시사에서 개성있는 순수시론을 정립했던 박용철의 시에는 뚜렷한 순수서정의 형상화보다는 이미지를 살려 표현한 시가 많이 보인다.

그의 시에는 고향상실의 비극적 이미지, 직유나 은유 등의 비유적 이미지, 감상적 이미지가 주로 표현되어 있다.

먼저 시대적 불안의식과 고뇌를 주제로 하면서 암담하고 비극적인 이미지를 드러낸 작품으로 「떠나가는 배」, 「고향」, 「어디로」 등이 있다.

　　나　두　야　간다
　　나의　이　젊은　나이를
　　눈물로야　보낼거냐
　　나두야　가련다.

　　안윽한　이　항구-ㄴ들　손쉽게야　버릴거냐
　　안개같이　물어린　눈에도　비최나니
　　골잭이마다　발에　익은　뫼ㅅ 부리모양
　　주름ㅅ살도　눈에　익은　아-사랑하든　사람들.

　　버리고　가는이도　못잊는　마음
　　쫓겨가는　마음인들　무어　다를거냐
　　돌아다보는　구름에는　바람이　회살짓는다.
　　앞대일　어덕인들　마련이나　있을거냐

　　나두야　가련다

나의 이 젊은 나이를
눈물로야 보낼거냐
나 두 야 간다.

— 「떠나가는 배」전문[51]

흔히 박용철의 대표작으로 꼽히는 이 시는 당대의 시대적 현실이 어느 정도 반영되어 표현되고 있다. 식민지 치하에 있는 조국을 두고서 떠나야만 하는 지식인의 비애가 잘 드러나 있는 것이다.

'나 두 야 간다' 라고 한자씩 띄우는 행을 수미상관으로 배치함으로써 시속의 화자와 같은 비애의 지식인이 혼자가 아니라 아주 많은 시대 상황을 암시하였다. 그리고 떠나고 싶지는 않지만 떠날 수밖에 없는 암담한 현실을 비교적 일상적인 시어와 직유 등의 비유 이미지를 활용하여 직설적이고 격정적으로 드러내었다.

살고 있던 골짜기마다 발에 익은 묏부리처럼 주름살까지도 눈에 익은 사람들인 이웃과 민족을 버려두고 떠나야만 하는 화자의 눈에는 아늑한 항구라 해도 안개처럼 부연 눈물이 앞을 가릴 수밖에 없는 것이다. 이렇게 조국을 떠나야 하는 식민지 백성의 마음에 일어나는 서글픔은 살지 못해 쫓겨나는 이들의 처절함과도 통하는 것으로 나타난다. 하지만 이에 대한 적극적인 대응이나 이러한 상황의 근본적 원인이 식민지지배 때문이라는 것에 대한 깊이 있는 인식은 보이지 않고 있다. 박용철 자신의 개인적이고 가정적인 고뇌가 그러한 서글픔의 주요한 이유이기는 하지만 그 상황과 가슴아픈 현실은 제대로 형상화되어 나타나 있다.

이 시에서 '나 두 야 간다'라는 시행을 첫 행과 끝 행에서 반복하여 수

---

51) ≪시문학≫1, 6쪽. 다음에 인용되는 그의 시들은 『박용철전집1』, ≪시문학≫에서 옮긴 것이다.

미상관으로 표현한 것은 시구성과 음악성을 바탕으로 시각적 이미지를 함께 고려한 것으로 볼 수 있다. 2, 3연에서도 '-거냐, -나니, -다'와 같은 옛말투의 종결어미를 써서 운율적 효과를 시도하고 있다. 그러나 여기서는 떠나는 마음의 슬픔이 짙게 나타나고 있어서 옛말투의 어법이 오히려 감상적인 느낌을 더해주는 결과가 된다.

이 작품은 2, 3연에 나타난 절망과 슬픔을 1, 4연을 반복하는 것과 같은 음악적 시구성과 이미지의 제시에 의해 정서적으로 승화시킨 것이라고 할 수 있다. 이러한 시적 전개는 박용철시의 특성이며 결함이기도 하다. 왜냐하면 그의 시적 전개에서 음악적 시구성이 완벽하지 못하면 그의 시는 감상적 서술에 그치는 경우가 많기 때문이다.

다음으로 이미 떠나온 조국, 고향을 그리워하면서 쓰라린 마음을 달래는 내용이 나타난 작품으로 「고향」이 있다.

고향은 찾어 무얼하리
일가 흩어지고 집흐너진데
저녁 가마귀 가을풀에 울고
마을앞 시내도 넷자리 바뀌었을라.

어린때 꿈을 엄마무덤위에
남겨두고 떠도는 구름따라
멈추는 듯 불려온지 여나무해
고향은 이제 찾어 무얼하리

하날가에 새 기쁨은 그리어보랴
남겨둔 무엇일래 못잊히우랴
모진바람아 마음껏 불어쳐라
흩어진 꽃닢 쉬엄어디 찾는다냐

험한발에 짓밟힌 고향생각
아득한 꿈엔 달려가는 길이언만
서로의 굳은뜻을 남게앗긴
옛사랑의 생각같은 쓰린 심사여라.

- 「고향」전문

떠나온 고향을 생각하는 화자의 회상에 따라 전개되는 이 시에서 앞부분에는 떠나올 적의 모습에서 더욱 피폐하게 변해 버렸을 고향의 모습이 그려져 있다.

이 시에서 고향은 일반적으로 고향이 주는 아늑하고 포근한 느낌의 모습이 아니라 생활을 제대로 이어가지 못하는 일가는 살기 위해 뿔뿔이 흩어져 가고 전에 살던 집은 허물어졌으며, 저녁에는 무성하게 흐트러진 가을 풀더미에서 까마귀가 우는 을씨년스럽고 참담한 풍경으로 나타나 있다. 화자는 여기를 다시 찾고 싶지 않은 마음마저 느끼고 있는데, 이러한 시각적인 이미지를 통해 황량하게 변해버린 고향의 부정적인 모습을 드러내고 있다.

어릴 때의 꿈은 세상 떠난 엄마의 무덤과 함께 고향에 남겨두어 실현할 길이 없고 그 곳에서 떠나와 이리저리 떠도는 구름 따라 '멈추는 듯 불려온 지'라는 직유 이미지로 표현된 것처럼 타향을 헤매인 지 여러 해가 되어 고향은 기쁨도 찾을 길 없고 미련을 가질 만한 아무것도 없는 곳이 되어 버렸다.

하지만 뒤에 와서는 이 고향은 개인적 차원의 슬픔만이 아닌 민족적 설움과 조국의 식민지적 현실이라는 의식 확장의 모습을 보인다. '모진 바람'에 '흩어진 꽃닢', '험한 발에 짓밟힌 고향 생각'이라는 은유 이미지의 표현에서 보이듯이 일제 침략의 군화발에 억눌려 신음하는 고국산하가 민족 전체의 상황으로 확대되어 제시되고 있다.

이 고향은 아득한 꿈속에서는 너무나도 간절하게 달려가는 그리움의 대상이지만 타인의 억압에 의해 이별을 강요당한 옛사랑처럼 가고 싶어도 갈 수 없어서 쓰라린 심사를 일으키는 곳이다. 가고 싶은 마음이 없는 고향, 찾아 무엇하겠나 싶은 고향은 사실은 떠나온 후로 피폐해졌기 때문에서 돌아가서 다시 자리잡고 싶은 절실하게 그리운 마음을 역설적으로 표현한 것이다.

이런 고향의 묘사에서는 아름답고 서정적인 표현이라는 시문학파의 일반적 시세계의 형상화보다는 시각적, 비유적 이미지의 활용을 통해 현실의 어둠을 드러내는 주제 강조의 특색을 찾을 수 있다.

그의 다른 시 「어디로」에서는 "바라지 않으리라는 새론 희망 / 생각지 않으리라는 그대 생각"52) 이라고 표현하면서 조국의 광복이라는 새로운 희망이나 고향과 조국이라는 그대 생각을 인격체에 비유하여 비유적 이미지로 형상화하고 있다. 한용운의 '님'처럼 지속적인 비유나 상징으로 표현되지는 못했으나 이 시에서 박용철의 '그대'는 고향과 조국에 대한 그리움과 애정을 여성에 대한 사랑의 이미지로 환치하여 미학적 효과를 살려낸 표현이다. 그의 시 가운데 고향에 대한 그리움은 현실의 어둠을 느끼고 형상화하는 시들에서 시각적이고 비유적인 이미지를 통해 더욱 두드러지게 드러나 있다.

그의 시에서 가장 많은 비중을 차지하고 있는 것이 고독과 절망, 비애의식을 노래한 시들로 고독, 우울, 눈물, 허무 등의 감상적 정조가 많이 나타나 있다. 그 원인은 일기나 편지를 통해서도 찾을 수 있듯이 식민지

---

52) 박용철, 『박용철전집』1권, 16쪽

치하의 지식인이라는 일반적인 상황 이외에도 첫부인과의 결혼 생활의 파
경문제로 인한 어두운 성격의 형성, 건강이 좋지 못하여 결국 35세의 젊은
나이로 세상을 떠나게 만든 질병과 우울 등의 요인들이 그의 시를 비극적
정조로 가득 차게 만들었던 것이다.

> 설만들 이대로 가기야 하랴마은
> 이대로 간단들 못간다 하랴만은
>
> 바람도업이 고이떠러지는 꽃닙가치
> 파란하늘에 사라저버리는 구름쪽가치
>
> 조그만 열로 지금 솟더리는 피가 멈추고
> 가는 숨길이 여기서 끗맥는다면-
>
> 아 얇은빗 드러오는 영창아래서
> 참아 흐리지못하는 눈물이 온가슴에 젖어나리네 (病床에서)
>   − 「이대로 가라만은」 전문

이 시에는 병상에서 느끼는 우울한 심정이 형상화되어 있다. 꽃잎이나
구름이라는 유한하고 연약한 자연물의 이미지를 통해 병약한 몸 때문에
늘 헐떡이며 사는 자신의 처지를 울적한 분위기로 표현하고 있는 것이다.
  1, 2연에서는 비유적, 시각적 이미지와 '-하랴만은'의 반복과 '-가치'
의 반복, 그리고 직유의 표현을 통해 울적한 심정을 살려내고 있다. 하지
만 3연부터 슬픔의 감정이 끓어오르면서 적절한 운율의 구조로 마무리 되
지 못하고 '-눈물이 온가슴에 저저나리네'라는 감정의 직접적인 토로로
끝나고 있다.
  자식을 잃은 슬픔을 시의식으로 절제하여 형상화한 정지용이나, 아내

를 잃은 안타까움을 시적으로 표현한 김영랑과 비교하면 박용철은 그의
시론에 비해 시의식을 통한 시적 형상화에서 높은 수준을 이루지는 못한
것으로 볼 수 있다.

　그 다음으로 시문학파 동인들 가운데 순수서정을 바탕으로 하면서도
선명한 이미지를 살린 주요 시인으로 신석정을 들 수 있다.

　신석정의 시들에서는 식물과 동물을 중심으로 한 자연 이미지, 색채 중
심의 시각적 이미지, 직유와 은유의 비유적 이미지가 잘 형상화되어 있다.

　먼저 「임께서 부르시면」을 보면 그의 시세계가 순수한 자연의 이미지
를 바탕으로 자연을 애호하는 정신을 담고 있음을 알게 된다.

　　가을날 노랗게 물드린 은행잎이
　　바람에 흔들려 휘날리듯이
　　그렇게 가오리다
　　임께서 부르시면……

　　호수에 안개 끼어 자욱한 밤에
　　말 없이 재 넘는 초승달처럼
　　그렇게 가오리다
　　임께서 부르시면……

– 「임께서 부르시면」에서 53)

　형식적으로도 잘 짜여진 구조를 보이고 있는 이 시는 각 연 4행씩 4연
으로 이루어져 있다. 각 연마다 직유법을 써서 시각적 이미지를 선명하게
드러내면서 전원 지향의 시세계를 보여주고 있다. 각 연의 끝인 3·4행을
‘그렇게 가오리다 / 임께서 부르시면……’으로 도치하여 반복함으로써 운

---

53) 辛夕汀, 『辛夕汀全集』2(도서출판 고글, 1998), 19쪽.
　　앞으로 출전을 따로 밝히지 않은 신석정의 시는 이 시집에서 인용한 것이다.

율과 여운을 함께 살리고자 하였다. 가을날 노란 은행잎이 떨어지듯이, 안개낀 밤 호숫가의 산마루를 넘는 초승달처럼 임께서 부르신다면 거리낌없이 자연스럽게 따라가겠다는 화자의 마음은 직유의 표현을 통해 자연적 이미지를 살리면서 자연의 아름다운 모습들에 동화되는 경지를 보여주고 있다.

첫 시집『촛불』에 수록된 시들은 그의 초기시에서 전원시적 특성을 확립한 작품들로 그가 지녀온 노장철학과 자연친화 사상을 바탕에서 깔고서 선명한 이미지를 전개시키고 있다.[54]

김기림이 신석정을 목가시인이라고 소개한 것처럼 그의 첫 시집《촛불》의 세계에서는 푸른 산과 하늘과 강물과 나무에서 온갖 새와 짐승들이 한가롭게 노닐면서 색채중심의 시각적 이미지와 새와 짐승들의 동물적 이미지를 살려내고 있다.

해볕이 유달리 맑은 하늘의 푸른길을 밟고
아스라한 산넘어 그나라에 나를 담숙안고 가시겠습니까?
어머니가 만일 구름이 된다면……

바람잔 밤하늘의 고요한 은하수를 저어서 저어서
별나라를 속속드리 구경시켜 주실수가 있습니까?
어머니가 만일 초승달이 된다면……

---

54) 그의 시에서 촛불은 시간상으로는 황혼이나 밤, 가을에 주로 등장하며 색채로는 흰색과 검은색이 주를 이루고 있다. 이렇게 '촛불을 켜도 물리칠 수 없는 밤'이나, '아무리 기다려도 오지 않는 새벽'은 그가 전원에 묻혀 생활하며 자연을 노래하면서도 어떻게 뛰어넘을 수 없는 엄혹한 '현실'이자 식민지배에 억눌려 있는 '민족의 역사'라고도 볼 수 있다. 현실에서 한발 물러나 전원적 순수 서정을 담은 그의 시에서도 현실의 어두운 모습에 대한 비극적인 인식이 스며들어 있는 것이다. 자연에 파묻힌 시인으로서 현실을 외면했다는 점을 가장 큰 한계로 지적하는 신석정의 시세계에도 이처럼 소극적이고 간접적이나마 현실세계에 대한 고뇌와 절망이 깔려있음을 확인할 수 있다.

내가 만일 산새가 되어 보금자리에 잠이 든다면
어머니는 별이 되어 달도없는 고요한 밤에
그 푸른 눈동자로 나의 꿈을 엿보시겠습니까?
– 「나의 꿈을 엿보시겠습니까」전문

이 시와 같은 그의 초기시 계열의 작품들은 산문체, 완결문, 경어법, 가정법, 의문형, 청유형 등의 표현을 사용하여 부드러운 느낌과 간절한 마음을 잘 나타내고 있다. 거기에다 어머니와의 대화체 또는 혼자만의 독백체를 사용하고 있는데 그 대상인 어머니는 눈앞의 현실적인 어머니라기보다는 상상 속의 정신적 어머니, 자연의 은유적 대상이기에 시적 효과는 더 크게 살아나고 있다.

이러한 시들의 내용 가운데 시인의 마음을 살펴볼 수 있는 '나의 꿈'은 그리움과 동경의 세계이며 내면세계의 표출이다. 이 시에서 그는 '나'를 '산새'로, '어머니의 품'을 보금자리로 표현하여 어린 아이가 따스한 엄마 품을 찾는 동심의 세계를 보는 동화적이고 신비한 느낌을 주고 있다.[55]

'햇볕, 하늘, 산, 구름', '은하수, 별나라, 초승달', '산새, 별, 눈동자,' 등으로 제시되는 자연 이미지, 우주 이미지, 내면 이미지에 의탁한 심상들이 '푸른, 아스라한, 고요한'과 같은 색채나 상태의 이미지를 드러낸 수식어들을 통해 형상화되고 있다.

저 재를 넘어가는 저녁해의 엷은 광선들이 섭섭해합니다
어머니 아직 촛불을 켜지 말으셔요
그리고 나의 작은 명상의 새새끼들이

---

55) 김윤식, 「댓이파리, 바람소리, 슬픈 초승달의 표상」, 《시문학》 97 (1979), 119
쪽에서 이러한 요소에 대해 '유아의식(幼兒意識), 대내의식(對內意識)'이라고
표현하기도 하였다.

지금도 저 푸른 하늘에서 날고 있지않습니까?
이윽고 하늘이 능금처럼 붉어질때
그 새끼들은 어둠과 함께 돌아온다 합니다

언덕에서는 우리의 어린양들이 낡은 녹색침대에 누어서
남은 햇볕을 즐기느라고 돌아오지 않고
조용한 호수우에는 인제야 저녁안개가 자욱히 나려오기 시작하였습니다
그러나 어머니 아직 촛불을 켤때가 아닙니다
늙은산의 고요히 명상하는 얼굴이 멀어가지 않고
머언 숲에서는 밤이 끌고오는 그 검은 치마자락이
밤길에 스치는 발자욱 소리도 들려오지 않습니다

멀리있는 기인뚝을 거쳐서 들려오는 물결소리도 차츰 차츰 멀어갑니다
그것은 늦은 가을부터 우리 전원(田園)을 방문하는 가마귀들이
바람을 데리고 멀리 가버린 까닭이겠습니다
시방 어머니의 등에서는 어머니의 콧노래 섞인
자장가를 듣고싶어하는 애기의 잠덧이 있습니다
어머니 아직 촛불을 켜지 말으셔요
인제야 저 숲넘어 하늘에 작은 별이하나 나오지 않았습니까?
— 「아직 촛불을 켤때가 아닙니다」전문

이 시는 구체적인 심상을 신선하게 표현한 것으로 당시 대표적 모더니즘 평론가인 김기림으로부터 이미지를 잘 살린 것으로 높이 평가받았다.

가령 어두운 밤을 그는 "밤이 끌고 오는 그 치마자락이/ 발길에 스치는 발자욱 소리도 들려오지 않습니다" 라고 하여 시각적 이미지와 청각적 이미지를 공감각화하여 제시하였다.

그리고 봄기운이 올라오는 전원의 풍경을 "멀리 있는 기인 뚝을 걸어서 들려오는 물결소리도 차츰차츰 멀어갑니다/ 그것은 늦은 가을부터 우리 전원을 방문하는 가마귀들이/ 바람을 데리고 멀리 가버린 까닭이겠습

니다"라고 하여 시끄러운 까마귀떼가 떠난 뒤의 고요하고 평화로운 광경을 감각적으로 표현하고 있다.

'작은 명상의 새새끼들'이 날고 있는 하늘, '우리의 어린 양들'이 누워 있는 '낡은 녹색 침대'에 아직은 자연의 빛이 남아있기에 촛불을 켤 때가 아니라는 시인의 목소리에서 현실의 시간에서 벗어난 상상의 시간과 공간에 대한 지향의식을 찾을 수 있다.

'명상의 새새끼들, 낡은 녹색침대, 검은 치마자락, 하늘이 능금처럼 붉어질 때' 등으로 나타나는 은유와 직유의 비유 이미지, '광선, 촛불, 푸른, 어둠, 녹색, 검은, 까마귀' 등으로 나타나는 흰색, 푸른색과 검은색 계열의 색채 이미지의 선명한 대비에서 모더니즘적 성격을 지닌 서정시의 한 모습을 확인할 수 있다.

한편 그를 비롯한 시문학파 동인들이 시에서 사용한 감각어 가운데 백색과 청색의 색채 감각어가 가장 많은데 백색은 순결이나 순수성의 이미지를, 청색은 자연의 이미지를 주로 드러내므로 이들의 정신적 바탕이 한국의 전통적 서정세계임을 알 수 있다. 이를 통해 시문학파 시인들이 내포적 시어와 감각적 이미지의 활용을 통해 한국의 전통 서정세계를 형상화했으며 이는 외래성과 전통성의 조화와 활용을 통한 것임을 알 수 있다.

그들의 시적 제재를 살펴보면 순수한 자연의 제재가 가장 많이 사용되었고, 향토나 전원의 제재가 그 다음으로 사용되었으며 도시적 제재는 거의 사용되지 않았다. 이를 통해서 시문학파가 관념이나 사상을 배제하고 감각적 시어와 자연 이미지에 의한 언어구조를 추구한 순수시파라는 사실을 확인하게 되는 것이다.

3. 시어의 활용과 국어미의 발견

  시문학파 동인들이 추구한 순수서정의 시세계는 우리 현대시사에서 여
러 면에서 큰 영향을 끼쳤다. 기존의 내용중심적인 계급의식의 시들에 비
해 신선하고 서정적인 시의식의 표현은 당대 시단에 새로운 모습을 보여
주었다.

  그들의 시는 내용보다는 형식에서 새로움을 보여주었고 그 새로움은
주로 음악성과 이미지, 언어의 자각을 통한 시어의 활용에서 드러났다. 시
문학파 시인들 중에서 김영랑, 정지용, 김현구, 신석정 등 주요 동인들의
시를 중심으로 그들이 살려 쓴 시어의 모습을 방언, 고유어와 한자어, 조
어 또는 개인 시어의 세 가지로 나누어 살펴보기로 한다.

1) 방언의 활용과 향토성

  시문학파의 대표적 시인들의 출신지를 보면 김영랑, 김현구가 전남 강
진, 박용철이 전남 광산, 신석정이 전북 부안, 정지용이 충북 옥천 등으로
나타나 있다. 정지용을 제외하고는 주로 전라도이므로 이들의 시어에 나
타난 방언들은 대개 전라도 방언, 구체적으로는 전남 남부 방언인 경우가
많다.

  하지만 먼저 전제할 내용은 시문학파 시인들을 비롯한 거의 모든 시인
들이 평균 이상의 고등교육을 중앙인 서울에서 받았으며 일본 유학까지
거친 고학력의 소유자라는 점에서 그들은 중앙어 즉 당시의 경성어를 주
로 사용했다는 점이다. 따라서 시문학파 시인들도 중앙어를 주로 사용하
면서도 시어의 조탁과 확장을 위해 방언을 의도적으로 사용했다고 보아야
한다.

그들 가운데 방언을 시어로 활용한 주요 시인은 김영랑과 김현구였다. 그들이 주로 사용하는 방언은 강진을 포함하고 있는 전남 남부 방언으로서 중앙어로 표현하기 어렵거나 미묘한 정서들은 이러한 강진방언을 구사하였던 것이다.

시인을 언어의 마술사나 연금술사라고 표현하기도 하는데 이 표현은 시문학파의 시인들 특히 김영랑이나 정지용에게 잘 어울리는 별칭이라고 할 것이다. 우리 국어의 방언이 아주 풍부하고 다양한 어휘를 가지고 있다는 장점을 알고서 이를 최대한 활용하여 시어로 구사한 것이 이들이기 때문이다. 먼저 언어의 다채로운 표현과 음악성을 살린 표현들은 김영랑의 시에서 중요한 특성으로 평가받고 있다.

어덕에 바로 누어
아슬한 푸른 하날 뜻업시 바래다가

– 「3」 1연에서

행여나! 행여나! 귀를 종금이
어리석다 하심은 너무로구려

– 「6」 1연에서

제운 밤 촛불이 찌르르 녹어버린다
히부얀 조희등불 수집은 거름거리

– 「38」1, 3연에서

위에 예로 든 밑줄친 시어들은 영랑의 시적 특성을 잘 드러내고 있는데 '어덕, -구려, 히부얀' 등은 전라도 방언이며, '하날, -히야, 조희' 등은 현대에 와서는 잘 쓰이지 않는 옛말투이며, '종금이, 제운 밤' 등은 영랑이 언어감각을 살리면서 만들어낸 새말이며, '찌르르' 는 앞 시의 '호르르' 등과 같은 의성어로 이들은 모두 하나같이 서로 유기적으로 조화를 이루면서 시의 음악성을 높여주고 있다.

<u>가삼</u>은 간곡히 입을 벌린다.

　　　　　　　　　　　　　　　　　　　　　　　　　　　－「12」에서

<u>새악시</u>볼에 떠오르는 붓그럼가치

　　　　　　　　　　　　　　　　　　　　　　　　　　　－「2」에서

보름넘은 <u>달그리매</u> 마음아이 서어로아

　　　　　　　　　　　　　　　　　　　　　　　　　　　－「14」에서

돌담에 <u>소색이는</u> 햇발가치

　　　　　　　　　　　　　　　　　　　　　　　　　　　－「2」에서

그대 내 <u>홋진</u> 노래를 들으실까

　　　　　　　　　　　　　　　　　　　　　　　　　　　－「13」에서

　앞에 든 예시는 주로 명사에 해당하는 방언의 시어인데 '가삼' 은 양성 모음으로 쓰기 위해, '새악시, 달그리매' 는 모음 첨가로 장음의 효과를 살리기 위해 사용한 표현이다.

　뒤에 든 예시는 동사나 형용사, 부사나 감탄사 등에 해당하는 방언인데 음운의 탈락이나 첨가, 음운의 변이 등을 통해 시에서 장단, 고저, 강약 등을 살리는 음악적 효과를 나타내 주고 있다.

「<u>오-매 단풍들것네</u>」
장광에 <u>골불은</u> 감닙 날러오아
누이는 놀란듯이 치어다보며
「<u>오-매 단풍들것네</u>」

추석이 내일모레 기둘니리
바람이 자지어서 걱정이리
누이의 마음아 나를 보아라
「<u>오-매 단풍들것네</u>」

　　　　　　　　　　　　　　　　　　　　　　　　　　　－「5」전문

- 나는 아즉 나의 봄을 기둘리고 잇슬테요.

- 「 모란이 피기까지는 」에서

김영랑의 여러가지 시적 특징 가운데 남도 사투리를 잘 활용하여 향토성을 유감없이 보여준 작품으로 자주 인용되는 앞의 시는 늦가을 강진 땅 어느 집 앞마당으로 우리들을 끌어들이고 있다. 남녁땅에도 가을이 왔음을 어린 누이는 '장광(장독대)'에 떨어진 '골불은(골붉은)' 감잎을 보고 알아차리면서 '오-매 단풍들것네'라는 남도 특유의 사투리로 감탄의 마음을 나타낸다.

'오-매' 라는 감탄사는 '어머나, 아이고, 와!' 라는 속뜻을 담고 있는 감탄사이지만 그것이 내포하고 있는 미묘한 의미는 훨씬 깊고 폭넓은 시어이다. 전라도 방언의 대표적 감탄사로서 놀라움, 기쁨, 신기함, 아쉬움, 즐거움 등의 다양하고 복잡한 감정을 담아 남도인의 정서를 잘 드러내는 시어인 것이다. 이러한 구절을 처음에 배치한 다음 작품 중에 세 번이나 똑같이 되풀이함으로써 수미상관을 지나 반복적으로 강조하여 표현하고 있다. 이는 남도 사람이 아니라면 그 참맛을 이해하기 힘든 구수하고 맛깔스런 사투리를 시어로 활용한 대표적인 경우이다.

'오-매, -들것네, 장광, 치어다보며, 기둘리리, 자지어서' 등과 같은 전라도 사투리는 이 시에 감칠맛 나는 흥을 돋아주면서 영랑시의 음악성 외의 또 다른 특성인 향토성을 잘 살려주고 있다.

김영랑은 '오-매 단풍들것네'에서 전라도 사투리를 시어로 채택하여 가장 전라도적인 향토성을 잘 담아 냈던 것인데, 이성교는 "우리나라 詩人 가운데 永郎만큼 사투리를 거리낌 없이 쓴 詩人도 드물다"[56]라고 격찬하

---

56) 李姓敎, 『現代詩의 摸索』(맥밀란, 1982), 280쪽

고 있다.

사투리의 활용과 함께 그의 시어에는 '따, 조히, -도나니, -히야, -니라' 등의 옛말(古語)의 느낌을 주는 의고체의 체언과 어미 등을 써서 시에서 어감의 변화된 분위기를 고조시키고 음악적 효과를 살려내고 있다.

뒤의 예는 김영랑의 대표작 「모란이 피기까지는」 의 일부분으로 '아즉' 은 '아직'의, '기둘리고'는 '기다리고'의 사투리이다. 이러한 사투리의 활용은 시적 의미는 의미대로 살리면서 향토적이고 자연스러운 어감과 운율적 효과를 함께 가져오고 있음을 볼 수 있다. 《시문학》이나 《문학》에 발표된 위의 예들 이외에도 『영랑시집』에서 방언의 활용예를 많이 찾아볼 수 있다.

- 허리띄 매는 <u>시악시</u> 마음가치 (11)
- 바람에 나붓기는 <u>깔닙</u> (20)
- 미움이란 말속에 <u>하잔한</u> 뉘침 (27)
- 왼 몸을 흐렁흐렁 눈물도 <u>쬣금</u> 나누나 (30)
- 이 시골 <u>이녕거장</u> 행여 <u>의즐나</u> (35)
- <u>하날갓</u> 닷는데 깃븜이 사신가 (39)
- 창랑에 <u>잠방거리는</u> 섬들을 길러 (40)
- 기척업시노는 하얀달빛에 <u>모다</u> 쓸리우고 (46)
- <u>불르면</u> 내려올 듯 (51)
- <u>무섬싸정</u> 드는 이새벽 가지울니는 (52)
- <u>취여진</u> 청명을 마시며 거닐면 (53)

그의 첫 시집에서 나온 예들을 살펴보면 거의 전편에 방언이 활용되고 있음을 알 수 있다. 이러한 다양한 방언은 뒤에 거론될 고유어와 옛 말투, 개인시어 등의 다른 시적 표현들과 조화를 이루면서 시인의 서정성을 환기하고 향토적 정감과 운율적 효과를 살려주는 의미 있는 표현으로 활용되고 있는 것이다.

　김현구의 시에도 김영랑의 시와 마찬가지로 많은 방언이 시어로 쓰여 있다.[57] 그의 시에서 대표적인 몇 가지를 뽑아 보기로 하자.

　　구슬픈 꿈ㅅ 자락 <u>아슴프라니</u> 떠도는 여름 저녁날
　　쑥풀 야릇한 내음새 <u>스르시</u> 지처오는

— 「풀우에 누어」에서

　　푸른 물결이 <u>끄닐새없시</u> 씻고 있다

— 「내마음 사는 곧」에서

　　애틋히 쓸쓸히 홀아비 <u>삔추</u>노래

— 「홀아비시절」에서

　　깜-ㅁ 한 <u>다박솔</u> 안윽히 둘러싼 山ㅅ 기슭
　　졸리운 양 눈을 가믄 <u>山비달기</u> 같은 내넋은

— 「山비달기같은」에서

　위의 시구들은 김현구의 시에서 방언의 활용을 찾아본 것이다. 처음에 나오는 '아슴프라니'는 '어슴프레하게' 라는 의미를, '스르시'는 슬며시라는 의미를 지닌 방언의 부사어로서 명암감각과 거리감각을 효과적으로 느끼게 해주고 있다. 이를 통해서 시각적 이미지와 후각적 이미지를 더욱 생생하게 드러내는 효과를 보이고 있다. 다음의 '끄닐새없시'는 '끊일 사이도 없이, 끊임없이'라는 의미로 바다의 푸른 물결이 흰 모래에 찰랑거리는 광경을 시각적으로 대비시켜 보여주고 있다.

　또 '삔추'는 산까치의 강진 방언으로서 삐-삐하고 우는 울음소리를 연

---

57) 김선태는 『김현구시연구』(국학자료원,1997), 222쪽에서 김현구 시 속의 전남방언으로 명사 30,동사 20, 형용사 10, 부사 13, 종결어미 4등 총 77개가 나온다고 조사하였다. 그리고 김영랑의 시에는 전남방언이 명사 20, 동사 17, 형용사 9, 부사 10, 조사 4, 종결어미 8들 68개의 시어가 쓰였다고 밝혔다. 이들 둘이 함께 쓴 전남방언은 '마금날, 잠방그리고, 희부얀'들의 15개 시어이고 나머지는 서로 다른 방언들을 사용했다고 비교되고 있다.

상시켜서 홀아비의 쓸쓸함을 고조시키는 효과를 드러내 주고 있다.

　그리고 '다박솔'은 무덤을 둘러싼 작은 소나무를 뜻하며, '山비달기'는 산비둘기의 방언표현으로 시인 자신의 넋을 다북솔 우거진 산기슭에서 외롭게 살아가는 산비둘기로 표현하고 있다.58)

- 그입설 그눈초리 <u>재양</u> 감춘 복사꽃

　　　　　　　　　　　　　　　　　- 「사랑꽃 서름꽃」에서

- <u>냇갈가</u> 보드레한 풀밭에 누어

　　　　　　　　　　　　　　　　　- 「풀우에 누어서」에서

- 또 <u>양짓갓 까끔</u>, 속 가을산새의 모양하고

　　　　　　　　　　　　　　　　　　- 「妖精」에서

- 내마음은 물오리같이 <u>잠방그리고</u>
- 내마음 늘 <u>사심한</u> 섬둘레 힌모래를

　　　　　　　　　　　　　　　　　- 「내마음 사는 곧」에서

- 종달새 저리기뻐 <u>지줄거린데</u>

　　　　　　　　　　　　　　　　　- 「내마음 웨이리」에서

- 다만 <u>희부얀</u> 별이하나

　　　　　　　　　　　　　　　　　　- 「黃昏」에서

- 금동이 아버지는 <u>가보셨다요</u>

　　　　　　　　　　　　　　　　　- 「山넘어 먼곳에」에서

　김현구의 시들 속에서 전남방언이 쓰인 몇가지 예들을 명사, 동사, 형용사, 어미 등의 유형별로 들어 보인 것이다.

　김현구시의 뚜렷한 특성 가운데 하나로 다양하고 향토적인 시어의 구사와 활용을 들 수 있다.

　'설리, 아슴프라-니, 냇갈, 삔추, 어덕' 등의 전라도 방언, '하날, 하로,

------

58) 김현구의 시에는 새가 많이 나타나는데 그 중에서도 비둘기를 자신과 동일
　　시 하였으며, 특히 「검정 비둘기」라는 시를 쓰고서 자신의 아호를 같은 뜻의
　　현구(玄鳩)라고 짓기도 하였다.

바이’ 등의 고어투, ‘앵앵, 보골보골, 호리호리, 아롱아롱, 누굴누굴’ 등의 음성상징어, ‘먼산에 아지랑이 아롱아롱’ 등에서 보이는 ‘ㄴ,ㄹ,ㅁ,ㅇ’ 의 유성음 활용 등을 통해 시의 음악성과 비애의식을 잘 살려내었다.

김현구와 김영랑의 시에서 전남방언이 매우 다양하게 활용되었다는 점에서[59] 시의 음악성을 살리고 한국시의 언어영역을 확장했다는 평가를 두 시인이 함께 받을 수 있을 것이다.

그리고 ‘시들퍼, 얕든, 얄포시, 아양지며, 날빛, 재운, 서럼, 마음깃’ 등을 비롯한 36개의 신조어를 창조 활용하여 김영랑의 ‘애끈한, 향미론, 자랑찬, 제운, 희미론, 토록’ 등 25개 신조어보다 오히려 더 많이 사용하는 등 민족어를 갈고 빛내어 완성시킨다는 시문학파의 이상을 실현하는 데에 김현구도 일정한 역할을 하였음을 알 수 있다. 그러므로 “한국어의 詩的 措辭의 한 지평을 열어주었다”[60]는 김영랑의 신조어에 대한 평가는 김현구에게도 그 공적이 함께 해야 한다고 볼 것이다. 그리고

현구와 영랑, 이 둘은 서로가 같은 시기, 같은 시문학동인으로서 작품활동을 한 것이고 보면, 결코 어느 한쪽을 고의로 격상 또는 격하시켜서도 안 된다. 적어도 같은 선상에서 같은 비중으로 평가해야 함은 말할 것도 없다.[61]

라는 지적도 수긍할 수 있을 것이다.

이들의 방언의 양상은 음운의 축약, 양성모음화, 유성음의 사용, 경음, 음운의 첨가나 탈락 등의 여러 가지로 나타나 있으며 이러한 방언들은 그

---

59) 김선태, 『김현구시연구』(국학의료원, 1997), 222쪽에서 김현구의 시에서 전남 방언의 시어는 총 77개가 쓰였고 김영랑의 경우는 68개로서 두 사람이 공통 으로 사용한 시어로 15개가 있다고 파악하였다.
60) 허형만, 「영랑 김윤식연구」(성신여대 박사 논문, 1993), 121쪽
61) 김학동, 『현대시인연구 I 』(새문사, 1995), 655쪽

들의 시에서 음의 장단이나 고저 그리고 강약 등 시의 음악성을 효율적으로 살리는데 큰 역할을 하고 있다.

김영랑의 시어에서 방언 구사에 대해 많은 평가와 찬사가 이헌구[62]나 정한모[63] 등에 의해 이야기되어 왔다. 그와 아울러 김현구의 시에서도 방언구사에서 양적으로나 질적으로나 크게 차이가 나지 않을 만큼 많이 활용되어 있어서 김현구도 또한 뛰어난 방언구사의 시인으로 평가받을 수 있다.

방언은 표준어로서는 전달하기 어려운 미묘한 정서와 주관적인 서정을 살려줄 수 있기 때문에 표준어만을 주로 사용하는 시보다는 방언을 적절히 활용하는 시에서 향토성과 음악성, 서정성을 더 효과적으로 형상화하였음을 확인할 수 있다.

이들은 이러한 풍부한 방언의 시어 활용을 통해 민족어를 갈고 다듬어서 빛냄으로써 민족정서를 살려내는데 공헌하였다.

2) 고유어의 강조와 서정성

시문학파 동인들의 시어에서 고유어의 쓰임도 매우 두드러지게 나타나면서 시인의 서정성을 살려주고 있다. 이와 함께 한자어의 쓰임도 시인에 따라 비중있게 드러나므로 이 두 가지를 함께 살펴보기로 한다.

시문학파 동인들의 시에서 민족언어의 완성 정도를 살펴보면 각 시인의 작품수준이나 유파활동의 참여정도를 확인할 수 있는데 그 예로 대표

---

62) 이헌구는 「김영랑평전」(《자유문학》 창간호,1956, 151)쪽에서 "지방어 - 전라도를 영랑 이상으로 정화, 시화해 쓴 시인은 아직까지 없었다" 라고 하였다.

63) 정한모는 「조밀한 서정의 탄주(《문학춘추》 1권 9호, 1964.12, 258쪽)에서 "남도 방언과 그 억양까지 살린듯한 口氣가 를 나타내주고 있다"고 평가하였다.

적 시인들인 김영랑, 김현구, 정지용, 신석정의 초기시에 쓰인 시어 중 한
자어와 외국어의 활용빈도를 비교해볼 수 있다.[64)

　이 비교를 통해 보면 한자어와 외국어를 가장 적게 사용한 시인이 김영
랑이다. 시문학파 동인들 가운데 김영랑이 언어의 자각을 통한 민족어의
완성이라는 시문학파의 문학적 이상실현을 위해 가장 적극적인 창작자세
로 노력하였으며 작품 수준도 가장 높았음을 확인할 수 있다.

　- 이슬가치 고인눈물 손끄트로 깨치나니
　　　　　　　　　　　　　　　　　　- 「사행소곡 7수」에서 (시문학1)

　- 山골을 노리터로 커난 새악시
　　　　　　　　　　　　　　　　　　- 「사행소곡 6수」에서 (문학1)

　- 사랑은 깊으기 푸른 하날
　　맹세는 가볍기 흰 구름쪽
　　　　　　　　　　　　　　　　　　　- 「사행소곡 6수」에서

　- 五月어느날 그하로 무덥든 날
　　　　　　　　　　　　　　　　　- 「모란이 피기까지는」에서 (문학3)

　- 衆香의 맑은돌에 맺은 금이슬 구을러 흐르듯
　　千年옛날 쫓기어간 新羅의 아들이냐 그빛은 청초한 수미山 나리꽃
　　　　　　　　　　　　　　　　- 「佛地菴抒情」에서 (문학3)

　김영랑의 시들에 나오는 고유어의 예가 앞에 제시되어 있고, 뒤의 예들
은 별로 많지는 않지만 그의 시에 표현된 한자어를 보여주고 있다.
　그의 초기시에서 한자(漢字)가 나온 경우는 '사행소곡' 29편에서 '山,

---

64) 시문학파동인들의 한자어와 외국어 사용

구　분	김영랑	김현구	정지용	신석정
한자어	37	64	335	310
외래어	3	12	48	0

김선태, 앞의 책 257쪽을 참고로 작성

川, (眼)'의 세 자만 쓰였는데 이는 눈(雪)과 구별하기 위해 쓰인 눈(眼)의 경우를 빼면 겉으로 나타난 것은 간단한 두 한자만 쓰인 셈이다. 그의 『영랑시집』 전체 53편을 보아도 37개 정도의 한자가 나와 있는데 앞의 세 자를 합해도 총 40개의 한자단어만 쓰인 셈이다. 영랑은 서구적 관념어나 한자어투의 나열이 당연시되던 당대 시단의 유행시류에도 물들지 않고 시문학파에서 내건 국어의 보존과 시어의 조탁에 힘을 기울이면서 작품에서 이를 실현했던 것이다.

하지만 그의 시는 후기로 갈수록 한자어 활용이 늘어나는데[65], 이는 그의 시세계가 언어의 조탁과 음악적 가락을 바탕으로 한 순수 서정의 세계에서 한자어로 된 관념어로 표현하기가 적합한 현실에 대한 관심과 주제의식의 제시 쪽으로 시적 방향이 변해가는 것과 관계가 깊다고 볼 수 있다.

이는 다시 말하면 한자어보다는 고유어와 방언 등이 잘 구사된 그의 초기시가 한자어를 더 많이 사용한 후기시보다 음악성과 서정성을 더 잘 살려낸 시문학파다운 순수서정시라는 점을 확인할 수 있게 해준다.

또한 외국어의 시어 사용에 대해 살펴보면 그의 시 전체 86편에는 '에머랄드(「2」), 포케트, 폴·베를레느(「30」), 파스텔(「20」), 컨닥타(「북」)'의 5개만 사용할 정도로 외국어를 극도로 절제하고 우리말의 시어화(詩語化)와 절차탁마(切磋琢磨)에 힘썼다.

그의 시들에서 두드러진 고유어의 쓰임 가운데 상당한 비중을 차지하는 것이 고어투 또는 의고체의 시어들이다.

- 어리석다 하심은 <u>너무로구려</u> (6)

---

65) 중기시 13편에 90개의 한자단어, 후기시 19편에는 213개의 한자단어를 시어로 사용하고 있어서 초기에 비해 급격히 늘어나고 있다.

- 보름 넘은 <u>달그리매</u> 마음아이 <u>서어로아</u> (14)
- 사랑은 타기도 <u>하오련만</u> (43)
- 돌담에 <u>소색이는</u> <u>햇발가치</u> (2)
- 내마음에 때때로 <u>어리우는</u> 티끌과 (43)

앞의 예들은 그의 아어체(雅語体)적 성격이 두드러진 시어들을 들어본 것이다. 이러한 시어들은 앞에서 이야기한 방언 시어들과 어우러져 김영랑의 시에서 음악성을 살려주면서 또한 순수서정의 정감을 강하게 표출하는 역할을 하고 있다.

다음으로 시문학파 동인들 중 고유어와 한자어를 비슷한 비중으로 효율적으로 시어화한 시인으로 정지용을 들 수 있다.

정지용은 한자어 표기나 외국어 사용이 가장 많은 경우인데 이는 그가 동양적 세계관을 바탕으로 삼으면서도 서구적인 시창작 방법인 모더니즘을 수용하여 실천한 것과 관계가 깊다. 이런 점은 민족어의 완성이라는 명제를 내세운 시문학파의 입장에서는 동인의식을 공유하지 않은 시세계의 표현이라는 비판을 받을 수도 있을 것이다.

- 참한 은시계로 <u>자근자근</u> 으더마진 듯
- 새색기와 내가 하는 <u>에스페란토</u>는 <u>회파람</u>이라

— 「일은 봄 아츰」에서 (시문학 1)

- <u>鴨川 十里ㅅ</u> 벌에
해는 점으러 … 점으러 …
<u>오랑쥬</u> 껍질 씹는 젊은 <u>나그네</u>의 시름

— 「京都鴨川」에서 (시문학 1)

<u>프로펠러</u> 소리 …
<u>鮮姸</u>한 <u>커-브</u>를 도라나갔다.
<u>快晴, 農綠, 六月都市</u>는 한 <u>層階</u> 더자랏다.

— 「아츰」에서 (문예월간 2호)

《시문학》 등에 발표된 작품을 중심으로 예를 들어본 위의 시구들에서 보듯이 정지용은 고유어, 한자어, 외국어를 가리지 않고 고루 사용하고 있다. 그의 「카페 프란스」 등의 초기시들에는 '보헤미안 넥타이, 패롯, 테이블' 등의 외국어와 '長明燈, 大理石, 異國種' 등의 한자어가 고유어나 신조어보다 많이 쓰였음을 볼 수 있다. 하지만 중기시를 지나 후기시로 가면 점차 외국어와 한자어의 비중은 줄고 고유어의 비중이 늘어남을 확인할 수 있다.

위의 예들에서도 '에스페란토, 오랑쥬, 프로펠러, 커브'들의 외국어와 '鴨川 十里, 鮮姸한, 快晴, 濃綠'들의 한자어가 '자근자근, 휘파람, 나그네'들의 고유어와 함께 사용되어 있다. 이들 시어들은 정지용의 시에서 선명한 시각적 이미지를 살리는 효과와 함께 시인의 의식과 시세계의 변화를 보여주고 있다. 즉 초기의 실험적 모더니즘 경향의 시들에 많이 쓰인 외국어나 한자어 시어들은 중기를 지나 후기로 갈수록 고유어나 의고체의 시어들로 대체되면서 자연과 고향을 노래하는 순수서정의 세계나 동양적 정신주의의 세계를 드러내주는 것이다.

> 東海는 푸른 揷畵처럼 움직 않고
> 누뤼 알이 참벌처럼 옮겨 간다.
> 戀情은 그림자마자 벗쟈
> 산드랗게 얼어라! 귀뚜라미처럼.
>
>   — 정지용, 「毘盧峰」에서

'東海, 揷畵, 戀情'들의 한자어와 '누뤼 알, 참벌처럼, 그림자마자, 산드랗게 얼어라, 귀뚜라미처럼' 등의 고유어가 반반 정도로 함께 쓰이고 있다. 특히 '누뤼알, 산드랗게' 등의 방언과 고유어는 이 시에서 비로봉의

전아하고 고전적인 분위기를 나타내주고 있다. 즉 우리 국토의 토착적 정
서와 서정성을 살리기 위해 방언과 고유어를 활용한 것이다. 정지용은 이
처럼 그때 그때 시의 의미와 분위기에 따라 다양하게 시어를 선택하고 활
용하여 한국시에서 시어의 선택 폭을 넓히는데 기여를 했던 것이다.

김현구도 한자어와 외국어를 비교적 적게 사용하고 있는 것으로 보아
시문학파 동인으로서 민족어의 완성이라는 목표에 많이 접근하고 있음을
볼 수 있다. 하지만 그도 또한 후기시에서 특히 한자어의 사용이 크게 늘
어나는데 이는 동인으로서의 목표의식 약화에 따른 것이었다.

신석정은 외국어는 하나도 사용하지 않았지만 한자어는 정지용처럼 많
이 사용하였는데 이는 그가 초기에서부터 철저하게 동양적 사상 기반에서
전원의 세계를 추구하였기 때문이다.

그러므로 그들의 초기시를 비교해볼 때 정지용이나 신석정은 한자어를
많이 사용하면서 모더니즘의 시적 방법론에 따라 시각적 이미지를 중요시
한 시를 주로 썼으며, 김영랑과 김현구는 전통적 서정세계의 계승을 통해
청각적 이미지의 표현에 더 주력하였다고 볼 수 있다.

하지만 이러한 비교는 어느 한쪽에 좀더 높은 비중을 두었다는 것을
의미하고 있을 뿐이며, 실제로는 모든 감각의 조화에서 사물을 잘 형상화
할 수 있는 공감각적 기법을 동인들이 모두 많이 활용하고 있다는 점에서
공통적 특성을 볼 수 있다.

시문학파 동인들의 시 가운데 한자어의 사용이 가장 두드러진 경우가
허보의 시이다.

물결은 <u>銀波 黑波</u>

- 「표박의 제 1일」에서 (문예월간 1)

異國山깊은
落葉의 끝에
가을의 音樂을
드르며 죽엇다
- 「표박의 마음」에서 (문예월간 1)

그립든 光明이
아! 너머도 恍惚하여
들리어 주려든 Logos(로고스)를 그만 이저버렸네
- 「아침」에서 (문학 1호)

이처럼 자주 등장한 한자어는 허보시의 특성을 추상적이고 관념적으로 드러나게 하고 있다. '銀波, 黑波' 라는 한자어는 물결을 시각적인 이미지로 드러내는데 효과를 주고 있지만 그 외의 한자어나 외국어는 사용된 빈도 만큼의 시적 효과를 살리지는 못하고 있다.

앞에서 살펴본 것처럼 시문학파 동인들의 시에서는 허보를 제외하고는 한자어의 사용보다는 고유어의 사용이 한층 두드러지게 나타나 있다. 동인들에 따라서 고유어와 한자어의 비중이 높고 낮음이 다른데 고유어의 비중이 더 높은 김영랑, 김현구, 이하윤 등의 시가 음악성이나 서정성을 더 잘 살리고 있으며, 한자어의 비중이 더 높은 허보의 경우는 음악성보다는 관념성이 더 강하게 나타나 순수서정시의 질적 수준이 떨어짐을 알 수 있다.

두 가지가 비슷한 정지용의 시에서는 음악성과 이미지의 조화를 통한 시인의 개성이 순수시와 모더니즘시의 양측면을 살리며 나타나 있음을 볼 수 있다. 그리고 고유어를 많이 사용한 시인들의 시가 시문학파의 시적 특성인 순수서정의 실현이나 모국어의 시적 형상화에 더 크게 기여하였음을 확인할 수 있다.

3) 조어 또는 개인 시어의 활용과 음악성

방언과 한자어의 사용은 각 시인별로 사용하는 빈도에 차이가 많았으나 조어와 개인시어에서는 별로 차이가 없을 만큼 대부분의 동인들이 많이 활용하였다. 여기에서는 시문학파의 순수서정의 시세계에서 가장 큰 바탕이 되는 시어의 조탁과 활용에서 큰 역할을 한 조어와 개인시어의 쓰임새를 알아보기로 한다.

조어 또는 개인시어는 말 그대로 시인이 스스로 새롭게 만든 말이거나 기존의 말을 시적으로 다듬어 사용하는 것이므로 그 속에는 시인의 개성이 그대로 담겨 있다. 조어 또는 개인 시어의 다양한 선택과 활용은 그 시인이 시의식을 형상화하기 위해 국어와 시어를 가다듬은 자각과 노력을 보여준다고 할 것이다.

시문학파 동인들 가운데 역시 시어에 대한 자각을 토대로 조어와 개인시어를 가장 다채롭게 사용한 이는 김영랑과 김현구, 정지용이다.

- 도처오르는 아츰 날빗이 빤질한 은결을 도도내
- 마음이 도른도른 숨어있는곳

– 동백닙에 빗나는 마음에서(시문학1)

- 아슬한 푸른하날 뜻업시 바래다가
  그 하날 아슬하야 너무도 아슬하야

– 「어덕에 바로 누어」에서 (시문학1)

- 님두시고 가는길의 애끈한 마음이여
  한숨쉬면 꺼질듯한 조매로운 꿈길이여

– 「시행소곡 7수」(2수) 에서 (시문학1)

푸른향물 흘러버린 어덕우에

내 마음 하루사리 나래로다
보실보실 가을눈이 나래를 치며
허공의 소색임을 드르라 한다.

– 「시행소곡 7수」(4수)(시문학1)

히부얀 조희등불 수집은 거름거리
샘물정히 떠붓는 안쓰러운 마음결

– 「제야(除夜)」에서 (시문학1)–

위의 예들은 김영랑이 처음에 발표한 시들에서 골라본 것이다. '날빗'은 '날빛'으로 햇빛과 같은 구조의 조어법으로 신조한 시어이다. '애끈한'은 '애끓다'라는 동사를 변형하여 형용사로 파생 활용하였으며, '히부얀'은 '하얀'을 더욱 예스럽게 표현하였다. '빤질한 은결을 도도내'는 '반질한 은빛 물결을 돌아오르게 하네' 라는 풀이가 될 것인데 '빤질한'에서 경음의 삽입을 통해 경쾌하고 선명한 느낌을 살려내고, '은결'은 물결을 시각적으로 색채화하여 뒤의 '마음결'처럼 독특한 개인시어로 활용했으며, '도도내'는 '돋우네'를 틀리게 표기함으로써 개인적인 조어의 효과를 가져오고 있다.

'도른도른, 아슬한, 아슬하야 너무도 아슬하야, 조매로운' 등의 고유어를 활용한 개인시어나, '어덕우에, 나래, 소색임'처럼 'ㄴ, ㄹ, ㄱ' 등의 음운 탈락을 통한 개인조어의 표현으로 부드러운 정조를 살려내고 있다. 여기에 'ㄴ, ㄹ, ㅁ, ㅇ' 등의 유성음을 반복적으로 사용하여 음악적 효과를 가져오고 있는 것도 순수서정시의 특색을 살리는데 크게 기여 하고 있다.

그 외에 대표적인 조어들로 '흰날, 희미론, 가지오고, 가득찰랑, 향미론, 홀히, 자랑찬, 시들피느니, 홋진, 토록' 등을 찾아볼 수 있다. 김영랑이 당시의 문인들처럼 외국어의 서투른 모방이나 추상적인 한자어의 나열에 그치지 않고 한국어의 재래적인 가치를 보존하고 이를 예술적으로 다듬는 언어적인 자각을 실천하였음을 보여주고 있다.

> 한 이틀 정녕에 뚝뚝 떠러진 모란의
>
> — 「42」에서
>
> 우지진 진달내 와직지우는 이 三更의 네우름
>
> — 「52」에서

이처럼 그의 시어에는 모음조화를 잘 살린 독창적인 의성어나 의태어들이 그의 시에서 음악적 가락을 살리기 위해 많이 쓰이고 있다. 특히 '호르 호르르 호르르르 가을 아참'이라는 「53」의 표현에서 가장 두드러진 예를 볼 수 있다.

김영랑의 시어 가운데 그 자신이 만들어낸 새말 곧 신조어들도 방언이나 옛말의 쓰임과 같이 음운의 탈락이나 첨가, 활음조 등을 활용하고 있다.

'날개→나래, 속삭임→소색임' 등에서는 ㄱ음 탈락을 통해, '물내음새, 깨이여지고' 등에서는 모음의 첨가를 통해, 그리고 여러 가지 예들과 같이 유성음인 'ㄴ,ㄹ,ㅁ,ㅇ'음을 반복적으로 사용하여 부드러운 어감과 청각적인 가락을 살려서 그의 시에 음악성과 전통성을 높이는데 공헌하고 있다.

김현구의 시에서도 조어와 개인시어의 사용이 두드러진 편이다.

> - 푸른 하날에 번ㅅ 덕이는 날빗가치
>
> — 「나의 노래는」에서
>
> - 개인뒤 한날빛은 애그 보드라
> - 얄포시 물든초록 곱기도 하이
>
> — 「수양」에서

그의 시어에서 '날빗, 한날빛' 은 김영랑의 시어중 '날빛'과 같은 의미

의 신조어이다. '애그 보드라' 는 '아유, 부드러워' 라는 뜻을 개인시어로
표현하였고, '얄포시' 는 '얇다 + 살포시' 를 결합하여 만든 시어이다

　그 외에도 '맑히고, 서얼리, 흐림한, 초밤별, 으리는, 희살부린듯, 스르
시' 등은 김현구가 사용한 신조어의 대표적인 경우에 볼 수 있다. 이들의
이러한 신조어와 개인시어의 활용은 우리 현대시의 새로운 영역을 확장한
것으로 큰 의미를 지니고 있다.

　　파아란 놀 <u>으느-니</u> 기여 고요한 <u>드을에</u>
　　구슬픈 꿈자락 <u>아슴프라-니</u> 떠도는 여름 저녁놀
　　　　　　　　　　　　　　　　　　　─ 「풀우에 누어」(문예월간 1)

　　<u>실조름</u> 아지랑이 서리여있는
　　새나르듯 근심 마을을 <u>포르르</u> 니가 다머서
　　<u>늘봄</u>의 물결사이에 기쁨을 노래하느니
　　새노래와 <u>고기뛰염</u> 끄니지 않는 바닷물결에
　　내 마음을 물오리가치 <u>잠방그리고</u> 있다.
　　　　　　　　　　　　　　　　─ 「내마음 사는 곧」에서 (문학 1)

　'으느-니, 드을에, 아슴프라-니'는 음운을 늘여서 길게 표현함으로써 옛
스러운 느낌과 음악적 효과를 보여주고 있다. 그리고 '실조름, 고기뛰염,
늘봄' 등은 복합명사화를 통해 개인조어로 사용한 것이며, '잠방그리고,
포르르'는 의태어로서 내 마음을 물오리나 새의 움직임에 비유하여 표현
하고 있는 것이다.

　정지용도 시어에서 다양한 개인시어와 조어를 활용하였다.

　　<u>아리라랑 쪼</u> 그도 저도 다 니젓습네, 인제는 버얼서
　　홀로 피우며 가노니, <u>늬긋늬긋 흔들흔들니면서</u>
　　　　　　　　　　　　　　　　　　　─ 「船醉」에서 (시문학 1)

「선취」에서 '아리라랑 쪼' 는 아리랑 조를 음을 늘리고 된소리로 표현하여 새로운 느낌을 살려내었다. '늬긋늬긋 흔들흔들니면서' 는 '늬긋'이나 '흔들'을 되풀이하여 바다를 떠가는 배위에서 흔들거리는 상태를 실감나게 표현하고 있다.

정지용이 사용한 시어들 중 고유어나 개인시어로 볼 수 있는 시어를 여러 가지로 찾을 수 있다. '간열핀, 간조롱해지오, 꼬아리, 벼룻길, 山날맹이, 솔쳐나라, 앙당한, 조찰히, 즘넌출, 핫옷' …… 이러한 시어들은 그 자체만으로는 의미를 파악하기 어렵지만 시 속에 들어가 있을 때는 앞 뒤 문맥에 의해 그 의미를 파악할 수 있게 되므로 그의 시어에는 앞뒤의 연결된 어구에 의해 그 시어가 어떤 시적 의미와 기능을 수행하는가가 중요한 것이다. 정지용도 고유어 또는 개인시어의 선택과 다양한 활용을 통해 시어를 확장하여 한국시의 새로운 경지를 열어 놓는데에 큰 공헌을 하였다.

앞에서 살펴본 주요 동인들 이외의 시인들의 시에서도 조어와 개인시어의 쓰임새를 쉽게 찾아볼 수 있다.

> 한엽는 뭇기억이 <u>닙닙히 나붓</u>네.
>> – 이하윤, 「물레방아」에서 (시문학 1호)
>
> 도라다보는 구름에는 바람이 <u>회살짓는다</u>
>> – 박용철, 「떠나가는 배」에서 (시문학 1호)
>
> <u>아스라-한</u> 山 너머 그 나라에 나를 <u>담숙안ㅅ</u> 고 가시겠습니까?
>> – 신석정, 「나의 꿈을 엿보시겠습니까?」에서 (문예월간 3호)
>
> <u>금잔듸</u> 빗나는 <u>양지짝</u>에 아히들
> <u>오보록이</u> 안저서 <u>도란도란</u> 하는 것 <u>한가롭워</u> 뵈입니다.
>> – 「너는 비둘기를 부러워하드구나.」에서 (문학 1호)

이하윤의 '닙닙히 나붓네' 는 '잎잎마다 나부끼어 흔들거리네' 라는 의

미로 물레방아에 나뭇잎이 붙어 돌아가면서 지난 세월의 추억을 떠올리게 하는 광경을 보여주고 있다. 박용철의 「떠나가는 배」에서 '회살짓는다' 는 '바람이 돌아나간다' 라는 의미를 지닌 신조어로 그 바람에는 화자의 심정이 실려 있다. 신석정의 시에서 나오는 '아스라-한, 담숙, 오보록이, 도란도란' 은 형용사와 부사들로서 거리를 나타내거나 모양이나 소리를 흉내내는 시어로 다른 시적 표현과 어울려 그의 전원적 서정시에 유장하고 부드러운 정서를 더해주는 구실을 하고 있다.

시문학파에서는 이처럼 김영랑, 정지용, 김현구, 신석정 등의 여러 동인들이 조어 또는 개인시어를 풍부하게 사용하고 있어서 그들의 시세계에서 시어의 조탁에 의한 순수서정시의 전개를 확인할 수 있다.

5 장 해외문학파와 시문학파의 비교와 문학사적 의의

1. 해외문학파와 시문학파의 비교

1) 순수문학 지향과 순수시론 정립

해외문학파와 시문학파의 형성과 전개, 문학세계에 대해 고찰한 결과를 바탕으로 두 유파간의 공통점과 차이점을 비교해 보기로 한다.

우선 양 유파의 근본적인 공통점은 순수시와 순수문학의 지향과 순수시론의 전개에 있다.

첫째 순수문학의 지향이라는 점에서 처음 출발 당시에 해외문학의 번역수입을 통해 한국문학의 발전을 목표로 한 해외문학파와 아름다운 서정시를 실현하여 한국문학을 한 단계 끌어올리려는 이상을 가진 시문학파 모두 그 출발은 계급문학과 내용중심의 시가라는 프로문학 진영과의 대립과 극복의지에서 비롯되었다.

1920년대 중반이후 한국문학을 지배하던 계급문학과 내용중심의 시가가 한국문학의 발전을 가로막는 것으로 판단한 이들은 먼저 활동을 시작한 해외문학파와 그 뒤를 이어 활동을 전개한 시문학파가 모두 프로문학파와 대립하면서 문학활동을 전개하였다.

해외문학파의 이론가 이헌구가 중심이 되어 프로문학파의 중심 평론가인 임화 등과 해외문학파의 성격과 장래에 대한 논쟁을 벌인 것에서 이를 먼저 확인할 수 있다.

이헌구는 해외문학파가 특별한 중심을 가진 조직이 아니며 각자의 자유로운 입장에서 조선 현실 문단에 적합한 외국의 진보적 문학을 소개하는 것이 목적이라고 밝혔다. 그리고 《해외문학》의 창간 목적에 대해 직접 외국어로 외국문학을 접촉하고, 외국의 뛰어난 작품을 소개하여 문학적 토양을 비옥하게 하며, 여러 경향의 선진국 문학에 대한 이해를 하기 위해서라고 주장하였다. 이 속에는 해외문학파의 목적이나 실적에 대한 설명과 함께 프로문학에 대한 비판도 자리잡고 있었다.

이에 대하여 임화를 비롯한 프로문학파의 이론가들은 그동안 적대시하면서 맞섰던 민족문학 진영보다 해외문학파에 대하여 비판과 공격을 집중하였다. 임화 등은 해외문학파는 중간파나 제3세력을 자처하지만 사실은 우익적 집단이자 소부르조아적 그룹이며 해외문학에 대한 주관이나 일관성 없는 무주견적 번역의 집단이라고 공격하였다. 그들이 이처럼 적극적으로 비판 공격에 나선 것은 해외문학파가 프로문학 진영의 문제점을 정확하게 파악하고 비판한 것에 대한 위기의식으로 인한 것이었다.

한편 시문학파와 프로문학파 사이에도 논쟁이 전개되었는데 양 유파의 대표적 평론가인 박용철과 임화 사이의 기교주의 논쟁이 그것이다. 해외문학파와 프로문학파 사이처럼 전면적이고 지속적인 논쟁은 아니었지만 문학 작품 특히 순수시의 창작과 전개를 둘러싼 논쟁이라는 점에서 의미가 있다.

임화가 김기림의 기교주의 시를 비판하는 내용에 대해 박용철이 개입하여 양자를 모두 비판하면서 순수시의 이념과 창작에 관련된 자신의 시론을 명확하게 밝혔다. 박용철은 임화가 강조하는 프로문학파의 표제중시, 사상위주, 내용중심의 시를 설명적 변설에 의한 시라고 비판하였다. 그리고 시는 변설 이상이며 특이한 체험이 절정에 달한 순간의 시인이 언어 최고의 기능을 발휘하여 변용시키는 것이라고 주장하며 시의 예술성과 형식성을 강조하였다.

이처럼 당대 시단의 중심세력을 이루고 있던 프로문학 진영에 맞서 해외문학 수용, 순수문학과 순수시의 창작 등을 주장하였던 해외문학파와 시문학파 사이에는 상대 세력들이 거의 동일한 집단으로 인식할 만큼 가까운 문학적 동질성이 바탕을 이루고 있었다.

둘째, 순수시론의 전개에 있어서 먼저 해외문학파의 대표적 시인 김광섭의 경우를 들 수 있다. 김광섭은 후기시 이후로 가면서 그의 시론을 정립하였는데 초기시의 바탕이 되어 있는 낭만적 세계인식에 기초하여 감정과 영감을 중시하는 낭만주의적 시인관과 시론, 중기시에 주로 적용된 시적 인식과 시작방법으로서 지성을 강조한 주지적 시론, 후기시에서 시의 대중화를 지향하는 민중시론으로서의 된장시론을 전개시켜 나갔다.[1]

김광섭이 만년에 자신의 문학관을 '낭만주의 문학관에 리얼리즘을 근간으로 한 민족주의 문학관'[2] 이라고 표현한 점에서도 그의 해외문학파 활동 시기의 낭만주의 문학관을 찾을 수 있다. 그는 '시는 강한 감정의 자성적 방출' 이라는 낭만주의 문학의 전제 아래 '사유(思惟)의 서정화(抒情化)' 를 주장하면서 시인을 선택받은 자로 보았다는 점에서, 시인을 나무에 비유하고 시창작 과정을 생명의 잉태로 표현한 박용철의 생리적 시론과도 통하는 바가 있는 것이다.

시문학파 동인들 가운데 대표적 시론가인 박용철의 시론은 여러 측면에서 의미가 크다. 한국 근대 문학이 전개된 이후 서구문학의 충격과 영향에 따라 변화와 발전을 겪었던 것처럼 박용철이 전개한 순수시론도 서구문학의 영향 아래에서 성립된 외래 지향적 시론의 하나로서 외래지향의 프로시론과 전통지향의 민족주의 시론에 맞서면서 등장한 것이라고 할 수

---

1) 손종호, 『김광섭 문학연구』(충남대 출판부, 1992), 54쪽
2) 김광섭, 「나의 이력서」⑥, 《한국일보》 (1977. 2. 23 - 5. 3)

있다.3)

그는 먼저 하우스만의 시론에서 변설이상의 시론을 끌어내고, 코올리지의 유기체설 (Organic theory)에서 생명체로서의 시를 보는 관점을 형성하고, 마침내 하이네와 릴케의 영향을 받아들여 생리의 시론을 정리하며 그의 심미주의적 존재론의 시론을 완성하게 된다. 이를 종합한 본격시론에서 그는 시의 창작과정을 자연의 생명질서나 생리적 현상 가운데에서 찾으려고 하였다.

박용철은 시창작의 최종 과정을 교묘한 배합과 참을성 있게 기다려야 하는 변종발생의 기회라고 정리하였는데, 이는 시창작에서 의도적이거나 이성적인 기교보다는 자연스럽고 생리적인 기다림이 더욱 필요하다는 것을 의미한다.

박용철은 하우스만, 하이네, 릴케 등 외국의 시인들에게서 받은 영향을 토대로 소박한 낭만주의적 시관에서 시작하여 여기에 자신의 전통 지향성을 결합하여 한국적인 순수시론을 정립하였다. 이는 그의 문학사적 위치를 시인보다는 시론가나 평론가로 더 확고하게 자리잡게 하였으며 시문학파 동인들은 물론 당대 시단에까지 영향을 끼쳐서 한국 현대시 발전의 한 단계를 이루었다.

이처럼 해외문학파와 시문학파 사이의 가장 큰 공통점으로 순수시론의 정립과 적용 등 이론과 창작에 걸친 순수문학 지향성을 들 수 있다. 김광섭과 박용철의 시론의 바탕에 깔린 낭만주의적 문학이론은 그들이 앞장서서 활동하였던 양 유파의 기본노선이 되어 순수문학의 흐름을 이끌어낸 원동력이 되었다. 그 중에서도 더욱 이론적으로 가다듬어진 것이 이른바

---

3) 오세영, 「근대시의 형성과 그 시론」, 한국현대문학연구회편, 『한국현대시론
   사』(민음사, 1992), 27쪽

박용철의 심미적 순수시론으로서 이는 1920년대의 근대적 시론을 뛰어넘은 본격적인 현대적 순수시론으로 평가받고 있으며 이를 바탕으로 한 시문학파 동인들의 순수서정시 전개가 이어졌다.

해외문학파와 시문학파의 문학활동상의 또 다른 공통점의 하나로 들 수 있는 것은 해외문학에 대한 수용의지이다. 해외문학파의 출발 자체의 동기나 목적이 외국문학 작품의 번역소개에 있었던 것은 이미 알려져 있지만 시문학파도 이러한 주장에 직접 간접으로 동조하며 활동하였던 것이다.

이는 그들의 발표무대였던 《시문학》, 《문예월간》, 《문학》 등에서 빠짐없이 외국문학 특히 외국 서정시가 번역 소개되었으며, 해외문학파 동인들을 필자로 참여시킨 것은 물론 시문학파 동인들이 스스로 번역에 참가하여 소개하기도 했던 것을 보면 알 수 있다. 물론 여기에는 시문학파 동인 가운데 해외문학파 동인으로 활동한 이하윤이 문예지 편집일을 함께 맡았고, 이를 주도했던 박용철이 외국서정시에 큰 관심을 가지고 직접 많은 시들을 번역했던 독문학도였다는 사실이 바탕이 되었다. 일부 연구자들은 이러한 이유를 들어 두 유파를 하나로 묶어 설명하기도 했지만 이는 이들의 공통점의 한 가지일 뿐이며 또 다른 차이점이 있으므로 이들을 독립적인 유파로 보는 것이다.

2) 순수서정시의 비교

1920년대는 카프 중심의 편내용적 이데올로기 지향의 문학이 주류를 이루고 있었다. 이에 대하여 민족문학 진영의 민족의식과 전통지향의 문학이 대립적으로 맞서고 있었으나 이를 저지하지는 못하였다. 하지만

1920년대 후반에 등장한 해외문학파와 1930년대 초에 출발한 시문학파의 선도적 활동으로 편내용성의 극복을 통한 순수문학의 다양한 전개라는 새로운 문학흐름이 시작되었다. 그 중에서도 해외문학파는 순수문학의 이론적 제시에서, 시문학파는 순수서정시의 창작면에서 문학사적으로 크게 기여하였다. 해외문학파의 활동양상을 살펴보면 대부분의 동인들이 외국문학 번역에서 출발하여 번역활동을 전개하다가 한계에 부딪치자 여러 분야의 창작으로 나서게 되었으며 그 중에서도 시 분야에는 이하윤과 김광섭이 주력하였다.

하지만 이하윤이 시문학파 동인으로 다시 참가함으로써 해외문학파에서 창작시를 발표한 동인은 김광섭에 한정되었으며 그의 초기시에만 해당되어 양적, 질적으로 많이 부족한 편이라고 할 수 있다.

1935년에 발간된 《시원》은 당시 해외문학파와 시문학파 동인들의 시를 비롯한 순수서정시가 주로 발표된 시전문 동인지였다. 김광섭도 이 《시원》에 창작시를 처음 발표하여 꾸준히 작품활동을 전개하였다.

「고독」,「동경」 등의 대표적인 초기시들에는 관념어가 많이 등장하여 시대상황을 의식한 은유적 표현이라는 지적과 지나친 관념의 남발이라는 상반된 평가를 듣기도 하였다.

순수서정시의 서정성은 두드러지지 않는 편이나 그 시들에도 방언, 고유어, 개인시어가 어느 정도 활용되었으며 특히 관념어의 속성을 가지는 한자어가 많이 사용되었음을 알 수 있다.

시문학파는 전체적인 활동 동인들의 수가 해외문학파에 비해 적은 편이나 그 활동영역이 모두 서정시의 창작에 있었던 만큼 훨씬 많은 작품들을 발표하였다.

그리하여 시문학파는 김영랑, 정지용 등의 대표적인 서정시인들의 시작품을 통해 음악성과 이미지를 바탕으로 한 서정성을 펼쳐 보였다.

그리고 박용철은 시문학파의 서정시인들이 펼쳐 보인 순수서정의 세계를 심미적 순수시론이라는 현대적이고 개성적인 시론으로 뒷받침하였다.

시문학파 동인들 가운데 김영랑, 김현구, 이하윤의 시들에서 음악성을 중심으로 한 서정시의 세계를 두드러지게 찾아볼 수 있었고, 정지용, 박용철, 신석정의 시들에서는 이미지를 중심으로 한 서정시가 다양하게 전개되었다. 이들의 시는 다양한 시어의 활용을 통해 서정성을 아름답게 형상화하였다

우선 김영랑을 중심으로 방언을 의도적으로 선택하여 향토적 정서와 미묘한 감정을 함께 살리는 작품들이 발표되었다. 그리고 고유어와 옛말투, 한자어를 시인이나 작품에 따라서 적절히 시어로 활용함으로써 부드러운 느낌과 강렬한 주제의 전달에서 효과를 보여주었다. 또한 개인시어나 조어의 면에서도 이들은 다양한 활용을 통해 시인의 의도와 정서의 표현에 성공하고 있다.

해외문학파와 시문학파 시인들의 창작시에서 그들이 사용한 시어를 앞에서 표준어와 방언, 고유어와 한자어, 조어 또는 개인시어로 나누어 살펴보았다.

첫째, 표준어와 방언의 사용 측면에서 보면 해외문학파 동인들의 시는 방언의 시어사용이 거의 없는 편이며 대부분 표준어를 시어로 구사하면서 상징적이고 관념적인 의미와 주제를 주로 표현하고 있다.

반면에 시문학파 동인들은 방언을 의도적으로 많이 시어로 활용하여 시에서 향토성과 서정성을 잘 살려내고 있다. 특히, 김영랑과 김현구는 전라도 태생으로서 전남 남부 방언을 시어로 구사하여 표준어로 나타내기 어렵거나 미묘한 정서들을 효과적으로 형상화하였다.

둘째, 고유어와 한자어의 사용 측면에서 보면 해외문학파 동인들의 시에서는 고유어보다는 한자어의 사용이 두드러진 편이었다. 특히 김광섭은 초기시들에서 지나치게 많은 비율로 한자어를 시어로 구사하여 추상적이거나 관념적인 내용과 주제를 형상화하였다.

반면에 시문학파 동인들의 시에서는 개인별 차이가 있기는 하지만 고유어의 쓰임새가 두드러져서 전통지향의 서정성을 잘 드러내고 있다. 특히 김영랑은 한자어와 외국어의 사용을 절제하면서 고유어를 풍부하게 활용하여 시문학파의 동인으로서 아름답고 서정적인 시어 구사의 대표적 시인으로 꼽히고 있다. 그리고 김현구도 한자어와 외국어보다는 고유어를 많이 활용하여 시어의 조탁과 활용에 기여하였다.

정지용은 한자어와 외국어를 함께 고루 사용하여 동양적 세계관을 바탕으로 한 모더니즘의 수용과 실천이라는 특징을 드러내고 있다. 그리고 신석정은 외국어는 없지만 한자어를 많이 사용하여 동양적 사상을 기반으로 한 전원의 세계를 추구한 시들을 보여주고 있다.

셋째, 조어 또는 개인시어의 활용 측면에서 보면 김광섭을 비롯한 해외문학파 동인들의 시에는 별로 많이 사용되지 않은 편이지만, 시문학파 동인들의 시에서는 시어에 대한 자각을 토대로 하여 조어나 개인시어들이 다채롭게 활용되고 있다.

김영랑, 김현구, 정지용 등의 시에서 찾을 수 있는 여러 가지 조어나 개인시어는 이들이 우리 국어의 다양한 모습을 찾아 시어로 조탁하여 우리 시어의 수준을 높였다는 문학사적 평가의 근거로 확인할 수 있다.

시어의 활용 면에서도 해외문학파 동인들보다는 시문학파 동인들의 경우에서 방언, 고유어, 개인시어 등 다양한 시어의 선택과 활용이 이루어졌음을 알 수 있다. 이는 해외문학파보다는 시문학파 동인들이 순수서정시를 다양하고 수준높게 창작하였기 때문이다. 해외문학파는 창작시보다는 해외문학의 번역소개나 순수문학의 이론적 필요성 정립 등 이론적 측면에 더 주력하였던 것이다.

시문학파 동인들의 순수서정시를 김영랑, 김현구, 이하윤 등의 음악성을 잘 살린 시와 정지용, 박용철, 신석정 등의 이미지가 잘 표현된 시로 나누어서 살펴보았는데 이들의 시는 모두 당시 한국 현대시에서 순수서정의 형상화라는 새롭고 의미있는 흐름의 출발이 되었다.

이처럼 그 이전의 시인들에게서 보기 힘들만큼 우리 국어에 대한 자각을 바탕으로 아름답고 섬세한 시어, 음악성과 이미지를 살려주는 시어, 방언, 고유어, 옛말투, 의성어와 의태어, 신조어 등을 적절하게 활용함으로써 순수서정시의 진수를 보여준 것이 바로 시문학파 시인들이었던 것이다.

2. 해외문학파와 시문학파의 문학사적 의의

해외문학파는 우리 근대문학의 건설에서 자신들이 의도했던 해외문학의 수입과 소개를 통해 우리문학을 완성시키고자 시도했던 유파였으며 한국 현대시의 성립과 발전의 과정에서 많은 기여를 하였다.

해외문학파가 《동아일보》, 《조선일보》 등 각 신문사의 학예면을 주도하고 《문예월간》, 《극예술》 등의 잡지나 동인지에서 편집인의 위치를 차지하여 영향력을 발휘하면서 활동하던 1930년대 전반기에는 끊임없이 프로문학에 대한 대타성이라는 이념상의 문제를 상기시키면서 그 문제점을 제기하고 대안을 모색하려는 노력을 기울인 점들에 대해서는 높게 평가하고 있다.

반면에 해외문학파가 정작 기대만큼 자신들이 설정한 목표와 역할에 부응하지 못했고 조선의 특수성을 인지하면서도 스스로의 역량으로 외국문학의 조선적 기여에 대해 뚜렷한 자각이나 실천을 행하지 못했다는 평가[4]도 있기는 하다.

또한 해외문학파를 비평에 중심을 둔 넓은 범위의 유파로 보면서 우리의 주체적인 문학비평을 수립하지 못하고 서구문학의 대리점 노릇을 하려 했다고 비판하는 부정적인 평가[5]도 있었다.

해외문학파의 외국문학 수용이라는 공통의 목표는 그 동안의 단편적인 외국문학 수입 역사에 하나의 전환점을 가져오게 되었다. 그들이 《해외문학》 창간호의 권두사에서 선언한 외국문학의 수입, 우리문학의 건설이라는 대명제를 실현하기 위한 외국문학의 번역소개와 연구라는 입장에 대해 정인섭, 이헌구, 이하윤, 김진섭 등의 주요 이론가들이 평론의 형태로 제시하였다.

그중 정인섭이 외국문학 번역을 위해 「《해외문학》의 창간」에서 제의한 '작품번역 태도는 충실하게, 이중 삼중역을 피하려는 자각을 가지고, 우리말을 완성시키자'라는 기본적 자세는 그들의 공통적 인식으로 작용하여 외국문학 작품번역의 성실성을 확보하고 근대 번역문학을 본궤도에 올려놓게 되었다.

그들은 특히 '우리말을 완성시키자' 라는 셋째 항목에 대해 관심을 가지면서 국어의 풍부한 활용과 신조어 사용 문제에 공통으로 노력하였다. 여기에는 《해외문학》 창간호에 대한 양주동의 비판 곧 그들의 시 번역에 대한 '비어(非語)' 사용이라는 비판에 맞서 제기한 주장이 담겨 있다. 김진섭, 정인섭, 이헌구 등에 의해 제시된 그들의 견해에 따르면 서구시가

---

4) 김윤식, 앞의 책, 155쪽
5) 조동일, 『한국문학통사』5권 (지식산업사, 1988), 241쪽

지니는 독특한 감정을 번역으로 나타내기 위해서 부득이하게 신조어인 비어를 사용하게 되었다는 것이다. 이를 위해 외국어 차용, 직역, 자국어에 새로운 의미 부여라는 세 가지 방안을 제시하면서 고어발굴 활용과 신어 창조 조화라는 두 가지 요소를 통한 신조어 생산이 필요하다고 주장하였다.

그들의 한글사용에 대한 좌담회를 통해서도 정리되었던 이러한 국어에 대한 인식은 외국시 번역과 시창작에서도 반영되었으며, 그 의식과 실천은 시문학파 동인들에게 계승되어 순수서정시의 개화를 가져오기에 이르렀다.

우리의 근대적 번역문학은 무책임한 번안(飜案)과 초역(抄譯)이 이루어지던 제1기와 《태서문예신보》 창간과 김억의 등장으로 체계적인 번역이 시작된 제2기를 거쳐서 정립되기 시작하였다. 그래서 "專門은 專門家에 의하여!"라는 구호 아래 김억 1인 번역체제가 무너지고 각국 문학작품의 번역이 해외문학파라는 조직체에 속한 각국 문학 전공자들에 의해 전공별로 분담되어 이루어진 시기가 번역문학 제3기라고 할 수 있다.

이때부터는 전문적이고 체계적인 문학작품 번역이 자리를 잡고 해외문학파라는 집단이 문단에 하나의 세력으로 자리매김하면서 한국문학에 본격적으로 영향을 끼치기 시작한 시기이기도 하다.

이러한 시기구분에 따라 번역문학 제3기의 주축이 된 해외문학파의 문학사적 의의를 다음과 같이 정리할 수 있다.

먼저 외국문학을 번역 소개할 수 있는 외국어 전문가를 확보하여 외국문학을 번역 수용하여 한국문학을 발전시키려는 의욕과 패기를 보여주면서 과거 번역의 문제점인 번안이나 초역을 물리치고 본격적으로 외국문학의 직접번역을 수행하였다.

둘째, 전문가에 의한 충실한 번역, 정확한 소개, 진지한 연구의 구호 아래 외국문학연구회를 결성하여 한국문단에 번역문학의 세력을 조성하고, 한국 번역문학을 인적 구성이나 실제 작업 면에서 정상궤도로 올려놓은 전기를 마련하였으며, 양주동과의 번역문학 논쟁을 통해 본격적인 번역바람과 번역이론에 대한 관심을 불러일으켰다.

셋째 《해외문학》을 통하여 여러 영역과 작가의 외국문학 작품을 번역 소개하였다. 특히 표현주의, 미래파 문예이론과 그 작품들을 번역하여 현대적 문예이론을 도입하고자 하여 한국 현대문학에 자극을 주어 다양한 발전의 계기를 가져왔다.

넷째, 임화나 송영 등 프로문학파와의 사회정세와 문화발전에 관한 논쟁을 통해 프로문학파의 계급문학과 내용중심의 시, 국제주의의 추종 문제를 비판하였으며 이를 통해 당시 문단에 새로운 세력의 하나로 자리잡으면서 순수문학의 터전 구실을 하였다.

다섯째, 《해외문학》에서 시작하여 《극예술》, 《문예월간》, 《문학》, 《시원》 등의 직간접적인 기관지나 동인지를 통해 외국문학 작품번역은 물론 시창작, 수필개척, 연극활동 등 한국 현대문학의 다양한 발전 경로에 여러 가지로 참여하였다.

여섯째, 그들은 외국문학의 도입에서 시분야에 중점을 두어서 시번역이나 시창작에 힘을 쏟았으며 시문학파의 순수서정시, 《시원》의 내면성 지향의 서정시 등에 함께 참여하여 이후 1930년대 시문학파 중심의 순수 서정시의 흐름에 영향을 끼쳤다.

특히 해외문학파는 외국문학의 번역소개를 통한 한국문학의 건설이라는 목표를 내걸고 등장하여 1920년대 프로문학 진영의 계급문학, 내용중심의 문학을 비판하였다. 이를 통해 순수문학과 순수서정시의 필요성을 제기하여 1930년대 시문학파와 함께 순수서정시의 전개를 이끌어내서 한국현대시사에 큰 기여를 하였다. 대표적 이론가인 이헌구, 정인섭이 평론에서 계급문학 비판과 순수문학 지향을 주장하였고 대표적 시인인 김광섭, 이하윤은 창작시에서 추상적이고 관념적이거나 전통적인 면에서 개성 있는 시세계를 보여주었다. 이들 해외문학파 동인들은 순수문학 이론의 측면에서 더 크게 기여하였지만 순수서정시의 양적, 질적 측면에서는 부족한 점들이 많았다.

여러 가지로 대내외적 요건만 갖춰졌다면 해외문학파는 그들의 의지와 전문가적 능력으로 번역문학의 전개를 통해 전통과 외래의 조화 속에 한국문학의 근대적 완성이라는 그들 초기의 목표를 달성할 수 있었을 것이다. 그러나 그들은 일제 강점기라는 특수한 현실에 따른 문단 내외의 여러 한계로 인해 외국문학의 수용을 통한 한국문학의 발전이라는 그 이상을 제대로 실현하지 못했다. 그래서 그들은 방향을 바꾸어서 대부분의 동인들이 창작의 길로 나섰기 때문에 해외문학파의 본질적 목표는 제대로 달성하지는 못한 셈이다. 하지만 순수문학의 터전으로 자리잡으면서 다방면의 창작을 통해 시문학파의 순수서정시 전개에 영향을 끼친 점에서 큰 의의를 가진다고 볼 수 있다. 그들 가운데 일부라도 번역에만 지속적으로 전념하거나 시인, 작가, 평론가, 교사로 있으면서 번역작업을 계속 이어갔다면 한국의 번역문학은 더 일찍 확실한 자리를 잡았을 것이라는 아쉬움을 남겼다.

시문학파 동인들의 시에서 찾을 수 있는 큰 특징은 시어의 심미적 기능을 통한 시적 구조의 역동성이 잘 살아있다는 점이다. 시문학파 이전의 1920년대 시인들, 특히 카프파 시인들은 이념을 표출하기 위해 개념지시 위주의 시어를 주로 사용하였으며 이에 맞섰던 민족문학파 시인들도 정도

의 차이는 있을망정 역시 내용전달 위주의 시어를 많이 사용하였다. 시문
학파는 이러한 현상을 극복하기 위해 '문학의 성립은 민족어의 완성'[6]이
라는 기본명제를 품고서 출발했으므로 그 동인들은 모두 시어의 조탁과
활용에 큰 관심을 두었으며 그들의 작품 속에서 이를 실현하고자 노력하
였다.

시문학파의 가장 큰 시사적 의의는 시어, 이미지, 제재, 비유 등이 긴밀
하게 조화를 이룬 역동적인 언어구조의 형상화를 통해 한국시의 현대화를
실현한 것이다. 이는 그 이전의 한국시에 보이는 소박한 운율의식, 감정발
산의 매체로 이용되는 자연 사물 등의 수준에 비교하면 한국시의 현대적
수준을 끌어올리고 한국어의 시어적 가능성을 실현한 것으로 평가하는데
이견이 없는 것이다.

특히 그들이 사용한 시어는 기존의 시에서 사용한 것보다 훨씬 다채로
운 것이었다. 먼저 표준어나 일상적인 용어들 외에도 많은 방언을 시어로
활용하여 지역적 정서와 향토성, 미묘한 감정의 변화를 표현하였으며 고
유어를 잘 활용하여 전통적 서정성을 살렸다. 그리고 조어나 개인 시어,
의성어나 의태어를 통해 음악성을 드러내는 등 시문학파 시의 특성을 가
장 잘 보여주었다.

다음으로는 1920년대 후반기 프로문학의 편내용성이라는 근본적 문제
점을 극복하고 문학의 자율성을 확립하면서 시의 본질에 대해 깊이있게
탐구하는 순수서정시를 창작한 점이다.

시문학파 동인들이 한국현대시에 기여한 가장 중요한 공헌은 획일적이
던 1920년대 후반 이후 프로문학 진영의 계급문학, 내용중심의 시 일변도

---

6) 《시문학》 창간호 「후기」

에 맞서서 새로운 순수서정시를 전개한 점에 있었다. 내밀하고 아름다운 개인서정의 자유로운 표현, 운율과 이미지의 활용을 통한 형식미의 실현, 앞에서도 여러 동인들의 시에서 살펴본 것처럼 한국어의 시적 가능성의 실현과 아름다운 서정의 형상화 등에서 우리시를 수준높은 현대시로 끌어 올린 것이었다.

이러한 시문학파의 작업은 30년대 중반 이후 모더니즘 시운동, 생명파 와 청록파, 그 외의 다른 새롭고도 다양한 여러 시인들에 의해 한국 현대 시의 활발한 성숙을 가져오는 기본적 바탕이 되었다. 그리고 그들이 추구 한 새로운 시적 구조는 외래성과 전통성의 조화, 변혁성과 지속성의 통합 에 의해 이루어졌다. 그 이전의 비극적 현실인식과 민요시적 율격을 계승 하고 언어적 각성을 통해 감각적 이미지를 형성해 냄으로써 전통의 계승, 순수성과 현대성의 추구를 위한 새로운 방향모색이라는 두 가지 측면의 성과를 이루어낸 것이다.

시문학파가 내세우면서 실천한 성과들은 그들이 추구한 문학적 방향이 자 1930년대 한국시가 나가야 할 방향이었다. 그러므로 시문학파의 등장 과 활동은 동인들 개개인의 문학활동이나 한 유파로서의 문학활동에 그치 는 것이 아니라 한국현대시의 방향을 설정하고 추진해 나간 시사적 의의 를 가지는 것이다.

끝으로 시문학파 동인들의 시작품이 보여주는 공통적인 한계점으로 꼽 을 수 있는 것은 나중에 기교주의 논쟁을 유발시킬 정도로 시의 형식이나 기교면에 치중하면서 생기는 내용의 부실이라는 측면이다. 많은 동인 시 인들의 시작품이 새로운 시형식을 추구하면서 언어의 조탁이나 참신한 비 유, 음악성과 이미지의 활용 등에 몰두하다 보니 시의 또 다른 중심축인 내용에 소홀하게 되었다.

　개인의 깊이 있는 함축적 내면세계는 물론 이웃과 사회의 상황, 일제 강점기 시대라는 국가와 민족의 현실이 시에 제대로 반영되지 못하여 현실인식이 제한된 것은 시문학파의 시인들이 공통으로 가졌던 가장 큰 문제점으로 지적될 수 있다. 시에서 형식과 내용은 양자택일의 문제가 아니라 참신한 형식 속에 깊이 있는 내용이 함께 조화를 이루어야 이상적인 훌륭한 작품이 되는 것이므로 현실을 외면하면서 이상만을 추구한 것은 많은 시문학파 시인들의 시작품들에서 지적되는 중요한 한계점인 것이다.

6 장 나오면서

이제까지 해외문학파와 시문학파에 대해 비슷한 성격을 가지고 있으면서도 독립적인 두 유파로 보면서 그들의 형성과 전개과정을 살펴보고, 두 유파의 문학세계를 현대문학이론이나 순수시론, 서정시의 전개 등 몇 가지 특징 면에서 고찰하였다. 그리고 두 유파의 문학적 특징을 중심으로 공통점과 차이점을 비교하였다.

그 동안의 고찰 결과를 정리해 보면 다음과 같다.

해외문학파는 동경 유학생들 가운데 외국문학 전공자 7명이 모여 1926년에 외국문학연구회를 결성하고 준비를 한 뒤 1927년 1월 《海外文學》이라는 동인지를 창간함으로써 외국문학의 번역소개를 통한 한국문학의 건설이라는 목표를 내걸고 당시 프로문학파와 민족문학파 사이에 등장하여 활동을 시작한 신흥 문학세력이었다.

그들은 《해외문학》 1, 2호를 발간하면서 전후기로 많은 동인들을 확보하였으며 시, 소설, 희곡 등의 번역과 외국문학 관련 평론 등을 통해 당시 외국문학 번역의 수준을 한 단계 발전시키는 업적을 남겼다.

그리고 순수서정시 중심의 번역활동으로 이후에 등장한 시문학파와 유사한 성격을 유지했으며 창작활동의 병행으로 한국문학 발전에 직접 참여하였다.

그 중에서도 정인섭, 김진섭, 이하윤, 이헌구, 김광섭이 활동면이나 작품면에서 가장 뚜렷한 자취를 남긴 동인들이었다. 특히 이하윤과 김광섭은 번역시는 물론 창작시에서도 많은 활동을 보여주었으며 이하윤은 시문학파 동인으로, 김광섭은 해외문학파 동인으로 창작시를 발표하였다.

그들은 이후 《극예술》을 통해 연극무대에도 공헌하였으며 시문학파의 《문예월간》과 《문학》 그리고 《시원》에도 집필자로 참가하여 번역문학을 통한 한국문학 발전이라는 그들의 문학적 방향을 실현하고자 노력했으며 시문학파와 순수서정시의 지향이라는 면에서 같은 의식을 공유하면서 직간접으로 교류하며 활동하였다.

해외문학파의 가장 큰 특징으로 시작품 중심의 외국문학 작품 번역과 해외문학이론 소개를 들 수 있다. 《해외문학》에 수록된 번역작품 가운데에는 시작품의 번역이 높은 비중을 차지하고 있으며 평론들은 시와 관계 깊은 내용들이 많았다. 19세기 영국, 미국, 프랑스, 독일, 러시아 시인들의 짧은 서정시를 주로 번역한 그들은 순수시와 순수문학에 대한 관심을 지속적으로 보여주었다. 그리고 당시에는 새로운 사조였던 표현주의와 미래파 문예이론을 도입 소개하였다. 김진섭의 번역논문인 「표현주의 문학론」과 미래파 희곡인 「월광」의 번역을 통해서 새로운 외국문예이론에 대한 관심을 나타내면서 이를 국내에 소개하였던 것이다. 넓은 의미의 모더니즘에 속한다고 볼 수 있는 표현주의와 미래파 문예이론의 도입 소개는 이후 우리 문학이나 시에서 형식의 새로움과 실험성을 실천하면서 변화와 발전을 이끌어내는데 공헌하였다. 다음으로 그들은 외국문학 작품의 번역과 비해외문학파 동인들인 양주동, 최재서 등과의 번역논쟁을 통해 한국문학의 근대적 번역의 기초를 확립하였다.

해외문학파 동인들은 평론을 통해 프로문학 진영과 논쟁을 벌이면서 계급문학 비판과 순수문학에 대한 관심을 나타내었다. 그리고 이를 통해 시문학파에 순수서정시의 추구라는 이론적 근거를 제시하였다. 그리고 여러 방면의 창작활동을 시작했지만 그 시기의 창작시는 김광섭, 이하윤, 정인섭 등의 경우에 그쳐서 양적 질적으로 부족한 편이었다.

김광섭의 시는 표준어와 한자어 위주로 시어를 사용하여 주제의 관념성을 두드러지게 나타냈으며 시어의 조탁과 음악성이라는 측면에서는 시문학파 시인들의 시에 견줄 것이 없었다.

해외문학파의 한계점으로는 처음의 목표였던 외국문학 번역에 대한 동인들의 지속적인 관심과 실천이 이루어지지 못해 번역문학의 발전이 끝까지 추구되지 못한 점과, 많은 동인들이 모였으면서도 뚜렷한 구심점이 없어서 체계적인 문학활동이 이어지지 못하였으며, 시나 희곡 분야에서 좀 더 본격적인 작품의 창작이 이루어지지 못한 점들을 들 수 있다.

시문학파는 1930년 박용철, 김영랑의 주도로 정지용, 이하윤, 정인보, 변영로 등이 동인으로 참가하여 《시문학》을 창간함으로써 문단에 등장한 순수서정시 지향의 문학유파였다. 그리고 뒤이어 《문예월간》과 《문학》을 간행하면서 발표지면을 계속 확보하였고 그 가운데 김현구, 신석정, 허보 등 후기 추천동인 3인이 합류하였다.

시문학파 동인들의 시작품들은 그 무렵 우리 시단에 자주 발표되던 프로문학 진영이나 민족문학 진영 시인들의 시와는 크게 다른 참신한 내용과 새로운 표현기법들이 어우러져 문단에 신선한 충격을 주었다. 그들은 맑고 깨끗한 시적 내용과 국어의 시어적 자각을 통한 언어의 조탁으로 1930년대 벽두부터 현대시의 흐름을 새롭게 전개해 나가면서 순수서정시의 선구자 역할을 하였다.

시문학파는 그동안 정치적, 사회적 목적의식에 사로잡혀 내용성만을 추구하던 카프의 시들을 배격하면서 순수성 또는 시 본연의 예술성을 추구하였다.

시문학파의 문학세계는 순수시론의 정립과 순수서정시의 전개에 그 특징이 있었다. 박용철은 하우스만, 하이네, 릴케 등 외국의 시인들에게서 받은 영향을 토대로 소박한 낭만주의적 시관에서 시작하여 여기에 자신의 전통지향성을 결합하여 한국적인 순수시론을 정립하였다. 그는 심미적 시론을 확립함으로써 그 자신이 시인보다는 시론가나 평론가로 더 인정을 받게 되었으며 시문학파 동인들은 물론 당대 시단에까지 크게 영향을 끼쳤다.

그리고 박용철은 임화, 김기림과 관련된 기교주의 논쟁을 통해 프로레타리아 문학론과 모더니즘 시론을 거부하고 예술파 순수시론을 옹호하였다.

각자 프로문학, 모더니즘, 시문학파 진영의 대표적 평론가들이던 임화, 김기림, 박용철이 함께 참여한 이 논쟁은 각 진영의 시론을 제기하면서 어느 쪽도 상대방을 굴복시키지는 못하였다. 이에 따라 서로의 영역에서 시를 창작하여 나감으로써 1930년대의 다양한 시문학의 전개를 보여주게 되었다.

시문학파 동인들의 시작품에서 보이는 가장 큰 특징은 내면의 아름다운 정서를 부드러운 시어와 감각적인 운율로 형상화한 순수서정시의 추구이다. 대부분의 동인들의 시작품에서 공통적으로 보이는 순수서정시적 특성은 1920년대 중반 이후 한국현대시의 중심을 이루고 있던 카프진영의 프로시에 대한 대립적 입장에서 시문학파가 추구한 순수서정시 운동의 결과로 나타난 것이다.

그 중에서도 그들의 시세계를 크게 음악성 중심과 이미지 중심의 두 유형으로 볼 수 있다. 먼저 음악성과 운율 중심의 서정시는 시문학파 동인들이 달성한 가장 개성있는 방향이며, 김영랑을 대표로 하여 김현구와 이하윤의 시에서 두드러지게 나타났다. 그들의 시는 방언과 고유어, 의태어와 의성어, 음성상징어 등 국어의 다양한 시어를 활용하여 내면적 정서를 음악성에 실어 잘 표현하고 있다.

다음으로 이미지 중심의 서정시는 정지용을 대표로 하여 박용철과 신석정의 시에서 두드러지게 표현되었다. 정지용의 시에 주로 보이는 자연과 바다의 이미지는 시각적 이미지와 결합하여 감정을 배제하고 내면세계를 시적으로 표현하였으며, 박용철은 직유와 은유의 이미지를 활용하여 주제의식과 분위기를 나타내고 있다. 그리고 신석정은 동물이미지와 식물이미지의 자연스러운 결합을 통해 전원 속에 사는 화자의 정서를 시각적으로 형상화하고 있다.

특히 시문학파 동인들이 높게 평가받는 것은 시어의 심미적 기능을 통한 시적 구조의 역동성을 잘 살리고 있는 점에서이다. 가장 대표적인 동인으로 들 수 있는 김영랑은 국어에 대한 시적 자각을 바탕으로 하여 방언, 고유어와 옛말투, 조어와 개인시어를 다양하고 의미있게 활용하여 내면의 서정성과 음악성을 잘 드러내고 있다.

김현구의 시에서는 방언, 고유어, 조어 또는 개인시어가 김영랑에 못지않게 여러 가지로 쓰였음을 보았다.

정지용은 고유어와 한자어가 대등한 비율로 다양하게 사용되었으며 또한 개인시어가 풍성하게 등장하고 있다. 신석정, 이하윤, 허보 등의 경우에는 상대적으로 한자어, 개인시어의 비중이 비교적 높게 사용되었음을 볼 수 있다.

각 시인들이 주로 활용한 시어의 영역은 조금씩 달랐지만 그들의 방언, 고유어, 한자어, 조어, 개인시어 등 다양한 영역에 걸친 풍부하고 생생한 시어의 활용은 우리 현대시에서 국어에 대한 자각을 바탕으로 시어를 자유자재로 조탁하여 순수서정시를 형상화하였다는 시문학파의 문학사적 업적의 하나임을 확인할 수 있다.

시문학파의 한계로는 언어의 조탁, 음악성의 추구라는 형식적 측면만을 강조하여 시의 또 다른 중심축인 내용과 의미에 대한 소홀함으로 인해 시적 조화를 잃은 점을 들 수 있는데, 특히 기교주의로 비판받을 만큼 지나치게 형식적 차원에 매달려 당대의 사회 역사적 현실이 제대로 반영되지 않은 작품들이 많았다.

시문학파는 이러한 한계점이 있음에도 불구하고 한국시의 현대성을 선구적으로 실현하는데 공헌하였다. 그들의 순수서정시의 추구는 이에 대한 계승과 비판을 내세운 모더니즘 시운동, 인생파, 자연파 등의 다양한 시적 전개를 통해 1930년대 한국 현대시의 활발한 흐름을 이끌었으며 이 흐름은 오늘의 한국 현대시에까지 이어지고 있는 것이다.

해외문학파와 시문학파는 1927년과 1930년이라는 동인지 간행의 시기에서 약 3년의 시간차가 있기는 하지만 본격적인 동인들의 문학활동 시기는 1930년대 전반기 즉 1930년에서 1935년에 걸친 시기라는 점에서 공통점을 보이고 있다.

해외문학파는 《해외문학》을 2호까지 발간한 다음 그들의 관심분야 중의 하나인 연극분야에서 극예술연구회의 이름으로 《극예술》을 간행하기도 하였으며 다음에는 《시원》을 통해 그들의 관심 영역인 해외문학의 번역 소개와 시창작에 계속 나섰다. 그리고 시문학파의 동인지라고 할 수 있는 《문예월간》, 《문학》 등은 편집자인 박용철의 의욕대로 창작시뿐만 아니라 시조, 수필에다 외국시의 번역에까지 이르는 종합 문예지의 성격을 지니고 있었다. 《시문학》에도 '외국시집'이라는 항목으로 외국의 번역시가 동인들에 의해 소개되었으며 《해외문학》에는 번역시 중심으로 외국문학이 소개되었으므로 외국의 번역시는 해외문학파와 시문학파의 문학활동 중 가장 먼저 찾을 수 있는 공통점으로 볼 수 있다.

두 유파의 동인들은 순수문학과 서정시의 추구라는 점에서 비슷한 문학적 방향성을 가지고 있었으며 또한 해외문학, 특히 서구의 근대적 자유

시에 대한 관심과 번역을 통한 수입소개에 나섰다는 점에서 공통점을 보였다. 해외문학의 소개와 현대적 서정시의 추구라는 각각 뚜렷한 문학적 방향성을 지니고 있었으며 이를 통한 한국문학의 건설과 발전이라는 궁극적 목적을 위해 노력하였다.

이 목적을 달성하기 위해 그들이 내걸었던 해외문학 소개와 현대적 서정시 창작이라는 분야에 서로 참여하였다. 즉 해외문학파는 현대 서정시를 창작하고 시문학파는 해외시를 번역 소개하기도 하였던 것이다. 이러한 두 가지 영역에 참여한 대표적인 동인이 이하윤과 박용철로서 이들은 두 유파의 대표적 동인이면서도 시문학파에서 동인지 간행과 편집의 일을 함께 진행해 나갔다.

본 연구는 그동안 개별적이고 단편적으로 이루어져 왔던 해외문학파와 시문학파를 종합적으로 연결하여 고찰하고자 하는 목적에 따라 이루어진 것이다.

그동안 해외문학파를 하나의 문학유파로 묶어서 정리한 경우가 많지 않으며 시문학파에 대한 종합적 연구도 최근의 몇몇 연구자에 의해 시도되고 있지만 전에는 대부분 정지용, 박용철, 김영랑 등 대표적 동인들에 대한 연구에 치우치는 경우가 많았다.

그래서 해외문학파와 시문학파를 서로 대등하면서도 상호교류를 통해 영향을 끼친 시문학사상 독립적인 유파로 인정하고 이들 각 유파의 형성과정과 문학적 전개과정, 대표적 동인들의 문학활동에 대한 분석과 정리, 양 유파의 문학세계의 특징들에 대한 고찰과 비교와 대조를 통해 1930년대 전반기 한국시사에서 중요한 위치를 차지하면서 현대적 순수서정시를 형상화했던 두 유파에 대한 종합적인 정리를 꾀하였다.

그 결과 해외문학파는 《해외문학》과 《극예술》을 중심무대로 하였고, 시문학파는 《시문학》을 시작으로 《문예월간》과 《문학》에서 현대시를 창작하였으며 《시원》도 양 유파의 공동무대로 활용되었음을 확인하였다.

해외문학파에서 대표적 동인으로 활동한 이는 정인섭, 김진섭, 이하윤, 이헌구, 김광섭으로 파악되었고, 그 중에서도 시분야와 관계가 깊은 이는 이하윤과 김광섭이었으며 특히 이하윤은 아울러 시문학파의 중심 동인으로도 활동하여 양 유파의 교량 역할을 하였다.

시문학파의 동인은 박용철, 김영랑, 정지용, 이하윤, 김현구, 신석정, 허보, 변영로, 정인보가 있었는데, 그 중에서도 중심동인으로 활동한 시인으로 박용철, 김영랑, 정지용, 이하윤, 김현구를 꼽을 수 있으며 시창작과 이론 분야에서 실질적으로 시문학파를 이끌고 뒷받침한 좁은 의미의 순수 시문학파 동인으로는 박용철, 김영랑, 김현구를 들 수 있었다. 특히 박용철은 이하윤과 마찬가지로 극예술연구회에도 참가하여 해외문학파 동인들과 연극 분야에서 함께 활동하기도 하고 그들에게 《문예월간》과 《문학》 등에 발표공간을 제공하기도 함으로써 양 유파간의 교류와 동류의식 확산에 기여하였다.

본 연구의 제한점은 해외문학파와 시문학파의 비교에서 전체적인 문학활동 과정이나 전 동인의 종합적인 비교 대조가 제대로 이루어지지 못했다는 점과 각 유파의 공식적 활동기간과 동인 각자의 문학활동 기간이나 작품집이 일치하지 않아서 대부분 1930년대 전반기까지의 공식적 유파활동 기간을 중심으로 고찰하는데 그쳤다는 점들을 들 수 있다. 이러한 제한점을 풀어나가기 위해 양 유파 동인들의 전체적이고 종합적인 문학활동과 개별적 시작품들의 세밀한 비교 대조와 함께 각 동인들의 전생애적 작품활동 고찰을 함께 이루어내는 작업이 앞으로의 과제가 될 것이다.

참 고 문 헌

1. 자료

가. 문예지, 시집

《해외문학》 1-2, 경문사, 1927.
《시문학》 1-3호, 시문학사, 1930.
《문예월간》 1-4호, 시문학사, 1932.
《문학》 1-3호, 시문학사, 1934.
《시원》 1-5호, 시원사, 1935.

김영랑. 『영랑시집』, 시문학사, 1935.
______, 『영랑시집』, 중앙문화협회, 1949.
정지용, 『정지용시집』, 시문학사, 1935.
______, 『백록담』, 문장사, 1941.
______, 『지용시선』, 을유문화사, 1946.
이하윤, 『물레방아』, 청색지사, 1939.
______, 『실향의 화원』, 시문학사 1933.
신석정, 『촛불』, 인문사, 1939.
______, 『슬픈 목가』, 낭주문화사, 1947.
______, 『빙하』, 정음사, 1956.
______, 『산의 서곡』, 가림출판사, 1967.
______, 『대바람소리』, 한국시인협회, 1970.
김현구, 『현구시집』, 문예사, 1970.
김광섭, 『동경』, 대동인쇄소, 1938.
______, 『마음』, 중앙문화협회, 1949.
______, 『해바라기』, 자유문학가협회, 1957.
______, 『성북동비둘기』, 범우사, 1969.

나. 전집, 자서전

『박용철전집』1, 시문학사, 1939. (현대사, 1982, 영인본)

『박용철전집』2, 동광당서점, 1940. (현대사, 1982, 영인본)

『정지용전집』1, 2, 민음사, 1988.

정지용, 『산문』, 동지사, 1949.

『담원 정인보전집』, 연세대 출판부, 1983.

『이하윤선집』1, 2, 한샘출판사, 1988.

서정주, 『미당전집』1,2 민음사, 1994.

신석정, 『난초잎에 어둠이 내리면』, 지식산업사, 1974.

______, 『신석정전집』2, 고글, 1998.

이헌구, 『미명을 가는 길손』, 서문사, 1973.

______, 『한국문단의 역사와 측면사』, 국학자료원, 1996.

변영로, 『목마른 기다림을 한잔의 술로 채워가며』, 동천사, 1984.

정인섭, 『한국문단론고』, 신흥출판사, 1960.

______, 『못다한 인생』, 휘문출판사, 1978.

김영랑, 박용철, 김현구, 『김영랑 박용철 외』(한국현대시문학 대계7), 지식산
　　　업사, 1982.

김진섭, 『생활인의 철학』, 앞선책, 1994.

강진군, 『자랑스런 강진』, 1989.

《조선일보》, 《동아일보》 등의 신문.

《신생》, 《신동아》, 《삼천리문학》, 《백민》, 《조선지광》, 《문장》
　　　등의 잡지.

2. 단행본

고미숙, 『18세기에서 20세기초 한국시가사의 구도』, 소명, 1998.

국효문, 『신석정연구』, 국학자료원, 1998.

권영민 편, 『한국문학 50년』, 문학사상사, 1995.

김기림, 『시론』, 백양당, 1947.

김대행, 『운율론』, 문학과지성사, 1894.

김병철, 『한국근대 번역문학사연구』, 을유문화사, 1975.

김명인, 『한국근대시의 구조연구』, 한샘, 1988.

김민성, 『신석정 대표시 평설』, 유림사, 1986.

김봉군 외, 『한국현대 작가론』, 민지사, 1984.

김선태, 『김현구시 연구』, 국학자료원, 1997.

김영석, 『한국 현대시의 논리』, 삼경문화사, 1999.

김영민, 『한국문학비평 논쟁사』, 한길사, 1992.

김용성, 『한국 현대문학사 탐방』, 국민서관, 1973.

김용직, 『한국현대시 연구』, 일지사, 1974.

＿＿＿ 외, 『한국현대시사 연구』, 일지사, 1983.

＿＿＿, 『한국근대시사 상하』, 학연사, 1986.

＿＿＿, 『한국현대시 연구』, 민음사, 1989.

＿＿＿, 『한국현대시 해석 비판』, 시와시학사, 1993.

＿＿＿, 『한국현대시사 1,2』, 한국문연, 1996.

＿＿＿, 『한국현대시인연구 상,하』, 서울대 출판부, 2000.

김우창, 『궁핍한 시대의 시인』, 민음사, 1977.

＿＿＿ 외, 『미당 연구』, 민음사, 1994.

김윤식, 『한국 현대시인론 비판』, 일지사, 1975.

＿＿＿, 『한국 현대문학사』, 일지사, 1976.

＿＿＿, 『한국 근대문학사상 비판』, 일지사, 1980.

＿＿＿ 외, 『한국 현대문학사』, 현대문학, 1996.

＿＿＿, 『한국현대문학 비평사』, 서울대출판부, 1992.

＿＿＿ 외 『한국 현대비평가 연구』, 강, 1996.

김은전, 『한국상징주의시 연구』, 한샘, 1991.

＿＿＿ 외, 『한국현대시의 쟁점』, 시와시학사, 1991.

＿＿＿ 외, 『한국현대시인론』, 시와시학사, 1995.

김재용 외, 『한국근대 민족문학사』, 한길사, 1993.

김재홍, 『한국 현대시 형성론』, 인하대 출판부, 1985.

______, 『한국현대문학의 비극론』, 시와시학사, 1993.

______, 『한국현대시인 비판』, 시와시학사, 1994.

______, 『한국현대시 시어사전』, 고려대 출판부, 1997.

______, 『한국현대시의 사적탐구』, 일지사, 1998.

김종길 편, 『한국현대문학사 대계』, 고대 민족문화연구소, 1978.

김종철, 『시와 역사적 상상력』, 문학과지성사, 1978.

김종태, 『한국 현대시와 전통성』, 하늘연못, 2001.

김종회, 『문학과 전환기의 시대정신』, 민음사, 1997.

김준오, 『시론』, 문장사, 1982.

______ 편, 『김영랑』, 서강대 출판부, 1997.

김학동, 『김영랑 전집 평전』, 문학세계사, 1891.

______, 『한국 근대시의 비교문학적 연구』, 일조각, 1981.

______, 『정지용 연구』, 민음사, 1987.

______, 『김기림 연구』, 새문사, 1988.

______, 『한국현대시인연구』, 민음사, 1989.

______, 『현대시인연구 I , II』, 1995.

김 현, 김윤식, 『한국문학사』, 민음사, 1973.

김현자, 『한국현대시 작품연구』, 민음사, 1988.

김화영, 『마당 서정주의 시에 대하여』, 민음사, 1984.

김효중, 『번역학』, 민음사, 1998.

______, 『한국현대시의 비교문학적 연구』, 푸른사상, 2000.

김흥규, 『문학과 역사적 인간』, 창작과비평사, 1980.

문덕수 편, 『세계문예대사전』, 성문각, 1979.

문덕수, 『한국모더니즘시 연구』, 시문학사, 1981.

______ 외 편, 『한국현대시인연구』, 푸른사상, 2001.

문혜원, 『한국현대시와 모더니즘』, 신구문화사, 1996.

민 영 외 편, 『한국 현대 대표시선 I 』, 창작과 비평사, 1992.

민족문학교육회 편, 『문학교육의 방법』, 한길사, 1991.

박두진, 『한국현대시론』, 일조각, 1970.

박이도, 『한국현대시와 기독교』, 예전사, 1987.

______ 외, 『전환기 한국문학의 과제와 전망』, 시와시학사, 1998.

박인기, 『한국현대시의 모더니즘연구』, 단대출판사, 1988.

박철희, 김시태 편, 『현대시의 이해』, 문학과비평사, 1990.

박충록, 『한국민중문학사』, 열사람, 1992.

박호영, 이숭원, 『한국시문학의 비평적 탐구』, 삼지원, 1989.

백낙청, 『민족문학과 세계문학』, 창작과비평사, 1985.

백 철, 『신문학사조사』, 신구문화사, 1980.

서익환 외, 『한국현대시탐구』, 민족문화사, 1983.

서정주, 『현대조선명시인』, 온문사, 1950.

______, 『한국의 현대시』, 일지사, 1988.

서준섭, 『한국 모더니즘문학연구』, 일지사, 1988.

______, 『한국현대시사연구』, 1996.

성기옥, 『한국시가율격의 이론』, 새문사, 1996.

성기조, 『한국문학과 전통논의』, 신원문화사, 1995.

송건호, 『한국현대사』, 두레, 1986.

송 욱, 『시학평전』, 일조각, 1963.

송재일, 『한국현대시의 형성미학』, 국학자료원, 1999.

송하선, 『서정주 예술언어』, 국학자료원, 2000.

신동욱, 『우리시의 역사적 연구』, 새문사, 1981.

신용협, 『현대 한국시 연구』, 국학자료원, 1994.

심원섭 편, 『이육사전집』, 집문당, 1986.

심재휘, 『한국현대시와 시간』, 월인, 1998.

양병호, 『원본 김영랑 전집』, 한국문학사, 1997.

양왕용, 『한국 현대시 작품론』, 문장, 1981.

______, 『정지용시 연구』, 삼지원, 1988.

역사문제연구소 문학사연구모임, 『카프문학운동연구』, 역사비평사, 1989.

오세영, 『한국낭만주의시 연구』, 일지사, 1980.

______, 『한국 현대시 작품론』, 문장, 1981.

______, 『20세기 한국시 연구』, 새문사, 1989.

오탁번, 『현대시의 이해』, 청하, 1990.

오형엽, 『한국근대시와 시론의 구조적 연구』, 태학사, 1999.

유민영, 『한국근대연극사』, 단국대출판부, 1996.

유승우, 『한국현대시인연구』, 국학자료원, 1998.

유종호, 『순수의 선언』, 신구문화사, 1973.

______, 『시란 무엇인가』, 민음사, 1995.

______ 외, 『한국현대문학 50년』, 민음사, 1995.

______ 외, 『한국현대문학 100년』, 민음사, 1999.

윤여탁, 『리얼리즘시의 이론과 실제』, 태학사, 1994.

______, 『시의 논리와 서정시의 역사』, 태학사, 1995.

이건청, 『한국전원시 연구』, 문학세계사, 1986.

이두현, 『신극사연구』, 서울대출판부, 1966.

이명재, 『식민지시대의 한국문학』, 1991.

이명찬, 『1930년대 한국시의 근대성』, 소명출판, 2000.

이상섭, 『문학연구의 방법』, 탐구당, 1975.

______, 『복합성의 시학: 뉴크리티시즘 연구』, 민음사, 1987.

이상호, 『한국현대시의 의식분석적 연구』, 국학자료원, 1990.

염무웅, 『민중시대의 문학』, 창작과비평사, 1979 .

이선영 편, 『1930년대 민족문학의 인식』, 한길사, 1990.

이성교, 『현대시의 모색』, 맥밀란, 1982.

이숭원, 『한국 현대시인론』, 개문사, 1993.

______, 『현대시와 지상의 꿈』, 시와시학사, 1995.

______, 『한국 현대시감상론』, 집문당, 1996.

______ 편, 『정지용』, 문학세계사, 1996.

이승훈, 『시론』, 고려원, 1979.

______, 『모더니즘 시론』, 문예출판사, 1995.

______, 『한국모더니즘시사』, 문예출판사, 2000.

______, 『한국현대대표시론』, 태학사, 2000.

이은봉, 『한국현대시의 현실인식』, 국학자료원, 1993.

이향아, 『한국시 한국시인』, 박문사, 1998.

이혜순, 『비교문학』, 중앙출판사, 1982.

장영우 외, 『대표시 대표평론』, 실천문학사, 2000.

장덕순 외, 『한국문학사의 쟁점』, 집문당, 1986.

전규태, 『비교문학과 비교문화』, 이우출판사, 1984.

______, 『한국시가연구』, 고려원, 1986.

정한모, 『현대시론』, 보성문화사, 1978.

______, 외, 『한국현대시인연구』, 일지사, 1983.

______, 김재홍 편, 『한국대표시평설』, 문학세계사, 1983.

정효구, 『20세기 한국시의 정신과 방법』, 시와시학사, 1995.

______편, 『백석』, 문학세계사, 1996.

조동일, 『문학연구방법』, 지식산업사, 1998.

______, 『한국문학통사 5』, 지식산업사, 1998.

조병춘, 『한국현대시사』, 집문당, 1980.

조연현, 『한국현대문학사』, 성문각, 1980.

______, 『한국현대문학사개관』, 정음사, 1985.

조지훈, 『시의 원리』, 신구문화사, 1959.

______, 『조지훈전집』, 일지사, 1973.

조창환, 『한국현대시의 운율적연구』, 일지사, 1988.

최동호, 『현대시의 정신사』, 열음사, 1985.

______, 『삶의 깊이와 시적 상상』, 민음사, 1995.

최두석, 『리얼리즘의 정신사』, 실천문학사, 1992.

최승범, 『난연기』, 세운문화사, 1977.

최승호, 『한국 현대시와 동양적 생명사상』, 다운샘, 1995.

______편, 『서정시의 본질과 근대성 비판』, 다운샘, 1999.

최재서, 『문학원론』, 신원도서, 1978.

한계전 외, 『한국현대시론사연구』, 문학과지성사, 1998.

허형만, 『영랑 김윤식 연구』, 국학자료원, 1996.

홍기삼 외,『한국현대시인연구』, 태학사, 1989.

홍기삼, 김시태 편,『해금문학론』, 미리내, 1991.

한국고전문학연구회 편,『근대문학의 형성과정』, 문학과지성사, 1983.

한국사편찬위원회 편,『한국사 특강』, 서울대출판사, 1994.

한국민중사연구회 편,『한국민중사Ⅱ』, 풀빛, 1986.

한국현대문학연구회 편,『한국현대시론사』, 민음사, 1992.

3. 논문 및 평론

김기림,「1933년시단의 회고」, 《조선일보》, 1933. 12. 8

김상일,「김영랑 또는 비굴의 형이상학」, 《현대문학》, 1962. 4

김영랑,「인간 박용철」, 《조광》 5권, 1939. 12

김용직,「남도가락의 순수열정」, 《문학사상》, 1974. 9

김윤식,「박용철론」, 《현대시학》 Ⅰ권 9호

김 억,「시단 일년」, 《동아일보》, 1925. 1. 1

김효중,「김억의 번역시론에 관한 비판적 고찰」,『이능우박사 칠순기념 논총』,
      1990.

신석정,「정지용론」, 《풍림》 5집, 1937. 4

서정주,「영랑의 서정시」, 《문예》, 1950. 6

＿＿＿,「영랑의 일」, 《현대문학》, 1962. 12

양왕용,「1930년대 한국시의 연구」, 《어문학》 24집, 1972.

오세강,「일도 오희병시 연구」, 한국교원대 석사논문, 1997.

오세영,「《시문학》 지와 순수시파」, 《단국대국어학논집》, 1985. 3

＿＿＿,「모더니스트, 비극적 상황의 주인공들」, 《문학사상》, 통권28호

유진호,「해외문학파의 재출발」, 《동아일보》, 1933. 10. 3

이양하,「바라던 지용시집」, 《조선일보》, 1935. 12. 7～12

이헌구,「김영랑평전」, 《자유문학》, 1956. 6

임 화,「담천하의 시단 1년」, 《신동아》 5권 12호, 1935. 12

장무익,「1930년대 전기의 시」《단국대국어학논집》 15. 1988. 3

정인섭, 「조선문단에 호소함」, 조선일보, 1931. 1. 3~15

정지용, 「시와 감상」, 《여성》, 1938. 9

정한모, 「조밀한 서정의 탄주」, 《문학춘추》, 1964. 12

______, 「서정주의의 한 극치」, 《문학사상》, 1974, 9

조지훈, 「한국현대시사의 반성」, 《사상계》, 1960

최재서, 「호적없는 외국문학자」, 《조선일보》, 1936. 4. 26

조영식. 「연포 이하윤의 시세계」, 《인문학연구》 3호, 경희대인문학연구소, 1999

______, 「연포 이하윤의 번역시 고찰-『실향의 화원』을 중심으로」, 《인문학연구》 4호, 경희대인문학연구소, 2000

4. 번역서 및 외국서

가. 번역서

아리스토텔레스, 천병희 역, 『시학』, 문예출판사, 1996.

바슐라르, 가스통, 이가림 역, 『물과 꿈』, 문예출판사, 1987.

보그달 편, 문학이론연구회역, 『새로운 문학이론의 흐름』, 문학과지성사, 1994.

이글턴, T, 이경덕 역, 『문학비평』, 까치, 1986.

엘리어트, T.S, 이승근 역, 『시의 효용과 비평의 효용』, 학문사, 1981.

프라이, N, 임철규역, 『비평의 해부』, 한길사, 1983.

하우저, A, 백낙청,염무웅역, 『문학과 예술의 사회사(현대편)』, 창작과비평사, 1974.

지오반니 리스타, 정진국 역, 『미래파』, 열화당, 1988.

루카치, G, 문학예술연구회 역, 『우리시대의 리얼리즘』, 인간사, 1986.

퍼네스, R.S, 김길중 역, 『표현주의』, 서울대출판부, 2000.

웰렉, R.B, 워렌, A, 이경수 역, 『문학의 이론』, 문예출판사, 1993.

방티켐, 김종원 역, 『비교문학』, 예림기획, 1999.

김용직 외 편, 『문예사조』, 문학과지성사, 1977.

김우창 외 공역, 『현대문학비평론』, 한신문화사, 1995.

정정호, 강내희 편, 『포스트 모더니즘』, 터, 1989.

나. 외국서

Abrams, M.H The Mirror and the Lamp: Romantic Theory and Critical Tradition, Oxford University Press, 1976.

Brooks, C, The Well Wrought Urm, New York: Harvest Book, 1947.

Preminger, A, Princeton Encyclopedia of Poetry and Poetics, Princeton : Princeton university Press, 1974.

Richards, I. A, Principles of Literary Criticism, London: Routleudge, 1961.

Wimsatt, W. K, Literary Criticism: Idea and Act, The English Institute, 1939-1972, California: University of California Press, 1974.

부 록

《해외문학》, 《시문학》, 《문예월간》, 《문학》
수록 주요 내용, 창작시, 번역시

《海外文學》 創刊號 特大號 內容

創刊卷頭辭 ……………………………………………………… 編 輯 人

레이몬드 · 반톡크氏의 創刊祝辭편지(英文及飜譯)

◎ 評 論

表現主義文學論 ………………………………………………… 金 晋 燮

『포오』를論하야 外國文學硏究의 必要에 及하고『海外文學』

創刊을 祝함 …………………………………………………… 花藏山人

最近英詩壇의 趣勢 …………………………………………… 金 石 香

露西亞文學의 創始者『푸-쉬킨』의 生涯와 그의 藝術 ……… 李 瑄 根

◎ 小 設

亦死의 假面(米,에드가아 · 알란 · 포오作) ………………… 鄭 寅 燮 譯

크랭크비이으(佛,아나톨르·· 프란스作) …………………… 驢 再 鼻 譯

神父의 木犀草(佛,아나톨르 · 프란스作) …………………… 異 河 潤 譯

제스타스(佛,아나톨르 · 프란스作) ………………………… 異 河 潤 譯

門前의 一步(獨,하인릿히 · 만作) …………………………… 金 晉 燮 譯

고기의설음(露,와시리 · 에로센코作) ……………………… 李 殷 松 譯

옐에니와포을(佛,옐리에 · 드 · 릴라당作) ………………… 異 河 潤 譯

◎ 詩 歌

Two poems in Prose(愛와死外一扁)

創刊卷頭辭

- 外國文學研究會는　一九二七새해부터「海外文學」을世上에내놋는다. 悲慘한 過去·微弱한 現實보다도 偉大한 未來의 거룩한 理想을爲하야우리는하로밧 비뜻잇는 運動 實地化식히는것이다

- 무릇新文學의 創設은 外國文學輸入으로 그記錄을비롯한다. 우리가 外國文 學을 연구하는것은 決코外國文學연구 그것만이目的이아니오 첫재에 우리 文學의 建設둘째로世界文學의 互相範圍를 넓히는데잇다

- 即우리는 가장 敬虔한態度로 먼저 偉大한外國의作家를對하며 作品을연구하여써 우리文學을 偉大히 充實히세워노며 그光彩를독거보자는것이다. 이에우리는우리新文學建設이압셔 우리荒蕪한文壇에外國文學을밧어드리는바이다.

- 여긔에胚胎될우리文學이 힘이잇고 빗이나는것이된다면 우리가이로킨이時代의必然的事業은 그目的을達하게된다. 同時에 世界的見地에서보는文學그것으로도한成功이다. 그만치우리의責任은重大하다.

- 이런意味에셔이雜誌는 世上에흔이보는엇더한文學的主義下에모힌그것과다르다. 制限된一部人의發表를爲主로하는文藝雜誌同人誌그것도아니다. 이雜誌는 엇던時代를劃하야 우리文段에큰波動을이르키는뜻잇는運動全體의機關이다. 同時에 主義나分派를超越한廣汎한그것이아니면안된다.

……松………(一九二六·十二)　東京

Two Poems in Prose

Love And Deafh

The mother drows asid the veil lets her child into the world, and perishes.
The husband fights for his wife and child, guards their memory in his heart, love an
d,—die
The miser, who bas no children, hoards his gold starves his body; and dies for is love.
And it for love that Death wanders over hills to meet each lonely travellr.

The sorrows of One, Cursed Witn lmmortality on Earth

I joined the pleasure-seekers who seemed ever longing for new experience, and asked
them why revelled thus.
They said it was best to see and they all they could,—while thore was time.
(Time alas! what is that to me?)
I mingled with workers painting pictures and writing great books.

"Why do you work so fast?" I cried. They answred:
"Becouse Night cometh wherein no man may work?"
(Ah! Blessed Niht, whose dews will never wash my brow and cool this tortured soul!)
I passed a host of men raising great monuments, destroying old ones and building and new.
"Why do you thus?" I asked.
"Sp that we may be ever remembered," they replied,
(Remembered! If I could only be forgotten!)
Then I sought out the lovers, silently forgetting Time.
"Why do you love thus?" I asked.

가 을 노 래 (外四篇)

포-르 · 옐레-느作
異 河 潤 譯

가을노래

가을날
예오롱의
기-ㄴ 울음은
單調러운
애닮흠에
가삼을괴롭히노나。

鍾소래들닐째
가삼은징니고
희픈른낫빗헤
울음을웁다
지나간날의
녯記憶새로워…

그래서이나는
사나운바람에
불니여다니는
落葉도가치
여긔요쏘저긔로
써돌고잇다。

내가삼속에는눈물이퍼붓네

　　　 - 거리우에 고요히 비는나린다。(알튤·램보─)

거리우에 비가나리는것가치
내가삼속에는 눈물이퍼붓네。
이내설음은 무엇일가나。

쌍우에도 집웅우에도
오 고흔빗소래여─
고닯흔마음일내
오 퍼붓는비의 노래여─　·

시갈닌이마음속에
짜닭업시 눈물홀은다。
그는逆情도아닌데
이哀傷은짜닭이업고나。

이는理由모르는
가장쓰린苦痛이어니。
사랑도업고 미움도업시
이리도피로운가 이내가삼은。

가이업는검은잠은

검은잠은 가이업시

내목슴우에 써러저。
자거라 모른希望은!
자거라 모든嫉妬는!

나는임이 記憶을일허
아모것도 뵈지안는다。
惡이나 坐善이나⋯⋯⋯
오 애닯혼이生涯여!

나는 한搖籃갓하여
무덤구혈에 달린 것
고르게 뉘는이혼들어준다。
고요히! 잠잠히!

흰 달

흰달빗이
숩풀에비최여。
가지마다서
소래가나온다。
욱어진입밋혜⋯⋯⋯⋯⋯

오 사랑하는님이여!

못물은反射한다。
깁흔거울도가치
식검은버들의
실우에버들의
쏘바람은울고⋯⋯⋯⋯⋯

우리는 夢想할때다。
넓고쏘부드러운

慰安이
蒼穹에서
너려옴갓다。
무지개빗나는

별……이는美妙한째다。

안개어리운냇가에나무그림자는

나무자기옷헤넘히앉즌쇠쏘리는 혼자그곳을보고 냇물에써러진줄로밋엇다。
그는참나무옷헤잇스면서도 싸질가두려워한다。
- 시라노 · 드 · 벨즈락

안개어리운냇가에나무그림자는
　煙氣와도가치사러지노나
그러나이째 大氣속참가지새에
　들비닭이는울음을운다。

오-길손이여 蒼白한이景色은
　그대를얼마나蒼白히비최려는가
그리고놉혼닙에애닯히눈물흘니는
　물에싸진그대의希望은!

惡　　魔 (外五篇)

푸 - 쉬 킨 作
李 瑄 根 譯

惡　魔

　구름은다라가고 구름은휘돈다
　그뒤로서蒼白한달빗이
　날니는눈보래얼는얼는빗나고,

하늘도어두이며 밤도어두웟다.
간다! 썰매에태워저벌판우흐로
적은방울이울닌다! 딘!딘!딘………
놀내엿다! 아지못할무엇에 놀내이엿다
희미한들나라한복판에서,

『썰메군! 쌜니가』『못감니다! 염감』
말(馬)도못갈줄을안 것이다.
눈보래 눈을가리고 갈수는업다.
길은발서눈으로파뭇첫다

못살게군다! 우리를, 헤매도所用업다!
엇지나할고 길은차즐수업다.
이것이惡魔의造化이다 틀님업시………
우리를핑글핑글돌니고잇는 것은.

보아라! 저기서惡魔가作亂친다
쏙바로너에게휩쓰러붓치며침뱃는다
그가只今몰고간다! 구렁뎅이로
밋처날쮜는말을모라………
저기前에업든『예르스타』갓치
그는쏙바로내눈압헤서잇다
그는적은별불갓피반작어리고
어둠속으로사라저간다.

구름은다라가고 구름은휘돈다
그뒤로서蒼白한달빗이
날니는눈보래에얼는얼는빗나고
하늘도어두으며밤도어두웟다.
우리는멀니헤매여 氣盡하얏다.
방울소래도 갑자기긋처바리고
말좃차멈추엇다……。『———들가운데누구이야?』

『영감, 누가암닛가? 나무등걸이나즘생이지요』

눈보래! 哭하고 눈보래부르짓는다。
말은냄새맛고 무서워흐르렁거린다。
머-ㄴ 저곳에 그는作亂치고
그이눈은어둠속에밝게도타올는다
말은압흐로내쒸며 헐덕어린다
방울이울닌다!딘!딘!딘………
보아라! 惡魔의무리가함께몰녀
쏘-안눈벌판한가운대뭉치여잇다

幽靈가티수업는惡魔의무리
그륵한달빗이 노니는속에—
온갖形容의모-든惡魔가뛰노닌다
날나러쩌러지는섯달나무닙가티………
그들의무리 그들은어듸메로몰녀나가누?
애닯은어둠속悲哀는엇젠일인가。
그들은색기惡魔를永葬함이냐?

구름은다라가고 구름은휘돈다
그뒤로서蒼白한달빗이
날니는눈보래에얼는얼는빗나고
하날어도두으며 밤도어두윗다
惡魔는압흐로다라가며 소리친다
가업시널고거츠른虛空으로……
그들이승나들네고슬피부르지즐째
오!나의가삼은쓰리게찌여지노나。

(註),예르스타-Bepcma- 一露里慓이다英語에서milestone이라고하며, 日語로「一里塚」이라고
    譯한다, 朝鮮말에適當한말이업기固有헌구대로쓴것이다。 아마 似近한것은「장승」일
    것이다

『毒나무』(안좌-르)

不毛地沙漠한가운대
쓰거운해빗나려쪼이는大地우에
여위인파수처럼『毒나무』가
외롭게서서沈默을직히고잇습니다。

나는짐작해요
曠野의自然이성난솜씨로나무를싹거
가지마다病드른綠色을주고
쑤리마다毒氣를쑴어느은것이라고요

나무썹질을숨어서진물이흐르고
白晝의해빗에는쌜니쌜니
暗夜의그늘에는 어둡고천천히
나무ㅅ 진毒液은 진해만감니다。

그곳까지는 새라도길을모르고
그가티怪狀한곳엔 호랑이도굴을안지여요。
다만陰毒한회오리바람이부러돌아
濕瘡의病毒을심술구지게휫쑤려훗칠쑨。

째맛치거문구름이나무우홀적서주면
둑거운나무님은거리에휘감겨
傷처지운나무가지로붓터
바로아래모래우헤毒이쩌러짐니다。

엇한暴君이 部下를보냇습니다
이『毒나무』로붓터 毒液을빌녀고……
불상한奴隷는착하게도 그곳에다라갓서요
그리하여 다음날毒藥을가저왓습니다。

그는그것을가저오자마자毒에걸니여
쓸쓸한자리우헤 불상히도걱구러젓나이다.
그리하야呻吟하며 숨지윗지요
人情업고無慈悲한主人公의발아래서

그러나그는깃버하얏나이다—그蠻王은—
그는毒液가운데 활촉을잠갓슴니다.
毒잇는힘은 四面八方으로날넛슴니다.
大地는 呻吟해요 송장우헤송장을싸하가며.

『구 름 장』

暴風에홋허진
　最後의구름장!
새파란하늘에
　네혼자헤매노나
애닯은그늘을
　네혼자잇끌고
즐거운이날에
　네혼자애태노나!

조금前에네가
　온하늘을뒤덥허
무서운번개불이
　너를둘너싸앗고
異常한소래로
　네가우루렁거리여
목마른大地에
　빗물을주지

滿足이다,가버려라!
　째는지내갓다!

大地가새로윗고
　暴風은　지내갓다!
바람은
　간얄핀나문닙을어로만지며
平和로운하눌노서
　너를쏘처나바린다。(꿋)

『아 츰 해』

불그레한노-ㄹ 이
　東天에덥히고요
시내건너마을엔
　횃불이써짐니다。

이슬구름니다．……
　둘언덕꼿닙새에……
羊의무리잠째여요
　간얄핀풀밧우헤

쏘-얀안개는
　구름쪽으로흘너가구요
집오리 쎄를지여
　풀밧으러 몰녀가네요

잠째인人間들은
　들판으로밧비가고
해가써오름니다
　大地는깃버쒸여요。(꿋)

『暴 風』

暴風은

침침한하눌을
　덥허나바리고
회오리바람
　눈보래를
　　휩쓰러감니다。
그는
　부르지저요
　　野獸와가티……
그는
　움니다
　　어린애처럼……
흐너진
　집웅을
　　숫처지내며
부지럽시
　검불을
　　부스러거리고
맛치—
　길저문……
　　나그네처럼
우리의
　창문을
　　두들김니다。 (끗)

『배』

푸른하날엔
　별님이반작어리고
푸른바다엔
　물결이나붓김니다。
바람은바다가로
　건이러지내가며

조고만배를
　부러서보냄니다。
바람에배부른
　돗에쓸니워
물결우흘
　스사로다라나
險惡한合엽흘
　도라도들고
크나큰都市를
　지내도갑니다。
浦口로서
　울니는大砲소리는
가는배를
　멈추라—號令합니다。 (끗)

『나이팅게일』

　　　(Nightingale은 英國서는 밤종에우는새로알리움 夜鶯이라譯함)
　　　　　　　　　　　　　로버트・브릿지스作

너희들이차자드난 그山들은
오! 아름다우리라
너희들이 노래배우려오는
樹林이茂盛한山谷의 시내는
오! 맑고 깨끗하리라
그러트시 星影에잠긴 森林이
참으로 어대 잇슬가?
오! 나는 그곳에 거닐고십다。
그 꼿밧속에 그 新鮮한空氣속에
四時로피여 시들지안는 그 꼿밧속에

아니 그러치못하리라 그山들은거츠럿스며

그山谷의시내물은 말넛스리라
우리들의노래는 우리들이꿈에 보는
渴望의부르지즘이요 가삼의 쓰라림이다
마음이憧憬하고思慕하는幻影의夢想
이루어볼수업는甚深한希望이란
아모리간직한노래의 韻律이라도
아모리길고기-ㄴ 한숨일지라도
어이하든 이를 전할수는업스리라
우리들의 엇더한노래의재간이라도

魂惚히듯는人生의귀에만은 소래놉게
우리들은 어두운밤의秘密을 쏘다놋는다
그리고 싹돗는 美麗한벌판 어린나무가지들이
바람에엉키인五月의숨으로부터
어둠의밤이 거두어 바릴째
우리들은 꿈에나라로 사라진다。
째에수업시만혼 그림의合唱隊는
자추어 黎明의새벽을 반기는도다。   ― 石 香 譯 ―

『眞 理』

존·메이스옉―르드作

불붓는가삼속에 靈魂을잠재워
人生은 숨(呼吸)쉬는 한째에
眞理의배를 지어 그안에
내零을싯고 노지어간다―
―죽엄의바다로 노저어간다
죽엄은 眞理만을남기고
美 靑春 勇猛을
贖物노써 쌔아서가노라。

生命의거리의大路는 暗鬱하고
人間들은 중어리며 지나갈제
大海의 湧泉은 呻吟한다
오 죽엄이여! 오 바다여! 오 潮水여!
晚鍾은울리며 바다는 呻吟한다
目標업시 빗도업시
靈魂은 호올노 쩌나간다──
──人間이모르는 바다로。

紫色의옷을 벳기우고
華麗한虛飾을 버리워저도
두려워마라 죽엄은올지라도
眞理는變함이업스니
未久히별은쓰리라──
黃金의구슬가튼그별이
내가힘써지은 眞理의배는
밤이새이고 통트는새벽을보리라。
── 石 香 譯 ──

「대답업는사람들」

월터·드롸·메어 作

「안에누구잇소?」하고 엇던 나그네는
月影에잠긴문을 두다리며 차젓다
나그네를실고온말은 고리온말은 소리업시고요히
養齒가茂盛한쓸에서 풀입새를뜻고섯슬제
조고만塔속으로 한 마리 어린새가
나그네의 머리우를 슬치고 날너갓다
그는 다시문을 두다리며
「안에누구잇소?」하고 차젓다。
그러나 아모 대답도 들리지안는다

나무님에덥핀窓문을역고
焦燥히기대리고젓는 나그네의얼골을보며
그가온뜻을 무르려는사람도업다
만은 寂寥한 이집안에사는
幻影의사람—대답업는사람들이
人間의세게로서 흘러오는 소리를
月夜의 靜謐을거처 엿드를쑌이다
쓸쓸하고 넓은마루에 달린
컴컴한階段에꼬아드는 달빗속에서
幻影의사람들은 엿듯고젓다
외로움나나그네의 부르짓는소래말이
夜氣를쩔치며 들리울 쑌이다
나그네는 그리고 그의가삼속에
周圍의怪異함과 幻人들의고요함이
그에말에, 微遙히대답 함을 늣겻다
째에 나그네의말(馬)은
星影으로 단장한입새속에서
芝草를 쓰드며 거닐고잇다
나그네는 급작히 고개를드러
소리놉게 두문을두다리며
「내가왓다고告하여라!
 아모도대답업스니간다고告하여라!」
그러나幻人들은 말업시 서고잇다
비록 나그네의一言半句가
靜寥한 이집의月影을 쑬코反響하여도
그것은 다시 나그네의귀로 도라갈쑌이다
나그네가 말등자에오르는소리를
幻人들은 엿드럿다
石疊우흐로 쓰으는 굽소리도드럿다
거듭처 울리는 말숩소리가 사러자바린째에
처음의 寂寞함이 얼마나 고요히 신비로히
다시금 그집을 에워쌋든가!   ― 石 香 譯 ―

追憶

(알쯔레・드・뮷세)
驪 再 鼻 譯

너를쏘볼야하며 淵源히神聖한山川이여
나는울가하엿다。 그보다 懊惱할것갓다。
오-가장親近하고도 가장忘却된
　追憶이자고잇는墓地여!

이곳의寂寞에 동모여 무엇을근심하나
무어라고자내는 내손을잡고잇나?
이만치情덥고오래되여온習慣이
　내게 이길을갈처주는데?

여보라 이언덕 이곳펀히-스덤풀엔
소리업는모래우의 銀聲의발자옥
사랑에찬이山길에
그내의 팔이 나를 끠안든 곳

여보라 이—빗검은 靑綠의 전나무새에
힘싸진 屈曲의 이깁흔山谷에
이런동모의自然 그옛날의속은거림은
　幸福스럽든날의나를 안어달내더니

여보라 이나무숩에 나의읜靑春의피가
이새쩨들를가티 내발자옥소래에노래한다
나의愛人이지나갓던情든곳이여 고흔 沙漠이여
　그대들은 나를기다리지안느냐?

아-흘러가게하라 그는내게너머도貴엽다
아직도負傷한 이가슴이짜내는눈물을—

닥거주지마라 내눈섭우에노라두라
　이過去의帳幕을!

나의幸福에証人인 이숩풀의反響에
所用업는哀惜을던지러 이곳에온건아니다。
靜寂한壯美의속에 이森林도尊大치만
　나의마음도高慢하다。

親舊의墓압헤 꿀어안저 祈禱하는
이者는 쓰나쓴 悲歎의속에싸지래라。
모든 것이이곳엔生氣잇다。墓地읫곳은
　이곳엔 나지안는다。

보라!이어두은그늘에 달은쩌오른다
네눈쌀은아직도떨린다 여엿븐밤에女王이여
그러나 컴컴한지평에네가벗어나오자
　너는 벅차피여난다

비마저 아직도축축한 이짜우에
네光明아래 날새의모든芳香이나듯이
그만치고요하게 純潔하게感動한내가슴에
　옛날의내사랑은살어난다。

어쩌케되엿느냐 나의生涯의悲哀는?
나를늙게한모든것은 지금멀리쩌나가고
다만 親히아는이山谷만보고잇서도
　나는 새로젊어저온다。

오-쩨의힘세임이여! 오-輕薄하든年代에
그대는우리의눈물 悲鳴 後悔를날느더라
그러나哀憐이 그대를막어 褪退하는우리꼿우에
　그대는決코 밟고넘지안튼걸。

왼내마음이너를祝福한다 慰安주는親厚여!
이러한傷處로서 그만치苦痛바들줄
나는밋지안엇다 그러고그 傷痕이
 늣겨가기 그리도달곰하다는것을

멀리로물러나라 사랑도못한者들이
지나간사랑우에 펼처노러오는
俗된苦痛이쌀어오는屍布
 實업는말이며 되지못한생각은!

단테여 왜너는 苦痛의날에 幸福스런
追憶보다더甚히可憐한것은업다고 말하엿나?
어쩌한悲哀가 너로서이쓰나쓴말을하게하엿느냐?
 이不幸에對한侮辱을

光明이存在한다는 것은 그러면 거짓말이며
째로선 밤도잇담을 이저버려야하느냐?
참으로너냐 永遠히슯어하는偉大한靈이여
 참으로너드냐 이말을한 것은?

안이다 그莊嚴이나를비최는 이純潔한炬火로서
誇張하는이冒讀은네가슴에서오지안는다
幸福스런追想이란 아마도이地上에선
 幸福보다도 더참된 것이다。

무어라고!倦怠가가고잇는 타고잇는
잿속에 불결을찻고잇스며 이불을잡고
그우에 恍惚한눈살을固定하랴는
 不幸한者여!

그의靈魂이 이過去에쌔저드를제
그다눈물흘리며 부서진거울우에夢想하면

그가잘못하엿다고 너는말한다。 또그의
　微弱한喜悅이란 무서운苦悶이라고!

너의쯔란소아쓰의게 너의榮光의天使께
그내는 自己액이하려고 永遠의接吻으로
잠간멈첫다도하는데 너는
　이런말을 입에낼수잇더냐!

大體사람의思想이란 神이여! 무엇입닛가
아모도 疑心함이업는 아조確實하고 確的한
喜悅도업다고 苦痛도업다면 누가大體
　언제나 眞理를사랑할수잇습닛가?

어쩌게너는살고인나? 異常한被造物이여
그대는웃는다 노래한다 큰거름으로거러간다。
蒼天과그美觀 世上과그汚醜는
　그대를防害하지안는다。

그러나 이저진사랑의記憶을내는것에
偶然이 運命이그대를데려올째앤
발에탁걸리는돌작하나가 그대를멈치며
　그대의게 懊惱를준다。

그째에그대는 人生은꿈이라고소리치며
잠째일째가티 그대는기지재를써보고
이렇케깃븐虛僞가 한瞬間밧게持續하는이瞬間은
　그대는 火症을내게된다。

不幸한者여! 그대의靈魂이 痲痺하는이瞬間은
이地上에서 그것이끌고잇는 쇠사실을흔들엇다。
이消滅하는瞬間이 그대의全生命이엿다
　그것을 앗가워역이지마라!

그대를 이地上에매여놋는 痲痺를미워하라
흙구덩이와 핏속에서의 그대의擾動과
그대의希望업는밤 光名업는낫
 그곳에 虛無는잇다!

그러나 그대의차되찬學說에서무엇이나오든가?
이런無常한哀惜이 한울에무엇을要求하며
時間의한거름한거름에따러 그대自身의廢墟우에
 그대는무슨씨를쑤리며가는가?

그러타 참으로모든것은死滅한다 이世上은한꿈이며
도程우에서우리에오는僅少의幸福이란
우리가 이갈대를손에잡어보자마자
 바람이 그것을 쎼앗어간다。

그러타 最初의接吻이란 그러타 最初의盟誓란
죽어갈두生命이 이地上에서交換한게지만
한나무밋헤서 씌걸이덥힌바윗돌우에
 바람으로서 쓸려가버렷다。

그들은 그들의 一時的喜悅의 証人으로서
어느째變할지모르는 帳幕으로덥힌한울을들고
自體의光名이 不繼히自身을쓰더먹는
 이름업는별들을세운다。

모도가그들에周圍에죽어가더라 새들은綠葉속에
쏫은그들의손바닥에 昆蟲은그들의발밋헤
쏘그들의이저진얼골에映像이썰리고잇던
 泉水는말러저비렷더라

그리고 이모든殘墟우에 粘土의손을잡으며
快樂의 一時的光明에 陶醉히여

죽어감을보고잇는 不動의存在者눈을
  그들은 避할줄로밋고잇더라?

狂愚여!라고賢者는말한다。-幸福한者니!詩人은말한다。
얼마나悲歎할사랑을 너는가슴에품고잇느냐。
개천에물소리가다 네맘을흔들며 근심케한다하고
  바람만부러와도 무서워진다하면?

나는 나무입새와 물의벅큼보다도
다른物件이 太陽의아래凋落된을보앗고
薔薇꽃香氣나 새들의노래보다도
  다른더만혼 것이 지어저감을보앗다。

쥬리엣트가 그의 墓屈에죽은것보다도
더쓰린光景도 내눈은보아왓스며
黃泉의天使에게 로메로가가저온 酒盃보다
  더무서운일도격거보앗다。

나는 永遠히第一貴한 내 唯一의愛人이
그대自身 蒼白한憤墓로되엿슴을
우리의죽어진사랑의찍걸만쓰고잇는
  生命가진墳墓가된것을보앗다。

可憐한우리의사랑을 깁허진한밤中에
우리의가슴우에 그리도달콤하게달개엿더니!
그는 生命以生이엿섯다 아— 그것은
  한宇宙엿섯지만 지어저가버렸다

그러타 젊고도아직어엿브게 더고워젓다 고도말하겟슬
드내를나는보앗다 그대눈은 옛날과가티번적이더라
그의입술이쩌들려가면 微笑도생기며
  말소리도나오더라

그러나 이목소리 이달곰한말소래는
내눈속에녹어지든 崇拜밧는눈짓은 발서업더라
내가슴은 아직도그내로가득차서 그내의얼골에에매엿지만
 발서 그내를찻지못하엿다.

나는 그럿태도 그때그내의게걸어가
이호虛의차듸찬가슴을 내팔로쎄안고
「어잿느냐 誠實업는者여 우리의過去는어쌔노앗늬?」
 라고 소리도처보앗슬엿만

나는못했다 그는 眼識업는女子가
偶然히 그목소리에 그눈을가진것갓헛다
그러고선 이싸늘한彫像을 지나가게하엿다.
 나는 한울만처다보며

그러치!生氣도업는者의 우스며한作別은
참으로 진저리날 悲慘이겟다
그러치!그러면相關잇나?오!自然이여!오!어머니
 그럿타고 나는늘사랑하엿든가요?

벼락이 지금 내머리에쩌러진대도
이追憶은 決코내게서쏩혀지지안하리라!
暴風에難破한 海員이나가티
 나는이것에매여달린다.

田園엔쏫치피엿든지 人類의偶像이란
어찌나될것인지 쏘 來日이되면
이넓은한울이 파뭇고잇는 것을 쏘비최여줄려는지
 나는알고저하지안는다.

다만나는말한다「이時刻에 이곳에서
어느날 나는 사랑밧고 사랑하엿다 그내는어엿벗다

나는 이寶배를 不滅의내靈魂에싸두어
  神의게 이것을가저간다。」

모든 것은 遊戱엿다(外十篇)

케 · 에쓰 · 메이야
金 晉 燮 譯

이러한노래가운대眞摯한
目的을 차자서는아니된다!
조고만한피로움 조고만한깃쑴
이리하야 모든것은遊戱엿다。

더군다나 어쩌한얼굴을내가
조와하얏든가를 穿鑿하야서는아니된다。
노래에는 만흔눈이번젓거리고잇다。
이리하야 모든 것은遊戱엿다。

設令한방울눈물이 슬그머니
조히우에쩌러젓다하야도
눈물은벌서 말나버렷다。
이리하야 모든 것은遊戱엿다。

미 늬 용

쇄 — 테

憧憬을아는사람이오작
나의苦惱를 안다。
모든즐거움에
호을로쩌러저서。

저편

蒼空을나는본다
아 ― 나를사랑하고 나를 아는 사람은
멀리잇다

내눈은멀미하고
肝腸은탄다。
憧憬을아는사람이오작
나의苦惱를안다!

不 知 火

코 핏 슈

오, 오너라 愛人이여
내배(船)에!
밤은고요하고
바다는빗난다。

내젓는곳에
밀물은타고
물결치는 火海에
내배는 搖動한다。 ―

사랑은불(火)이고
나는배다
오오 나를건저라
불꽃에잠기는몸을愛人이여

外的生活의쌜라―데

후―고·얜ㄱ·호푸만슈타―ㄹ

아, 아모것도모르는兒孩들은 깁흔눈을가지고
자라나서 자라나서는죽는다。
그리고어쩐사람이라도 그길을밥는 것이다。

단열매는쓴것으로되여
밤에는 죽은새와갓치쩌러저서
몃칠누운뒤에는 썩어버린다。

그리고바람은부러마지안는다우리들은
만흔말을듯고 말하야마지안는다。
그리고四肢의愉悅과疲困함을깨닷는다。

街路는풀밧을涉獵하며 場所는
여기도잇고거리기도잇서 가득한炬火며樹木이며 못이며
 威脅하는 것 죽은거나가티말나빠진 것……

무엇짜문에 이런것을맨드럿슬가? 그리고
서로갓지아니하냐? 그럭헤아릴수어시만흐
왜, 웃는것 우는것 그리고蒼白함은變하느냐!

모든것이우리에게무슨所用이냐?그리고널부나널분
永遠히쓸쓸하게 彷徨하면서 무슨目的인들求할수업는
이戲弄이무슨所用이랴?

이짜위것을 만히본들무엇하랴?
그러나그러나『저녁』이말하는것은無數하다
이한말로서 沈想과哀愁가쏘다진다。

비인蜂房의 무거워진꿀이나가티。

어 쩐 절 문 벗 에 게

하인릿히로 · 이톨드

이人生을 너머나 眞摯히생각치말나
실상그것은 普通作亂비슷한것일다………
그대가 그것을더좀잘알면
人生은더욱질거히보히리라。

人生은大規模의戱曲이아니다。
그대가생각함과갓치—罪와罰의
人生은 素人舞臺의우에
拙劣한道化劇일다。

萬一사람이잘演行하고
萬一道化役者가自己를英傑이라고
恒常생각지안는다하면
그것은오롯이그다지는걱정스럽잔흐리라。

廢 園

恰似그것이 오날일이나가티
나는그것을생각한다………
紫色바다에
내작은배는 홀들거리고아섯다

나는 風波와다투우면서
海邊을차젓다。
그리고드여숩에싸인禮拜堂파
寂寂한僧院을發見하얏섯다。

孤 獨

아다·크리쓰텐

現代의찌고이네르
荒廢한사람사람들
人生의浮浪者(바가쓴덴)
그들은힘쓰고
쏘찻는다-
그러나恒常어듬이업다!
즉다십히알는마암과
半熟한知識을가진
외로운큰兒孩들-
그들은 恒常漂浪한다 더욱멀니.
거튼大膽하나
속은煩惱하야
이지하야드러붓는그사람이손으로
그들의등은打傷된다!。

困 苦

너이들의가삼에을니는왼갓苦惱도
그다지기리되롭지아니하다。
엷은옷의겨을추위
눈(雪)가운대맨발과갓치

너이들의心靈의로만티익크한困苦로다-
그다지매운苦痛을주지아니한다。
집도업도밥도업고
돌우에자는것과가티。

池　邊

나는너를안다 어두운못이여
한사람의死人이고요히蒼白하야
너의못가에누어잇섯다。
그날을나는仔細히알고잇다。
그째에愚民은무서워서말업시
고요히너에게갓가히가서
迷信과 怯懦와 愚昧의짜문에
死人의압헤十字를끈엇다。
어써한손이어엽쑨死體를
갈구리로쓰릿슬째에-
野蠻한群衆은죽은女子를
벼락마질년이라하얏다-
사랑스러이푸른얼골을
밤에몃번이나나는보왓다。
어두운時刻에어두운못이여
나는여러번너를생각하엿다。

짜라투-쓰트라의노래

우ᄅ리-드릿히 · 뉘-쵸궤

오, 오사람이여 드러라!
깁흔夜밤중이 무엇을말하는가?
『나는잣다 나는잣다ᅳ
깁은꿈에서나는쌔엿다ᅳ
世上은깁다
그리고더욱깁다 날이생각한것보다도
苦惱는깁다ᅳ
快樂-마음의煩悶보다도깁다!
悲哀는말한다 업서서라! 하고

그러나 모-다 快樂은永劫을바란다—
깁고깁흔永劫을바란다!』

길 에 서

야코뿌·유리우스·다빗뜨

나는엇던女子를아랏섯다. 그네의이름은무엇이던가
나의記憶에서사라진이름을 누가아리
이저바린이름이다. 내가아는것은오작
내가그네를사랑하고 抱擁하얏다는 것이다.

내게서사라진女子 그것의노래를
이제 밤바람이내귀에노래한다
길에서나는그네를이러바렷다
길에서나와가티잇던女子를........

노 래 三 曲

모-리 ‧ 스마-텔렝크
異 河 潤 譯

셋재노래

그가삼에 무엇이들엇나하고
그들은 세적은處女를죽엿다

첫재는 幸福에찻섯다.
그리고 그의피가흐르는곳마다.
三年을배암셋이 노래읇헛고

둘재는 平和에찻섯다.

그리고그의 피가흘으는곳마다
三年을어린羊셋이 색음질하고。

셋재는 不運에찻섯다。
그리고그의 피가흘으는곳마다
三年을天使셋이 밤도아직혓고

다 섯 재 노 래

그는말하려한다
(아달아,걱정이노라)
그는말하려왓다
그가써나려함을……

내둥에는 불이켜젓다
(아달아,걱정이노라)
내둥에는 불이켜젓다
나는갓가히갓다……

그첫재문압헤서는
(아달아,걱정이노라)
그첫내문압헤서는
불꽃은 썰니엿다……

그둘재문압헤서는
(아달아,걱정이노라)
그둘재문압헤서는
불꽃은말하엿다………
　그셋재문압헤서는
　(아달아 걱정이노라)
그셋재문압헤서는
그빗은사라젓다………

열 둘 재 노 래

너는 등불을 켯구나
―오,庭園의해여!
너는 등불을 켯구나
나는름새로 해를본다。
쓸문덜은 열어주럼아。

―門쇠는일러섯다
기다리여야귀다리여야
쇠는 塔속에 쩌러젓스니
귀다리여야 긔다리여야
오로지 다음을귀다리여야⋯⋯⋯

다른날 그문은열닐터이며
수풀은 빗장을직히고잇다
그는 門턱우에쬐이고잇는
落葉의빗이라노나

다른날은 임이갓버렷노라。
다른날은또한두려웁노라
다른날은또한滅亡을하고
우리도亦是이곳서죽을터이지

哀 戀 歌

알베―르 · 사맹
驢 再 鼻 譯

너를사랑하여―네게서 멀리쩌나도 固執스런내생각은
사랑하는本能으로 사랑에되로쓸려와
네게로도라온다 네목 네눈 네가슴을둘러

狂熱한胡蝶가티 써도러단인다。
네 女人박휘안에 쌩쌩돌기에陶醉하여
하로終日 내靈魂에도라오지안코잇다………

너를사랑함으로 쯧에도업시 나는街路로나간다。
그곳엔 消滅한 事緣의 追憶이써돌며
거긔서 나는 쓰나쓴快樂에잠겨서
너의한部分이 아직 고요한大氣에남어잇슴을늣긴다。
아직 그곳을지나간 네香氣가남어잇서
무엇인지알수업는 네微笑을保有한것을呼吸한다。

내가슴은 아조 가을날의희미한아츰갓다。
快晴한날의太陽은 써나가고
부윰하게 沈鬱한한울을것처
내가슴은이러하다。 아―지나간날의저녁에가티
네가 네樂園의눈을 내눈속에처너헛스면
너는 그곳에 아모꼴사나운것은못보고
다만 사랑이 다만 薄明의사랑이
蒼白하고희미하게 貴여운追憶우에누어
슬프게도 溫優한죽엄에醉하고잇슴을보앗스리라。

哀 戀 歌

알베-르 · 사맹

내心臟을苦動식히는 무엇인지알수업시
너自體이엿든것을담은公器를 쏘차저보고저
네치마자락이뛰날든追憶이써도든
네옷이슬처간곳을 나는찻고잇다。

거긔서 눈은 天張을보고 내가피우는
담배의 蒼色煙氣는 천천히써돌어

아침의안개가티헤매일째 나는
네微笑를 고읍던옛날의네微笑를쏘본다.

過去는내靈魂에쏘올른다………그라고
靑蒼한저녁의속에 홀로夢想하는牧人가티
나는꼼짝안코 마음을한곳에모아
저아래 내가슴우에 가마-ㄴ히
깁허가는暗影보다도더甘優히(일테면)
消滅한事緣의 經快한合唱團이 돌고잇슴을본다.

深奧한反響과가티 사랑은내속에쑤리박엇다.
譴責은饒舌이며 怨恨은利己的이다.
내가슴흐단말밧게는 네게아모말도안하겟다……

썩거진꼿한송이 苦痛도優雅하여
다만 香내를피우며 죽어감가티.

疑念

포-ㄹ · 제랄듸―

너는말하엿다「나는해종일
너를생각한다」도
그러나 너는나를생각함보다는
戀愛를생각하고잇다.

너는말하엿다「너를이저버릴수업는
눈물에잠긴내눈은
내가 寢床에누엇슬째
오래 감겨지지안는다. 」
그러나네마음은 陶醉하엿담보다는
더戱弄하고잇다.

너는입을생각함이안이라
더接吻을생각하고잇다

너는煩惱하지안는다
우리의喜悅이진쌈우리의것임은
오래생각치안어도 너는안다。

萬若내가짠사람이엿드면
너는나를훨석들사랑하엿겟늬?

掛　念

포-르·제랄듸-.

어린애가티 淸朗한 大氣가튼우슴으로
내가呼吸하고잇는 근심만흔그늘을
너는 擾亂식히고잇다。
나는 네우슴소래듯기를 질거하지안는다。
너는 너머세게웃는다。너머잘웃는다。
집안에서 夥多한健康과 夥多한光明을
네게쑤리고잇슬째
네自身은 그것에充足하리라。
나의安靜을爲하여서는
네가 悲歎하며 哀憐을쓸며
아양을부리며 네自身을
아조조- 그맛케뵈여야한다。나는
네가 힘업스며 軟弱함을要求한다。
그러면바로 내가너를훨석들사랑한다。
그라고 내마음은훨석더。平靜하여진다。

瞑 想

포—르 · 제랄듸—

그대는 먼저 偶然히
작란가티 好奇心으로서
相對者의 눈치에 可能性을
읽어본것으로 사랑한다。

그라고는 마음속의그속에서
거로깁히가랑하는것가티
누가그대를사랑하면 그대는그를사랑한다。
趣味의調合연고로。

그대들은 서로感謝하면 서로招待한다
些少한自己의不幸을 나노하가지랴고。
바로慣習이되여
愛撫의言句가交換된다。

그대는 오래동안 갓흔일을말하엿슬때는
그것을생각치도안코 쏘말하여본다。
그때에는 아이구- 그대는사랑한다
그것을始作하엿다는緣由로

사 랑 의 詩

노아이으 男爵夫人

내게서멀니써러저 悲哀에찬밤새
오날저녁 네가잠들째엔
꿈속에 나의팔우에
倦怠로무거워진 너의고흔목을지대노라。

네게귀치안은 것은 내게던저다고
陰鬱한생각은 풀어헛처라
나는 얼일은이삭줏는 女人가티
어두음속에서 그모든것을줏으리라
사랑에 陶醉하여 薔薇니
百合이니 情想이니를지여들며..............

自 由 詩

胡 適

十一月二十四夜

老槐樹的影子
在月光的地上微晃
棗樹上還有幾乾葉
時時做出一種沒氣力的聲響

西山的秋色幾厄招我
不幸我被我的病抛住了
現在他聞設我快要好了
那幽艷的秋天早己過去了
　　　十一. 二五. 病作中

《海外文學》 七月號 1927 重要內容

頭言

頭 言

But soft ! What light through yonder window breaks?
It is the east, and Juliet is the sun !
Ariso, fair sun, and kill the envious moon,
Who is already sick and pale with grief.

W.SHAKESPEARE

우리는 남의입을 막지안는다. 남이말하는 그대로고 자긔가할일을 해갈밧게업다. 그러면나중에는 그입이지는 것이다. —(獨逸詩聖괴테)

自己自身것만으로—더구나 그것이 皮相的이요 淺薄이요 狹量일때— 滿足할수잇는이는 얼핏보아서 가장幸福인듯하되 實인즉 가장可憐한存在이다.
世界文化輸入의 必然的要求는『外國文學硏究會』를하여곰 當面現在의朝鮮에잇서서『海外文學』이란 一個의雜誌的『코쓰모폴리탄』을 낫케되엿다.
文學主義의一切을內包하고 客觀的立場見地에서 外國것을 朝鮮化하고 朝鮮것을外國化하는데
그 綜合的命題의焦點과目標가잇서야겟다.
似而非的飜譯이 大家然이고『萬人』的文藝硏究가流行함으로서 文壇利己的文壇享樂現想에 呼應하는『所謂文士』—眞正한 文藝家를말하지안는다—만을爲하야도 戰慄의 彗星이다.
炎夏의논바닥처럼 乾燥에 破裂된 朝鮮의 耳目口鼻에 雷聲霹靂과 暴風雨가 接觸되자 未久現出의 洪水뒤엔 新鮮한創造가 大地에서靈感되리라.—(정)

거짓말한형별은 그가 결코 남에게 신용되지안는다는것이안이라 그가 다른엇든 사람이라도 밋지못한다는점에잇다. —英文壇의鬼神『쇼오』

散文詩二篇

(英-퓌오나·맥클리오드作)
丁 奎 昶 譯

갈ㅅ대피리부는이

 나는 속이 맛뚤닌 갈대피리 하나를 입술에 대고잇는 사람을 맛낫섯다. 그가 불던 곡조는 구슲흐고도 아름다운것이엇는데 어덕으로 단일때 양치는 녀인에게 배화둔 지금은 이저진 넷날 곡조이엇다.
 그가 분것은 [노래중의 노래] 이엇는데 심장들의 쒸놀미 들녓다. 그리고 나는 한심지는 여러소리를 들엇다. 그리고 쏘먼곳의 새노래가 올나갓다 자즈러젓다 하는 그러한 소리와 함께.

[죽음의 노래를 하나 부러주시오]나는 말햇다. 속이 맛뚤닌 갈대피리를 입술에
대인 사람은 빙굿이웃더니 그는 다시 한번 [노래중의 노래]를불어주더라.
  (註) [노래중의 노래]-[사랑의 노래]

그늘진숩풀

  달빗의 바다를 은(銀)거루가치 쩌오는 그늘진 숩풀우의 쌕국이 소리를 나는
듯는다.
  쌕국의 슯혼 노래는 멀니서 달빗을 싸라 그늘진 숩풀에 깁히 잠김을 나는 듯는
다. 마츰내 숩풀 깁혼 그늘속에서 달빗은 삼든다.

愛誦九篇

異 河 潤 譯

鎭 魂 曲

(英-R・E・스틔-븐슨作)

넓은하날 별빗바다밋헤,
무덤을파고 나를죽게하소서.
나는깃버살엇고 깃버죽으매,
깃버서 이몸을뉘임이로라.

무덤에색일詩는 이것으로요-
눕고십던이곳에 그는자노라,
집, 바다서도라온水夫의집,
기고뫼에서 砲手가도라온그집.

死 都

(佛-알베-르・사맹作)

單調러운모래밧가에 荒蕪히져바린,

녯都城 塔도업고坐成도업시,
훗허진大理石의힌屍衣밋헤서
나만흔바빌로느의마즈막삼을잔다.

한째는政權의首都. 堅固한城壁우에
勝利는그의두쇠나래를버려섯거니,
全亞細亞民이그의一萬門을攻圍하엿섯스며,
그의큰사다리는바다로나려섯거니……

只今은空虛, 그리고永遠한沈默,
돌에서돌씨지이都邑은죽엇노라,
都邑이고달품가치 그낡은냇가敬虔한달아태.

그래호을로 靑銅象하나 이災難에,
문허진回廊우에 바로서셔,
별을向하야 설어히그코를치여든다.

부 셔 라!

(英-애ㄹ프리드·테니슨作)

부셔라 부셔라 부셔라
네찬灰色돌우에 오 바다여.
그러나 내가삼에이는온갓生覺을
내혀로써 말하고짐이여.

오 부럽어라 漁夫의아달은,
누동생부르며 뛰놀고잇다.
오 부럽어라 젊은水夫는
바다기슭보-트에셔노래부른다.

그리고 큰배들은

山影밋 그들의港口를向한다.
그러나 오 사라진님의 손이여,
고요해진님의 말소래여.

부셔라, 부셔라, 부셔라
네바위밋헤 오 바다여,
그러나지난날의부드러운情은
永遠히 내에게오지안노라.

이져바리여오

(米-셔라・틔스데일作)

이저바리여오, 꼿이이적짐가치,
 금을노래하든불가치이져바리여오.
永遠이 아조이져바리여주서오
 째는조흔빗입니다, 우리를늙히니.

萬一누가뭇거든 그는오랜녯날에,
 닛쳐젓다고 말해주서오,
꼿가치 불가치 비견이쳐진눈속에
 사러진발자최와도가치…….

둑 겁 이

(佛-트리스탕・콜비에르作)

바람업는밤에 노래한마대……
―검프르게 소서오른風景畵에,
달은 밝은쇠빗을올니여준다.

노래. 져-숩밋헤 산장한

反響가치 生氣가잇는……
—고요헤젓다. 오너라 그곳은 저어둠속이다.

—둑겁이가! 忠實한兵士내가잇는데
웨 그리도 두려워하는가?
보라, 나래도업는 이중詩人을
泥土속의쇠꼬리를……-무셔웁다-.

—그는노레부른다—무서워—웨그리 징그러울가.
버ㄴ 적이는 그눈을보앗는가……
아니다, 그는치워돌밋흐로 드러를갓다.
………………………
(본소알)안령히즈므십시요—저둑겁이,그는내노라.

騎 士

(英-윌터·드·라·메-어作)

언덕우에騎士한사람
달을달녀넘어가도다.
달은밝고,
밤은고요타.

銀甲冑에
희푸른낫빗,
잡어탄그말은
象牙빗이다.

二 元 論

(佛-포올·제랄듸作)

사랑아 말해라 웨너는

『내피아노 내薔微』라하며
『당신册 당신개』라하는지……
웨잇다금『내돈으로 내
이것을 사겟서요』
라고 내게말을하나.

내것이냐 네것이냐!
웨 우리를맛세우는이말을……
네것이내것 내것이네것?
萬一네가나를 참사랑한다면
너는『우리册우리개』
쏘『우리薔微』라야지.

삶

(英-J·골즈워듸作)

삶? 삶이란무엇인가?
平調한물걸의躍動이련가,
다사원재물의버ㄴ 적임인가,
空氣업논무덤에사바람인가!

죽엄? 죽엄이란무엇인가?
無窮한太陽의消滅됨인가,
잠못자는달님의즈므심인가.
始作안된이약이의終末이던가!

回 想

(日-西條八十作)

南쭉佛蘭西

山속적은마을에
나는잇섯다
그날, 그해녀를.

나는석달을
우리故國사람의
그립은말소래를
듯지못하다

너무도
孤寂해지며는
다못홈자서
숩풀과말하여,

내목소리가
울녀오는反響을
그나마들음으로
깃버햇노라.

佛蘭西南便
山속격은마을에
외로윗섯든
그날, 그해녀름.

西風에게 보내는 노래

(英)쉘리-原作

金 翰 容 譯

오-쯰친西쪽바람 가을의숨이여!
形体는안보이되 마른입흔쏫기여
다리나네 巫女의게쏫겨가는 雜神과가치

누르고검고淸白하고 쏘熱에붉은
疫病에걸인 數업는무리는.
오 西風 너는날개잇는種子를수래에실고
暗澹한 한겨울의寢牀에쓸고가면은
쌍깁히뭇친송장과갓치 서늘하게누어잇스리.
너의姉妹풀은春風 꿈쑤는大地우에
喇叭불어 平原이며언덕우에
(羊쎄갓치사랑스런싹들을大氣의牧場의로쫏치며)
鮮明한빗치며 香氣로채울째까지.
西方으로움작이는 쓰친精靈아!
破壞者 保存者 오~西風이여!

홀으는바람결 일이커는 高空의混亂에
淡雲은地上에허터지는 落葉과갓치
水光이接天한곳에서 헛치이노나
저雨露와光明의天使는.
大氣의큰불길풀은表面우에는
[메나드]의頭上에덤힌빗난頭髮과갓치
    (註[메나드]는[백크스] 神祭日에나오는美女)
中天에서地平線희미한곳까지
닥처오는暴風雨의鬡髮이허터지나니
아―西風 이사라저가는해의挽歌여!
이저무러가는밤은 사라지는이해의
크다란墳墓의둥그란天井이되리니
煙霞의한태모힌無限한힘에싸이여,
이煙霞의무거운雰圍氣속에서
검은비와불과우박이쏘다지리니 오―西風이여!

너는깨엿다 여름날의꿈으로부터
풀은地中海 그긔너는누워잇섯다
[배이어]물으미(灣)인 [라바]섬(島)엽해흘어는
水晶갓치淸明한물결의뉘누리(渦卷)에감들여

꿈속엔넷날의宮殿과塔돌들이불결신(强)
그날에限하야 써는양을보더니만
생각하여도 恍惚해지는
풀은잇기(苔)와아름다운꼿들노싸인그것들을.
인제는겨울 닷는西風너의길에
고요하든太西洋의물결은波山속에째여지며
大洋밋풀은옷입은海花와저즌(濕)나무는
비소래에놀래여 얼골빗치푸러지며
썰면서 제몸을 스스로傷우나니오―西風이여!

내몸이만약 네가실고갈落葉이엿던들
내몸이만약 네가날닐수잇는구름이엿던들
그리고너의힘에헐덕이는닷는물결이엿던들
自由는적더라도네힘의衝動을밧을수잇섯드면
오―不可抗力이여 적으나마이몸이
내어린시절에와도가치 空想아닌
空中의速力을 넘어슬째에
中天의 *浮游者*너의벗이될수만잇스면

이갓치압흐고쓰린缺乏의祈禱로서
너로 더부러시비는아니하련만.
오―나를이러키다오―물결과갓치落葉이며구름과갓치
나는이生의가시밧헤넘어젓노라 피흘니노라
時(째)의무거움이이몸을잘으며쑥그리게히노라
길드지아니한急速하고自負만흔너와도가치

나로하여곰네絃琴이되게하라 저숩풀과갓치
나의입히나무입가치써러진다면그무어이잇스랴?
네偉力잇는諧音의混亂이 슯흐나마달큼한
깁흔가을의旋律을자아내나니
너는나의精神이되여다오―强한精靈아!
네가나의몸이되소서 性急한者여!

나의날고썩은思想을 宇宙에서쫏처라
고라진나무입히 新生을나음과가치
그리하야이詩의呪文으로말미암아서
不消의火爐에서재와불꼿헛는것가치
人類속에서 내말을 헛터주소서
나의입술노하여곰 잠깨지안는大地에
豫言者의喇叭이되게하라오—바람이여!
겨울이오면은春光이야머지안흐리.

(一八一九年)

노 래

　드물게드물게도 그대는오노나
깃봄의精靈이여!
너는어찌하야 나를버리고
어대로갓드냐
여러날 여러밤을.
그대가가버린 그날노부터
괴로운그밤이 그몃번이엿으며
쏘그날이 몃변이엿든가

　나갓흔사람으로써 어찌하면
다시금그대를도라오게할수잇스랴.
즐거운者自由로운者로더부러
그대는苦痛을비웃으리니
밋지못할精靈이여!
그대를원치안는者外에는
모도다 그대는이즈바렷네

　쩌는나무입그늘에사는
도마배암과도가치
悲哀를보고그대는놀내나니

슲흠의한숨인들
그대를責하지안흐랴
그대는갓가히오지안흐며
귀를기우리지안을그대이리고

    날노하야곰 나의슲흔노래를
즐거운曲調에맛추게하라
그대는哀憐을 위하야오지안코
오즉즐거움을위하야오리니
그러면哀憐은 그殘忍한
나래를쓴허버리고
그대를머물하게랴네.

    나는너의사랑하는모든것을
사랑하노라 깃븜의精靈이여!
풀은나무입흐로 새옷입은
젊은大地 또黃金色
안개에싸힌가을아참을

    나는눈을사랑하노라 또한
빗나는서리의모든形體를사랑하노라
나는물결, 바람, 暴風雨모든 것을
올타 自然의물건으로서
人間의不幸으로因하야
더러워지지안는모든것을사랑하노라.

나는고요한孤獨을사랑하노라
그리고고요하고어질고착한
親交들또한사랑하노라.
그대와나사이에무엇이다르랴?
그러나그대는나의求하는모든 것을
가지고 나와도갓치

그것들은 사랑하나니.

나는사랑을사랑하노라
비록그것이나래를가지고
빗과갓치다라난대도
그래도모든물건보다도
精靈이여나는그대를사랑하노라
나는사랑이요 쏘生命이여라
오―오너라 그리하야다시금
내마음으로하야곰네집이되게하라.

(一八二一年)

二老兵에寄하는挽歌(外三篇)

(米)월트 횟트멘 原作
李 炳 虎 譯

最後의日光은
가랴는그날의『安息日』로서가벼압개쩌러저
이곳步道우에나 저편新裝된
두상의무듬을나려다보도타.

보아라 저달이솟아오름을
東으로솟아오는白銀의둥건달
지붕우에어엿분새시 파란幻影의달
無窮하고도쏘默默한달.

나는한줄기哀憐한行列를보며
모라오는소吹의喇叭소래를덧는다
城市의윈街路에그音響이넘처나
부러짓는音聲과애썻는눈물갓틈을.

크다란軍鼓는내귀를놉게울니고
즉은軍鼓는그音響이더욱식식해
이巨勤한모든音色의 顫鼓는
나를餘地업시도痛擊하여요.

함게쩌어러잇는그외子息과어버이
　(날카로운進擊의隊伍의先頭에그들은늙어저子息
　과어버이의두老兵은一時에쩌나서이제두상의무
　듬이그들을기다리도다.)

불니는喇叭소래는漸漸가차워오고
울니는북소래는더욱震動해
步道上의日光은왼통날가지렬때
그힘센悅曲은나를잡아갓서요.

東便하늘에솟아오터는
量업고도浸痛한幻影은빗초여흘너
　(그는어머니의크다란透明한얼골이
　놉히天上에빗초여오름이라내)

오—굿센葬禮의曲 나를깃뿌개함이여!
오白銀의얼골를자진無量의달 나를和하게함이여!
오—나의두兵士여!오—葬地로가려는나의
두老兵들이여!
내가가진物件도쏘한네게주리라.

달은네게光彩를주고
喇叭과軍鼓는네게音曲을주고
그래서나의心臟, 오—우리의兵士들이여
나의老兵들이여!
나의心臟은너게사랑을주노라.

『난대업는이의게』

지나가는난대업는이!
내가얼마나그대를情깁게바라봄을그대는모름이로세
그래는내가차지랴는그사람, 내가차지랴는그아씨에도
　들님이업다(그는엇돈꿈길과갓치내게오는)
나는쪽엇든곳인지, 그대와함게, 그깃뿐生活를, 보내
엿섯고,
다시生覺나노니, 우리들은서로삭괴엇섯고, 서로親切
하엿서며, 서로守節하엿서, 成熟하야지나온거와도갓
치그대는내와함게成長하엿고, 내와가치少年이엇서며
쏘는내와함게少女된째도,
나는그대를 더우려먹고, 그대를더우려잠잣서며, 그
대의몸은오직그대自身것만도아님에, 내몸도쏘한오직
내自身것만도아니엿섯다.
우리가이제상을살아갈째에, 그대는그대의눈과 얼골
과 肉體의快樂를내게주엇고, 그代身그대는나의수염
과 가상과 가삼과 손을잡음이로세, 나는그대의게말함은아
니다. 내가오직혼자안커나, 밤에혼자잠째일째이면,
그대다러生覺남이겟지오.
기다리련다나는, 내가그대와쏘다시만남이잇슴을疑心
치안는다.
나는그대를보앗서, 그대를決코일치는안허리라고.

『憧憬하고默想할그째』

호올로안자서, 憧憬하고默想할 그째이라면
다른나라에서도, 憧憬하고默想하는모든사람이 내게
는生覺나노라.
나는 獨逸, 伊太利, 佛蘭西, 西班牙,
或은멀니 더멀니, 支那와路西亞와日本에서도그의모
든다른말로서, 말하며잇는, 그내들을볼수잇슴도生覺

하노라.
내가萬若, 이모든사람들을알엇더라면,
나는내나라사람들길에함과도가치
그―모든사람들의게도結合됨이잇서리라고生覺노라
오―나는아라요, 우리는모다가兄弟요, 愛人될것을
나는아라요. 그대들과幸福을가치할 것도!

『勝利의名聲을읽을째』

英雄의獲得한名聲과偉大한將軍의勝利를읽을째,
나는그―將軍들을부러워하지안노라―
大統領된그의高官과萬乘의錄을가진그의大闕도.
그러나, 愛人間의友情이그내들길에는果然엇더하엿고
모든危險과非難을지나서, 길게길게變함도업시, 果然
얼마나그의一生을가치하엿나,
靑春을지나고, 쏘한中年과老年도지나서,
얼마나그대들길에, 堅實하고情깁푸며, 쏘한忠實함이
잇섯슴을 나는더를째
이째라면, 沈思하면서―
견대지못하는부러움을, 가득히안고, 慌急히도나는다
름질하노라.　　　　　　　　(以上)

自　由　詩　一　章

支　那　胡　適

四烈士塚上的沒字碑歌

他們是誰?
三个失敗的英雄
一个成功的好漢
　他們的武器

炸彈!炸彈!
　他們的精神
　　幹!幹!幹!

他們幹了些什麼?
　一彈使奸雄破膽!
　一彈波帝制推翻!
　他們的武器——
　　炸彈!　炸彈!
　他們的精神,——
　　幹!幹!幹!

他們不能咬文嚼字,
他們不肯痛哭流涕,
他們庚不屑長吁短歎!
　他們的武器——
　　炸彈!　炸彈!
　他們的精神,——
　　幹!幹!幹!

他們用不着紀功碑,
他們用不着墓誌銘——
死又用不着墓誌銘!
　他們的紀功碑,——
　　炸彈!　炸彈!
　他們的墓誌銘——
　　幹!幹!幹!
　　　　　　十, 五, 二,

《詩文學》 第一號 目次

동백닙에빗나는마음

永 郞

내마음의 어딘듯 한편에 끚업는 강물이 흐르내
드처오른는 아츰날벗어 빤질한 은결을 도도내
가슴엔 듯 눈엔듯 쏘피스 줄엔듯
마음이 도른도른 숨어잇는곳
내마음의 어딘듯 한편에 끚업는 강물이 흐르내

어덕에 바로누어

어덕에 바로누어
아슬한 푸른하날 쏫업시 바래다가
나는 이것습내 눈물도는 노래를

그하날 아슬하야 너무도 아슬하야

이몸이 서러운줄 미리서 아랏거니
마음의 가는우슴 한째라도 업드라냐
아슬한 하날아래 귀여운맘 직기운맘
내눈은 감기엿대 감기엿대

누이의마음아 나를보아라

「오―매 단풍들것내」
장광에 골불은 감닙 날러오아
누이는 놀란 듯이 치어다보며
「오―매 단풍들것내」

추석이 내일모래 기들니라
바람이 자지어서 걱정이리
누이의 마음아 나를보아라
「오―매 단풍들것내」

四行小曲七首

뵈지도 안는 입김의 기는 실마리
새파란 하날쯔테 오름과가치
대숩의 숨은마음 기혀 차즈려
삶은 오로지 바늘씃가치

님두시고 가는길의 애끈한 마음이여
한숨쉬면 써질듯한 조매로운 꿈길이여
이밤은 캄캄한 어느뉘 시골인가
이슬가치 고인눈물 손쓰르로 쌔치나니

문허진 성터에 바람이 세나니

가을은 쓸쓸한 맛 뿐이구려
횟긋횟긋 산국화 나붓기면서
가을은 애달프다 소색이느뇨

저녁째 저녁째 외로운마음
붓잡지 못하야 거러다님을
누구라 부러주신 바람이기로
눈물을 눈물을 쌔아서가오

풀우에 매저지는 이슬을본다
눈섭에 아롱지는 눈물을본다
풀우엔 정기가 꿈가치 흐르고
가삼은 간곡히 입을 버린다

푸른 향물 흘러버린 어덕우에
내마음 하루살이 나래로다
보실 보실 가을눈이 나래를치며
허공의 소색임을 드르라한다

좁은길가에 무덤이 하나
이슬에 저지우며 밤을 새인다
나는 사라저 저별이 되오리
뫼아페 누어서 희미한이별을

除 夜

제운밤 촛불이 찌르르 녹어버린다
못견듸게 묵어운 어느별이 쩌러지는가

어둑한 골목골목에 수심은 썻다 가란젓다
제운밤 이한밤이 모질기도 하은가

히부얀 조이등불 수집은 거름거리
샘물 정히 쩌붓는 안쓰러운 마음결

한해라 기리운정을 못고 싸어 흰그릇에
그대는 이밤이라 맑으라 비사이다

쓸슬한 뫼아페

쓸쓸한 뫼아페 후젓이 안즈면
마음은 갈안즌 양금줄가치
무덤의 잔의에 얼골을 부비면
넉시는 행맑은 女玉像가치
산골로 가노라 산골로 가노로
무덤이 그리워 산골로 가노라

원 망

「바람이 부는대로 차자가오리」
홀린듯 기약하신 님이시기로
행여나! 행여나! 귀를 종금이
어리석다 하심은 너무로구려
문풍지 서름에 몸이 저리어
내리는 한박눈 가슴 해여저
헛보람! 헛보람! 몰랏스료만
날다려 어리석단 너무로구려

일은봄아츰

芝 溶

귀에 설은 새소리가 새여 들어와
참한 은시게로 자근자근 으더마진듯

마음이 이일 저일 보살필 일로 갈러저
수은방울처럼 동글 동글 나동그라저
춥기는 하고 진정 일어나기 실허라.

쥐나 한 마리 훔켜 잡을 드시
미닫이를 살포-시 열고 보노니
사루마다 바람 으론 으호! 차워라.

말은 새삼넝쿨 새이새이 로
빠알간 산사 새색기가 물비스 북 드나들덧.

새색기 와도 언어수작을 능히할가 십허라.
날카롭고도 보드라운 마음씨가 파다거리여.
새색기와 내가 하는 에스페란토 는 회파람이라.
새색기야 한종일 날어가지 말고 울어나다오
오늘아츰 에는 나이어린 코키리처럼 외로워라.

산봉오리-저쪽으로 돌닌 푸로우여일-
페랑이꼿 빗으로 볼그레 하다
씩 씩 뽑아 올라간 밋 밋 하게
깍거 세운 대리석 기동 인 듯

간스 뎅이 가튼 해가 익을거리는
아츰 한울을 일심으로 씩바치고 섯다
봄ㅅ 바람 이 허리써 처럼 휘이 감돌아서서
사알랑 사알랑 날러 오노니
새색기 도 포르르 포르르 불녀 왓구나.

산에서 새색기가 차저 왓다
빠알간 쏘니ㅌ 를 쓰고 왓다.
빠알간 쏘니ㅌ 가 하나 잇섯스면-
사철 발버는 어린누이 씨워주고

호호호 손ㅅ벽 치며 놀녀대 볼가.
내 어린누이 도
아아, 산에서 온 조그마한 손님이어니.   (一九二六年三月)

Dahlia

가을 볏 쌔앵 하게
내려 쏘이는 잔디밧.

함쌕 피여난 짜알리아.
한나제 함쌕 퓐 짜알리아

시약씨 야 네 살빗 도
익을 쌔로 익엇 구나.

젓가슴 과 북그럼성 이
익을 쌔로 익엇 구나.

시약씨 야 순하디 순하여 다오.
암사심 처럼 쮜여 다녀 보아라.

물오리 쩌 돌아다니는
흰 못물 가튼 한울 미테

함쌕 피여 나온 짜알리아.
피다 못해 터져 나오는 짜알리아.

京都鴨川

鴨川 十里ㅅ벌 에
해는 점으러… 점으러…

날이 날마다 님 보내기
목이 자젓다… 여을 물소리…

찬 모래알 쥐여짜는 찬 사람의 마음
쥐여 짜라. 바시여라. 시연치도 안어라.

역구풀 욱어진 보금자리
쯤북이 홀어멈 우름 울고

제비 한쌍 써서 다
비마지 춤을 추어.

수박냄새 풀어오는 저녁 물ㅅ 바람.
오랑쥬 껍질 씹는 젊은 나그내의 시름.

鴨川 十里ㅅ벌 에
해가 점으러… 점으러…

船 醉

배난간 에 기대서서 회파람을 날니나니
색싸만 등솔기 에 八月ㅅ 달 헤ㅅ 살이 짜가워라.

金단초 다섯 개 달은 자랑스러움, 내처 시달픔
아리라랑 쏘 라도 차져 볼가, 그전날 불으던

아리라랑 쏘 그도저도 다 니젓습네, 인제는 버얼서
金단초 다섯 개를 쎄우고 가쟈, 파아란 바다 우에.

담배 도 못피우는, 수닭 가튼, 머언 사랑을
홀로 피우며 가노니, 늬긋 늬긋 흔들 흔들 니면서.

물네방아

異 河 潤

쉿업시 도라가는 물네방아 박휘에
한닙식 한닙식 이내 추억을 걸면
물속에 잡겼다 나왓다 돌째
한업는 뭇기억이 닙닙히 나붓네

박휘는 쉿업시돌며 소래치는데
맘속은 지나간 녯날을 차저가,
눈물과 한숨만을 지여서 줍니다
……………………………………

나만혼 방아직이 머리는 흰데,
힘업는 視線은 무엇을 찻는지-
확속이다 굉이소래 찌을적마다
요란히 소리내며 물은 흐른다.

老狗의 回想曲

오랜 녯날의
히마한 기억이
새로운 喚起를
돌려보낼째,
오! 조개는
저 늙은개는
원한과 공포가
찌올러와
우렁차게도
지저 오른다.

저-개는
오! 늙은 저개는
평화한 山村에
騷亂을 다하든
어려서 바든
쓰린 기억이
사라도 지렬째,
비통의 과거
애닲은 기억을
쓰러다 주어서.

곱게 무처진
점잔은 기억이
공포와 원한을 품고
새로 히미히
喚起될째에
무섭게 늙은 저개는
하날을 우러러
산을 맛보고
힘차게 우러낸다
그 波動을 따라……

쩌나가는배

朴 龍 喆

나 두 야 간다
나의이 젊은 나이를
눈물로야 보낼거냐
나 두 야 가련다

안윽한 이항구-ㄴ 들 손쉽게야 버릴거냐

안개가치 물어린 눈에도 비쵀나니
골잭이마다 발에 익은 뫼ㅅ 부리모양
주름쌀도 눈에 익은 아·사랑하든 사람들

버리고 가는이도 못 닛는마음
쫓겨가는 마음인들 무어 다를거냐
도라다보는 구름에는 바람이 회살짓네
압대일 어덕인들 마련이나 잇슬거냐

나 두 야 가련다
나의 이 젊은 나이를
눈물로야 보낼거냐
나 두 야 간다

이대로가랴만은

설만들 이대로 가기야 하랴만은
이대로 간단들 못간다 하랴만은

바람도업시 고이쩌러지는 꼿닙가치
파란하날에 사라저버리는 구름쪽가치

조그만 열로 지금 숫더리는 피가 멈추고
가는 숨길이 여기서 끗맷는다면-
아· 얇은빗 드러오는 영창아래서
참아 흐르지못하는 눈물이 왼가슴에 저저나리네(病床에서)

싸늘한이마

큰 어둠가운대 홀로 밝은불 혀
고 안저잇스면 모도 뻐앗기는 듯
한 외로움

한포기 산꽃이라도 잇스면 얼마
나한 위로이랴
모도 뻐앗기는듯 눈덥개 고이 나
리면 환한 왼몸은 새파란불 부터
잇는 린광(燐光)
쌈안 귓도리하나라도 잇스면 얼마
나한 깃븜이랴

파란불에 몸을 사루면 싸늘한 이
마 맑게 트이여 기여가는 신경의
간지러움
기리는 별이라도맘에 잇다면 얼마
나한 질검이랴

비나리는날

세염도업시 왼하로 나리는비에
내맘이 고만 여위여 가나니
앗가운 갈매기들은 다저저 죽엇겠다

밤기차에 그대를보내고

i

온전한 어둠가운대 사라저 버리는
　한낫 촛불이여.
이눈보라 속에 그대보내고 도라서 오는
　나의 가슴이여.
쓰린듯 부인듯 한데 뿌리는 눈은
　드러 안겨서.
발마다 밋그러지기 쉬운 거름은
　자최 남겨서
머지도 안은아퍼 그저 아득 하여라.

ii

밧글 내여다보려고(생각기에), 무척 애쓰느
  그대도 서르렷다.
유리창 검은밧게 제얼골만 비처 눈물은
  그렁그렁 하렷다.
내방에 들면 구석구석이 숨겨진 그눈은
  내게 우스렷다
목소리 들리는 듯 성그리는 듯 내살은
  부댓기렷다
가는그대 보내는나 그저 아득 하여라.

iii

어러부튼 바다에 쇄빙선가치 어둠을
  헤처 나가는 너.
약한정 후리처 쩨고 다만 밝음을
  차저 가는 그대.
부서진다 놀래랴 두줄기 궤도를
  타고 달리는 너.
죽엄이 무서우랴 힘잇게 사는길을
  바로 닷는 그대.
시러가는 너 실려가는 그대 그저 아득 하여라.

iv

이제 아득한 겨을이면 머지못할 봄날을
  나는 바라보자.
봄날가치 우수며 달려들 그의 기차를
  나는 기다리자.
「잇는다」말인들 엇지참아! 이대로 웃기를
  나는 배화보자.
하다가는 험한길 헤처가는 그의 거름을
  본 바더도보자.
마츰내는 그를 짜르는 사람이라도 되여 보리라.

外國詩集

木 蘭 詩

寅 普 譯

방문마조 잭각잭각 목난(木蘭)이가 베를짜
바듸북 소리업고 들리느니 색씨한숨
네무엇을 생각느냐 네무엇을 그리느냐
아모생각도 내업소 아모그림도 내업소
영문(營門) 전령(傳令) 어제보니 어전(御前) 점고(點考) 굉장한대
열두잭 포수(砲手)안(案)에아배일홈 권권마다
큰애업는 아배시오 옵바업는 목난이라
언치언진 말을사서 아배대신는 내가이다
압저자에 왕한말사고 뒤저자에 안장사라
저저자에서 구레랑사고 이저자에서 긴채쯕사자
아침에 우리부모하직하고서 어스랠째 황하수(黃河水) 갯가에드니
우리부모 날부르는소리는업고 황하수(黃河水)흐르는물 저만이울어 쏴쏴
아침에 황하수(黃河水)를 하직하고서 어스랠째 흑산(黑山)머리 당도해보니
우리부모 날부르는 소리는업고 연산(燕山)의되놈의말 저만이울어 처량타
쌈고븨 노칠세라 만리를 머다하랴
재넘고 목을지나 나는드시 달려가니
갑옷우에 햇살찬대 쌀쌀한 조두쏘리 북방이 예로구나
대장사쪼 전망(戰亡)하고 십년만에 도라온다
도라와 상감마마뵈오니 상감마마 정전에 죄정하섯것다
열두고패 공을오래 온 즈므 남는상급
상감마마 소원을 무르시니 승정원도승지도 쓸데업소 목난이는
천리마 빗기태워 제고향에만 보내주오
안팟어이 거동보소
쌀온다 말을듯고 성문(城門)밧 밧비나와 부축해 데려주고
어린동생 거동보소
언니온다 말을듯고 문압헤서 연지(臙脂)단장

오래비 거동보소
누나온다 말을듯고
칼북북드리갈아 돼지라 양을 노린다
열어보자 내방문
안저보자 내평상
버서보자 내군복
입어보자 내치마
영창밧삭 살쩍내고 거울마조 입술짓고
나와서 동관보니 동관포수가 다놀란다
가치다녀 열두해에 목난이 색신줄 몰랏세라
숫토끼 다리쌍창
암토끼란 눈이어려
두토끼 짜흐로 다라나니 순지 암인지 날어이알리

原文

卿卿復卿卿, 木蘭當戶織, 不聞機抒聲, 惟聞女歎息, 問女何所思, 問女何所憶, 女亦無所思, 女亦無所憶, 昨夜見軍跕, 可汗大點兵, 軍書十二卷, 卷卷有爺名, 阿爺無大兒, 木蘭無長兄, 願爲市鞍馬, 從此替爺柾, 東市買駿馬, 西市買鞍藏, 南市買響頭, 此市買長鞭, 朝辭爺孃去, 募宿黃河邊, 不聞爺孃喚女聲, 但開黃河流水鳴濺濺, 朝辭黃河去, 暮至黑山頭, 不聞爺孃喚女聲, 但聞燕山胡騎鳴啾啾, 萬里赴戎機, 關山度若飛, 朔氣傳金析, 寒光照鐵衣, 將軍百戰死, 壯士十年歸, 歸來見天子, 天子坐明堂, 策勳十二轉, 賞賜百千强, 可汗聞所欲, 木蘭不用尙書郞, 願馳千里足, 送兒還故鄕, 爺孃聞女來, 出郭相扶將, 阿妹聞姉來, 當戶理紅粧, 小弟聞姉來, 磨刀霍霍向猪羊, 開我東閣門, 坐我西間狀, 脫我戰時袍, 著我舊時裳, 常窓理雲髮, 對鏡帖花黃, 出門看火伴, 火伴皆愍惶, 同行十二年, 不知木蘭是女郞, 雄兎脚撲朔, 雌兎眼迷離, 兩兎傍地走, 安能辨我是雄雌　　　　　　　　.....無名詩

木蘭詩는 孔雀行과 齊名하는 支那古詩의名篇이다 近日의 支那東南大學顧實氏의 著述한 支那文學史大綱을보니 木蘭이 孔雀보담훨적지난다하얏다 이는文章에깁지못한말이다 孔雀行은비록支離한듯하나 支離할수록 古樸하고 眞摯하야 至情의 惻隱함이보이고 木蘭은 쪽빼진듯하나 암만하야도 건장한맛이 勝하야 위晉以下의 氣風이 顯著이드러난다 雁門太守行가튼글은 누가보나村스럽고 어

리석은말이다 그러나 이것이시굴맛이 잇서조흔 것이다 이것을알어야 支那의
古詩를엿볼수잇다 漢詩의名篇을 우리말로 옴겨보려든 宿望을 이제 詩文學의創
刊으로 이루게되매 위선 이一篇을시험하고 次號브터 쓰침업시 譯出하기로하며
導言삼아 數行을부친다

圓舞(LA RONDE)

(佛)폴 · 포-르(PAUL FORT)
異 河 潤 譯

이세상 처녀들이 모다 손을서로 잡는다하면
바다를 들러 그내들은 노래하며 춤을출수 잇슬거외다

이세상 총각들이 모다 水夫가 된다하면은
물결우에 배로서 고흔 다리를하나 놀수잇슬거외다

이세상 사람들이 모다 손을서로 잡을그째엔
지구를 들러 우리는 노래하며 춤을출수 잇슬거외다

새벽(CHANSON A I/AUBE)

—이내 고민은 어대로 갓슬가
내게는 벌서 고민이 사라젓느니
나의 애인은 어대가 잇슬가
나는 그런 것을 마음치 안느니

맑고도 고요한 새벽에
상쾌하게 동이 터올째
평온한 바다가에 서서보는
오 멀고 가이업는 바다여

—이내 고민은 어대로 갓슬가

내게는 벌서 고민이 사라젓느니
나의 애인은 어대가 잇슬가
나는 그런 것을 마음치 안느니

그대의 파도는 리본 갓고나
불어다니는 바다의 微風이여
리본과가튼 그대의 파도가
나의 하이얀 손가락새에 잇스니

—나의 애인은 어대가 잇슬가
내게는 벌서 고민이 사라젓느니
이내 고민은 어대로 갓슬가
나는 그런 것을 마음치 안느니

진주로 물드린 하날에
이슬에 빗나 반작이며 날느는
잿밋 갈매기 한머리를
나의 눈은 짜러 다니다

—내게는 벌서 고민이 사라젓느니
나의 애인은 어대가 잇슬가
이내 고민은 어대로 갓슬가
나는 벌서 애인이 업느니

맑고도 고요한 새벽에
오 멀고 가이업는 바다여
태양이 쩌오는 어덕가에
파도만이 속삭이고 잇느니

—이내 고민은 어대로 갓슬가
내게는 벌서 고민이 사라젓느니
태양이 쩌오는 어덕가에

파도만이 속삭이고 잇느니

헥토르의이별(註一)(HEKTORS ABSHED)

(獨)실레르(SHILLER)

龍兒 譯

안 드 로 막 헤
헥토르 그대는 가시려나 나를 버리고,
당할길업는 악힐의 무서운 손이
파트로쿨루스의 원수갑는 마당으로?
누기라 잇서 우리의 남은 아들
창더지기 신을 섬기기 가르치리?
그대 만일 어둔황천에 나려가시면
핵 토 르
사랑하는 안해여, 눈물을 거두라!
싸홈마당을 향하는 불가튼 내마음
페르가무스를 직힘은 이 두팔이라
신들의 거룩한 제단을 위하야
싸호다 죽어, 스틱스(註二)강가에 내려간다면,
나는 조국의 구원자로 깃브게 가리라
안 드 로 막 혀
다시는 그대의 환도소리 드를길업고,
그대의 칼도 헛되이 시렁우에 걸리여,
프리암스큰영웅의 겨레 여기 그치단말가?
그대 참으로 가시려나 해 빗나지안는곳
거친들에 눈물의강 우름우는곳으로?
그대의 사랑도 레테(註三)의물에 사라자리로다
핵 토 르
이세상에 바라든 모든가지 내모든생각
테테의 고요한 흐름에 잠겨버리과저,
허나 나의 사랑만은 안되느니

드러라 적병의 성벽에 지치는소리
서럼은 버리고 내허리에 칼을채우라
헥토르의 사랑만은 FP테도 엇저지 못하느니

(註一) 희랍군사는 트로야의성을 둘러싸고 십년동안을 드리첫스나 트로야의장사들
　　　은 피를 홈리여 이를 막아냇다. 헥토르는트로야왕의 아들로 트로야의제일대
　　　장, 트로야의 별이요, 꼿이다. 이날 희랍이 장사악힐이 자기의가장친한 친구
　　　파르로클루스의 원수를 갑흐려 싸홈을 청함에 헥토르는 자기의 사랑하는 안
　　　해 안드로막헤와 이별을하고 싸홈에 나가는판이다. 헥토르는 정말 이날에 싸
　　　화죽고, 트로야도 머지안아 함락되엿다. 이시는 호메르의시 일리아드의 한마
　　　당에 취해진 것이다.
(註二) 스틱스강은 희랍의신화에 황천에 흐르는강이라한다.
(註三) 레테는 저승길에 건너는강인데, 이강을 건너면 지나간 모든일을 이저버리는
　　　것이다.

미뇬의 노래(二) (MIGNON)

(獨) 쾨 테(GOETHE)

龍 兒 譯

　　　뭇지랑은 마러요 이대로 두지
　　　이를 감초는 의무 인것을
　　　내가슴 펼처 네압헤 뱃스면,
　　　허나 운명이 허락지 안음을

　　　바른때 오면 소수는 해는
　　　어둔밤 쫏고 밝은빗 낼 것을
　　　구든 바위도 가슴 열면은
　　　숨긴샘 짜에 앗기지 안을걸

　　　사람마다 벗님의 팔에 쉬여안기여,
　　　눈물에 사정을 퍼기도 하련만
　　　엇저한 맹세라 입술 구지 다치여

하날이 오즉 여러준다니

後記 …우리는 詩를 살로색이고 피로쓰듯 쓰고야만다 우리의詩는 우리살과피
의매침이다. 그럼으로 우리의詩는 지나는거름에 슬적 읽어치워지기를 바라지
못하고 우리의詩는 열 번스무번되씹어읽고 외여지기를바랄쑨 가슴에 늣김이
잇슬째 절로 읇허나오고 읇흐면 늣김이 이러나아만한다 한말로 우리의詩는 외
여지기를求한다
이것이 오즉하나 우리의傲慢한宣言이다
사람은 生活이다르면 감정이갓지안코 敎養이갓지안으면, 感受의限界가 싸라다
르다 우리의詩를 알고늣겨줄 만혼사람이 우리가운대잇슴을 미더 주저하지안는
우리는 우리의 조선말로 쓰인詩가 조선사람전부를 讀者로 삼지못한다고 어리
석게 불평을 말하려하지도 안는다
이것이 우리의 自限界를아는 謙遜이다
한민족이言語가 발달의어느정도에 이르면 口語로서의 존재에 만족하지 안이리
고 文學의형태를 요구한다
우리는 조금도 바시대지안이히고 늘진한거름을 쑤벅거러나가려한다 虛勢를펴
서 우리의存在를 인정바드려하지안니하고 儼然한存在로써 우리의存在를 戰取
하려한다
임의一家의品格을 이루어가지고도쓰이루엇슴으로 作品의發表를꺼리는詩人이
어민지 여러분이 잇슬듯십다
우리의同人가운데도 작가의詩를 처음印刷에부치는 二三人이잇다 우리는모든
謙虛를準備하야 새로운 同人들을 마지하려한다
第一號는編輯에急한탓으로 硏究紹介가업시되엿다압호로는 詩論, 時調, 外國詩
人의 紹介等에도 잇는힘을 다하려한다 더욱이 여러가지 어긋짐으로 樹州의詩
를못시름은 遺憾이나 次號를기약한다
本誌는 一, 三, 五, 七, 九, 十一月의隔月刊行으로할作定이다 여러가지形便도잇
거니와 詩의雜誌로는當然한일일듯십다 이번號는 엇저는수업시 三月에나가게
되엿스나第二號는四月初에(原稿締切三月二十五日) 第三號는五月初에 (原稿締
切四月三十日) 내여서 맞춰나갈예정이다…
編輯에 주문이 잇스시는이는 거침업시…(龍兒)

《詩文學》 第二號 目次

바 다

지 용

고래가 이제 橫斷 한뒤
海峽이 天幕처럼 퍼덕이오

…힌물결 피여오르는 알에로 바독돌 작고작고 나려가고,

銀방울 날니듯 떠오르는 바다종달새…………

한나잘 노려 보오 훔켜잡어 고 빨간살 뼈스랴고

미억닙새 향기한 바위틈에
진달네꼿빗 조개가 해ㅅ 살 쏘이고,
청제비 제날개에 밋그러저 도-네
유리판 가튼 한울에
바다는-속속디리 보이오
청대ㅅ 닙처럼 푸른
바다
봄

꼿봉오리 줄등 켜듯한
조그만 산으로—하고 잇슬가요

솔나무 대나무
다옥한 수풀로-하고 잇슬가요

노랑 검정 알롱당롱한
불랑키트 두루고 쏙으린 호랑이로—하고 잇슬가요
당신은 「이러한 風景」을 데불고
흰 연기 가튼
바다
멀니 멀니 航海합쇼.

피 리

자네는 人魚를 잡어
아씨를 삼을수 잇나?

달이 이리 蒼白한 밤엔
따듯한 바다속에 旅行도 하려니

자네는 琉璃가튼 幽靈이 되어
뼈만 앙사하게 보일수 잇나?

달이 이리 蒼白한 밤엔
風船을 잡어타고
花粉날니는 한울로 둥 둥 떠올으기도 하려니

아모도 업는 나무그늘 속에서
피리 와 단둘이 이약이 하노니

저녁 햇살

불 피여오르듯하는 술
한숨에 키여도 아아 배곱하라

수저븐듯 노힌 글라스 컾
바쟉 바쟉 씹는대도 배곱흐리

네 눈은 高慢스런 黑단초
네 입술은 서운한 가을철 수박 한점
빨어도 빨어도 배곱하라

술집 창문에 붉은 저녁해ㅅ 살
연연하게 탄다 아아 배곱하라.(一九二六)

甲 板 우

나지익 한 한울은 百金비츠로 빗나고
물결은 유리판 처럼 부서지며 끌어오른다
동글동글 굴러오는 짠바람에 뺨마다 고흔피가 고이고
배는 華麗한 김승처럼 지스며 달녀나간다
문득 아플가리는 검은海賊가튼 외딴섬이
흐터져 날으는 갈메기떼 날개뒤로 문짓 문짓 문짓 물너나가고,
어데로 돌아다보던지 하이얀 큰 팔구비에 안기여
地球떵이가 똥그랏 타는것이 길겁구나

넥타이 는 시연스럽게 날니고 서로기대슨 억개에 六月벼치 심여들고
한업시 나가는 눈ㅅ 길은 水平線 저쪽까지 旗폭처럼 퍼덕인다

바다 바람이 그대 머리에 알는대는구료,
그대 머리는 슬푼듯 하늘거리고

바다 바람이 그대 치마폭에 니처대는구료,
그대 치마는 붓그러운듯 나붓기고

그대는 바람 보고 꾸짓는구료

별안간 뛰여들삼어도 설마 죽을나구요,
빠나나 껍질노 바다를 놀녀대노니,

젊은 마음 꼬이는 구비도는 물구비
두리 함끽 구버보며 가비얍게 웃노니

紅　椿

椿나무 꽂 피배튼 듯 붉게 타고
더된 봄날 반은 기울어
물방아 시름업시 돌아간다

어린아이들 제춤에 뜻업는 노래를 불으고
솜병아리 양지쪽에 모이를 가리고잇다

아지랑이 조름조는 마을길에 고달펴
아름 아름 알어질 일도 몰라서
여윈 볼만 만지고 돌아오노니.

湖 水

얼골 하나 야
손바닥 둘 로
폭 가리지 만,

보고 시픈 맘
湖水 만 하니
눈 감을 박게

湖 水

오리 목아지 는
湖水 를 감는다

오리 목아지 는
작고 간지러워

고 흔 산 길

樹　州

비끄레 개인하늘 물들듯이 푸른비슬
나무님 겨르며도 제철일너 수집은듯
열부어 더을지튼채 더욱고화뵈더라

뫼빗도 곱거니와 엷은안개 더고화라
고달펴만 거름쓰랴 빨니거러 무삼하리
늘잡다 을길늦기로 탓할줄이잇스랴

골마다 기슭마다 쑤린듯한 붉은숫들
제대로도 고흔뫼들 헤팔니도 꿈엿고야

어느뉘 집에무치랴 집사를가하노라

(僧枷寺길에)

내마음고요히고흔봄길우에

永 郞

돌담에 소색이는 햇발가치
풀아래 우슴짓는 샘물가치
내마음 고요히 고흔봄 길우에
오날하로 하날을 우러르고십다

새악시볼에 떠오는 붓그럼가치
詩의가슴을 살프시 젓는 물결가치
보드레한 에메랄드 얕게 흐르는
실비단 하날을 바라보고십다

숨바테 봄마음

숨바테 봄마음 가고가고 또간다
구버진 돌담을 도라서 도라서
달이 흐른다 놀이 흐른다
하이얀 그림자 그림자
은실을 즈르르 모라서

四行小曲五首

허리띄 매는 시악시 마음실가치
쏫가지에 으느ㄴ 한 그늘이 지면
흰날의 내가슴 아지랑이 낀다
흰날의 내가슴 아지랑이 낀다

못오실 님이 그리웁기로
흐터진 쏫닙이 슬프렛든가
뷘손 쥐고 오신봄이 거저나 가시련만
홀러가는 눈물이면 님의마음 저지련만

다정히도 부러오는 바람이길래
내숨결 가부엽거 실어 보냇지
하날끗을 스치고 휘도는 바람
어이면 한숨만 모라다 주오

향내 업다고 버리실나면
내목숨 꺽지나 마르시오
외로운 들쏫은 들가에 시드러
철업는 그이의 발끄테 조을걸

어덕에 누어 바다를 보면
빗나는 잔물결 헤일수 업지만
눈만 감으면 떠오는 얼골
뵈올적마다 꼭한분이구려

가늘한 내음

내가슴속에 가늘한 내음
앳근히 떠도는 내음
저녁해 고요히 지는제
머ㄴ 山 허리에 슬리는 보랏빗
오! 그수심쯘 보랏빗
내가 일흔 마음의 그림자
한이틀 정널에 뚝뚝 떠러진 모란의
깃든 향취가 이가슴노코 갓슬줄이야

얼결에 여흰몸 흐르는 마음

헛되히 차즈랴 허덕이는날
뻘우에 철석 갯물이 노이듯
얼컥 니-는 훗근한 내음

아! 훗근한 내음 내키다마는
서어한 가슴에 그늘이 도나니
수십뜨고 앳근하고 고요하기
山허리에 슬리는 저녁 보랏빗

하날가ㅅ다은데

사람의 온꿈이 모조리 실리여간
하날갓 닷는데 깃봄이 사신가

고요히 사라지는 구름을 바래자
헛되나 마음가는 그곳 뿐이라

눈물을 삼키며 깃봄을 찻노란다
허공은 저리도 한업시 프르름을

업듸여 눈물로 따우에 색이자
하날갓 닷는데 깃봄이 사신다

시집가는시악시의말

朴 龍 喆

나는 이제 가네.
눈물 한줄도 아니흘리고 떠나가려네.

어머니 치마로 눈을 가리지 마서요.
너희들도 다 잘 잇거라

새벽빛이 아즉도 히미해서 얼골들이 눈에 서투르오
공연히 수선거리지들 마러요.
남의 마음이 흔들리기 쉬운줄도 모르고.

황토 붉은산아 푸른 잔디밧아 다 잘잇거라
잔자갈 시냇물도 잘 노라 지나거라
-가면 아조가나 잔사정 작별을 내 이리하게!
봉선화야 너는 거년까지 내손가락에 물드리엿지?

순이야, 금이야, 남이야, 빗나든 철의 동모들아,
이제는 동모라는 말조차 써볼데가 업겟고나,
너의들 따-느린 머리를 어듸좀 만저보자

붉은단기 울넘으로 번득이는 자랑스럼움,
거리낄테 하나업시 굴러가든 너이들 우슴,
이것이 어느새 남의일가치 이약이 될줄이야!
손하나 타지안코 산골에 맑은 힌나리꽃송이가치,
매인데 굽힐데 업시 자라나는 큰아기시절을
내이제 뒤으로 머리돌려 앗가워 할줄이야!

눈물은 내서 무엇하늬,
가고야 마는것을! 가면 아조 가랴만은.
남는 너희나 그대로 잇서지다고, 내다시 볼때까지.

아버지 이길은 무슨길이길래,
눈물에 싸여서라도 가고 보내는 마련이래요?
마른닢은 부는바람에 불려야만 되나요?
손에 달코 눈에 익은 모든것을 버리고
아득한 바아에 몸을 띄우야만 새살림길?

갈피업는 것정 쓸데업는 앙탈을 이냥삼키고,
나는 떠나가네,

싸늘한 두손으로 얼골을 싸만지며

우리의젓어머니 (소 년 의 말)

자유의 푸른하날은 우리의 젓어머니
우리는 어둔속에 엄마를 차저우니
아즉도 젓먹고십은 어린영웅 들이다

자유의 푸른하날은 우리의 젓어머니
우리는 시퍼런칼 피를보는 싸홈에서
얼골에 칼흔적잇는 사나히가 되련다

자유의 푸른하날은 우리의 젓어머니
가벼운 솜자리를 어느결에 거더차고
우리는 찬돌우에서 어른꿈을 맺는다(二九·十二)

한조각 하날

무심한 눈을 들창으로 치어들다
한조각 푸른 하날이 눈에 띄이여
이얼마 하날을 잇고 사든일이 생각되여
이저버렷든 귀한것을 새로차즌듯 십어라

네벽 좁은 방안에 잇는 마음이 뛰어
눈에 거칠거업는 들녘 어덕우에
둥구런 하날을 왼통 차일삼고
바위나 어루만즈며 서잇는듯 깃버라　　(서 울 서)

사랑하든말

내가 그날에 사랑해 만지든 말이 이제 내 눈압헤 잇다.
그 털의 윤택함 빗나는 흰눈자위 뒷다리의 탐스러움

자랑스럽든 그태도를 어듸하나 남겨잇진 안으나.
나는 다만 깁히백인 사랑의 총명함으로 아라볼수 잇느니.

여기 멍에아래 마차 끄으는 추렷한 말은
그시절 봄날빗아래 금잔듸 넓은 마당에서
호-통소리치며 네굽노코 달리다가 가볍게 잔거름 노튼
그 아름답든 나의사랑하든 망아지 그놈이다

저의 두눈은 글러 하날을 처다볼 생가도업시,
저의 네발은 따에서 두자 뛰여오를 기운도업시,
쉴틀업시 내리는 채찍에 몰려다니다가는
목에 여물통을 건대로 배채울것을 먹고잇다.

나는 넘처오르는 가슴과 떨리는 주먹으로 듸려다보며
눈을 감지도못하고 집고놉흔 하날로 돌려바리도 못한다   (沈痛篇에서)

님이여 강물이 몹시도퍼럿습니다

玄　鳩

한숨에도 불녀갈듯 보-하니 떠잇는
은ㅅ빗 아지랑이 깨여흐른 머언 산ㅅ 둘네
구비구비 노인길은 하얏케 빗납니다
님이여 강물이 몹시도 퍼럿습니다

해여진 성ㅅ 돌에 떨든 해ㅅ 살도 사라지고
밤비치 어슴어슴 들우에 깔니여 감니다
훗훗달른 이얼골 식여줄 바람도 업는것을
님이여 가이업는 나의마음을 아르십니까

물우에뜬갈매기

내마음은 물우에 뜬 갈매기 서런 갈매기

날마다 날마다 아득한 물ㅅ 결새에 떳다 잠겻다
외롭이 자저 푸른 그림자 흐른물에 떨치고
하날에 소사 끗업는 한탄을 노래하느니

거룩한봄과슯흔봄

옷슥칩고 가슴답답한 재ㅅ 빗구름이 흐터저버리여
푸른하날에 비닭이가튼 흰날이 은ㅅ 빗 춤을추고
온갓수목의 싹을틔는 미끈한바람이 쏘다저나오면
버드나무 피리ㅅ 소리 요란한 봄ㅅ 거리우에
발버슨 어린이들이 긴행녈을 시작합니다

가삼에 오즉 생명의 물ㅅ 결이 넘처흐르는
천진스러운 깃봄과 거룩함과 밝은마음으로
어머니젓가튼 봄의소식을 펼치고 도라다니는
어린이들의 코-러스가 거리에 넘치여갑니다

이러는때 어룬들은 산날맹이로 도라가
묵은기억의 서러운 보금자리에 몸을안끼여
일흔사랑과 떠난벗들과 죽은사람을 한탄하는
세월이 가르친 덧업는 근심을 쌋습니다
웃는봄ㅅ 빗도 옛서름을 자아내는 물레가됩니다

이어린이의 거룩한봄과 어룬의 슯흔봄이
한날 한곳에 다른 두나라를 세윗습니다
아- 작약순가치 곱게버러진 어리이의 깃봄이여!
때의물결에 씻기고남은 어룬의 다맛 슯홈이여!

寂　滅

하날에 쇠북소리 맑고 향기롭게 굴니여가틋
비닭이 하얀털에 도글도글 밋글니는 저녁해ㅅ 빗

마음이 비최일듯 환한 꼿닙이 언덕에 고이지고
누리는 지금 빗나는서름에 저지웟잇다

「누리의 아름다운 모든 것 그빗난목숨 짧어야
서러워하는사람 마음속에 기리 산다고」
때가 나즉한 소리로 노래부르고 지나가며
눈물가치 입부게 달닌꼿을 따가버린다

外 國 詩 集

古 歌 辭 二 篇

鄭 寅 普 譯

古 歌

無 名 氏

산에올나 궁궁이나물
산에나려 옛님을맛나
업드려 님께못되
새사람이 엇덥듸까
새사람 조타해도
옛사람만치 못엿부리
색갈야 비슷할손
손부리는 틀리오리
새사람 드러오니
옛사람은 하직이라
깁짜기엔 새사람이
면주낫킨 옛사람이
하로한끗 깁을떼면
면주나어 닷발남네
깁갓다 면주에대오

새사람이 예가튼가

原文 ...... 上山採靡蕪, 下山逢故夫, 長跪問夫婿, 新人復何如, 新人雖言好, 未若故人
　　　姝, 顏色類相似, 手爪不相如, 新人從門入, 故人從閣去, 新人工織縑, 故人工織
　　　素, 織縑日一匹, 織素五丈餘, 將縑來比素, 新人不如故

九歌小司命

屈　原

　　난초라 궁궁이 이러저리 뜰에나
　　푸른입 숫진꽃에 꽃다울사 내끼친다
　　저분대로 괴는이 기시다는대
　　향긔로신어룬님 어이시름 하시는고
　　난초라 푸르도다 입푸르고 줄기붉다
　　고으신이 가득한대 날과언듯 눈맛더니
　　말업시 들고나니 바람스레 구름긔를
　　슯흐다 더슯흐랴 사라이별 이아니냐
　　질겁다 더질거랴 새로맛난 그제니라
　　연입옷 혜초씌로 오시더니 가섯느가
　　옥경에 멈우신듯 구름갓에 눌바라오
　　합지목욕 가치하고 양지바른언덕우에 님의머리 바래과저
　　엽부신님 아니오니 바람마조 노래도다
　　공작미일산에다 비취어린 긔가떳네
　　하늘놉히 오르서서 비쌀갓치쎠친저별 어루심은 어인일고
　　자루뵈는 뒤차신칼 품에가득 아기네라
　　향긔로신어룬님 이백성의공사하심 맛당하도소이다

原文 ...... 秋蘭兮靡蕪, 羅生兮堂下, 錄葉兮素華, 芳菲菲兮襲予, 夫人兮自有美子, 嬈何
　　　以兮愁苦, 秋蘭兮靑靑, 綠葉兮紫莖, 滿堂兮美人, 忽獨與兮目成, 入不言出不辭,
　　　乘回風兮載雲旗, 悲莫悲兮生離別, 樂莫樂兮新相知, 荷衣兮蕙帶, 儵而來兮忽而
　　　逝, 夕宿兮帝郊, 君誰須兮雲之際, 與女沐兮咸池, 晞女髮兮陽之阿, 望嬈人兮未來,
　　　臨風怳兮浩歌, 孔盖兮翠旌, 登九天兮撫彗星, 慫長劍兮擁幼艾, 蓀獨宜兮爲民正

　이글은무당이 神에對한 戀慕를 노래한글이니 보이는듯 안이보이는듯 薄情한듯多
情한듯 이모다 戀慕로조차 생기는起滅의幻想이다 첫번에이른 님은 다른사람의말을
빌어 모당을가르치는것이요 끗句에이른님은 무당이神을부르는것이다　(譯者識)

블 레 잌 詩 篇(WILLAM BLAKE)

지 용 譯

봄 에 게 (TO SPRING)

　　오오, 이실매진 머리딴 듸리우고
　　새맑은 아츰창으로 내여다보는 그대,
　　그대 각가히 옴을 마지랴 합창소리 우렁차게 이러나는
　　우리 서쪽섬나라 로,
　　그대 天神스런 눈초리를 돌니라, 오오, 봄이여!

　　언덕과 언덕은 서로마조 붙으고
　　골작과 골작은 귀살포시 듯노나
　　그리움에 겨운 우리 눈물은
　　그대 해ㅅ 빗발은 天幕을 우러러 보노니, 나오라 아프로,
　　그대 거룩한 발로 우리나를 밟으라

　　동쪽 산 마루마다 올나오라, 바람들
　　그대 향긔롭은 옷자락에 입맛추게 굴고, 우리들
　　그대 아츰 저녁 가벼운 입김을 맛게 하라, 그대 그립어
　　사랑하는 따우에 진주를 흐트라

　　오오, 그대 고흔 손으로 그를 흐사롭게 꾸미라
　　그대 보드라운 입마침을 그의 기슴에 부으라
　　그대 黃金寶冠을 고달판 그의 머리에 이우라
　　숫시런 그의머리는 그대 때문에 언처저 잇는것을

초 밤 별 에 게 (TO THE EVENING STAR)

그대, 고흔머리 듸린 초밤天神이여
이제는 해가 山脈우에 잠긴때, 혀돌어라
빗나는 사랑의 홰ㅅ 불을, 찰난한 寶冠을
이고, 우리 일은 잠ㅅ 자리에 가벼운 우슴을 굴니라!
우리들 사랑우에 가벼운 우슴을 굴니라
그대, 한울의 푸른 장막을 거들때
때마처 오는 졸님에 아실한 눈을 다든 가지가지 꽃우에
銀이슬을 흐르라,하늬바람은
湖水우에 잠재여 두고, 깜박이는 눈초리로 고요함을 속살대라
黃昏을 銀으로 씨스라, 하마 얼마안잇다
그대가 숨은후, 이리가 나돌고
검은 수풀속에 獅子눈알이 탄다
우리 羊들 털은 더피나니
그대 거룩한 이실에, 그들을 직히라 그대 힘으로

예─ㅌ스詩篇 (W.B.YEATS)

永 郎 譯

하날의 옷감 (HE WISHES FOR THE CLOTHS OF HEAVEN)

내가 금과 은의 밝은 빛을 너어짜은
하날의 수노흔 옷감을 가젓스면
밤과 밝음과 어슨밝음의
푸르고 흐리고 검은 옷감이 내게 잇스면
그대 발아래 까라 드리런
만은 가난한내라 내꿈이 잇슬뿐이여
그대발아래 이꿈을 까라 드리노니
삽분이 밟고가시라. 그대 내꿈을 밟고가시느니

이늬스프리- (THE LAKE ISLE OF INNISFREE)

나는 이러나 바로가리 이늬스프리-로가리
의역고 흙을 발러 조그만 집을 엷어
아홉니랑 밀을 심고 꿀벌의 집은 하나
숩가운대 뷔인따에 벌 잉잉거리는곳
내홀로 게서 사로리
거기서는 내마음도 얼마쯤 가란즈리
안개어린 아츰에서 평화는 흘러나려
귓돌이 우는게로 가만이 흘러나려
밤중에도 환한괴운 한낮에 타는자주
해으름은 홍작의나래소리

나는 이러나 바로가리 언제나 밤낮으로
내귀에 들리나니 그호수의 어덕에
나즉이 찰삭 거리는 물소리
회색 舖道에서나 한길에 서잇슬제
내맘의 깁흔곳에 들리여오나니

사맹詩篇 (ALBERT SAMAIN)

異 河 潤 譯

黃昏의 두 處女 (LES VIERGES AU CREPUSCULE)

-나이스야 내게는 벌서 네반지빗갈이 보이지안누나…
-리데야 나는 파도우에 떠잇는 白鳥떼가 보이지안누나…
-나이스야 몹자의 피리소리가 네기는 들리지안느냐?
-리데야 오랑쥬의 향내가 네게는 나지안이하느냐?
-나이스야 바다우에 사라져가는 해를보매 내몸안에 이러나는 이괴로운
전율은 어데서오는것일가?
-리데야 들들떨며 큰길로 도라오는 저마차소리를 내가듯느니 어데서 오

는것일까?

이리하야 나이스와 리데는 올해 열다섯에난 두처녀
다만 둘이 그윽히 향기로운 靈臺우에서서
몹시도 묵어운심장이 어두운 눈물에 녹어감을 늣기나니
그래 그내들 머리가 흐터저 숙으린 이마미테 입술이 마조다흐며 서로 끼
여안고
가이업는 저녁에고요히도 우름울고잇느니…

눈 물 (LARMES)

꼿속에 숨어잇는 이슬의눈물
바위틈새 석의에는
맑은 새암이 눈물

가을의 눈물은 만키도하다
크듸큰 번민의 수풀속에서
들려오는 저뿔저(角笛)의눈물

카르멜리트波 噄이얀티느波…
寺院의종이 홀리는눈물
기도를 드리는 鐘樓의소리

꿈과가치 어렴풋한 뜰안척
噴水우에 피는물꼿에는
은ㅅ빗의 노래가 눈물

수업시 만흔별은 밤의눈물
졸고잇는 드을하날에
남몰래 울고잇는 피리의눈물

눈섭에 숨어잇는 眞珠의눈물

그리운 사나이 마음을 적시니
계집애의 흘리는 사랑의눈물

황홀한 꿈속 달가운 서룸의 눈물
밤에서 떠러지거라! 꼿에서 떠러지거라! 눈에서 떠러지거라!
그리고 너 나의마음은 맑고기름진 시냇물이되여라
보물업는 뷔인항아리만 만하서
노근한밤 바다에서 심히설거픈 꿈만을돌리고 잇는너

沈 默… (SILECE!…)

沈默이 우리우에 나린다
반이나감은 네눈이야 한업시 인자롭고나
네무롭우에 이내마음을 노아주엇스면

흐터진 그대의 머리터럭미테
약간 그대옷이 흘러나리여
하이얏케 그대의버슨엇개가 나타나누나

마음이 넘치도록 드러찻슬때에는
말에는 황금의곡조가 잇지만
그러나 沈默은 보다더 달가웁나니

어스름히 사랑을 하엿즉한밤
자긔의마음이 다만 한오락실끄테
부터잇는것가치 생각이드는밤

번민이 심하여질때에는
가이업는 한포옹속에서
행복된 죽엄을 꿈꾸고잇나니

고은등불이 말업시꺼진다

장미의 혼은 우리에게 향기를주고
때는 조고만 철판을 두다리는데

오! 도라옴업시 사라지는
오! 날도오기전에 가버리는
두손이 사랑에 넘쳐서!

오! 괴로움업시 가버리는
극도로 실신한 상태에 빠저
죽는죽도 모르고 숨넘어가는…

침묵이여… 침묵… 침묵이여…

하이네詩篇 (HEINRICH HEINE)

龍 兒 譯

내눈물에서는

내가 흘리는 눈물에서는
만흔 꼿들이 피여난다
그리고 내가쉬는 한숨은
밤꾀꼬리 노래가된다

늬가 나를 사랑하다면 아가야
이꼿을 모도 늬재 보내드리마
그리고 너의집 돌창앞에서
밤꾀꼬리노래를들려드리마 (서정삽곡2)

다수한봄밤

다수한 봄밤이

꼿들을 모도 피여나게 하느니
내맘도 정신을 안채리다는
다시 사랑에 빠지고 말계라

허나 이여러 꼿중에
어느게 내맘을 올거가려노?
노래부르는 밤꾀꼬리말이
힌나리꼿을 조심하란다   (새봄)

나를사랑는줄이야

늬가 나를 사랑는줄이야 몰랏스랴
안지도 벌서 오래엿지만
늬입으로 그말을 드른때에는
나는 참으로 놀래엿섯다.

나는 산으로 뛰여올라가
날뛰며 노래 불럿더니라
그리다가 해넘어갈 지음에
바닷가에 가서 울엇더니라.

내맘은 저해와 다름도업시
이제 보기에 불타고잇슬라
그리하야 사랑의 바다속으로
크고 아름답게 가라안는다 (세터전)

남의나라에서

나도 옛날엔 아름다운 모국이 잇더니라
거기에 참나무 놉히 자라 오르고
시르미꼿 고요히 흔들리더니
아- 그는 꿈이엿서라

시악시 나를 입마추며 우리독일말로
이히 티-베 디히(내너를사랑한다)
그소리 듯기 얼마 조혼지 남이야 알라듸야
아- 그도 꿈이엿서라.

이러나며뭇는말

아츰에 이러나며 뭇는말
내엡븐 사랑이 올가 오늘은?
저녁에 쓰러지며 설은말
안오는 사람 헛되언 오늘도

밤이되면 괴로움에
누어 잠못들고 깨여세인다
낮이되면 꿈가운대
거반조을며 나는헤맨다   (노래5)

뺨에뺨을대어라

늬뺨을 내뺨에 대여보아라
그러면 눈물은 한데흐르리
가슴에 가슴을 꼭부듸여라
그러면 불길은 가치 타오르리

그래 그 큰불길속으로
우리 눈물의강이 흘러가면은
그래 내팔이 너를 꼭껴안으면
애정에 나는 죽고말리라   (서정삼곡6)

한마듸말슴에다

단한마듸 말슴에다 내모든 괴로움을

부어 너엇스면 십으다
가벼운바람에게 그를주어
가벼웁게 가저보냇스면 하겟다

그래 괴롬가득담은 그말슴을
바람은 네게로 가저가서 내사랑아
그것은 어느때나 네게들려
그것은 어데서나 네게들려

그리다가 밤되고 잠자는때
네가눈을 감기만하면
그말슴 깁흔 꿈속까지도
너를 쪼차 가리라 (귀 향 61)

노래의날개에너를실고

노래의 날개에 너를 실고
사랑아 멀리 가고지워라
깐지스강가 꼿피는 들로
거기서도가장 아름다운구석을 나는아노니

고요한 달빗아래
붉게 꼿피는 뒤안이 잇고
연꼿은 저의 어엽븐
어린누이를 기다리고잇다

시르미꼿 웃고 속살거리며
하날에 별을 치어다본다
장미는 저이끼리 귀에 대이고
향기로운 이약이를 가만이한다.

순하고 살가운 사슴은

이리뛰여와 귀기우린다
그러고 멀리서 소리내는
거룩한 강의 흐름이 들린다

그아래 야자수그늘노
나려가잣구나 사랑아

그래 사랑과쉬임을 마시잣구나
그래 복스런꿈을 매저보잣구나 (서정삽곡9)

아름다운고기잡이아가씨

너아름다운 고기잡이 아가씨야,
이어깨에 배를 대이소.
내게로 와서 여기안소.
우리 사랑을 말해보세, 손에손잡고.

내가슴에 머리를 기대고,
그리 무서워하지는마소.
날마다 너는 저거츤 바다에
걱정업시 몸을 맛기지 안는가.

내가슴도 바다와 꼭가터
바람도 잇고 드나드는물도 잇고
그러고 소업는 고은 진주가
깁흔곳에 수여잇다네 (귀향8)

솔나무는외로이서서

북녁나라 버서진 산우에
솔나무하나 외로이서서
조으러가면 어름과 눈이

하얀이불노 그를싸준다

그는 야자수의 꿈을꾼다
동쪽 해소수는 먼나라
타는듯한 바위기슭에
말도업시 외로이 서잇는 (서정삽곡33)

編輯後記

第二號의刊行이約束보다는 종업시 늦게되여 讀者諸位에게미안의謝過를 드리
는바이나여러同人의努力으로 內容의구實을 期하게된것을 스사로깃버하며 여
러분의밝으신눈이친히각장의 글자글자우에 깁히머므러 微笑의예물을 보내심
이잇다면無上의幸이겟습니다. 詩文學에대한期待가컷습인제 原稿를 보내주신
분은 意外로 만허게섯습니다. 그러나그多數가 詩라는形式은 가장 짧아서 가장
쓰기쉬운것이니 써본다는態度에 갓가운것은 서운한일이엇습니다. 참으로 優秀
한作品을 만히보내여 誌上에실른光榮을 주시기를 衷心으로바랍니다.
이번에 玄鳩氏의作品을 처음실게된것은 대단한 깃봄으로 녁임니다.
次號 原稿締切은 六月五日

《詩文學》 第三號 (目次)

仙女의 노래

朴 龍 喆

눈물짓지마 눈물짓지마
꽃은새해에 다시피려니- 키-트스

느릿한 나래질로 나는공중 떠다닌다
끝업는 시냇물은 홀러홀러 나려간다

절믄이야 가슴뛰여 하지마라
저기파란 휘장드린 발근창이
반쯤만 열려젓슴 너를기달림이라고
…느릿한 나래질로 나는공중 쩌다닌다

절믄이야 가슴죄여 하지마라
달을잠근 말근새암 가튼눈이
끈우슴 지어보냄 너를괴려함이라고
…끝업는 시냇물은 홀러홀러 나려간다

너로해서가 아니란다 내아이야

탐스러운 한송우리 모란꽃은
네눈깁봐 하렴인줄 믿지마라
지나든 나비하나 어느결에 품에든다
…느릿한 나래질로 나는공중 쩌다닌다

솔닢사이 지저괴는 미영새를
네귀마춘 노래인줄 아지마라
둘(이)맛나 깃부듸(치)며 건넌골로 사라진다
…긋업는 시냇물은 흘러흘러 나려간다

아러라 내아이야 너로해서기 아니란다
…긋업는 시냇물은 흘러흘러 나려간다

아 그런줄 아랏거든 그러한줄 아랏거든
머리드리라! 눈물에 싯긴얼골
기픈물속 해여나온 얼골가치
엄숙하게 전에업든 빛나려니
내아이야 외롬참고 사는줄을 배흐아라

느릿한 나래질로 나는 공중 떠다닌다
긋업는 시냇물은 흘러흘러 나려간다

哀詞中에서

여위고 시것다만 다름업는 그대심을
눈가머 숨거드니 주검이라 부른다냐
이가치 갓가운길이언 돌처다시 못오느냐 …(그대의도라가신날)…

서럽다 말을하랴 돌처생각 우수워라
어젠 듯 만지든손 사운재가 되단말까
이헛됨 아노라건만 서럽또한 어찌하리 …(그대를불에사루다)…

두틈한 입술가에 우슴늘 떠돌것만
구슬인 듯 티인맘에 눈물아롱 안가십데
한아츰 이슬이턴가 이내자취 일허라 …(티한점업는그대시드니)…

벗이라 사랑하고 언니가치 두남할제

철업슨 아기드니 저바림만 만핫서라
뉘우침 새로움거늘 어데가펴보리오 …(전에지나든일을생각고)…

맛나면 낫빛살펴 불고여윔 그념하고
행여 때아닌때 꺽길세라 애끼더니
네몬저 버리단말까 꿈인듯만 시퍼라 …(내몸의약함을몹시걱정하드니)…

앞서와 살펴보고 얌전한집 추어주련
새집드러 설레는밤 가치안저 우서주련
첫손님 안보이신다 깃블것도 업서라 …(새집에드니문득더그리워진다)…

黃 昏

玄 鳩

황혼은 근심과 두려움을 내게보냅니다
성끝에 소새기든 바람도 고요히 자고
이제는 우물에서 물깃는 쇠 고리줄의
처량한 울림도 끄치여 버렷습니다
이럴때 산시 골의 저녁수풀 속에는
보금자리에 깃드려잇는 어느 잘새가
오날 포수의 모진손시 결에 잡히여
목숨을 빼앗기고 도라오지안는
제 짝을기다리는 슬픔이 잇겟습니다
집에는 마음서러우신 늘근 어머니가
모시 마루에 혼자안저 무르시겟습니다

하눌에는 아즉 별이하나도 보이지안는데
머언산 그림자가 뷘들을 건너
검실검실 무서웁게 달겨듭니다
어대서인지 길가는 나그내의
한숨쉬이는 소리가 들리는듯해요

아아 우리아이가 잠깨여울지나안을까요?

황혼은 근심과 두려움을 내게보냅니다.
어수룩한 발모슴이 소리도업시 거러와
혼자잇는나를 저문들ㅅ 길노 불러냇습니다
나는 으지업는마음으로 그뒤를 따라갓습니다
알지도못하고 사람ㅅ 그림자도 보이지안는
어둑한 어느산밑 뷔인마을을 지나서
모래우에 물ㅅ 결 고요이 철석어리는
알수업는 저문 바다ㅅ 가로 따라갓습니다

집에서 나를부르는 소래도 들리지안코
다만 희부얀 별이 하나
머리위에 외로히 비최이고잇섯습니다
나는 으지업는 마음에 그별이 그리워
한갓 우러르고 섯든 동안에
내가 이내 따라오든 그황혼을
밤의 거믄그늘속에 이러바럿습니다
나는갑작히 쓸쓸하고 두려웁고 몸이떨리여
밥분거름을 집으로 도라왓습니다
아아 황혼은내게 근심과 두려움을 보내고
어대로 자최도업시 가버렷슬까요?

밤 새 도 록

두견이울며 두견이울며
이른봄을 밤새도록 바람이불면
山에는 진달래 꽃이피엇네

어덕에혼자서 어덕에혼자서
푸른하날 한업시 바래보다가
나는내서럼의 얼골을 맛낫다

눈감고생각하면

눈감ㅅ 고 생각하면 고향길 三千里
푸른산 구름밧게 머나먼 길이라오
나그네ㅅ 길 곤한몸 산기슭에 쉬이면
옷깃스처 가는바람아 내눈물 부치고저

哀 別

오는날은 꼭가오리 내기혀 떠나가리
눈물이 길을 가리운들 가기야못가랴만
애달피 쩌나는몸이 못닛는 이마음
님이여 그대바리고 내어이 차마 가리

無 題

지 용

내 무엇이라 이름하리 그를?
나의 령혼안의 고혼불,
공손한 이마에 비추는 달,
나의 눈 보다도 갑진이,
바다에서 소사올라 나래떠는 金星,
쪽빛하눌에 흰꽂을 달은 高山植物,
나의 가지에 머물지 안코
나의 나라에서도 멀다,
홀로 어엿비 스사로 한그러워-항상 머언이,
나는 사랑을 모르노라, 오로지 수그릴 쑨.
대업시 가슴에 두손이 여믜여 지며
구비 구비 도라나간 시름의 黃昏길우-
나- 바다 이편에 남긴
그의 반 임을 고히 진히고 것노라

柘 榴

薔薇꽃 처럼 곱게 피여가는 화로에 숯불,
立春때 밤은 마른풀 사르는 냄새가 난다

한겨울 지난 柘榴열매를 쪼기여
紅寶石가튼 알을 한알 두알 맛보노니,

透明한 녯생각, 새론 시름의 무지개여
金붕어 처럼 어린 녀릿 녀릿한 늣김이여

이열매는 지난해 시월 상ㅅ 달, 우리들의
조고마한 니야기가 비롯할때 이근것이여니

자근아씨야, 가녀린 동무야, 남몰리 깃드린
네 가슴에 조름조는 욱툭기가 한쌍

넛 못속에 헤엽치는 힌고기의 손가락 손ㅅ 가락
외롭게 가볍게 스스로 쩌는 銀실 銀실

아아, 柘榴알을 알알히 비추어 보며
新羅千年의 푸른 하눌을 꿈 쑤노니

뻣나무열매

- (엇던唇腫알른이에게 餞別하기위한)-

웃입술에 그 뻣나무 열매가 다 나섯니?
그래 그 뻣나무 열매가 지운듯 스러젓니?
그끄제 밤에 늬가 참버리쳐럼 닝닝거리고 간뒤로-
불빛은 松花ㅅ 가루 삐운드시 무리를 둘러쓰고
문풍지에 아름푸시 어름풀린 먼 여울이 쩌는구나

바람세는 연사흘두고 유달리도 밋그러워
한창때 삭신이 덧나기도 쉽읍단다
외로운 섬 江華島로 비들기 나러가듯 떠날님시 해서
웃 입술에 그 뻿나무 열매가 안나서서 쓰게스 니?
그래 그 뻿나무 열매를 그대로 달고 가랴니?

바람은부읍는데

바람은 이러케 몹시도 부읍는데
저달 永遠의 燈火
쩌질법도 아니하옵거니
아닌밤중 무서운꿈에 소스라처 깨옵니다

내마음을아실이

永 郎

내마음을 아실이
내혼자스 마음 날가치 아실이
그래도 어데나 게실것이면

내마음에 때때로 어러우는 티끝과
소김업는 눈물의 간곡한 방울방울
푸른밤 고히맺는 이슬가튼 보람을
보밴듯 감추엇다 내여드리지

아! 그립다
내혼자스 마음 날가치 아실이
꿈에나 아득히 보이는가

행말근 玉돌에 불이 다러
사랑은 타기도 하오런만

봄비테 연긴듯 히미론 마음은
사랑도 모르리 내혼자서 마음은

四行小曲五首

밤ㅅ 사람 그립고야
말업시 거러가는 마음아이 서어로아
보름너믄 달그리매 마음아이 서어로아
오랜밤을 나도혼자 밤ㅅ 사람 그립고야

눈물속빗나는 보람과 우슴속 어둔 슬픔은
오직 가을하날에 쩌도는 구름!
다만 후젓하고 줄데업는 마음만 예나 이제나
외론밤 바람슷긴 찬별을 보랏습니다

뷘 포케트에 손찌르고 폴·예를레-느 찾는날
왼몸은 흐렁흐렁 눈물도 찌끔 나누나
오! 비가 이리 쏠쏠쏠 나리는 날은
서런 소리 한구마대 썻스면 시퍼리

바람에 나붓기는 깔닢
여을에 히롱하는 깔닢
알만 모를만 숨쉬고 눈물매즌
내 청춘의 어느날 서러운 손짓이여

뻘은 가슴을 훤이 벗고
개풀 수지버 고개수기네
한낮에 배란놈이 저가슴 만젓고나
뻘건 맨발로는 나도 작고 간지럽고나

시내ㅅ물소리

바람따다 가지오고 머러지는 물소리

아조 바람가치 쉬는적도 잇서스면
흐름도 가득찰랑 흐르다가
더러는 그림가치 머물것다 흘러보지
밤도 산ㅅ 골 쓸쓸하이 이한밤 쉬여가지
어느뉘 꿈에든셈 소리업든 못할소냐
힌구름 발아래 피어나는 上八潭
玉皇의 오랜서름 사모친 꿈이라니

새벽 잠ㅅ 결에 언듯 들리여
내 무건머리 선듯 싯기우느니
黃金소반에 구슬이 굴럿다
오 그립고 향미론소리야
물아 거기좀 멈췃스라 나는그윽히
저창공의 銀河萬年을 헤아려보노니

거 문 밤

許 保

거문밤이도라와
念慮업시넘든山을거닐든뜰을
다시한번조심스럽게더드머거러감니다

한생각에눌리웟든마음에
鎭定할수업는무엇이떠올라
適確한表現의길을차즈러
다시한번조심스럽게더드머거러감니다

勿論機會를일허弱者된모든이에게
밤이여!鴉片가튼잠을주어서는아니됨니다
産母의괴로움을맛보지안코는
새로운생각이誕生할새벽은

永久히오지아늘것임니다

낮에차즌眞理를거문밤이여
지워버리소서우리를反省케하소서
우리를미치게하는것은懷疑가아니라
돌과가튼 움지길수업는事實임니다.
우리에게人生에對한새로운解釋을주소서

닢떠러진나무

치운겨을이다그어오는데
새봄을깨끗히마즈려는생각에
모든입을떠러버린나무
天空을 우르러默禱를올림니다

각금바람은부러
떠러진닢이우수수하니
슬픈 過去의追憶이 소사나는지
잇다금바람에흔들림니다

그러나恒常默禱는끄님업스며
信念의뿌리를들추려는
모진바람이부러오면은
決心한사람의악무른니빨처럼
우둘우둘떨며소리남니다

쓸쓸한겨을날을잠시라도이즈려고
힌눈이온세상에나려
닢쩌러진나무에힌옷을입혀도
설허라!헐버슨가지가지에
싹하나나지도안씀니다

선 물

辛 夕 汀

하눌ㅅ 가에 불근빛 말업시 퍼지고
물결이 자개처럼 반자기는 날
저녁해 보내는이도 업시
초라히 바다를 너머감니다

어슷 어슷 하면서도
그림자조차 뵈이지안는 어둠이
부르는이 업시 차저와선
아득한 섬을 싸고 돔니다

주검가치 말업는 뱌다에는
지금도 물쌀이 우슴처럼 남실거리는 흔적이 뵈임니다
그 언제 해가 너머갓는지 그도 모른체하고-

무심히 살고 쏘 지내는
해-바다-섬-하고 나는 부르지즈면서
내몸도 거기에 선물하고 시펏슴니다

나는향긔로운바람을 Javais mis do Pair Parfume…

佛-프란시스 · 쟈므(Francis Jammes)
異 河 潤 譯

나는 그윽히 향긔러운 바람을
내져(笛)에 부엇노라, 아카시아가
오월달 새암물에 비최어질때
누구나 드러마시는 저바람을

절믄시악시가 배를 젓고잇슬때

내가 저를불매, 유명한시인과가치
詩弦을 가지지 못하엿다는
그내의 우슴소리를 나느드럿노라

흔들흔들 흔들리는 뱃속에서
갑작히 그내는 잠잠해버럿느니
가을이라 수풀이 마르기비롯하야

그내는 내날근젓소리를 드럿노라
다시한번 키자근 나무숩숙에서
내쉬이고잇는 봄철의탄식을

눈 (雪) La Neige

佛- 르미·더·구-르몽(Remy de Gourmont)
異 河 潤 譯

시몬아 눈은 네목덜미와가치 희구나
시몬아 눈은 네무릅과가치 희구나

시몬아 네손은 눈과가치 차구나
시몬아 내맘은 눈과가치 차구나

눈을 녹이랴면 오직 불의키스
네맘을 풀려면 리별의 키스라야만

솔나무 가지우에 설쏘 외로운눈
밤빗 머리밑에 설쏘외로운 네이마

시몬아 네누이 눈은 뜰에서잠을자고
시몬아 너는 나의눈 내사랑하는이

하이네詩十篇(Heinrich Heine)

龍 喆 譯

원망도안는다

　내사원망도 안는다,내가슴 씨여질 지라도
　영원히 일허진 사랑아,내사 원망도 안는다
　금강석의 화려함에 네가 아모리 빛날지라도
　네마음의 밤에는 아모빗도 업스리라

　나는 벌서부터 안단다 꿈에 애를 봣드란다
　그러고 네 마음속에 사는 밤으 보앗단다
　뜨 보앗단다, 네마음을 깨밀고 잇는 배암을
　나는안단다, 내사랑아 네맘이 얼마나 가엽슨가를
　　　　　　　　　　　　　　…(서정삽곡19)…

아름다운세상

　세상은 이리 아름답고 하날은 이리 푸르러
　이리도 바람은 한들한들 다수하고,
　꽃들은 솟피는 들로 오라 눈짓하여,
　아츰이슬이 매저 반작반작 빛이 나고,
　사람들은 질거움에 취한다, 어듸를 보나-
　허지만 나는 무덤 속으로 나려가련다
　그리하야 주근 나의사랑을 안고 누으련다
　　　　　　　　　　　　　　…(서정삽곡33)…

사랑을보낸다음에는

　내사랑을 때여보낸 다음에는
　우슴을 아조 이저 버럿서야.

바보들이 우순짓도 햇지마는,
도모지 웃는수가 업섯서야.

내가 저를 일허버린 다음에는
우름도아조 내버럿단다
괴로움에 가슴 거의 찌여지나,
우는수도 업시 되엿단다 …(서정삽곡38)…

아름다운히망은

아름다운 히망은 꽃피여나다
어느듯에 시드러버리노나-
꽃가치 피여나다 다시 이우노나
무덤에 이르도록 이러하려니,

이를 알므로 나의 사랑과
모든 질겁에 괴롬이 든다
나의 심장은 살갑고 아름잇시
가슴속에서 죽도록 피흘리노나 …(새봄40)…

저의둘은

저의 둘은 사랑서로 기펏스나
서로 그말 아니하려 드럿다네
미운 눈치 겉으로는 보엿스나
말은 사랑에 쓰니려 하엿다네

마츰내는 저의 서로 난호이여
각금 서로 꿈에 볼뿐이엿다네
저의 둘은 이미 주거 오래일다
이러룻한 서로 맘을 모른대로

숲가운대로

꿈 꾸는듯한 숲 가운대로
해으름에 도라다니나니
네 어엽븐 자최 쓰님업시
내 곁에 잇서 가치 다니노나

이는 네 하얀 베일이 아니냐?
너의 보드라운 얼골이 아니냐?
아니그러면 한넨나무 그늘 새로
새어드는 달빛일뿐이란 말이냐?

이는 내스사로의 눈물이냐,
가벼이 흐르는 소리 들리나니?
아니그러면, 사랑아, 진실르 네가
내 곁에서 울며 도라다님이냐? ···(체라핀1)···

서투른길에

서투른 길에 밤은 어두어,
병든 마음과 고달픈 다리-
아 다정흔 달아, 고요한 은혜가치
너의 빛은 흘러나리노나

다정흔 달아 너의 빛은
밤은 무섬을 날려주나니···
나의 괴롬은 사라지고,
두눈에 이슬가치 눈물 고이노나 ···(歸鄕86)···

오 월 이

오월이 발서 왓고나!

풀과 나무에 꽃이 피고,
불그레한 구름장은
푸른 하날은 건닌다

잎새 지튼 나무로서
밤쬐소리 노래하고,
푸르고 연한 풀밭엔
하얀 羊들 쮜고논다

노래 떠염 다못하는
나는 병드러 풀에 누어,
총소리 멀리 드르며
스사로 무언슐 모르는 꿈을 꾼다 …(새봄5)

너를사랑함으로

너를 사랑함으로 너의 얼골을
피해가야 한단다- 엇지아지마라
고읍게 피여나는 너의 얼골과
서름의 내 얼골이 어떠케 알맛겟늬?

너를 사랑함으로 이리 파라케
나의 얼골이 가엽시도 마른단다
네가 마츰내 나를 미읍게 볼가보아,
나는 너를 피한단다- 달리아지마라

내안해되는날에는

네가 내안해 되는 날에는
너는 부러울 만도 하리라
한가로움에 날을 보내고
질검과 평화 속에 살려니

네쑤지람 골부림쌔치라도
차믈성잇게 드르려니와,
내 詩를 추지안는 날에는
나는 너를 보내고 말겟다 …(歸鄕72)…

구버전 돌담을 도라서 도라서
달이흐른다 놀이흐른다
하이얀 그림자
은실을 모라서 모라서
꿈밭에 봄마음 가고 가고또간다
이詩는永郎作으로二號에發表되엇던것이나 甚한誤植이잇섯슴으로여기 再
錄합니다.

詩人의 말

글쓰는 일이 갑잇는 일이 되는 唯一한 條件은 自己를 表出한다는데 잇다. 자가
의 個性의 거울에 비친 世界를 남들에게 나타내여 뵌다는 것 즉 獨創的이 된다
는데 잇다 아즉 남이 만드러노치못한 形式으로 남들이 말해보지못한 것을 말해
야한다 詩人은 각기 자가의 審美學을 지어내야하고 우리는 獨創的인 心性의 數
대로의 獨立한 審美學의 存在를 肯定하여야한다.   …(구―르몽)…

詩는 가장 훌륭하고 가장 幸福된 마음의 가장 幸福되고 가장훌륭한 瞬間의 記
錄이다. 어떠한 생각이나 感情이 ―혹시는 어느사람과 곧에 관련되여 혹시는
자가의 마음에만관련되어―우리를 차저왓다가 문득 도로사라지는 것을 알수잇
다언제던지 차저옴에 미리 알림이 업고 떠남에 작별이 업다 그러나 무어라 말
할수 업시 우리의 心性을 노펴주고 우리를 질겁게한다.   …(쉘 리)…

編輯後記……첫째로 去年六月에 第二號를 내고는 同人들의 사정으로 여태껏
讀者諸位와 隔阻해왓슴을 스사로 미안히 녀김니다.
본시 隔月刊行의 豫定이엿으나 이번브러發行回數를 年四回(三月, 六月, 九月,
十二月) 刊行으로 變更하는대신 發行期를 約束과 틀리지안케하기를 期합니다.
美의 追求……우리의 감각에 녀릿녀릿한 깃븜을 이르키게하는 刺戟을 傳하는

美, 우리의 心懷에 빈틈업시 폭 드러안기는 感傷, 우리가 이러한 詩를追求하는
것은 現代에잇서힌거품 물려와 부듸치는 바회우의古城에 서 잇는 滅이 잇슴니
다. 우리는 조용히 거러이나라를 차저볼가 합니다.

또한가지 말해둘것은 이번 우리 詩文學同人中에서 異河潤 朴龍喆兩人이 編輯
을 마터『文藝月刊』이라는 文藝全般을 取扱하는 雜誌를 十一月부터 創刊하기
로되엿슴니다. 여려분의文藝知識을 널피고 文藝趣味를 涵養하는데조그만한 도
움이 될가함니다. 詩의鑑賞을 깁게하는데 文藝全般의 造詣를 必要로 하는 것은
多言을 要치안니할줄 암니다.

여러분의 만흔贊助를 바람니다.

詩文學이 여러분의 寄稿를 기다리는것은 前號에 發表한方針과 같슴니다.

詩文學一・二號는 自畵自贊으로서만이아니라 長遠한 美的價値를가진作品이
잇스니 所用되시는 분은 本社로 直接注文해 주십시오.

(每號送料並二十二錢)　　　　-(龍)-

《文藝月刊》 第1卷 제1號 目次 (十一月一日發行)

創 刊 辭

우리가 眞定한 意味의 文藝雜誌를 하나 가저보태는 慾望만이라도 얼마나 貴重하다는 것을 알겟거든 大膽한짓이라 볼지는 이 文藝月刊 첫거름의 任務가 엇더타하는 것은 다시 말할必要도 없슬가한다.

이제 모든 文藝運動은 世界를 舞臺로 하야 向上하고 進展해나간다. 一個人 一流派의 文學은 그것이 一國民文學이 되기도하는 同時에 쏘한 世界文學의 圈內로 包括되여야만 하는 것이다.

　　그러면 우리의文學도 임이世界的으로 進出하엿다고 볼수가잇는가 쏘이것을
가지고 世界文壇에 나설만한가 말하는것만이 오히려 破廉恥한일이다. 우리들
의 임으로 新文藝를 云謂가한지 十有餘年에 무엇을 꿈꾸고 잇섯든가.

　　우리는 이제 훗터진 文壇을 敢히 整理해보랴는 부질업는 野心이잇다. 同時에
아즉껏 沈默을직혀오든 同時들을 끌어내야할 義務를 切實히 늣긴다. 그리하야
어서밧비 억개를 世界水準에 견우어보지안흐랴는가.

　　남붓그럽지안흔 우리의 우리다운 文學을가지가에 努力하자. 그리하야世界文
學의 潮流속에 들어스자.우리는 이事業의 一助가되기爲하야 이雜誌의 全部를
바처나가고저한다.　　　　　　　　　　　　　　　　(一九三一, 一〇 -- 異)

고　　　　　향

룡　　철

　　　　고향이 어듸거니
　　　　내아러무엇하리 --제찬

　　고향은 차저 무얼하리
　　일가 흐터지고 집흐너진에
　　저녁 가마귀 가을풀에울고
　　마을압 시내도 넷자리 박겻슬라.

　　어린째 꿈을 엄마 무덤우에
　　남겨두로
　　써도는 구름싸라
　　멈추는 듯 불려온지 여나무해
　　고향은 이제 차저 무얼하리.

　　하날가에 새 깃븜을 그리여보라
　　남겨둔 무엇일래 못니치우랴

모진 바람아 마음썻 부러처라
흐터진 꼿닙 쉬임어듸 찾는다냐.

험한발에 짓밟힌 고향생각
-아득한 쑴엔 달려가는 길이언만-

서로의 구든쯧을 남게 앗긴
옛사랑의 생각가튼 쓰린 심사여라.

어   듸   로

내마음은 어듸로 가야 올……흐릿가
쉬임업시 구즌비는 나려오고
지나간   괴로움의 쓰린기억
내게 어둔 구름되여 덥히는데.

바라지 안흐리라든 새론 히망
생각지 안흐히라든 그대 생각
번개가치 어둠을 깨친다마는
그대는 다을길업시 노픈데 게시오니

아- 내마음은 어듸로가야 올흐릿가.

漂 迫 의 第 一 日

許   保

四方을 도라보니
고요한 봄바음

달은 구름을 헤치며
물결은 銀波黑波

굴러서는 친다.

배는 움직이고
쏘 가는데도
불 하나 보이지 안이하고
甲板에 바람만 소리크다.

내몸을 이배에
멋번 실어야 할가
외로운 마음을 실고
이배는 고동을 부-ㄴ 다.   (一九二五)

漂泊의 마음

행복 슬픔
모도 구름.

어릴때 집쩌난
나그네 이서
故國 머-ㄴ 山中에서
오늘 아침 죽엇네.

異國山깊혼
落葉의 끝에
가을의 音樂을
드르며 죽엇다.

새로운 꿈이
소사나는 사람이니
漂泊의 날이
언제나 끛날가.   (一九三〇)

풀 우 에 누 어

玄　　鳩

해도 지리한 듯
머언 산곳에 파리한 하품을 물고
모기쩨 가느란 소리 설리 앵앵그리면
풀뜯는 황소가 게을리 쏘리를치며
파아란 놀 으느니 찌여 고요한 드을에
구슬픈 꿈ㅅ 자락 아슴프라니 쩌도는 여름저녁날
쑥풀 야릇한 내음새 슬적 지처오는
시내ㅅ 가 보드러운 풀바테 누어
쏘얀 하날에 가늘게 피어오르는
나의 한숨이여!

아 나그내ㅅ 길 곤한다리 푸른 풀바테 펼치고
붉게 물드린 저녁구름 고요히 가는길 바라보면
사감에 발닥거리는 이저로 목숨이
쓴 구름가치 으지업슴 덧업슴!

겨울날에 눈업혀 야워진 산이야 드을이야
해마다 새봄마저 다시도 푸르건만
외로운 나의삶은 이한날 풀에누어 한숨쉬다가
이모든생각 이고운들빗 다버리고
한번가면 자최도 남지않을 덧업는 나그네꿈

아아 끗업는 이생각!
구름ㅅ 족가치 헤어진날이 과연 오려나
멀고머언 옛날과 아득히 보이는뒷세상의
기-ㄴ 세월을 타고흐르는 잇긋업는 마음ㅅ 결조차
자최도업시 아조 사라지려나 사라지려나
이고운 드을빗을 내눈에서 참으로 쌔아서가려나

悲恨의 波水(愛-A, E)

긔　　　데　　譯

黃昏에빗나는 언덕에누어
向하는 마음가득히 바라보노니
저밋헤 검프른 입쌀로 數만혼모래가
넘치여오는 물결을 마시고잇다.
마시고 살아저 자최가업서지느니
내가슴에 머무는 洞察者에게
이러한 제身勢를 가르킴이엿든가.

언제는 金剛石쒸노는 낫물결이
그대의 매말혼입살을 씻고잇더니
只今의 저들은 쩨로밀처오는
冷却의 밤물결을 마시고잇다.
싸늘한 纖光이蒼白한 저들을 슬칠쌔마다
마주쳐마주쳐살아지며 마서간다.

옛날이면 歡喜의巨波가 쒸놀든 것이
只今은 한물셸 쏘한물결 苦惱의波水가
채첫다 노앗다弄絡함이여
쓰뒤쓴 바닷물을 마시고저
몸하나꼼짝이는 그대아니연만은
마서라 예전의 胸襟으로 勇猛하게
그리하야 笑聲에싸인 삶이나 죽음이
한몸이되어 그대압헤잇스리라.

속절엄는날이 다지나가
이 生命이 世上에쯧나기前에
靈界에 생겨날世界가 엇던것이며
光明과暗黑이 갓치잇슬

平和人속에 커날째는 언제이더뇨
아 이를알기에 祝願이나하자
人間을爲한 言明이잇더냐?

가 을 노 래

(印-사로지니·나이두)
하 윤 譯

설혼마음에걸닌 깃븜과가치
　석양은 구름숲헤 걸니나니
범쯕이는 마음의 수레금빗폭풍우
곱게 연약하게 나뭇닙을 쩔기고
　사난바람은 구름속으로 불어든다.

저소리를 들으라 바람소리속으로
　내마음을 불러들이는소리
내마음 지처서 설고외로운마음
그꿈은락엽가치 저바렷는데
　웨 나만이 뒤에머믈너야하는가.

時 調 六 首

龍　喆

맑게린 옥향로에 귀한향을 사루나니
한줄 푸른연기 하날로 오름니다.
내마음 쏘한그윽히 차저한분 뵙니다.(그대)

애째는 몸과맘을 애씸업시 내맷지는
얼골로 어엽비보든맘 붓그러워 짐내다.

노혼이마 지혜롭고 힌살이 말갓나니

한점 티여오는 옥이관들 어떠하리
조심히 어루만지여 차마놀줄엄서라.

하날도 우서주소 햇님도 부러하소
수지븐 큰애기네 별님들은 수머주소
고혼님 안은두팔이 깃븜가득 넘치네.

어케가치 가난튼맘 온세상이 가수롭네
발도듬 쮜어올라 웨처본다 시원하리
세상아 날우러 (러) 보소 님의사랑이라네.(以上 內金剛길과 毘盧峯에서)

짜에서 오르는김 푸멋느니 파란내암
씨슨 듯 비지나고 도두느니 푸른비치
미칠 듯 부등켜안고 쌤을부벼보오리리. (봄언덕)

《文藝月刊》 第一卷 第二號 目次 (十二月 一日 發行)

　小說鴨綠江上(中國-蔣光慈作 金光州譯)은 不得已한 事情으로 揭載치 못하
게 되엇습니다.

아 츰

지 용

프러펠러 소리............................
鮮妍한 커-브를 도라나갓다.

快晴 濃綠의 六月都市는 한 層階 더자랏다.

나는 엇개를 골로다.
하픔............목을봅다.
불근 수ㅅ 닭 모양하고
피여오르는 噴水를 무럿다. 쑤멋다.
해ㅅ 살이 함ㅅ 박 白孔雀의 꼬리를 폇다.

睡蓮이 花瓣을 폇다.
오므라칫던 입새,입새,입새.
방울 방울 水銀을 바첫다.

아아 乳房처럼 소사 오른水面-
바람이굴고 게우가 밋그러지고 한울이 돈다.

조흔 아츰------
나는 탐하드시 呼吸하다.
쌔는 구김살업는 흰돗을 다럿다.

靜 寂

柳 致 環

불타는듯한 精力에넘치는 七月달한나제
가만히 흐르는 이靜寂이여.

마당까에 굴러잇는 한 적다란存在---
나리쪼이는 단양아래 點點히 쏘쑤려잇는 저근돌덩이여
끗내말업는 내녁의말과 쪼 그의 하이함을
나는 네게서 보노라.

해가 西쪽으로 기우러짐에싸라
그림자 알푸시 자라나서
아 듸대여 왼누리는둘러싸고
내녁의 그림자만의 밤이되리라.

그러나 지금은 한낫-- 그림자도 업시
타는 단양아래 쏘쑤려서 하이한 하이한 꿈에 싸엿서라
저근돌이여 오 나의녁이여.

鷄 龍 山 싸 치

李 殷 相

　　高麗明宗熙宗年間의 名僧 天英師란이가 어느때 鷄龍山下 한村落을지나다
가 몸은히고 가슴은붉고 꽁지는검은 이상한 싸치 한마리를보고 奇異히여겨
저무슨 싸치인지를 물으니 한村老! 그싸치哀話를 傳하여하는말 (文選天英師
詩話)-내 이제 그傳說을 노래지어 옴기노라.　(作者)

鷄龍山 山中마슬 마슬언덕 버드나무
나무 한가지에 山싸치 집을짓네
집짓고 쓰거운가슴에 알을품고 안젓더라.

싸-싸 일우엇네 내것을 고은지고
싸-싸 어여자라 하늘복판 가티날자
山싸치 깃븜에겨워 춤을추며 돌더니라.

어느날 기픈밤에 자든싸치 놀라이니

이어인 올빰이 내사랑을 다차가네
원수를 보고못싸라 어이하줄 모르더라.

山허리 山머리러 날을이어 돌건마는
기픈숩 길찬풀에 어늬곳서 차즈리오
돌아와 빈집에들어 혼자슬피 올것더라

외로운 나무쯔테 날지안코 홀로안자
먼하늘 바라보고 애 쓴허 우는구야
설어라 어린내것들 어듸메로 갓나니.

새씨를 여희거니 자고먹고 무삼하리
밤낮에 괴로이우니 어미의 정이로다
苦心이 언마나하든지 머리쯔티 히더니

첫해에 머리히고 잇해에 몸이히고
삼년이 지나오매 꽁지까지 다히것다
아마도 가슴 붉기는 애탐인가 하노라.

해마다 오는원수 내힘으로 막지못해
마술을 구워보고 호소하여 우는구야
七年後   마슬順童이 원수가파 주엇더라.

泰平한 오늘이어 즐거운자 오늘이어
어허둥둥 내사랑들 安心코 기르나니
깃븜에 꽁지끗부터 다시검어 지것더라.

보는이 듯넌이들 다늣겨 이른말이
微物도 어미사랑 지극한줄 알앗거나
슬프다 그들의 한平生도 煩惱인가 하노라.

(一九三一年開天節아츰에)

石 炭 坑 夫

(米언터매이어)

龍　喆　역

하나님 우리는 하소연을 질기지안나이다
구덩이속이 무슨 종달새노래 가튼것이 아닌줄도 아나이다
그러나- 비가 오면 물만 흠썩 고이고
그러고- 치움과 어둠이 잇슬쑌이외다.

하나님 당신은 이게 무언줄 모르시리다
당신은 해빗 잘 나는 당신의 하날에 계서
깜작새 사라지는 流星을 바라보시며
해를 늘 겨테 가저 다숩게 지내시오니

하나님 당신이 만일 저 달을 짜서
당신의 모자우에 등불사마 다르신대도
이 캄캄하고 축축한 데 내려와 개시면
당신도 얼만안해 멀리를 내시리다.

우에는 다만 검정 어둠이 잇슬쑌
우미기는 것은 것탄 실흔 수레밧게
하나님 당신이 우리의사랑을 바라시면
우리에게 한우큼 별이라도 쑤려주옵소서.

의　　　심

하나님 나는 당신끠 도라감니다 四月날에
시골길로 당신이 나와 가치 거르실째
내미듬은 피여남니다 가장일쯕 터지는 움으로
매마른 세계를 붓그럽히는 나무 가치.

내미듬은 사라남니다 불그레한 안개속에
클로버 핀 언덕들이 가만이 우슬질제
절믄 바람이 저근 새의 깨끗한 황홀을 울려넬제
여기에 오 하나님 내깃븜과 찬송이 잇나이다.

허나 이제 사람만혼 길러리와 숨막는 공기
상하고 더러워저 몰려다니는 사람들과
지나치게 번저기는 큰길거리
너무 소리노픈 우슴 속뷔인 소리침

질검에 미치고 근심에 우는 都會
여기에 오 하나님 나의 침묵과 의심이 잇나이다.

나이팅게일

(英브릿지스)

너의 살다나온 산들은 아름다우려니
네가 노래배화온 시냇물은 기름진 골작에서 빗나려니
별빗에 잠긴 그수풀 어드메뇨
그곳 仙境에 한해라두고 피는 꼿사이로 나는 도라다니고 시프다.

아니라 그산들 매마르고 시내는 바텃다
우리 노래는 우리꿈을 안써나는 慾望의 말소리오 마음의 괴롬이라
그 마음속 흐릿한 憧憬과 이룰길업는 머언 히망은
사라지는 음뉼과 긴 한숨 아모런 우리재조로도 나타낼수업느니.

다만 흘텨듯는 사람의 귀에 우리거믄 밤의 비밀을 소리노피 쏘들쌘
그리다가 움돗는 이 고은 풀밧과 오월의 싹트는 가지에서
밤의 자최 거더가면 우리는 다시 꿈에 든다.
낫의 헤일수업는 합창이 새벽을 마중하는 한편에.

地球와 사람

(英S·브 루 크)

해빗 조금 다순비 조금
서녁에서 브러오는 부드러운 바람-
그러면 숩과 들이 다시 고와지고
山의 가슴에도 다순 기운 이터난다.

우리 발아래 地球란 이리 單純하여
사랑과 생명을 날래늦겨 째이나니
千年萬年이 이우에 새고 어두엇스나
저의 묘함에 다름이 업고나.

사랑 조금 밋느맘 조금
가만한 충동 갑자기 어든쑴
사막의 모래가치 매마르든 삶이
산골 시내보다 더 생기잇서지노나.

사랑의 마음이란 이리 單純하여
새로운 히망과 깃븜을 날개 맛나니
사람이 생겨난지 千年萬年 이언만
절믄애보다 더 절믄 그대로 앗고나.

크 리 스 마 스 詩 歌 集

異 河 潤 編

聖 誕 頌

크리스티너·로젯틔

별비치 희미해 가기전에

겨울아츰이 발거오기전에
첫닭 우름소리 냐기도전에
예수그리스도씌서 誕生히시다
마구간에 나시사
구유안에 누으사고
이세상에서 그의두손이
한異邦사람을 낫케하섯나니

예루살렘에서 祭司와國王은
일즉이 누어즈므시고
웃사람 모혀든 배돌레헴에선
老小가 모다 자드럿스나
聖者와 天使와 소와 나귀가
함께 그를지키엇나니
겨울날 치운밤
크리스마스 새벽이채 못되어

차디찬 구유안에서
그의어머니 가삼에안기운 예수
그는 하나님의 흥업는어린양
양을치는 목자이어라
우리는 다 동정녀마리아와가치
허리굽고 수염흰요섭과가치
聖子와 天使와 소와나귀와가치 꾸러엄듸어
영화로운 님금을 찬양해보자

얼 리 · 캐 럴

애　논

내 배우자업는
한 처녀를 노래하노니

萬王의王을 그내는
자기아들로 택하시다

그는 그리도고요히 오섯나니
거기는 다만 그어머니한분
풀우에 나리는
사월스 달 이슬과가치

그는 그리도고요히 오섯나니
그의어머니 품속을 집삼아
꽃우에 나리는
사월스 달 이슬과가치
그는 그리도고요히 오섯나니
거기는 그의어머니가 누으섯술뿐
가지우에 나리는
사월스 달 이슬괴가치

어머니와 동정녀는
오직 그내 한분이엇나니!
실로이러한 부인이시라야만
신령한 어머니가 될수잇서라!

크 리 스 마 스

하 윤

듯는가 저소리듯는가
이제 구세주 오섯다하는
저 찬미소리를 그대여 드럿는가

앨지어다 세속에 물든
넛미덕은바리고 새미덤을차자

기피든 잠속에서 깨날지어다

주나신지 천이오 쏘구백절흔니
오날다시 그가오신 것을 애처주노다
우리죄를 대속헤 십자가에 못을거럿다는그

이세상만민이 입을가치해
그오심을 찬양하는 저소리
말근 새벽하날에 찻도다 거룩한소리

오 만와의왕이 세상에오신날
근백성을 다시금 구원해주소서
우리는진실로 새구원을 바라나이다 (一九三〇)

눈

곱고횐눈이 사북사북나리는 새벽이외다 눈송이를타고
나린 천사들의 노래가 자리마테 고혼꿈을 헤치고 세상
에 主오신것을 널니전해줍니다

온세상에 드러찬 깃분소리는
罪人위해 귀미테 웨친것이라
天使들을 맛나려 문여럿스다
사라진지 오래인 발자최소리

우리구주 나신소식 널리전하려.
눈님타고 흔적업시 간것입니다.
타고왓든 눈님만이 겹쳐싸히고
온새상은 어두운밤 고요합니다. (一九二五)

나의꿈을엿보시겟습니가?

辛 夕 汀

햇벼치 유달리 말근한울의 푸름길을 밟고
아스라-한 山너머 그나라에 나를 담숙안ㅅ고 가시겟습니까?
어머니가 만일 구름이된다면...................

바람찬 바라울의 고요한 은하수를 저어서 저어서
별나라를 속사드리 구경시켜 주실수가 잇습니까?
어머니가 만일 초승ㅅ 달이 된다면...................

내가만일 산새가되야 보금자리에 잠이든다면
어머니는 별이되야 달도업는 고요한밤에
그 푸른눈ㅅ 동자로 나의 꿈을 엿보시겟습니까?

少 女 詩 二 篇

芝 溶

산머너 저쪽에는
누가 사나?

쩌쑥이 영우에서

하나잘 우름 운다.

산너머 저쪽에는
누가 사나?

철나무 치는 소리만
서로마저 쩌르렁.

산너머 저쪽에는
누가 사나?

늘 오던 바늘장수도
이봄들며 아니뵈네.

옵 바 가 시 고

옵바가 가시고난 방안에
숫불이 박꽃처럼 새워간다.

산모루 도라가는 차 목이쉬여
이밤사 말고 비가 오시랴나?

망토 자락을 여미여 여미여
거문 유리만 내여다 보시겠지!

옵바가 가시고 나신 방안에
時計소리 서마 서마 무서워.

서 백 리 아 에 부 치 는 片 紙(童 詩)

林 春 吉

아부지

이곳은 발서 봄야요
쏘치만이 피엿슴니다.

어머니 말슴이
아부지 계신나라는 추ㄴ 나라래지요
봄이 아직 머럿겟슴니다.

아부지
이번 봄엔 꼭오세요
나구 엄마구 이러케나 기다리잔아요.

아부지
엄마병은 작구 못해만가요
꼭오세요 네 아부지.

아부지
어제는 엄마가 울겟지요
「암만해도 너아부지는 못보고 주글것갓다」고요.

아부지
서백리아에 가신지가 일곱해에 난다지요
큰일인가는 아직다 못하섯세요.

아부지
봄이가기전에 꼭오세요.
네 아부지.

봄은 배가

바다거쓰테 구름이 뭉게뭉게 일면
배가와요 힌돗단배가
배올째가 되면 봄도와요

아마 봄은 바다저쪽에서
배가 시러오나봐요.

少女의 마음

黃 錫 禹

少女의 마음은 봄잔듸풀!
그는 발브면 윽크러지고
그는불대면 타진다.

少女의 마음은 琉璃풍경
그는 바람부다치면 울리고
그는 내던지면 깨진다

少女의 魂

少女의魂은 어느곳애 드러잇슴닛가?
少女의魂은 그고혼 乳房가운데 드러잇슴니다.
少女의魂은 그乳房속에 꼿과가치 피여잇슴니다.
그 꼿은 들가운데 寂寞하게 핀鈴蘭과 갓슴니다.
사랑은 그꼿에서 열리는 다못한개뿐의 果實!

꼿들의 눈물

香油가튼
파란이슬은
꼿들의
고혼눈에서 쩌러진 눈물

香油가튼
파란이슬은

하늘 노피잇서
쌍우에 내려오지안는
야속한 별들에게
짝사랑 하소연하든
꼿들의
그고흔눈에서 쩌러진 눈물!

時 調 五 首

朴 龍 喆

千길 벼랑쓰테 四十度너머 기우른몸
하는수업시 나는 싹구로처 쩌러진다
사랑아 너의날개에나를 어버 나라 올라라.

마거것든 노픈水門 갑자기 자최업고
百尺水(面) 差를 내감정은 막쏘아친다
어느째 비情의水面이 나와나란 할거나.
(마음의墮落試作二首)

그대와 한자리에 나달을 보내올제
하날도 푸르러 우슴에 질겻스나
남이라 부르웁기는 생각밧기 웁더니.

배힌듯 나뉘웁고 말슴업시 쩌나시니
하날이 물에다하 다시뵐길 바이업서
님이라 거침업시불러 야숙하야 합니다.
(가신님序詩二首)

보름달 구름속에 으스름한 모래덤을
손잡고 거닐문 모래알만 발븜이런가
님이여 흐르는 노래를 거더자버 무삼하리.

(강가으로거닐든일)

譯 詩 二 篇

徐 恒 錫

이삭속의 죽임

(獨릴리엔크론)

밀밧이라 보리와 앵속가온대
남모르게 쓰러저누은 병정하나
벌서 이틀낫 이틀밤을
모진 상처 싸매지도 못하고.

목은 마르고 열은 덥처서
주금의 괴롬에 처드는 머리
마조막 꿈 마조막 幻影
짜무러 가는 눈은 공중을 바라고.

밀밧고랑에 낫 (鎌)이 사작사작
秋收가 한창인 편화로운 마슬
잘잇거라 내고향 너잘잇거라-
머리를 수그리고 숨이 지면서.

내게는 아모 고통도 업서요

(獨R・A슈뢰-더-)

내게는 아모 고통도 업서요.
그러나 동경 (憧憬)이 나를 야위게 하여요.

내게는 아모 동경도 업서요.
그러나 희망이 나를 설레게 하여요.

내게는 아모 희망도 업서요.
그러나 고통이 나를 못살게 구러요.
-「愛人에게 주는 노래」에서-

일 허 진 길

(米-샌드버-ㄱ)
하　윤

호을로 적적하게

안개 자욱히 기고퍼지는

호수에서 밤새도록

한척 보-트의 기적소리

쓰님업시 소리처 부른다.

눈물에 저저 엇절줄 모르는

어느 길일흔 아이나가치

포구의 가슴 포구의 눈을

애써애써 차즈면서.

괴-테死後百年祭紀念特輯

《文藝月刊》 第二卷 第二號 目次 (三月一日發行)

차 자 냇 소

徐 恒 錫 譯

다만 혼자서
숩속에 갓소
차츰새 하잔
생각드 업시.

그늘 미테서
숫아씨 봣소
별가치 곱고
눈(眼) 처럼 예쁜.
러그려 할제
자근 목소리
이내로 썩겨
말르란 말요?

잔쑤리 조차
엉큼 쏘바서
우리집들에
사지고 왓소.

조용한 곳에
시멋드러나
가지 퍼자고
꼿도 잘피오.
　　주 ― 詩는 안해크리스마티아네를 처음맛난째의 추억.

길손의밤노래

봉오리 마다
안식이 잇고
가지 쯔테는
하느 하는
바람도 업네.
새소리 조차 숩속에잔다.
기다리 거라
너도 쉬리니.

水 精 의 노 래

사람의 령은
물과 가타서
하눌에서 와서
하눌로 올라
쏘다시 나려
짱에 오는일
영원히 되푸리하네.

놉고도 험한
절벽우에서
말근 비츠로 흘러나려
고읍게 안개되여
미쯔런 바위에
흐터젓다가
다시금 슬며시 모아가지고
남이나 알세라
졸 졸 졸 흘러
골재기로 나리네.

바위 소사서
가는길 마그면
성내여 서품되여
바위 바위 너머서
심연(深淵) 에 쩌러지네.

평탄한 바닥을 흘러
푸른벌 수머지나
고요한 호수되면
별이란 별이
그우에 잠기네.

바람은 마음조혼
물결의 애인
거품치는 파도를
밋바닥까지 뒤석네.

사람의 령아
너는물과 갓구나!
사람의 운명아!
너는 바람 갓구나.   -(끗)-

거친들의장미

朴 龍 喆 譯

저아이 보아 장미화를 보앗서라
거친들에 홀로핀 장미화를
가지피여 고읍고 새툿한양
가까히 보려 다름질 쮜여갓네
보고나니 깃븐정 넘치여라
장미화 장미화 불근 장미화

거친들에 불근 장미화

아해 말이 내 너는 썩글란다.
거친들에 피여난 장미화야
장미 대답 나는 너를 찌를란다
네맘에 나를 영영 못닛도록
나도 그냥 잇진 안을테야
장미화 장미화 불근 장미화
거친들에 불근 장미화.

그아해는 함부로 손에대여
들에핀 드장미를 썩것서라
장미도 지지안코 찔텃스나
우러도 소리처도 쓸데업서
장미는 할수업시 썩긴것을
장미화 장미화 불근장미화
거친들에 불근장미화.

이 별

눈으로 이별은 전하게하소
임에 무슨말 차마할런가
오 어려움 이를참기 어려움
나도 씩씩한 사나이거늘.

가장 달큼한 사랑의 노름
이때는 그마저 서룬짓이어
네입에 키스도 싸늘하거든
서로 자븐손 힘이 업거든.

얼핏수머 건네든 너의키스
내마음 참으로 날쮜더니라

이른봄 썩근 들마꽃하나도
우리깃븜의 샘이든것을.

내 이제 꽃테를 아니만든다
널위해 장미를 썩지안는다
이것이 봄이라냐 내사랑아
내게는 서른 가을인것을.

멀 리 간 이 에 게

그래 참말 너를 일헛단말가
그래사랑아 나를버리고 갓단말가
말슴 한마듸마듸 소리의 놉고나짐
귀에이거 지금도 들리는 듯한것을.

푸른공중 노픈데 몸을숨겨
종달새노래 요란히 울리면
나그내의 눈은 헛되히
아츰하늘을 차저 헤매임가치.

나의눈은 앨써 찻는다.
들로 덤불로 나무숩으로
내 노래는 모도 너를차저 부른다.
오나라 사랑아 내게로 도라오라.

냇 가 에 서

흘러가 버리거라 내 사랑하는 노래들아
이즘의 큰바다로 가버리거라
너를 부르는 질거운 절믄이도
꽃시절에 시악시도 다시는 업스리니.

너의는 다 내사랑을 노래부른 노래어늘
제가 이제 내 眞情을 엄수이 보는구나
너의는 물우에 씨워진 노래일다
한엄시 물을짜라 홀로가렴으나.

해금타는늘근이의노래

눈물에 석근쌩을 머거보지 못한이는
괴로운 여러밤을 자리에 이러안저
늦기는 우름속에 사워보지 못한이는
하날서 나려온힘아 너의를 모르리라.

우리를 세상으로 잇그러 드려오고
불상한 사람들을 죄짓게 하여두고
마침내는 괴롬속에 쩌러트리나니-
罪는 이생에서 보복을 밧는것이너라.

미 논 의 노 래

그리움의 뜻을 아는이라야
나의 슬픔을 알수잇서라.
세상모든 질거움에서
호을로 멀리 쩌나잇서
저편하늘만 바라보나니

아- 나를알고 사랑하는분
예서 멀리 게시여라
정신 어지러워 앗질해지고
나의애는 끈허저버리여라
그리움의 뜻을 아는이라야
나의 슬픔을 알수 잇서라.

牧 羊 者

羊치는 게름뱅이
羊보기 나는몰라
세상제일 늦잠보

녀자에란 할일엄서
이런놈도 외롭다고
잠과먹성 다라낫네.

외진곳을 차저가서
밤이면 별을세고
우러 진정 야윗다네.

그러든 색시 제말듯자
마시기 먹기 자기
모도 전날 도라왓네.

노 래 하 는 사 람

城문밧게 무엇이 들리느냐
다리우에 나는소리 무엇이냐
이너른 방장안에 불러드려
우리아페 저노래 다시아뢰라
王의말슴짜라 侍童은달렷다
그아해도라오자 王의말슴이
늘근이를 안으로 들게하여라.

인사드림니다. 귀하신 여러분에
인사드림니다. 고으신 안악네들
그일흥을 누가다 아오릿가
훌륭하온 하날에 별과 별들!

찬란한 쑤밈에 넘치는 이자리여
내눈아 가멋스라 놀라보며
질거워할 틈은 이제 엄스리니.

노래하는 사람은 눈을 감고
노픈목소리로 한자리 불럿더라
騎士들은 용기를 도다내고
부인네들 눈을내리 수기더라
임금님은 이노래가 대단히
맘에드서 그를아런 상급으로
황금사슬을 가저다 주라섯다.

내게 황금사슬이 맛지안소
騎士여러분께 내려지이다
저분들 용감한 억골아페
敵이 던지는 槍도 부서짐니다
그사슬을 大臣에게 주옵소서
달리 무거운 짐들가진우에
黃金의짐을 다시지워지다.

나는 나무가지속에 깃드럿는
새와가치 노래할쑨이옵니다
몸에서 울려나는 이노래가
내게 더함엄는 상급임니다
그러나 한가지를 원하온다면
황금잔에 가장조흔 포도주를
가드기 부어주게 하옵소서.

입술에대여 그잔을 다마시고
오 훌륭한 甘露의 맛이여!
이술가튼것은 하찬흔축에 드는
복만흐신 이궁궐에 새복을 비옵니다.

기리 행락하옵는중 저를생각하옵소서
제가 이한잔에 감사를 드림가치
하나님께 진정으로 감사를 드립소서.

괴-테 格言集(一)

- H譯

自己의經驗한일은 理解까지도한것으로 생각하는사람이 만히잇다.

나는 마흔 讀者가 自己에게 反對할것을 豫期하고잇다. 그러나 그가치反
對하는사람도 흰조희에 검게씻혀서눈아페 노혀잇는것을 엇더케할수는업다
다른사람은 그 가튼것을늘고서 반드시내게 同意할 것이다.

너무만흔것을바라는者 複雜을즐겨하는者는 迷誤에빠질危險이잇다.

남을稱讚하는것은 自己를그사람과 同列에두는것이다

外國語를모르는사람은 自國語에對해서도 아는것이업는사람이다.

다른 사람의 著書거 曖昧한것을 批難하려고 하는者는 먼저自己의 內部를
드라보고 그內部가 참으로발근가아닌가를보아야한다 채밝지안흔데서는 매
우쏘렷한글字도읽기어렵게되는것이다.

요새詩人들은 잉크에다 물을만히석것다.

無知의活動처럼 危險한것은업다.

適切한 대답은 사랑스러운키스와갓다.

《文 學》

一九三四年 一月
第一號

OBLIGATION

Hold your apron wide
That I may pour my gifts into it,
So that scarcely shall your tow arma hinder them
From falling to the ground.

I would pour them upon you,
And cover you,
For greatly do I feel this need
Of giving you something,
Even these poor things.

Dearest of my Heart !

Amy Lowell

四行小曲六首

永 郞

그밖에 더 아실이 안게실거나
그이의 젖은 옷깃 눈물이라고
빛나는 별아래 애달븐 입김이
이슬로 매치고 매치엿음을

밤이면 고총아래 고개숙이교
낮이면 하날보고 웃음 좀 웃고
너룬 들 쓸쓸하야 외른 할미꽃
아모도 몰래지는 새벽 지친별

저곡조만 마조 호동글 사라지면
목속의 구슬을 물속에 버리려니
해와가치 떳다지는 구름속 종달은
내일또 새론섬 새구슬 먹음고오리

山골을 노리터로 커난 새악시
가슴속은 구슬가치 맑으련만은
바라뵈는 먼곳이 그리움인지
동우인채 山길에 섯기도하네

사랑은 깊으기 푸른 하날
맹세는 가볍기 힌 구름쪽
그 구름 사라진다 서럽지는 않으나
그 하날 큰 조화 못믿지는 않으나

빠른 철로에 조는 손님아
이 시골 이 정거장 행여 잊을나
한가하고 그립고 쓸쓸한 시골사람의

드나드는 이 정거장 행여 잊을나

滿月臺에서

曺　雲

寧越 子規樓는 봄밤에 올을꺼니
滿月臺 옛宮터는 가을이 제철일다
지는닢 부는바람에 날도따라 저므러
　　　　　(端宗의詩-寄語世上苦勞人 愼莫登春三月子規樓)
松都는 옛이약이 지금은 하품이야
서럼도 낡을진대 새서럼에 아이느니
臺뜰에 심은벗나무 두길세길 식이나

水 仙 花

柳　致　環

몇떨기의 水仙花—
가난한 내房 한便에 그윽히 피여서
그 淸楚한 姿態는 限없는 靜寂을 서리우고
또 宿醉의 아츰 거츠른 내 心史를 아프게도 어루만지나니
—아 水仙花여
어대까지 慇근히 慇근히 피엿스런가

지금 거리에는
한을은 陰沈히 흐리고
땅은 돌같이 어러 붙고
寒風은 살을 베고
파리한 사람은 말없이 움쿠리고 오가거늘
이 치웁고 날근 現實의 어대에서
水仙花여 나는

그 맑고도 고요한 너의 誕生을 알앗스랴
―그러나 確實히 있엇스려니
그 純潔하고 優雅한 氣魂은
이 鬱鬱한 大氣속에 봄 안개처럼 늘 엉기어 떠있엇스려니

그 忍苦하고 嚴肅한 뿌리는
地核의 깊은 疼痛을 가만히 견대고 홀로 묻히여 있엇스려니
水仙花여 나는 너우에 허리 굽히여
사람이 모조리 이저버린
어린 人子의 철없는 微笑와 반짝이는 눈瞳子를 보나니
하야 지금 있는 이 憔悴한 人生을 믿지안나니
아 水仙花여 나는
반듯이 도라올 本然한 人子의 叡智와 純眞을 네게서 믿노라

水仙花여
멫떨기의 가난한 꽃이여
남몰래 쓸쓸한 내房 한便에 피엿스되
그 限없이 淸楚한 姿態의 차운 映像을
가만히 왼 누리우에 投影하야
이 嚴寒의 節侯에
멀잖은 봄 宇宙의 큰 뜻을 豫約하는
너는 고요히 치어든 敬虔한敬虔한 손이러라
一九三二, 一二月

散 步 路

片 石 村

이깔나무의 情熱은 푸른빛임니다
이깔나무숲속의 꼬부라진길은
푸른 그늘에 손수건처럼 저저잇슴니다

초승달은 掃除夫

오늘밤도 초승달은
珊瑚로짠 신을 끌고
노을의 『 키 - 』를밟고 나려옵니다
구름의 層層대는 바다와가티
유량한 손風琴 이라오

어서오시오 정다운 掃除夫—
그래서 그는 왼종일 내가슴의河床에 깔안즌
文明의 『엔진』에서 부스러진 티끌들을
말숙하게 쓰러주오

그러고는 나에게 命令하오
그가조와하는 詩를 써보려고—
(요곤 주제넘게 詩를 쩨안다)

그러면 그와나 손을 마조잡고
바다ㅅ 가로 나려갑니다
疲困할줄 모르는 舞蹈狂인 地球에게
우리의 詩를 들려주려

鍍金칠한 팔둑時計 대신에
薔薇의 이야기를 파러버린 철모르는 말광양이 에게
故鄕의 노래를 들려주려—

나 의 一 生

許　　保

죽어서의 世界가 잇서 永遠하다면
괴로워 슬퍼서 흘리든 눈물과

얼굴을 붉히든 어엽분 우슴이
永遠한 나라에 色다른 선물이렷다

그러나 마음을 채워주든 모든 記憶이
까무러친채 몸을 떠나서 도라오지 못하면
或은 永遠한 나라에 지펴서 나를 이저도
나의 一生이란 結局 이러버리어 서운한 꿈 이렷다

아   침

새일줄 모르든 어두운 밤이
하도 답답코 안탁가워
그립든 光明이
아! 너머도 恍惚하여
들리어 주려든 Logos(로고스)를 그만 이저버렷네

내 마 음 사 는 곧

玄   鳩

유리ㅅ 빗 바람이 소올 소올 부러오고
실조름 가튼 아지랑이 서리여있는
그밧게 향기로운 바다가 넘실거리고
내마음 늘 사심한 섬둘레 힌모래를
푸른 물결이 끄닐새업시 씻고있다

발근 날빛에 바다가 은ㅅ 결가치 반짜기고
머언골 하날이 자니 내려와 속살대며
사랑 어우르는 갈매기떼 어지러히 흐터나르고
춤추는 물결에 은 비늘고기 꼬리처 굼실거리며
물새와 고기들이 서로 즐기는 곧

그곧에 푸른빗 기쁨이 꼿머그머 있느니
그곧에 빗나는 보람이 멀리 얼신거리느니
슬픔이 거리에 뜨고 한숨소리 집마다 노플때
넉시는 괴로운 가슴과 수심에저즌 잠ㅅ 자리를 고이떠나
새 나르듯 근심마을을 포르르 나라너머서
늘봄의 물결사이에 기쁨을 노래하느니

江南제비 도라오는길 아득한바다
그곳이 내마음 사라있는 곧
파초열매 무르노근 향기가 가득 떠돌고
닭알처럼 히고 에쁜 배가 날마다 돗달고가며
새노래와 고기뛰염 끄니지않는 바다물결에
내 마음은 물오리가치 잠방그리고 있다

너는 비들기를 부러워하드구나

辛　夕　汀

가벼운 가을ㅅ 비 선듯개인 한울에는
가고오는 힌구름 그 거름조차 빠르고
夕陽에 상없이 머언江이 실낫같이 빛날 때
맑게 퍼지는 山가마귀 소리도 곱게 들립니다

너는 노—란 은행닢을 무척 사랑하드구나!
나와함끠 고요한 저—숲길을 거니러볼거나?

해무근 느틔나무 넌즈시 처진가지에는
포곤한 햇볓을 지근거리는 산새의 조름이 깊고
금잔듸 빗나는 양지작에 아히들
오보록이 안저서 도란도란하는 것 한가롭워 뵈입니다

너는 빗나는 갈대꽃을 유달리 좋와하드구나!
나와함끠 바람잔 저—邊으로 나어가볼거나?

바람은 또 山기슭을 살그머니 도라와서
한울에 휘날리는 은행닢과 어우러지더니
지내는길이라 물결과 수작하는 사이도 빠르게
숲에 조으는 山새의 그 꿈을 엿보러갑니다

너는 저—푸른 한울에 잠자는 햇빛을 사랑하고
숲너머 나러가는 하-얀비들기를 부러워하드구나!

꿈나라장미의노래

(브라이안·후—커)
朴　龍　喆　譯

해 너머가는 바다건너 머언 언덕에
　불타는 구름의 물결이 부듸치는곧

아모도 본일없는 경이의 나라
　거기 꿈나라나무에 한송이 장미꽃이 핍니다—
저는 조름의 강이 고요히 흐르고 있는
　神秘의 동산가운대 서있나니
언제나 한 개의 꿈이 세상에 생기려할때는
꿈나라장미에서 꽃닢하나 떠러집니다

그나무 한가운대 황금의 가지우에
　은빗 새 한 마리 끝없이 노래부름니다—
해로 헬수없이 오래인 신비의노래
　나즉한 목소리의 서러운 노래
　신선의 으릿한 광채 가득 넘치나니
　이 먼데서 오는 음악소리에
꿈귀는 사랑의 귀가 열리는 때는
　꿈나라장미에서 꽃닢하나 떠러짐니다

꿈과 비쥰의 헤일수 없는 무리

달비췬 풀밭으로 모여듭니다—
차고 가라안즌 늙은이의 꿈,
고웁고 자유로운 젊은이의 꿈—
외로운 가슴의 고통에 어두어지고,
남 모르는 히망에 빗나는 꿈들
언제나 한꿈과 한꿈이 서로 마즐때는
꿈나라장미에서 꼿닢하나 떠러집니다
　　　　　후　　　렴
공주여 그대는 황홀한마음에 들여다보나니—
조을리는 불길이 붉게 타오르는곧
그대의 눈은 가만히 내게로 들리노나……
꼿닢하나 꿈나라장미에서 떠러집니다

저 녁 노 래

(시드니 · 라늬어)

내여다보라 사랑아, 누른 모래밭을 건너,
저기 해와 바다의 맛나는 양을 보라,
세상이 보다 보는데서 저의 키쓰 오램이여,
아-더오래 더오래 우리는

바다의 붉은 술에 해는 이제 녹는다—
포도주에 녹는 에집트의 진주가치—
클레오파트라의 밤은 이를 모도 마시노나,
어두어진다 사랑아, 너의손 내손속에 노으라.

고흔 별들아 나와, 하날의 맘을 푸러주라,
빗나거라 물결아, 너아니면 어두울 모래언덕에
오 밤아- 우리해와 하날은 난화라마는.
우리입술 우리손은 언제까지.
(註, 에집트의女王 클레오파트라는 포도주에 진주를노겨마셨다는 전설이있다)

《文 學》

一九三四年 二月
第二號

우리 길을 가고 또갈까

金 尙 鎔

우리 길을 가고 또갈까

꽃을 다 어떻게 찾아가나
별의窓뒤의별의窓뒤의별의窓뒤의별의窓,
다 어떻게 「넉」하나,
샘의 「나」와 「너」와 「그」가 모다부르는데……
모래알과 모래알의 通路가
안개같이 자욱이 얼켯네

아―,넉아, 네鄕愁는
길과함끠
끝없이, 끝없이, 끝없이 悠長코나

452 부록

自殺風景스켓취

희고긴線, 희고긴幅, 희고긴廣건너
劃하나, 落下의 法則 排除하고

抛物線 그리는 저어인 푸른 一點인고
피여오른건
破滅 忘却의 黑芍藥이여라,

地心에 난 二葉草,
「엘레지」의 서거푼香氣
嗅覺의 그늘진 비탈에시드네

南으로 窓을 내겟소

南으로 窓을 내겟소
밭이 한참가리,
광이로파고,
호미론 풀을 매지오.

구름이 꼬인다 갈리잇소.
새노래는 공으로 드르랴오.
강냉이가 익걸랑
함께 와 자셔도 좋소

왜사느냐거든
웃지오.

먼 곡 조

林 學 洙

내 오로지 생각에 잠기여

말도없이 깊도록 자리에 앉엇으면,
바다밑 동굴에 새여드는 달빛과도 같이
꿈에서 들은 님의 목소리와도 같이
살포시 와 귀의膜을 울리는 먼곡조

때로는 몸이 지치고 마음이 시달려
게을리 감긴눈에 구슬이 솟나니
하얀 옷자락을 걷으며걷으며 花園을 거쳐와
내영영 가겟노라고 나부—시 절하그
맞지막 告別의 인사를하는 그곡조

너 平原에 오가는 봄바람의 그리마뇨?
기슭에 찰삭거리는 銀물결의 자최이뇨?
아니면 외로히 두던에부는 피리뇨?—
알괘라, 내가슴 저 깊은곳에
고히 머므른 金자개 靜寂에 잇는 노래로다

항 해

모다가 모다가 꿈이애요
모다가 모다가 완연히 꿈이애요

저녁 붉은구름이 섬허리를 둘르고
배는 버린 듯 갈닢새에 뉘여 잇서요

기나긴 기나긴 航海에 지처
나는 말도없이 기슭에 스러젓으면,
그는 눈감고 내 가슴우에 엎디려……

—여기가 우리들의 찾고찾든 곳인가요?
—아! 여기가 정말 우리들의
그 그리고 바라든 곳인가요?

지금 물결이 멀리서 조름과 히롱하고
머리우에는 물새떼가 휘도라 드나니
먼 숲그늘에 도라앉으며 웃는 薔薇송이와도 같이
시르르… 게으른눈이 반쯤만 열리며
가벼운 한숨과 함께
아득히 말소리가 들려 왔습니다

「사랑이여! 내 고닮이 잠든 靈이
높이 花園을 엿볼때나 흉한꿈으로 놀날때나
항상 내곁을 떠나지 안이하고
화답없는 시름에 노래하는 사랑이여
가없은 기슭에스면 물결속에 잠기엿고
가을바람 들에스면 슬픈곡조 전하노니
내어찌 그대를 모르리까? 내어찌 그대를 잊으리까?

　　　(此間十六行畧)

시내건너 방축뒤로 건일지 않으랴십니까?
오- 그때에 나와함께 數많은花環을 서로던지며
五月의 金잔듸우에 뛰놀지 않으랴십니까?
사랑이여!
그날을 위하야 그「브라이드」를 위하야
아직 잠간만 조을게 하야주소서」
　　　　　　　　　　　一九三三, 三

　妻

　　　　　　　　　　　許　　　保

안해여 그대가 아름다워 못잊는줄 아십니까
사실「處女美」는 다음 세상에서나 즐길는지

어떤날 실없슨 버릇 사나운 나의 손이

생각없시 그대를 건드리여
「處女美」를 그만 깨트리고 낙심하엿섯드니

그대는 聖母가 아니고 聖女가 아니어
어느듯 때뭇고 情드러 못잊게 되엿습니다
            (이것은 文學第二號에發表되엿든것이나 初刊에誤謬가잇섯기로
        再錄해서 이것을 訂正합니다.-編輯子白)

거미(蜘蛛)와 파리

데미안·베-드느이
咸　大　勳　譯

뎅그렁— 뎅그렁……
神의집— 敎會堂이 스고잇다
그집에는 거미가 살고잇다

七푸—드나되는 十字架거미 (僧侶를 意味함)
『모—든 것이 正當한勞働의 선물이라』
고 그는말한다
頭巾을 눌러쓰고
거미는 빙그레 웃으면서
하로終日 鐘을 치고잇다
뎅그렁……뎅그렁……

거미는 愉快한 氣分으로
거미줄을 역는다
거미줄에는 파리가 걸린다
어린處女와 늙은할머니
젊은男子와 늙은할아버지
信仰깊은 農民들
이파리들은 가엽시도 윙윙소리를내며

거미에게 돈을 가지고 온다
곱새가 될지경으로 모흔돈을
뎅그렁… 뎅그렁……

어이! 農夫의兄弟여
薄幸者여! 貧農들이여!
필시 이제는 그거미에게서
돈을 받어와도 좋을때이다

그는 그대들의 魂을「救햇고」
그대들의 피를 빠러
그의 妻子들을 먹여왔나니
저암(女)거미와 색기거미를
그리고 숨을내쉬고 嘲笑햇나니
어이! 못난니인 우리의(로시아)民衆   (끝)
　　　(作者 데미안·베-드느이는 現싸베-트詩壇의 巨匠으로 그는 政治的
　　　諷刺詩를 主로 쓴다. 이詩는 宗敎를諷刺한 것이다)

《文 學》

一九三四年 四月
第三號

THE NIGHT WILL NEVER STAY

The night will never stay,

The night will go by,

Though with a million stars

You pin it to the sky,

Though you bind it with the blowing wind

And buckle it with the moon,

The night will slip away

Like sorrow or a tune.

Eleanor Farjeon

모란이 피기까지는

永 郎

모란이 피기까지는
나는 아즉 나의봄을 기둘니고 잇슬테요
모란이 뚝뚝 떠러져버린날

나는 비로소 봄을여흰서름에 잠길테요
五月어느날 그하로 무덥든날
떠러져누은 꽃닢마져 시드러버리고는
천디에 모란은 자최도없어지고
뻐처오르든 내보람 서운케 문허젓느니
모란이 지고말면그뿐 내 한해는 다가고말아
三百예순날 하냥 섭섭해 우웁내다
모란이 피기까지는
나는 아즉 기들니고잇슬테요 찰난한슬픔의 봄을

눈

柳 致 環

소리없이 눈 나리는 날은
내 가슴 알수없이 무거웁나니—

진실로 차읍고도 하얀 이 눈은
저 어느 어수선한 追억의 아츰
昇天하야 悲歎하는 肉體를 버리고 간
그 순결하고도
미칠듯한 靑春의 情熱이러니
아 어느곳에 방황하얏나뇨! 방황하얏나뇨!
이제 亡靈처럼 녯 殘骸를 찾아
저 永劫의 灰빛 深연에서
칠 칠 나리나뇨! 나리나뇨!

소리없이 눈 쌓이는 날은
내 가슴 알수없이 무거워
나는 다시 일어날수 없나니
아 이렇게 숨낄 갓부며 갓부며—

山으로가는마음

辛　夕　汀

내마음
주름ㅅ살 많은 늙은山의 瞑想하는 얼골을 사랑하노니

오늘은
잊고살든 山을찾어 내마음 머언길을 떠나네

山에는
그 고요한 품안에 高山植物들이 자라나거니

마음이여—
너는 해가저므러 이윽고 밤이올때까지 나를 찾어오지 않어도 좋다

山에서
그러케 고요한 품안을 떠나와서이 쓰겟늬?

그러나 마음이여—
나는 언제까지 너와離別이자진 이 生活을 하여야겟는가?

바　람

—겨울도 머언길을 떠나랴는 요지음인대—

黃海를 건너온 저녁 짠바람이
내 寢室의 문을 또 흔드는
밤—

그러나 나는 그들의 기-ㄴ 旅行談속에서
—젊은봄이 上陸하엿다

는 이약이를 아직 들을일은 없다

작은 訪問客이여—
너는 언제ㅅ 쯤해서
나의귀와 그런이약이를 소곤거리려는가?

山비달기같은

玄　　鳩

날이 이리 포옥 따스한 겨울ㅅ 날
까ㅁ 한 다박솔 안윽히 둘러선 山ㅅ 기슭
양지바른 무덤앞 잔디우에 누엇스면
내마음에 거문그늘 이제 구름같이 사라지고
주검의 고운 기쁨 꿈길이 피여오르노니

달빛 히부얀 새벽山ㅅ 골 안개속같은 내가슴
숲속에 수머앉어 가만이 나래떨고
졸리운 양 눈을 가믄 山비달기 같은 내넋은
머얼리 가즉이서 나직하게 이러나는
大地의 Dirge를 한가이 듯습내다

달에빛외인정자

林　學　洙

雜草사이에 빛나는 자개와 같이도
山의 정자 에는 그믐달이 헤염치고
비달기깃 보다 가벼운 숨결이
고요히 고요히 새여나올뿐
그를 깨우칠려는 벌레한마리로 없엇습니다

흰구름 노니는 南쪽 海岸같이도
따스한 바람이 연다라 뺨에모이고
끝없이 窓에 드리운 대나무 그리마엔
깊은 향기가 소슬히 서리윗슬뿐
그를 깨우칠려는 꾀꼬리하나도 안이우럿습니다
「사랑이여! 그대는 나에게
해가 다하도록 世紀가 박귀도록
얼마나 기나긴 城을싸게 하섯나잇가?
그대는 나에게
봄이 다하도록 時節이 박귀도록
얼마나 꿈과노래의 힘찬물결이
애닯은 나의가슴에 구비치도록 하섯나잇가?
그리하야 밤마다 밤마다 헛되인 나의 발자최가
久遠히 그대門턱을 떠나지못하게 하얏나잇가?

「그대는 그대의 거룩한 사랑으로
宇宙와 人類를 아츰해같이 빛나게 하얏습니다.
그대는 그대의 아름다운 눈초리로
宇宙와 人類를 精熱의 哀愁에 헐그덕이게 하얏습니다
오, 이러나소서 어서 이러나소서
달가운 나의우슴에 대답을 하소서.
그의 귀ㅅ 가에 허리굽혀
나는 이러케 탄식을 하얏든것입니다.

그윽하고도 밝은 여름밤 이엿습니다.
나는 두근거리는 가슴으로 오랫동안 기다렷습니다.
먼 숲그늘에 혼적없이 소사나는 별과도 같이

佛 地 菴 抒 情

永　郎

그밤 가득한山정긔는 기척없이솟은 하얀달빛에 모다쓸리우고

한낮을 향미로우라 울리든 시내ㅅ 물소리마져 멀고그윽하야
衆香의맑은돌에 맺은 금이슬 구을러흐트듯
아담한 꿈하나 여승의 호젓한품을 애끊이 사라젓느니

千年옛날 쫒기여간 新羅의아들이냐 그빛은 청초한 수미山나리꽃
정녕 지름길 섯드른 흰옷입은 고흔少年이
흡사 그바다에서 이바다로 고요히 떨어지는 별ㅅ 살같이
옆山모퉁이에 언 듯 나타나 앞골시내로 삽분 사라지심

승은 아까워 못견듸느냥 희미해지는 꿈만 뒤쫓앗으나
끝없는지라 돌여 밝는날의 남모를 귀한보라을 품엇을뿐
토끼라 사슴만 뛰여보여도 반듯이 그려지는사나이 지낫엇느니

고흔輩의 거동이 잇음즉한 맑고트인날 해는기우는제
승의보람은 이루윗느냐 가엾어라 미목청수한 젊은선비
앞시내ㅅ 물 모이는 새파란 쏘에 몸을 던지시니라
　　　(佛地菴은 內金剛幽寂한곳에 허무러가는古刹 두젊은승이 스님을뫼시고잇다)

고요한 골에는 물도 흘러가겟지

辛　夕　汀

겨울볓이 이렇게 따뜻한날엔
양지쪽 숲가지에 해도 노래할테지…….

하늘이 저렇게 맑을배에는
구름도 한점은 떠가련마는……

이런날에 그대는 잔디밭에 누어서
생각을 머언-하늘에 날리울테지……

갈대꽃 실바람에 휘날릴때엔

고요한 골에는 물도 흘러가겟지……

길

玄　鳩

파란 안개 자욱히 엎인 고요한 길,
나무닢 소복싸여 사람기척 없는 길,
아렴풋한 달빛아래 후젓이 조으는 길,
아! 마음속 그윽히 뻗은길 숨어잇는 길!

날마다 밤마다 때없이 그 길우에 노닐며
슬퍼하고 기뻐하며 또 눈을 감노니…….
기쁨과 슬픔에 때로 맑고 흐리우는
넋이만이 다니는 길, 마음속 빛나는 길!

하 나 님 의 裝 飾

許　保

하나님이여 그대가 게시는게 사실 이라면
어찌 이리도 오래동안 우리가 헤매이게 됩니까
나는 그대가 기뻐하시는 行動을 가지려도
아모 줏을하여도 그대를 즐겁게 하겟사오나
그대는 기쁜 또는 슬픈 아모表情이 없으십니다

도리혀 우리들의 過失로 그릇된 自然과
헤메이며 슬퍼하는 오늘의 우리들을 가지시고
그대는 그대의 몸을 裝飾하시는 듯 싶습니다
그렇지않다면 그대가 게시는게 사실이라면
이리도 오래동안 잠잣코 게실수 잇겟읍니까

妻

안해여 그대가 아름다워 못잊는줄 아십니까
사실「處女美」는 다음 세상에서나 즐길는지

어떤날 실없은 버릇 사나운 나의 손이
생각없이 그대를 건드리어
그대는 處女「美」를 그만 깨트리고 낙심하엿엇드니

「聖母」가 아니고 「仙女」가 아니어
어느듯 때뭇고 情드러 못 잊겟습니다.

포　푸　라

柳　致　環

가을기척이 먼 天上에서부터 얏보이자
마당까에 한나무, 잇는대로 닢을 펴고
얼마안된 그늘을 알룽거리든 이 포푸라는
눈에는 뵈이지않지마는
시들지 안하랴고 속오로는 피를 흘린다
그러나 成吉斯汗의 꺼나린 몽골리안같은
肉迫하야오는 치위에는 못當하야
한닢 두닢 깊은 哀傷을 담고 凋落한다
하야 드듸여 뼈다귀만 남기고
殘忍한 北風가온대 훨신 벗긴다.

그러나 이 나무는 이대로 죽지안하리니
오히려 果敢한 鬪爭은 이때부터 시작된다.
하야 設令 겨울놈의 峻烈한 追擊에
멫게의 갈빗대가 잘리고 팔죽지가 꺾일망정
그의 露出한 意志의 骨격은

金속性의 휘파람을 지르고, 縱橫無盡으로
굴러닿는 눈보라의 뺨따귀를 갈기고
밤이면 또 밤으로 龍騎兵의 槍살같이
저 冷酷한 星座를 노리어 줄 것이다.
하야 몸뚱이가
몽당 빗자루같이 다라지면-또 잔등이로
드디어 겨울놈이 氣진脉진하야
해빛에 쫓기는 어둠처럼 먼山을 다라날때까지
먼 수풀의 數많은 眷族들과 呼應하야
이는 最後까지 버티고 싸와나갈것이다.

한국 현대서정시의 세계

인쇄일 초판 1쇄   2004년 01월 20일
　　　　2쇄   2015년 01월 23일
발행일 초판 1쇄   2004년 01월 31일
　　　　2쇄   2015년 01월 25일

지은이 조 영 식
발행인 정 진 이

발행처 새미

등록일 1994.03.10, 제17-271호

서울시 강동구 성내동 447-11 현영빌딩 2층
Tel : 442-4623~4 Fax : 442-4625
www. kookhak.co.kr
E- mail : kookhak2001@hanmail.net
ISBN 978-89-5628-096-7[93800]
가 격 26,000원